La mensajera de los sueños imposibles

NIEVES GARCÍA BAUTISTA

La mensajera de los sueños imposibles

SUMA
de letras

Primera edición: julio de 2016

© 2014, Nieves García Bautista
© 2016, de la presente edición en castellano para todo el mundo:
Penguin Random House Grupo Editorial, S. A. U.
Travessera de Gràcia, 47-49. 08021 Barcelona

Printed in Spain – Impreso en España

ISBN: 978-84-8365-846-8
Depósito legal: B-11749-2016

Impreso en Rodesa, Villatuerta (Navarra)

SL58468

Penguin
Random House
Grupo Editorial

A Daniel.
A Nando.
Solía soñar con ellos
y creer que eran imposibles.

ÍNDICE

¿Qué es la vida? Un frenesí.
¿Qué es la vida? Una ilusión,
una sombra, una ficción,
y el mayor bien es pequeño;
que toda la vida es sueño,
y los sueños, sueños son.
PEDRO CALDERÓN DE LA BARCA, *La vida es sueño*

Tu ausencia,
lo único que me queda
para no decirte adiós, todavía.

EFRÉN ALEMÁN GARCÍA, *Tu ausencia*

PARTE I

1

A los pocos días de nacida, la madre de Marie Toulan la tenía cogida en brazos y le ponía caras para hacerla reír. La criatura miraba a su madre con tal impasibilidad que heló la ilusión de los familiares allí presentes.

—Malo... —sentenció su abuela paterna, una señora a la que le sobraban kilos y autoridad y le faltaban varias friegas con jabón—. Cualquier bebé imita a su madre si le hacen cositas, así que esa niña, o es medio lela, o es muy rara. Terminará mal.

—Ahora que recuerdo —apostilló la tía Céline, muy resabida—, una vez oí que la imitación es la base del aprendizaje ¡y de la supervivencia! Todos los seres aprendemos a vencer los peligros solo porque imitamos a nuestros similares.

La madre de Marie hubiera deseado que su propia familia no estuviera tan lejos, quizá así los suyos habrían neutralizado las conclusiones que aquellas dos brujas formulaban sobre las supuestas tendencias de su querida hija a la necedad o al suicidio.

Eso ocurrió hace muchos años, veinte para ser exactos, en Belsange, un pueblo al sur de Francia. En el momento en que arranca esta historia, Marie está de pie frente a la ventana de su ático, un estudio de veintiocho metros cuadrados en el centro de Madrid, observando a los habitantes de la madrugada en una noche de verano tan larga como todas las demás. Ser espectadora de aquella callejuela, con los susurros de las sombras y el ir y venir de pandilleros, borrachos y prostitutas, entretiene el insomnio crónico de Marie y mantiene callada la voz de su conciencia.

Un hombre bien trajeado se ha acercado dando tumbos hasta una de las prostitutas habituales de la calle. Intercambian unas breves palabras y algunos billetes de euro, y, sin mediar más artificio ni cortesías innecesarias, él la toma por detrás, le sube la cortísima minifalda de licra fucsia y la penetra con ansiedad mientras ella se sujeta a una farola y se esfuerza por que su cabeza no se estampe contra el poste.

Marie ha cogido su cámara de fotos y está enfocando. No es que sea una mirona ni una fetichista; desde que llegó a Madrid se sirve de la fotografía para recoger lo insólito, lo bello y lo sublime del mundo que la rodea, y después imprime esas instantáneas y las cuelga en su estudio. En las contadas ocasiones en que una imagen la cautiva especialmente, se atreve a pintarle un pequeño marco alrededor, en la pared. Esos insignificantes dibujos son los únicos que se permite trazar.

Marie acerca la escena con el *zoom* y pulsa el disparador varias veces. Una ráfaga de centellas rompe el silencio con un chasquido. Marie se echa atrás, temerosa de que la pareja se haya percatado de su intromisión. Cuando vuelve a asomarse, la meretriz se está bajando la minifalda y su cliente se marcha calle abajo oliéndose los dedos de la mano derecha con una insistencia nauseabunda.

En la pantalla de la cámara, Marie repasa las imágenes que acaba de capturar. En contra de lo que tiene por costumbre, la joven ha fotografiado un encuentro íntimo que no la escandaliza, pero sí la sobrecoge por su extrema fealdad.

Mientras se mete en la cama, reflexiona sobre la malversación del amor y la pasión arrojada a la basura, pero eso poco nos importa ahora. Lo que no imagina Marie es que ese momento que ella cree tan intrascendente va a cambiar la vida de varias personas, y hasta la suya, de una manera radical y definitiva.

Es el comienzo del fin.

2

A la mañana siguiente Marie se levantó con esa pesadez que le resultaba tan familiar. Cada noche se repetía el mismo ritual de tortura: primero, Marie caía rendida del ajetreo de repartir cartas y paquetes a domicilio, pero a las dos o tres horas se despertaba aterrorizada, temblando por la misma horrible pesadilla. Eso la desvelaba, y vagaba entonces durante horas, aprisionada entre las cuatro paredes de sus veintiocho metros cuadrados, intentando no pensar demasiado. Jugaba con su gata, curioseaba el exterior desde la ventana y escribía en su cuaderno.

Cuando el cansancio le hacía mella en las piernas y notaba el hormigueo del sueño en los párpados, Marie se acostaba de nuevo y dormía lo poco que quedaba hasta el alba, cuando el despertador la arrancaba del letargo a timbrazos.

Revitalizada en parte por un té verde y el aroma del incienso, Marie elegía indumentaria entre su exiguo vestuario. Era una suerte que fuera tan poco presumida para el vestir, pues el armario de su estudio parecía más adecuado para una casa de muñecas que para almacenar la ropa de una joven de veinte años.

En realidad, la elección consistía en decidir el color. Los pantalones y las faldas eran normalmente neutros, mientras que las camisetas y los jerséis ponían el matiz que concordaba con el estado de ánimo con el que Marie amaneciera. En su guardarropa dominaban los colores vivos, alegres, brillantes, primaverales. Había verdes esperanzadores, naranjas chispeantes y amarillos resplandecientes que, mezclados en originales estampados, recordaban a las imágenes policromas del fondo de los caleidoscopios.

Marie se decantaba por este atuendo multicolor cuando se sentía triste y abatida. En su manera de entender el mundo y desde pequeña, Marie creía firmemente que los colores vivos la ayudaban a contrarrestar su habitual desánimo, como el peso que equilibraba la balanza de sus emociones. Por el contrario, las raras ocasiones en que se encontraba exultante, prefería los tonos oscuros y apagados, porque los excesos solo conducían a un derroche inexcusable de energía y esta había que reservarla y emplearla en la dosis justa y adecuada. La excepción era el rojo; tendía a evitarlo como a una mala enfermedad.

Aquella mañana, eligió unos pantalones pirata beis, unas bailarinas de un tono similar y una camiseta naranja con un mandala que ocupaba gran parte del delantero. Antes de cerrar el armario, Marie observó el vaporoso vestido de algodón blanco que había comprado al poco de llegar a Madrid y que colgaba, sin estrenar, arrinconado en un extremo. El blanco era la luz, la fusión de todos los colores, era la vida en su plenitud. El blanco era solo para emergencias. El blanco era un color para los días mortalmente tristes.

***

Marie entraba en el ascensor cuando se abrió la puerta de su vecino. Alberto era un tipo alto, guapo y elegante. Trabajaba en la sucursal de uno de los mayores bancos del país y hacía largas jornadas laborales. Era silencioso, reservado y discreto, de modales suaves, pero también amable y servicial. Eso era todo lo que sabía de él, ya que, en el tiempo que llevaba viviendo en ese edificio, el contacto había sido escaso.

La primera vez que hablaron ocurrió tres meses atrás, al poco de mudarse al ático. Marie acababa de recoger a una gata callejera que merodeaba por la zona, y esta había empezado a maullar a todas horas. Marie sabía que la gata estaba en celo y que aquellos alaridos eran normales, que cesarían, pero también era consciente de que aquel escándalo podría molestar.

Por eso se puso rígida cuando el timbre sonó de madrugada. Apoyado contra el quicio de la puerta estaba Alberto, con una expresión tan taciturna como indescifrable. Vestía una camiseta de algodón y unos pantalones de lino que dejaban adivinar una figura atlética. Su flequillo rubio despeinado y esa particular elegancia, como desganada e inevitable a pesar suyo, le recordaban a Olivier, al Olivier al que había tenido que renunciar allá en su pueblo natal.

—Tu gato me está matando, no duermo nada.

Marie intentó disculparse en su castellano básico y atropellado; explicarle que era una gata, que solo estaba en celo y que era a causa de la primavera, pero a la vez comprendía que su vecino no necesitaba sus justificaciones, sino dormir.

—Si quieres, puedo ayudarte —repuso él.

Intrigada, Marie lo dejó pasar. Se sentó con delicadeza en el borde de la cama y se prestó solícito a los ruegos de la gata cuando se frotó contra sus piernas. El lomo del animal se ondulaba bajo las caricias de aquellos dedos largos y suaves. Entregado a aquellos mimos recíprocos, Alberto le explicó a Marie que una de sus amigas era una veterinaria muy competente y que podría castrar al animal.

—¿Cómo? ¡No! ¡Las gatas deben paguij al menos una ves en su vida!

—Qué va, mujer. Yo también tuve una gata y cualquier veterinario te dirá que la castración evita tumores, enfermedades o que se te escape en busca de marcha, tú ya me entiendes... —dijo Alberto enarcando una ceja—. Vivo enfrente. Si quieres, vamos a ver a mi amiga y ella te explica. Encima, como es voluntaria en un refugio de animales, te puede hacer la operación gratis.

Marie pensó que por preguntar a una experta no pasaba nada y, además, se sentía en deuda con un vecino que se había mostrado cortés y comprensivo con una gata que interrumpía su descanso nocturno. A la noche siguiente, Marie se acercó a la puerta de enfrente para aceptar la propuesta de Alberto. «Excelente» fue lo único que Marie pudo arrancarle a su joven e impenetrable vecino.

Quedaron en acudir al refugio ese mismo domingo. Iban en el coche de él, un utilitario que, según le explicó, solo empleaba los fines de semana y en vacaciones. El trayecto fue largo y pesado, y sobre todo muy silencioso, pero en ningún momento Marie se sintió incómoda. La impermeabilidad de Alberto le parecía más una coraza o un envoltorio que una falta de simpatía.

Por el contrario, la amiga veterinaria de Alberto resultó ser toda ilusión y alborozo, al menos hasta que se dio cuenta de que lo acompañaba una chica. Bajo el alegre brillo de su mirada y los ademanes cordiales, Marie adivinó algo de aspereza.

—Elena, te presento a Marie, una vecina. Es francesa, lleva unos meses viviendo aquí.

—Francesa… —repitió levantando las cejas y repasando la figura de Marie—. Hummm, ya… ¿Y te gusta España?

—Sí, musho.

—Elena, he traído a Marie a ver si la convences de que castre a su gata —dijo Alberto señalando al animal, que ya se revolvía con inquietud en los brazos de su dueña, ansiosa por trabar amistad con los gatos que alcanzaba a olisquear—. O eso, o tendré que mudarme al Tíbet para poder dormir.

La joven veterinaria respondió con una sonora carcajada que dobló su cintura hacia atrás, en un cimbreo que Marie ya había visto en el lomo de la gata bajo las diestras manos de su vecino.

—¡Cómo eres! —dijo, mientras se agarraba del brazo de Alberto y lo conducía a un despacho contiguo.

Marie los siguió. A estas alturas, quedaba claro que la veterinaria ardía de deseo por Alberto, y que este no albergaba ningún interés por su amiga que no fuera el que tenía que ver con sus habilidades veterinarias y, más especialmente, las quirúrgicas.

Recordando aquella visita al refugio de animales que finalmente terminó con una gata liberada del impulso de procrear, Marie se percató de que nunca había visto a su vecino con una mujer. Mientras lo esperaba aguantando la puerta del ascensor y su propia bicicleta en una extraña pose, Marie calculó la cantidad de mujeres que atraería esa divinidad griega hecha carne. Debía de ser como un imán, igual que Olivier. Si no fuera porque ella siempre estaría enamorada de Olivier de Poitou, quizá también hubiera caído en ese influjo de seducción que ambos desprendían de forma tan natural.

—¿Cabremos? —preguntó Alberto con el entrecejo fruncido, sosteniendo la puerta y cediendo el paso.

—Sí, sí —contestó Marie, que ya se colocaba dentro, de modo que cupieran ambos y la bicicleta.

Y aun así, a pesar del potente e indiscutible atractivo de Alberto, había algo en él que activaba en ella una sensación de alarma.

***

Doña Engracia se afanaba con la fregona en el vestíbulo del portal. Alberto avanzó sin dudar, marcando sus pasos en el suelo mojado, y se despidió con un adiós frío y displicente.

Marie esperó en la puerta del ascensor, respirando apenas, invadida por el intenso olor a lejía, e intentando adivinar un camino seco en la superficie brillante del mármol. Doña Engracia refunfuñaba y maldecía mientras repasaba las huellas negruzcas que Alberto había dejado en el suelo.

No era que la portera le diera miedo, pero tampoco quería incendiar el temperamento colérico de la mujer. Marie sabía que doña Engracia era viuda, que no tenía hijos ni familiares cercanos, que tampoco se la veía con amigas y que las palabras que salían de su boca no componían más que quejas. Y cuando no se lamentaba de su vida de perros, su sueldo de miseria o la vivienda infrahumana a la que estaba condenada, esta señora robusta, de pelo de escarola canosa y rostro flácido, suspiraba con gran teatralidad y, fingiendo que hablaba para sí y que solo la escuchaban las paredes, formulaba en voz alta sus dos deseos más queridos: jubilarse para poder marcharse al pueblo, o bien que le diera un patatús y morirse de una vez por todas, para abandonar de una maldita vez este valle de lágrimas.

La portera avanzó con la fregona, veloz y amenazadora, envuelta en los sofocantes efluvios de la lejía, y, cuando tuvo los pies de Marie a tiro, levantó la cabeza con brusquedad y se paró ante ella.

—¡A ver! ¿Vas a pasar o qué? ¡Que no tengo todo el día!

—Pegdón —se excusó Marie, y se escabulló rápidamente hacia la salida.

Fuera, el sol brillaba con esplendor y la luminosidad del día la calmó. Se alejó pedaleando, un poco fastidiada por haberse dejado ningunear por la portera y por la capacidad que tenía aquella mujer, con la irritabilidad de su carácter, de ponerla nerviosa. Saber quién era doña Engracia, de dónde venía y lo que ocultaba debía bastarle para encararla con menos turbación, pero nunca lo conseguía.

***

En la oficina de mensajería, la mañana se presentaba ajetreada. Como cualquier otro lunes, los sobres y paquetes se amontonaban en pilas que había que ordenar, mientras los oficiales se arrastraban con la desgana propia del comienzo del trabajo y se contaban las andanzas del fin de semana, algunos en corrillo, entre susurros, y otros casi a voces, como Yasmina, la recepcionista.

Yasmina era, probablemente, la empleada más dicharachera, escandalosa y exagerada de la agencia. La joven veinteañera había hecho del exceso una marca inconfundible de su personalidad. Se pintaba los párpados y los labios con colores llamativos, y cargaba las pestañas con varias capas de máscara negra que, no en pocas ocasiones, formaba unos espesos grumos bien visibles. El pelo rubio, rubísimo, tomaba formas variadas cada día, entre rizos, tirabuzones, cardados, flequillos y recogidos que ella misma se hacía siguiendo las instrucciones de los *blogs* de moda o que improvisaba a medida que mejoraba en el arte de la peluquería casera.

Le gustaba mezclar prendas, colores y estampados en combinaciones extravagantes, y se esforzaba por otorgar renovados usos a los complementos tradicionales. Su estilo

25

era ecléctico, decía. «Si yo fuera famosa, reina, sería una *it girl,* y todas me copiaríais».

Era imposible aburrirse con Yasmina. Siempre tenía mil anécdotas divertidas que contar. Narraba con gran afectación, representando las escenas y metiéndose en el papel de los personajes principales y secundarios que daban vida a sus historias, mientras su interlocutor solo podía abrir mucho los ojos y soltar un ocasional «¿En serio?» o «¡Qué fuerte!» o un «No me lo puedo creer», que no hacían más que avivar su locuacidad.

Yasmina era, además, la tesorera oficial de los chismes de la oficina. Sabía quién se había liado con quién, quién ponía los cuernos y quién los llevaba, secretos familiares vergonzosos y rasgos de carácter inconfesables. Saber tanto de tantos le daba cierto estatus en el pequeño círculo de la agencia, pero eso no la hacía tacaña en el comadreo; al contrario, siempre que se le solicitaba, estaba dispuesta a revelar alguna intriga y satisfacer el hambre de la murmuración. Cómo se las arreglaba para averiguar y ser confesora, a la vez que difusora, de las desgracias ajenas era un don que ni ella misma sabía que tenía.

Aquel lunes Yasmina hacía malabares entre los envíos que iba ordenando con su mano izquierda y la palmera de chocolate pringosa que sostenía con la derecha.

—*Bon yuj,* nena. ¿Qué tal el finde? —la recibió Yasmina chupándose los dedos.

—Bien. ¿Tú no… a dieta?

—Oh, sí, por supuesto. Es la dieta de la palmera de chocolate. Tengo que comerme tres al día, una por la mañana, otra al mediodía y otra para cenar. Puedes adelgazar hasta cinco kilos en cinco días, pero solo cinco días, porque más puede ser malo para la salud, ¿sabes?

—Ah...

—Es que me estoy preparando para el viernes, ¿sabes? ¿Te acuerdas de aquel tío bueno que te conté, el que veía siempre en la disco? Pues muérete, ¡que voy a conocerlo! —dijo Yasmina aplaudiendo como una niña—. Es que no te lo vas a creer. Resulta que es el primo de una amiga mía, bueno, primo lejano, pero son familia. ¿Te imaginas? Toda la vida siendo amiga de la Vane, y ahora resulta que es la prima de mi futuro marido. Qué fuerte, tía... —Desenfocó la mirada un instante, con los ojos muy abiertos, como si estuviera viendo la película de su vida—. En ese caso, ¿de qué parte vendría: de la novia o del novio? Qué fuerte, ¿eh? Este viernes van a quedar, en plan pandilla, y yo voy a aparecer por allí, con unos *leggings* que he visto y que me van a quedar geniales cuando baje unos kilillos.

—Me alego pog ti.

—Gracias, guapa. Oye, te podrías venir. Le digo a mi amiga que te busque otro tío bueno.

—Oh, no, no, gasias. Sabes que no me gusta la noshe.

Yasmina dio un gran suspiro y se recostó en la silla.

—No sé qué hacer contigo. No tienes remedio, tía.

***

Marie se ocupaba de repartir los envíos que la oficina recibía, dentro de la zona de influencia de la agencia. La mayor parte de las veces, y si el tiempo se lo permitía, se desplazaba en su bicicleta o caminando.

A la joven francesa le gustaba ser mensajera. Llevaba los paquetes y sobres con cuidado infinito, como si fueran portadores de tesoros incalculables y secretos de gran magnitud. Durante los trayectos, solía imaginar qué podía encerrar el envoltorio de su siguiente entrega. ¿Un regalo para un hijo que vive fuera? ¿Una carta de amor? ¿Una nota de perdón? ¿Una caja de recuerdos? Y cuando se encontraba frente a los destinatarios, Marie intentaba desentrañar las emociones que pudieran esconderse detrás de sus máscaras más o menos corteses; adivinar la ilusión tras un tupido bigote, el brillo que ilumina unos ojos cansados de ver siempre lo mismo; sentir la esperanza en un ligero temblor de las manos.

Sin embargo, Marie sabía que esos ensueños no formaban parte de la realidad, que los paquetes que entregaba eran de tipo comercial: un pedido para cubrir la mercancía de una tienda, una compra *online*, artículos de *marketing*, folletos publicitarios. Y, aun así, la reveladora información de los albaranes o la frialdad con la que los receptores recogían el paquete y estampaban su firma en el recibo no impedían que Marie continuara soñando con ser la emisaria de un correo especial.

No obstante, había ciertos días en que sí lo era, como cuando le llevaba el correo a don Íñigo o cuando le entregaba a Peter su anhelado envío de maquillaje y cosméticos. Hoy era uno de esos días.

***

Peter no fue bautizado con ese nombre, sino con el de Pedro. Nació en un pueblo de Soria muy aburrido y pequeño, pero con una alta densidad de población de brujas malvadas con verrugas negras, según afirmaba él. Cuando se dio cuenta de que solo jugaba al fútbol para restregarse con los demás compañeros y verlos desnudos en las duchas, y de que allí no podría más que morderse las ganas, supo que algún día tendría que abandonar el pueblo y marcharse a la gran ciudad.

Durante los años que aún tuvieron que pasar, su deseo no dejaba de acrecentarse con una violencia que lo martirizaba. Sufría cuando contemplaba a los demás chicos, por no poder rozar aquellos pechos adolescentes que se asomaban al florecer de la vida, aquellos rostros que comenzaban a perfilarse con los ángulos de la madurez sexual. Se entristecía sin remedio cuando observaba a las chicas componiéndose y arreglándose, charlando de moda, de cine y de ese cantante tan guapo y arrebatador, en unos corrillos donde su entrada estaba vedada.

Peter no tuvo que convencer a su familia cuando al fin pudo reunir unos ahorros y hacer la maleta. Fue al terminar una cena de un día cualquiera, al final de una velada tensa como las demás, en la que el murmullo monótono del telediario hacía patente el monstruoso silencio del hogar. En su plato quedaba un último bocado de gelatina de fresa, vacilante y tembloroso. Peter tomó aire y, apretando el estómago, reunió el valor de hacer el anuncio que tanto había anhelado. «Mañana me voy a Madrid», dijo con una voz más frágil y aflautada de lo que le hubiera gustado.

Estaba preparado para una escena de desgarro, culpas y acusaciones, pero nada ocurrió como había previsto. Su padre lanzó un suspiro hondo y sobrecogedor. Peter nunca supo si fue de alivio por librarse del maricón de la familia, de decepción por no haber tenido la suerte de tener un hijo normal, o de culpa por no haber conducido a su único vástago por el camino de una vida como Dios mandaba. Su madre lloró, en silencio y de espaldas, mientras fregaba los cacharros y se afanaba en la cocina con mayor atención de la habitual.

Aunque Peter sabía que sus padres no ignoraban las auténticas motivaciones que le empujaban a irse, sintió la necesidad de justificar su marcha. De forma atropellada e intentando recordar los argumentos que había preparado para la grave discusión que nunca estalló, dio paso a las explicaciones. Dijo que había encontrado un trabajo estupendo en la capital, que él hacía como los demás, que todos terminaban yéndose, que en el pueblo no había futuro y que con dieciocho años ya era mayor para valerse por sí mismo.

Al poco rato se fue a la cama, defraudado en parte por la falta de drama en su despedida, pero también contento de no agotarse emocionalmente en una gresca familiar que no iba a cambiar su determinación.

Pasó la noche en vela, imaginando la excitante vida que le esperaba en la gran ciudad, y antes de que despuntara el nuevo día, comenzó a prepararse. Cuando salió por la puerta, el amanecer se desperezaba en rayos oblicuos y templados, anunciando la pronta llegada del otoño. Peter sentía en su espalda el calor del bocadillo de tortilla de patatas recién hecho que llevaba en la mochila y, a través de él, la mirada quebradiza de su madre, que, invadida por la emoción, solo había sido capaz de dejarle un beso tibio en la mejilla.

Peter avanzó con decisión, haciendo sonar los guijarros bajo su característico y estudiado vaivén de caderas. Para entonces, la maledicencia aldeana ya murmuraba que el niño de Pedro y Juana era un muerdealmohadas. Eso no le importaba, al contrario, le enorgullecía ser como era y no temía parecerlo ante los demás. Sin embargo, sí le dolía que lo acusaran de pervertido. Un par de viejas lo sorprendieron en un nudo de brazos y piernas con el hijo menor del alcalde y concluyeron que el maricón del pueblo quería violentar al pobre muchacho. Era su novio, su primer amor de verdad. Experiencias sexuales había tenido algunas más, porque, a pesar de la pequeñez del pueblo, había más de uno al que le gustaba lo que Peter les ofrecía, pero con Manuel había sido diferente. Se habían hecho grandes promesas, iban a marcharse juntos a Madrid, lejos de aquella estrechez. Sin embargo, Manuel no salió en su defensa, sino que lloriqueó y se hizo la víctima ante las viejas. Aquel día, con el corazón hecho añicos, Peter se juró que no volvería a enamorarse de un tipo que se avergonzara de él.

Con un expediente académico mediocre y su experiencia cuidando del ganado y los pastos familiares, solo pudo conseguir trabajo como camarero en el McDonald's de la calle Gran Vía, esquina con Montera. El trabajo era cansado y desagradecido, pero le permitía entrar en contacto con un mundo nuevo y apenas imaginado, compuesto de pequeños universos independientes. Putas, maricones, travestis, ejecutivos, estudiantes, mendigos, modelos despampanantes, drogadictos y marujas se mezclaban cada día en un imbricado encaje, sin rozarse más que para hacerse paso en la red de calles que componían el centro de Madrid.

Su espontaneidad y sus ganas de encajar pronto le granjearon amigos y amigas, y en su compañía se entregó al desenfreno de la larga noche madrileña y a innumerables intercambios amatorios. Peter disfrutaba con plenitud de su sexualidad, del descubrimiento de cuerpos nuevos, con sus olores y sabores, tan diferentes y excitantes, y en ellos fue desechando los recuerdos de un pueblo que cada vez le quedaba más lejos.

Sin embargo, el frenesí nocturno no le arrancó el anhelo de encontrar a alguien especial. Todo aquel sexo estaba bien, pero Peter necesitaba algo más; un hombre en el que descansar al final del día, una mano que agarrar en sus paseos dominicales, una piel conocida en la que garabatear sus sentimientos. En los diez años que llevaba en Madrid, Peter había acariciado ese deseo, lo había imaginado y adornado con tintes románticos y melodramáticos, lo había digerido y había extraído sus componentes para analizarlos, lo había vuelto a cocinar, y ahora ese deseo se había transformado en una necesidad física que le latía en la boca del estómago, que le producía ansiedad al despertar y que le robaba el sueño por las noches. El muchacho divertido y aventurero que llegó a Madrid se había convertido en un espíritu medio triste y desesperado que saltaba de cama en cama en busca de su media naranja. «Alguien ha debido de hacerse un zumo con la mía», se lamentaba con frecuencia.

La única ilusión que le satisfacía y le hacía olvidar sus desengaños, al menos por un momento, eran los cosméticos. Para completar su sueldo, pero sobre todo por el simple hecho de pasarlo bien, Peter vendía maquillaje y potingues. Cada cierto tiempo recibía mercancía en casa y organizaba reuniones con amigas, a las que lograba colarles un esmalte de uñas, una sombra de ojos o la definitiva crema antiarrugas con baba de caracol y veneno de serpiente. Ellas no necesitaban nada de eso y eran conscientes de que podrían encontrar cualquiera de aquellos artículos a menor precio y con mayor variedad en las tiendas, pero se dejaban hacer. Peter las ponía al día de sus escarceos y sus desencantos, les enseñaba trucos de maquillaje y les aconsejaba sobre moda.

Después de llamar al timbre del apartamento de Peter, Marie colocó el paquete de cosméticos al frente, para que quedara bien visible. Oyó los pasos desganados de su amigo, que se acercaba a abrirle. Marie aguardaba, al otro lado de la puerta, mordiéndose los labios, previendo el rostro compungido de Peter y el automático centelleo en sus ojos en cuanto viera la entrega.

—¡Mis pinturitas! —exclamó Peter extendiendo los brazos—. Pasa, corazón, no te quedes ahí.

—¿Qué tal?

—Bah, ya sabes, hija, lo de siempre.

—¿Y Tony?

Peter se dejó caer en el sofá, no exento de una pizca de melodrama, y se abrazó a un cojín con forma de corazón que le había regalado un antiguo amante.

—Nada, chica. No sé nada de mi fotógrafo glamuroso desde la última vez que te vi. Al principio, pensé que era por el curro, ya sabes lo liadísimo que está con tanto viaje, pero son excusas, tía. Si de verdad le interesara, habría encontrado tiempo en estas dos semanas para llamarme, ¿no crees? ¡Dos semanas, catorce días!

A su lado, Marie asentía en silencio, con gesto comprensivo.

—¿Sabes qué he pensado? Que lo mismo es bi, o sea, que también se folla a tías, para que me entiendas. Es que no tiene nada de pluma, ¿sabes?, y eso me parece muy sospechoso, y encima está con modelos todo el santo día. *Na,* te digo yo que a este le gusta la carne y el *pescao.*

Peter se cruzó de piernas y la bata de seda morada se abrió ligeramente, lo justo para asomar las rodillas y parte de los muslos. La tela caía con suavidad en pliegues brillantes.

—Así estás como una estgella de sine.

—¿En serio? —Peter se incorporó y se llevó las manos al centro del pecho—. Tú sí que sabes cómo animarme, reina. ¿Te apuntas a la próxima reunión? —añadió acariciando su paquete de cosméticos.

—No voy a compag nada.

Peter entornó los ojos y suspiró.

—Con lo joven y monísima que eres, no sé por qué te empeñas en vivir como una monja. Podrías arreglarte, salir por ahí, divertirte… Es que no lo entiendo… —Peter se acercó con aire confidente y le cogió las manos—. Quiero que sepas que soy de fiar, que conmigo te puedes desahogar. Yo te prometo que no se lo cuento a nadie si no quieres.

—¿Qué?

—Tu trauma, tu secreto. Está claro que has venido a España escapando de algo… o de alguien. Sé reconocer esas angustias en la gente porque yo ya he pasado por eso.

Marie sostuvo la mirada trágica de Peter unos segundos que a él le parecieron eternos, el preámbulo de una revelación largamente contenida. Marie abrió mucho los ojos, con cierto espanto, mirando hacia la pared.

—¿Eso es…?

—Oh, no, no, no. —Peter encogió las piernas y se recogió en el sofá, tembloroso—. ¡Mierda, otra puta cucaracha!

***

Marie cenó un sándwich de queso y unas galletas de avena con la vista fija en la alfombra de pelo largo que gobernaba el centro de su estudio cuadrado. Comió con rapidez, devorando con algo de apetito, pero sobre todo con la ansiedad de una larga espera. Cuando aún no había tragado el último bocado, se agachó y retiró la alfombra. Dejó al descubierto una trampilla con los goznes oxidados y un agarrador con el cerrojo roto. La muchacha levantó la portezuela y un chirrido de cuento de brujas abrió unas escaleras que descendían oscuras. Marie dudó un instante, pero finalmente se decidió a bajar. Los escalones eran estrechos y altos, de una madera vieja que crujía por el paso de los años y la falta de cuidados.

Una sombra se escurrió, como sorprendida. En un instante, se hizo la luz.

—Ah, eres tú. Creía que era una rata...

Maika solía dirigirse a Marie con el desdén propio de alguien que se considera por encima. Pero no se trataba de eso, no era superioridad. Desde que Marie llegó a la vida de don Íñigo, Maika se sentía invadida en su territorio. Durante años había servido al anciano, limpiándole el enorme piso, cocinándole algo comestible, sacándole a la terraza en los días de sol y alcanzándole el bastón cuando el viejo lo perdía y no era capaz de encontrarlo por sí mismo. Maika se había convertido en las muletas de unos ojos asaltados por el glaucoma y que apenas veían una luz al final de un túnel cada vez más estrecho.

Don Íñigo no era la mejor compañía ni el jefe más simpático al que hubiera atendido. Era un simple viejo gruñón, que se pasaba el día murmurando, quejándose y reclamando naderías; un viudo amargado y solitario difícil de complacer, al que ni siquiera aguantaba su propia familia. Pero pagaba bien, muy bien. Era lo bueno de trabajar para gente de dinero, no esos nuevos ricos que se creen dioses porque de repente la buena fortuna se ha puesto de su lado. No, don Íñigo era rico desde que nació, igual que sus padres, igual que sus abuelos, igual que sus bisabuelos. Maika no sabía en qué punto de la historia la saga familiar comenzó a manejar tan grandes patrimonios, pero sospechaba que el origen debía de ser remoto. Solo aquel piso ocupaba toda la quinta planta de un edificio que era de su propiedad, cuyas viviendas alquilaba a otros, pero, además, don Íñigo acumulaba una buena colección de antigüedades y objetos personales que tenían el aspecto de ser muy valiosos. Joyas, monedas, trajes de época, libros, cuadros, esculturas, cartas se apilaban sin orden ni arreglo, abandonados, con el único ánimo de acumular polvo y asistir, inadvertidos, al paso del tiempo.

La nómina de tesoros se adivinaba extensísima, pero jamás se había calculado. Durante una breve temporada, apenas unos dos o tres meses, anduvo por allí una chica joven, recién licenciada en Historia del Arte, con la tarea de catalogar aquella hacienda. Pero el carácter agrio de don Íñigo dio al traste con la ingente labor, y la muchacha terminó renunciando al trabajo. Los constantes desacuerdos y regañinas le quitaron al potentado las ganas de volver a intentarlo. Total, qué iba a ganar él organizando todo aquello; no eran más que trastos inútiles.

Que la chica se marchara fue una suerte. Maika se encontraba a gusto allí sola, trabajando para un señor rico casi ciego y que apenas podía ejercer control sobre ella y sus quehaceres. En parte, se sentía como la señora de la casa; podía ir y venir, repantigarse en el sofá, comer a espuertas, bañarse en el *jacuzzi*, disfrazarse con joyas y vestidos de postín y, de vez en cuando, sisar las vueltas de las compras. El viejo protestaba todo el santo día, sí, pero ella se desquitaba poniéndole muecas de profunda aversión.

Por eso, cuando Marie llegó para instalarse en su rutina y en el estudio de arriba, con aquella comunicación de puertas abiertas, Maika se sintió intimidada. Veía a la francesa como a una espía que podía soplarle al jefe sus negligencias domésticas. Y había algo más. Él había empezado a confiar en aquella desconocida, hasta el punto de que el corazón bronco del viejo parecía henchido de una especie de alegría cada vez que Marie lo visitaba, aunque no trajera correo de la agencia.

—¿Está el señog Íñigo? —preguntó Marie con timidez.

—¿Marie? —gritó el anciano.

A don Íñigo se le oía lejos, pero la esperanza que transportaba su voz le llegó con nitidez. Maika torció la boca.

—Está en la biblioteca.

—Gasias.

Marie avanzó rápida por el pasillo oscuro y entró en la sala de lectura. Decenas de estanterías se elevaban hasta el techo, atestadas de volúmenes con las páginas amarillentas y quebradizas. Marie adoraba encontrarse con don Íñigo en esa biblioteca. Ambos se sentaban en sendos sillones de piel, con los pies sobre unos taburetes, y en esa posición charlaban durante horas. Él, muy pocas veces, le contaba historias y anécdotas de su vida pasada, y ella le leía novelas, periódicos y, por supuesto, las postales que recibía de su nieto.

Marie se arrellanó en su sillón y sonrió con gran placer. Sabía que él no podía verla, pero sí sentirla a través de la electricidad del aire. En los ojos muertos del viejo, Marie percibió un destello de luz. Acababa de darse cuenta de que ella le traía una gran novedad.

**

Cada tarde, don Íñigo esperaba la compañía de Marie en un estado de ligera ansiedad, pero no se trataba de esa angustia que provoca el miedo o la paranoia, sino la dulce agitación de saber que algo maravilloso va a ocurrir. Habiendo enfilado ya la última etapa de sus días, y sabiéndose solo, abandonado, hastiado de existir e incapacitado por una ceguera en avance irreversible, Marie había llegado a su vida con un mensaje de ilusión que ya no esperaba.

Si es verdad eso que dicen de que en el pequeño instante que precede a la muerte uno ve su vida en imágenes, don Íñigo estaba convencido de que consigo se llevaría el recuerdo de Marie entrando en su casa por primera vez.

Sucedió en una tarde desapacible de enero o febrero, no sabría precisarlo. El cielo, encapotado desde la mañana, no terminaba de romperse. Don Íñigo se estaba quedando adormilado en la cama, arrullado por un concierto de música clásica que daban en la radio, cuando el timbrazo de la puerta lo espabiló. Tenía que hacer cambiar ese maldito timbre. Sonaba como todos los antiguos, un chirrido metálico de lo más impertinente, un quejido como de mil grillos enloquecidos. Oyó los pasos perezosos de Maika acercarse a la puerta y saludar a alguien con desgana. Mala suerte para la visita, no iba a ser bien recibida en aquella casa.

A medida que la ceguera del viejo aumentaba, el resto de sus sentidos se agudizaban exponencialmente. Al principio, prestaba atención a esos nuevos matices de los sabores, las descargas de sensaciones que le llegaban a través de las manos, la nitidez con la que percibía los sonidos. Recogía toda la información en su interior y se maravillaba con esos descubrimientos, pero cuanta mayor minuciosidad adquiría su percepción, mayor irritación le provocaba. Él solo quería pasar sus últimos días casi vegetando, aguardando a la muerte sin incordios de ninguna clase.

No soportaba a Maika, por su desidia, por su cara dura y especialmente por su necedad. La muy estúpida estaba convencida de que él no se enteraba de nada, de que la ceguera le había robado la capacidad de ver. De todos modos, la dejaba a sus anchas. En verdad, seguía admitiéndola en su casa porque era la única que lo aguantaba, o la única que había sabido sacar provecho de aquel trabajo tan ingrato al servicio de un cascarrabias como él.

Con Marie, en cambio, había sido diferente. Aquella tarde la percibió en el ambiente, a través de las paredes. La bondad de su corazón, su honestidad, su recogimiento le llegaban en susurros atropellados.

Cuando Maika llamó a la puerta de su habitación, él estaba haciéndose el dormido, solo para fastidiar.

—¿Señor?

—¿Qué? —contestó don Íñigo simulando un despertar inoportuno.

—Hay una señorita en la puerta. Trae un sobre para usted.

—Pues recójalo, coño, para eso le pago.

—Ella insiste en que debe entregarlo en mano al destinatario, o sea, usted.

—Ya sé lo que significa «destinatario», Maika, no me haga de traductora, que soy viejo, pero no gilipollas.

—Sí, señor.

Don Íñigo captó el odio de Maika. Debía de estar maldiciendo a todos sus muertos. Sonrió para sí, satisfecho de haber logrado molestarla.

—Dígale que voy.

—Sí, señor.

El viejo tanteó a su lado, encontró el bastón y se encaminó hacia el recibidor. Por suerte, conocía su casa a la perfección, cada recoveco, cada esquina, cada mota de polvo. Enseguida notó una presencia cálida, un halo de energía que se había quedado suspendido en el ambiente de hostilidad que gobernaba su piso. Recordó las pompas de jabón con las que divertía a su nieto en tiempos mejores y se imaginó que una burbuja de brillo irisado flotaba a la puerta de su casa.

—¿Qué desea?

—Un sobge, señog.

—¿Francesa? —preguntó con una mueca de repugnancia mal disimulada.

—Está diciendo que sí con la cabeza —intervino Maika—. Es ciego —añadió, dirigiéndose a la desconocida.

—Casi. Y veo más de lo que parece.

—Por supuesto, señor —carraspeó Maika—. Discúlpeme.

—¿Y de qué se trata, si puede saberse? —preguntó don Íñigo.

—Una cagta.

—¿Y por qué es imperativo que yo tenga que levantarme de mi siesta y recogerla en persona?

—Ógdenes del cliente.

—Joder, no será una carta bomba, ¿no?

A través de la neblina, don Íñigo apreciaba el estupor de la mensajera. Quizá debería aflojar un poco el tono. Esa chica parecía buena persona y no tenía la culpa de su malhumor.

—Ábrala, por favor, yo no puedo leer.

El viejo oyó el chasquido del papel al rasgarse, unos dedos nerviosos y torpes que se afanaban en desenvolver el sobre.

—Es una postal —dijo Maika, cogiéndola y revisándola—. Una playa de Tailandia, muy mona…

—¿Y quién cojones me envía una postal de la Conchinchina a través de un servicio de mensajería? ¿Y qué pone?

Maika enmudeció. Don Íñigo sabía que algo estaba ocurriendo y se impacientó. En ocasiones como esas odiaba con todas sus fuerzas el glaucoma y su invalidez, que ni siquiera todo el oro del mundo podría detener.

—¿Me quiere decir alguien qué pasa?

—Es…, es una postal —titubeaba Maika—. Se la ha escrito su…, su nieto.

***

Sentado frente a Marie, en la biblioteca, don Íñigo recordó esa primera emoción del reencuentro epistolar con su nieto.

Ahora, después de varios meses recibiendo postales desde diferentes partes del mundo, la mensajera le traía otra gran ilusión, lo sabía. Se notó, como aquella primera vez, impaciente, ansioso por que ella le anunciara la gran novedad.

La llegada a su vida del nieto perdido supuso para él toda una conmoción. Era el único miembro de su familia del que tenía noticias y, menuda sorpresa, que deseaba estar en contacto con ese viejo regañón que se había ganado a pulso su soledad.

Era su único nieto. Lo recordaba jugando en la playa, en compañía de su esposa ya fallecida. Los tres daban largos paseos, tomaban helados y levantaban castillos deformes en la arena, los adornaban con conchas y luego el pequeño terminaba destrozándolos entre risas. Desde el gran balcón de su piso, con vistas al mar, abuelo y nieto oteaban el horizonte verdoso, y se inventaban historias de piratas y princesas, tesoros escondidos y territorios por conquistar a los caníbales.

Su pequeño tenía cinco años la última vez que lo vio, y ya habían pasado más de dos décadas. Toda una vida. Ahora debía de ser un hombre alto y fuerte, como todos los de su familia, y aventurero, estaba claro. Probablemente era inteligente como su madre. ¿Qué sería de ella? Desde que don Íñigo la echó de su vida, no había tenido más noticias.

En cada nueva postal que recibía, el viejo anhelaba que el chico le contara cosas de su madre, pero comprendía que la necesaria brevedad que exigían aquellas misivas le impedía añadir ese tipo de detalles. Tampoco descartaba que su hija pudiera haberle prohibido contar cualquier cosa sobre ella. La ruptura había sido brutal y absoluta, y los efectos, devastadores.

Por suerte, la providencia o lo que fuera le había dado una segunda oportunidad. Le había traído a su nieto de manos de una mensajera joven, discreta y reservada, pero enormemente amable y sensible. Desde el principio, había tenido la paciencia de atender su ceguera y leerle las postales. ¿Cómo podía expresarle tanto agradecimiento? ¿De qué forma podía compensarla por el tiempo que ella le dedicaba? ¿Con qué le devolvería el cariño con el que se esforzaba por hacerse entender con esa pronunciación barroca y golosa del francés?

Le ofreció un sueldo y un contrato por esas tareas, pero los rechazó. Con su escaso español logró explicar que le gustaba su trabajo de mensajera y que no planeaba quedarse mucho tiempo en Madrid. Entonces, al viejo se le ocurrió que la joven podría mudarse al estudio del ático. Era soleado, acogedor, y le quedaba cerca de la agencia donde trabajaba. La portezuela que comunicaba ambas viviendas podría quedar abierta de manera permanente, para que ella pudiera pasar siempre que quisiera, sin tener que tratar con la cancerbera de su casa, y estableció la renta que le pareció más justa y cabal: un euro al mes.

—Bueno, ¿tienes algo para mí? —preguntó don Íñigo, consumido por la expectación.

—Ajá.

El viejo identificó el crujido del papel, pero sonaba diferente que en otras ocasiones, como más denso.

—Pego esta ves es… ¡una cagta!

—¿Lleva remitente? —preguntó el viejo, dando un brinco.

—Eh… ¿Pegdón?

—¿Pone la dirección?

—Hum… No, lo siento.

Don Íñigo volvió a encogerse.

—Bueno, qué le vamos a hacer… Ahora, querida mía, lee, por favor, lee.

¡Una carta! Su nieto iba a contarle más cosas, estaba deseando escucharlas y desasirse de la decepción que había recibido al imaginarse un sobre con un remitente. Pensando que su nieto había escogido un lugar en el mundo en el que fijar su residencia, el hombre ya se veía yendo al encuentro del chico para, al fin, poder abrazarlo.

**

Mierda, pensó Maika al oír la sorpresa que Marie le tenía preparada al viejo mientras escuchaba detrás de la puerta. Una cosa era que el nieto le mandara postalitas breves e insustanciales, y otra diferente, que se diera una comunicación más estrecha. Aquello podía ser el principio del fin. El nieto podría entusiasmarse y venir a instalarse en el piso con su abuelo para recuperar el tiempo perdido, o podría ser incluso peor, si el viejo decidía irse de viaje con el chico allá donde estuviera. Vaya, tenía que prestar atención. ¿Qué contaría esa maldita carta?

—Antes de que sigas, Marie —dijo don Íñigo—, abre la puerta, por favor, que si no el aire aquí se estanca. Mejor que haya un poco de corriente.

Maika se sobresaltó y se alejó rápida por el pasillo, antes de que la francesa entrometida la descubriera. Viejo asqueroso… Ahora se quedaba sin saber nada.

De repente, la mujer se vio derrapando hacia la incertidumbre y la miseria. Estaba segura de que no encontraría otro empleo como ese, tan bien pagado y en el que ella pudiera gobernar como le apeteciese. Encima, tendría que llevar la maldita crisis a cuestas. Cada vez había menos oferta para una demanda que no dejaba de crecer. Sus competidoras ya no eran solo rumanas o sudamericanas, como ocurría hasta hacía unos pocos años; ahora las españolas también querían ser chachas porque no les quedaba otra. Y luego estaba su edad. ¿Quién iba a aceptar a una sesentona en su casa pudiendo tener a una mujer mucho más joven y fuerte?

Eso solo significaba una cosa: que debía ser previsora, actuar con rapidez y adelantar su plan.

3

A Peter le gustaba organizar sus reuniones con esmero. Se enfundaba en su papel de perfecta anfitriona y agasajaba a sus invitadas con un trato exquisito. Se entretenía planeando y elaborando la merienda, pero nunca ofrecía el ordinario trozo de pan con paté de oferta; Peter pasaba horas en Internet buscando recetas originales con las que sorprender en cada nueva cita.

Aquella tarde había preparado unos hojaldres rellenos de *mozzarella*, mermelada de tomate y cebolla confitada, junto a una versión estética y renovada del clásico bocadillo de sardinas, con pan de semillas, hojas de col y vinagreta de tomate. Para beber, leche de almendras fresca, hecha por él. En conjunto, había invertido algo más de la cuenta en los ingredientes y, sobre todo, muchas horas en la cocina, pero el resultado merecía la pena.

El pequeño salón estaba perfectamente limpio y adecentado para la cita. Aun así, Peter observó la sala con resignación. Cuando entró a vivir en ese piso compartido, la vivienda le había dado ganas de llorar. Las paredes, grisáceas y con manchas que no le apetecía identificar, echaban de menos una capa de pintura. Los muebles estaban anticuados y erosionados por el tránsito de los incontables inquilinos que debió de haber acogido aquel piso situado en el centro de Madrid. Fue eso, la ubicación, lo que lo animó a mudarse, junto al hecho de que allí ya vivían dos amigas con las que congeniaba.

Sin embargo, no consiguió adaptarse a tanta decrepitud. Con los pocos ahorros que había reunido, pintó las paredes del salón y su habitación en tonos pastel, que contrastaban con los colores enérgicos de las cortinas y los cojines. Puso fundas sobre el sofá y los muebles con el fin de ocultar el desgaste, cultivó flores y plantas de interior, y colgó algunas láminas de pinturas impresionistas.

El conjunto mejoró visiblemente. Peter se sabía con talento para embellecer su vida, pero lamentaba no tener suficiente dinero con que realizar sus proyectos. Aun con la limpieza y los nuevos colores, Peter no se libraba de la impresión de pobreza que recibía de su casa. Y lo más desolador era que no encontraba por dónde huir de aquel destino de vulgaridad que le había tocado.

Las primeras visitas llegaron puntuales. Eran Marie y Yasmina, que venían de la oficina, junto con alguien más que él no conocía. Lo bueno de aquel negocio era que sus amigas podían invitar a otras, lo que incrementaba su clientela.

—¡Queridas! —exclamó Peter ofreciéndoles besos sonoros.

—Hola, cariño —repuso Yasmina.

—Bona tagde —dijo Marie.

—Esta es Claudia, la futura mujer del jefe. Se casa el mes que viene, así que hemos pensado que podrías asesorarla con el maquillaje —dijo Yasmina guiñándole un ojo.

—¡Oh, estupendo! Encantado, yo soy Peter.

—¡Uy, como mi perrito! —exclamó Claudia.

—Qué rica... —repuso Peter con la sonrisa congelada—. Pero pasad, niñas, tengo unos aperitivos fantásticos. Ahora os traigo bebida.

—Yo he traído algo de comer. No quería venir con las manos vacías —dijo Claudia.

—Qué detalle, pero no hacía falta, reina.

—Son unos *cupcakes*.

—Le salen maravillosos, ya verás —añadió Yasmina, muy entusiasta.

—¿*Cupcakes*? —Peter se moría de la envidia y no sabía cómo disimularlo.

Claudia abrió el paquete. Traía sus pasteles en una caja con unas delicadas decoraciones *vintage* que, para colmo, parecían hechas a mano. Con un frufrú que a Peter se le antojó elegante y delicioso, Claudia apartó el papel rosa transparente que envolvía los *cupcakes*. Su aspecto era endiabladamente admirable. Los conos subían en remolinos, salpicados de adornos minúsculos y perfectos, pensados para la ocasión, como unos labios rojos, unas pestañas largas y tupidas o unas uñas nacaradas. Los colores eran un prodigio del buen gusto, y los detalles, de un enorme talento.

Peter se quería morir. ¿Dónde quedaban ahora sus deliciosos hojaldres y sus montaditos, comparados con esa maravilla de la creación repostera? Quizá podría simular un accidente y caerse encima.

—¿Verdad que son preciosos? —dijo Yasmina.

—Son..., son geniales, sí —admitió Peter, apretando los dientes—. Felicidades, tienes un don.

—Oh, no es nada. Son muy fáciles de hacer, se trata solo de practicar. Si quieres, te enseño.

—¡Oh, sí! ¡Estaría genial! —exclamó Yasmina—. Yo me apunto. Claudia ha enseñado a mucha gente a hacer *cupcakes*. Yo, hasta ahora, no me había decidido, pero si tú te animas, yo también —dijo Yasmina.

Malditos *cupcakes*, maldita Claudia. Y malditas sean Marie y Yasmina por traerle a ese demonio que acababa de estropearle la tarde. Si no ponía remedio, aquello tenía visos de convertirse en una lucha de reinonas y no podía permitirlo. Él era el único anfitrión.

—Sería estupendo, sí. —Peter detectó en Claudia las patas de gallo, cierta flacidez en el óvalo de la cara, y se lanzó al ataque—. Oye, ¿y desde cuándo te dedicas a esto? Porque se te ve... experimentada.

—Uf, hace muchos años que empecé. Es que viví en Estados Unidos cantidad de tiempo. Allí estas cosas tienen un largo recorrido y todo el mundo las conoce. A mí siempre me ha gustado lo de trabajar con las manos y desde muy pronto me dediqué a la repostería. Es que allí hay muchos negocios dedicados a los *cupcakes* y la decoración de tartas.

—Lo sé, querida, lo sé. Afortunadamente, ya nos llegan más noticias que las del nodo… ¿Pero cuántos años llevas en esto?

—Bueno, es que tú no lo sabes, ¡pero Claudia también hace unas tartas extraordinarias! —dijo Yasmina.

—No me digas…

—Tendrías que verlas, superdecoradas, con formas superoriginales. ¡Es que te puede hacer cualquier cosa que imagines! Una vez vi un barco pirata, con un montonazo de detalles. Parecía superreal.

—Hija, pareces su superrepresentante —dijo Peter.

—Sí, bueno, tampoco es para tanto… —repuso Claudia con modestia y algo incómoda.

—O sea, que te casas. —Peter volvió a la carga.

—Ajá.

—Supongo que no es tu primera boda.

—Sí que lo es. ¿Por qué piensas eso?

—Oh, bueno, querida, ya sabes… Estás estupenda, no hay más que verte, tienes un tipo sensacional y todo eso, pero, bueno, tampoco pareces una chiquilla.

—No, no lo soy —repuso con una risa infantil—. Acabo de cumplir cuarenta años.

Claudia no parecía molesta por la alusión a su edad. Peter pensó que tendría que retomar el plan de caerse encima de los *cupcakes*.

—Aunque en algunas cosas aún soy muy pero que muy joven —añadió Claudia con tono enigmático.

Peter, Marie y Yasmina la miraban en silencio, expectantes, preguntándole con los ojos muy abiertos.

—Bueno, es que desde siempre, desde jovencita, siempre he tenido una idea muy precisa de cómo sería el matrimonio y... mi noche de bodas. —Claudia arqueó las cejas y se sonrojó levemente—. Me he guardado para ese momento.

—Oh, no. ¿Qué quieres decir exactamente? —preguntó Peter incrédulo.

—Pues eso, que..., que soy virgen.

***

La revelación de Claudia aflojó la tensión. Como impulsado por la compasión, y después de carcajearse, aunque fuera para sus adentros, Peter se relajó y dejó de ver en su invitada a una rival. Recuperó su habitual inclinación por gustar a los demás y se deshizo en halagos hacia lo bien que se conservaba Claudia, su arte indiscutible para los *cupcakes,* y lo estupenda que quedaría con este peinado y este otro maquillaje para el día de su boda. Ella le devolvía la atención narrándole divertidas anécdotas de Estados Unidos, desgranando los principios básicos de la repostería, y dejándose peinar y despeinar. Así que, a medida que fueron llegando más clientas, Peter adoptó con placer el rol de padrino de aquella mujer que tenía tantas vivencias que contar y un enorme talento en sus manos.

Mientras Peter y Claudia se afanaban construyendo su naciente amistad y las demás se probaban las novedades que Peter había dispuesto sobre la mesa, Yasmina devoraba los pasteles de Claudia. Empezó con las pequeñas pestañas, que, al estar hechas de chocolate negro, encajaban bien con su dieta de solo palmeras. Luego pensó que los labios rojos tampoco harían gran diferencia, ya que no eran más que azúcar con colorante, y si algo tenía su dieta era azúcar. Cuando acabó con los pequeños detalles decorativos, no pudo reprimirse más y terminó comiéndose la crema y el bizcocho, no de uno, sino de varios *cupcakes*. «Tampoco creo que vaya a recuperar de repente los dos kilos que he perdido, ¿verdad?», argumentaba para mitigar el pecado.

Marie observaba la escena en silencio. Veía a Peter muy contento con su nueva amiga. El ambiente era un trajín de pinturas, revistas de moda, chismes y risas. Las conversaciones y la gente eran muy diferentes de aquellas a las que estaba habituada cuando vivía en Belsange. Se preguntó qué pensaría Lana, su gran amiga, si la viera con aquella gente, rodeada de tanta frivolidad.

Marie cogió un esmalte verde pistacho y empezó a pintarse las uñas. Quería espantar la tristeza a brochazos.

*** *

—¡Cuarenta años sin follar! ¿Te lo puedes creer?

—Incgeíble, sí.

Peter y Marie estaban solos en el piso. Él le había rogado que se quedara un poco más, porque quería quitarle ese verde de las uñas que no la favorecía nada y, en vez de eso, pintarle unos pequeños topos negros sobre una base rojo sangre. Aunque al principio Marie tembló ante la idea del rojo, después le pareció divertida la idea de lucir mariquitas en las uñas y aceptó.

—Es una tía genial, ¿eh?

—¿Sí? No te lo paguesía al pginsipio.

—Se notó, ¿no? Soy un mierda, es verdad. Pero es que luego me dejó flipado.

—¿Pog qué?

—Admiro a la gente que tiene un sueño y es capaz de realizarlo contra viento y marea, aunque la gente se ría de ti, aunque nadie te entienda. Personalmente no comparto eso de guardar tu flor para el príncipe azul, ya verás, la pobre se va a llevar un chasco que te mueres, pero me encanta que la gente salga del armario y esté orgullosa de sus principios. ¡Ole sus ovarios! Y esos *cupcakes*, hija mía, qué talento. Me va a enseñar, ¿sabes?

—¡Bien!

—La muy perra tiene cantidad de tiempo libre. Como vuestro jefe es un millonetis y le paga todo, pues, hala, a vivir la vida. Qué suerte tiene la gente, hija mía.

—Oh, pensaba que queguía buscag un sosio y montag un negosio de *cupcakes*.

—Sí, sí. Pero no lo encuentra. Es una pena, porque lo tiene todo muy bien pensado. Su novio pone la pasta, ella se dedica a decorar las tartas y los *cupcakes*, pero le falta una persona que atienda al público. No quiere un empleado porque dice que la atención al cliente debe ser más excelente aún que el producto. Por lo visto, eso es básico en Yankilandia, ¿sabes?

—Estáis siegos los dos.

—¿Cómo?

—Ella nesesita a un maestgo de las guelasiones públicas, y tú, una salida bonita y cgeativa a la vida que tú llamas vulgag.

—¿Insinúas que nos asociemos Claudia y yo?

—Clago.

—¿Un negocio propio? ¿Yo? No, no sería capaz.

—Clago que sí, qué tonteguía. Egues pegfecto paga eso.

Peter alzó la vista y se imaginó con un delantal *vintage,* en una tienda bonita y luminosa, de colores suaves y aroma embriagador. Se vio atendiendo a sus clientes, ayudándoles a personalizar tartas para sus bodas, para sus cumpleaños. ¿Por qué no? ¿Qué podría perder?

—No, no. Qué corte… Si Claudia no me ha propuesto nada será por algo.

—Quisá pogque es tan tonta como tú. ¿Quiegues que le diga algo?

—¿Lo harías por mí? Jo, Marie, me estoy emocionando y no quiero. No, no me lo quiero creer. ¿Y si Claudia dice que no? Toda la ilusión al traste.

—No te pgeocupes. Digá que sí.

***

Marie regresó a su casa con varios artículos nuevos que añadir al cajón donde olvidaba el maquillaje que le compraba a Peter. En esta ocasión, había adquirido un esmalte rojo y otro negro, unas plantillas para pintar los topos en las uñas, y una crema hidratante para el cuerpo con aroma a vainilla que aportaba un tono irisado a la piel. Iban en la cesta de mimbre sujeta al manillar.

Al cruzar el portal, oyó unos ronquidos entrecortados y vio que doña Engracia dormitaba con la boca abierta. La garganta, carnosa y flácida como la barbilla de una gallina, borboteaba con cada estertor que le salía del abundante pecho.

Marie avanzó con cautela, rezando por no alterar el sueño de la portera, cuidando de que ni sus pasos ni la bicicleta hicieran demasiado ruido. Pulsó el botón de llamada del ascensor.

—¡Eh, tú! Por cierto…

El gruñido de doña Engracia sorprendió a Marie y provocó que el manillar se le soltara, con tan mala fortuna que el esmalte rojo se estrelló contra el suelo y el bote de crema se abrió, desparramando su interior sobre las elegantes baldosas del portal. El rojo sangre se extendía como una hemorragia, mezclada con la espesura irisada de la loción corporal, de la que había empezado a emanar un intenso olor a vainilla.

—¡Pero qué has hecho!

—¡Pegdón, pegdón! Ahoga lo guecojo.

—Qué vas a guecojeg ni na. Anda, tira pa'llá. Menuda me has liado aquí… ¡Verás como se seque el pintauñas en el suelo! Y… ¿a qué huele aquí ahora? —La nariz de doña Engracia se fruncía, intentando captar pistas en el aire—. ¿A flan?

Con la mirada, a la portera le bastaba para apuñalar a quien se le pusiera por delante.

—Vainilla —repuso tímidamente Marie.

El ascensor llegó.

—¡Vete! Vete ya o, o…

—Sí, sí, ¡pegdón, pegdón!

—Joder con los franceses. Primero nos tiran las frutas y las verduras, y ahora viene esta y me ensucia el suelo con sus potingues. Asco de gabachos…

***

Después de cerrar la puerta de su estudio, Marie se dejó caer con cansancio infinito. El recuerdo de Lana se había colado en la reunión de Peter y le había traído emociones encontradas. Casi le pareció verla allí. Iba vestida de negro, con su deslumbrante pelo rojo fuego, enfurruñada, esperando en un rincón a que Marie se levantara y pudieran irse de allí. Hasta le había parecido que Lana le había hablado con su mirada colérica y que la había reclamado para sí, de esa manera posesiva y tajante con la que siempre se había conducido. Lana concebía su amistad desde un «nosotras» que Marie había sentido protector y en el que se implicó, pero que también la había aislado hasta la asfixia. Ahora, a pesar de la lejanía insalvable que las separaba, Marie seguía sintiendo la atadura de ese «nosotras».

Y luego la visión de aquel rojo estrellándose contra el suelo del portal.

Alguien llamó al timbre con insistencia. Cuando al abrir Marie vio que al otro lado aguardaba doña Engracia, estuvo a punto de cerrarle la puerta.

—Eh, una cosa. Te lo quería decir antes, cuando me ensuciaste el suelo… ¡Ay! En fin… —dijo la mujer suspirando, dejando patente su esfuerzo por obviar el estropicio del portal—. El caso es que he visto a Maika saliendo de una tienda de esas donde compran oro, y al salir llevaba un sobre bien gordo. —La portera hizo una horquilla con los dedos para dar una idea del grosor del sobre.

—¿Y?

—Pues ya me dirás de dónde saca la tía esa tanto oro para vender. ¿Qué te crees, que tiene una millonada en oro en su casa? Y si lo tuviera, a ver por qué iba a trabajar de chacha... —Frunció los labios—. No, hija, no es de ella.

—¿De don Íñigo? —preguntó Marie.

—A ver...

—¿Y qué quiegue que haga yo?

—Pues decírselo a tu jefe, hija, o vigilar a la arpía esa, que ya sabía yo, en cuanto se puso a servir al señor, que no era trigo limpio. Si es que se la ve desde lejos. Es una lista, pero la he pillado —añadió la portera con satisfacción.

—OK.

—Mira, yo a don Íñigo no le digo nada porque ya sabes que nunca sale y, si voy a su casa cuando la otra ya se ha ido, o no me contesta o me da con la puerta en las narices, y la lista se nos va de rositas. No, no, tienes que hacer algo tú.

—Lo hagué. Gasias.

Marie se acordó de cuando se encontró con Maika a oscuras, al final de las escaleras que comunicaban ambos pisos. La había sorprendido, pero en ese momento Marie no supo cómo interpretar la tensión que se había creado.

Ahora que hacía memoria, esa sala estaba llena de antigüedades.

4

Los fines de semana eran complicados. No tener que trabajar le dejaba a Marie demasiadas horas libres. Acompañaba a don Íñigo durante más tiempo, pero tampoco podía pasar el fin de semana entero junto a él, así que salía a pasear, con la bicicleta o caminando, pertrechada con su cámara fotográfica.

Aquel sábado, sin embargo, caían mares del cielo. Ni siquiera podía ver el exterior desde casa; una espesa cortina de agua deformaba la visión a través de la ventana, como una lente mal enfocada. Marie intentaba concentrarse en su cuaderno y la escritura, pero el repiqueteo constante de la lluvia se empeñaba en formar melodías que creía reconocer y que la transportaban a unos meses atrás, hasta cierto amanecer en que dejó que la lluvia la sosegara después de despedirse de Olivier.

De golpe, Marie cerró el cuaderno y fue hasta la portezuela que comunicaba con el piso de abajo. A medida que descendía por las escaleras, otra vez a oscuras, recordó la advertencia de doña Engracia. ¿Pero cómo podría comprobar el supuesto robo? Nunca había tomado nota de las pertenencias de don Íñigo, no tenía manera de calcular qué tenía ni qué le faltaba. Tampoco se le ocurría cómo efectuar un registro rápido y eficiente para controlar la hacienda de ese momento en adelante. Aquella era una tarea imposible.

—¿Otra vez por aquí? —preguntó Maika con irritación.

—Vengo a visitag a...

—Ya, ya. Ya sé a qué vienes. Está en su dormitorio. Ahora lo aviso.

Hasta ese momento, Marie pensaba que el hecho de que Maika vendiera algo de oro no era una prueba irrefutable de que robara a don Íñigo. Probablemente se trataba de una acusación sin fundamento de una persona sola y aburrida con mucha imaginación y ganas de conspirar, pero era la segunda vez que encontraba a Maika en el mismo lugar, en una situación similar, como sorprendida en un delito. La sospecha de la portera empezaba a despertar su curiosidad.

***

—Marie, necesito pedirte un favor —dijo don Íñigo muy ilusionado.

—Clago.

—He pensado que en la agencia donde trabajas tienen que tener las direcciones de los clientes. Las cartas de mi nieto no llevan remitente, pero los recibos de los envíos sí deben llevarlo, ¿verdad?

—Eh, no sé.

—Sí, seguro que sí. ¿Podrías mirarlo y traerme esa dirección?

—Pego… si me pillan, adiós.

—Si eso pasa, no te preocupes, que yo te contrato.

—Pego, pego… me gusta seg mensajega, y… pienso que su nieto no da diguecsión pog algo, ¿no?

El hombre se derrumbó en el sillón.

—Sí, tienes razón. Perdona, Marie. Estoy tan acostumbrado a dar órdenes y que los demás obedezcan sin rechistar que no me doy cuenta de que soy un imbécil. No tengo derecho a exigirte una cosa así. No tengo derecho a exigirte nada, en realidad. Siempre has sido muy buena conmigo, nunca me has pedido nada a cambio.

—No impogta.

—Sí, claro que importa. Así fue como ahuyenté a todos de mi lado, por eso nadie quiere estar conmigo. Tú eres una excepción que aún no me explico. ¿Cómo has llegado hasta mí, Marie? Divina providencia… ¿Cuándo acabará todo esto? En algún momento mi nieto dejará de escribir, tú te irás…

—Su nieto estagá con usted.

—¿Por qué crees eso? Lleva meses escribiendo sin darme la posibilidad de que yo le responda. ¿Por qué oculta la dirección? ¿Por qué no quiere que yo sepa dónde está? ¿Es que así se ahorra que yo vaya a verlo? ¿Cómo sabe que aún estoy vivo? ¿Cómo ha averiguado que vivo en esta casa?

—No sé, señog.

—Nunca nos encontraremos, Marie, nunca.

—No, no. Segugo que sí.

—Sé que intentas animarme, pero ya soy viejo y estoy de vuelta de todo. Aun así, aunque nunca vuelva a ver a mi nieto, esas cartas me han hecho muy feliz. Mira, al menos, despediré esta vida con el recuerdo de los mensajes que me traes. Eres un ángel, Marie, un ángel.

***

Cuando Maika se despidió, terminada su jornada laboral, tenía más prisa de lo habitual. Iban a cerrarle el supermercado y aún tenía muchas tareas pendientes. El viejo refunfuñó algo y la francesa le dirigió una de esas miradas blandas y etéreas que tanto la irritaban.

Ella siempre se había considerado una mujer fuerte, con genio. Se preciaba de llamar a las cosas por su nombre y de ir de frente, sin hipocresías ni cortesías taimadas. Pensaba que la amabilidad era solo una pose de los que no tenían carácter, ni el coraje de plantarse y decir lo que de verdad opinaban.

Toda su vida había trabajado duro; primero, para ayudar a la maltrecha economía familiar en una posguerra miserable, y después, ya casada y con hijos, para completar el sueldo insuficiente de un bedel de colegio.

Nunca había tenido tiempo para amigas, ni cafés, ni manicuras. Sus días eran trabajar sirviendo en diferentes casas y, luego, regresar corriendo a la suya, a cumplir con sus propias faenas domésticas. Tampoco había tenido tiempo ni ganas para arrumacos al final del día, susurros al oído o viajes de fin de semana. La relación con su marido, una vez superada la emoción inicial del noviazgo, había sido tan anodina y rutinaria como tantas otras. Su unión se basaba en juntar sus salarios para pagar las facturas y su amor se consumaba de tanto en tanto, más por un deber conyugal que por arrebatos de pasión.

Ni siquiera después de que sus dos hijos se marcharan de casa y de que su marido muriera, víctima de una cirrosis hepática, Maika encontró espacio y tiempo para sí misma. El silencio, la quietud, el no hacer nada la enfermaban. Pasaba bastantes horas postrada ante el televisor, consumiendo telerrealidad y programas donde los gritos, las acusaciones y los insultos eran la nota común.

Maika caminaba deprisa y vigilando alrededor. Llevaba el bolso bien apretado contra el cuerpo, temerosa de que algún yonqui o un malnacido cualquiera se lo robara. Le pesaba. Llevaba varios cientos de gramos de oro macizo que debían de valer un dineral. Eran monedas, de esas que se coleccionan, y algunos candelabros bastante recargados. Desde hacía tiempo, Maika le sustraía al patrón pequeñas piezas sin importancia, pero que a ella le permitían rellenar muchos huecos. Entre el arsenal de fortunas y su ceguera, el viejo jamás notaría la falta.

Entró en un local de compraventa de oro. Era el que le daba el mejor precio. Al principio iba a otro lugar, pensando que todas aquellas tiendas que habían brotado como setas ofrecían lo mismo; al fin y al cabo, el precio del oro era una cotización internacional, le habían dicho. Sin embargo, una vecina le dio las señas de otro local donde daban más dinero. Cuando comprobó su gran error, Maika quiso darse cabezazos contra la pared, por haber sido tan ingenua y tan necia. Ella, una experta en comparar precios y ofertas, había caído en la trampa de acudir al primer sitio que se le había presentado.

El dependiente pesó las monedas y los candelabros.

—Son buenos... Muy buenos.

—Ya, vale, ¿pero cuánto me da?

El dependiente tecleó en la calculadora y elevó las cejas. A través de la ventanilla, le enseñó la cifra resultante en la pantalla.

—Vale —dijo Maika con el corazón acelerado.

La mujer sabía que el viejo tenía auténticos tesoros y las sustracciones le habían salido a cuenta, pero esta vez había dado la campanada. Tendría que buscar más monedas y candelabros de esos.

Maika recogió el dinero y lo guardó en un bolsillo interior del bolso, palpándolo, sintiendo el fajo de billetes entre sus manos. Era excitante ganar dinero sin esfuerzo ni riesgo.

Pero en cuanto cruzó la puerta la efervescencia se apagó de súbito, como si una bomba hubiera caído a sus pies. Enfrente, esperándola y con gesto serio, estaba Marie.

—¿Qué haces aquí? —Maika eligió el ataque como defensa.

—Tenía una sospesha.

—Sospecha de qué, a ver.

—Gobas a don Íñigo.

La mujer soltó todo el nerviosismo en una carcajada disonante.

—Estás loca, niña. Anda, vuelve con el viejo, que estará echándote de menos.

Maika había empezado a andar, acelerada y sorteando a los transeúntes con los que se cruzaba por la calle, atestada a esas horas. Marie le iba a la zaga, algo más lenta por culpa de la bicicleta, que le estorbaba en medio de la corriente de peatones.

—¿Vas a seguirme?

—Sí. Hay que hablag esto.

—Yo no tengo nada que hablar contigo, no tengo tiempo para tus tonterías, niña, que yo tengo muchas cosas que hacer. ¿O qué te crees?, ¿que yo soy como tú, que puedo quedarme leyendo cartitas y mirando a las estrellas? ¡Pues no!

—Gobag está mal.

—Anda, mira, ahora me sale Pepito Grillo…

—Si pides, don Íñigo te da, segugo.

—Oye, rica, ya me estás mosqueando de verdad. Escúchame bien: yo no he robado nada y vas a dejar de seguirme o llamo a la policía.

—Te he visto, en la tienda.

Maika miró alrededor. De pronto le vino la idea de que quizá aquella encerrona era una trampa, que el viejo andaría por allí, agazapado, esperando la confesión. No, qué tontería. El carcamal no soportaría aquella muchedumbre ni sabría manejarse en ella.

—Está bien, niña. ¿Qué quieres? ¿Una parte? Digamos… ¿Qué tal un tercio? Al fin y al cabo, he sido yo la que ha hecho todo. Tú cobras por callarte. ¿Estamos?

—No. Debes devolveglo.

—¡Eso nunca! —dijo Maika apretando con fuerza el brazo de Marie—. Tú no tienes ni idea de mis problemas. Esto no es para caprichos, ¿sabes? Es para vivir. El dinero está muy mal repartido en este mundo de mierda, hija mía. Hay gente que tiene de todo y otros que las pasamos putas. —Maika bufó con sorna—. Además, ni siquiera es para mí, ¿te enteras?

—Entonses, ¿paga quién?

—Acompáñame y verás.

***

Maika y Marie llegaron a un edificio en un buen barrio, cerca de la casa de don Íñigo. El recibidor también lucía madera barnizada y mármol.

Tomaron el ascensor hasta la segunda planta. Nada más tocar el timbre, se oyeron unos pasos cortos y juguetones que corrían hasta la puerta.

—¡Abuela!

Era una niña de expresión alegre y rizos menudos. Un pequeño hoyuelo le hundía la mejilla cuando sonreía. Sus ojos eran grandes y vivos. Para sorpresa de Marie, Maika reaccionó con gran cariño y alegría cuando la pequeña se abalanzó sobre ella. La abrazó con efusión y llenó de besos sus mofletes.

—¡Mamá! ¡Es la abuela! —vociferó la niña, que se fue corriendo.

Una mujer alta, y delgada en extremo, se acercó. Tenía el rostro apagado y varias arrugas marcaban un gesto de enfado e intensa preocupación. Observó a Marie con desconfianza.

—¡Ah! Esta es Marie, trabaja también con el viejo —explicó Maika. Y dirigiéndose a Marie, añadió—: Esta es mi nuera, Sonia, y la nena es mi nieta. Se llama Natalia. Es muy lista. Llegará lejos, ya verás.

—Hola —dijo Sonia con sequedad.

—Pasa, no te quedes ahí como un pasmarote. Vamos al salón —dijo Maika a Marie, que estaba preguntándose adónde habría ido a parar la alegría momentánea del recibimiento.

La casa estaba a oscuras. Llegaron hasta el salón, una estancia amplia, de grandes ventanales, iluminada por varias velas colocadas estratégicamente. Más que una sala de estar, parecía un almacén vacío de muebles y lleno de desolación. Solo había un sofá de dos plazas, algunas sillas gastadas y una alfombra en el suelo, donde la pequeña pintaba sobre un folio, esparciendo ceniza con unas cerillas usadas. No muy lejos, había otro niño, en silla de ruedas y con expresión ausente. Marie tiritó.

—Y este es mi Marquitos, el niño más lindo y precioso del mundo —dijo Maika acercándose al chico y repitiendo el mismo ritual de besos y abrazos que había seguido con la niña—. Toma —le dijo a Sonia, tendiéndole el fajo de billetes.

—Parece mucho —replicó ella con un brillo en los ojos.

—Para un mes de la hipoteca sí que tienes y para el niño también. Todo lo demás ahórralo. ¿Aún te queda comida?

—Sí.

Sonia se guardó los billetes en el bolsillo del pantalón y se sentó en una silla, cabizbaja. Parecía avergonzada.

—Yo tengo que igme —dijo Marie, deseando marcharse de allí.

—Voy contigo.

Maika volvió a achuchar a sus nietos y se despidió de ellos con grandes aspavientos y una amplia sonrisa en la cara que se esfumó en cuanto cerraron la puerta tras ellas.

—Ahora ve a chivarte al viejo, a ver si tienes ovarios —dijo Maika mientras abría la puerta del ascensor.

—Lo siento —repuso Marie, tras ella.

—Yo sí que lo siento. Mi nuera vale mucho, ¿sabes? Es periodista ¡y de las buenas! Ha trabajado en periódicos y revistas, ha sido jefa y ha escrito varios libros… Y aun así, mírala. Lleva en paro cuatro años y no le sale nada. Es como si todos sus amigos se hubieran muerto. Vaya panda de mierda. Cuando una tiene pasta, le salen cantidad de moscones, pero, si las cosas te van mal, nadie se acuerda de ti… Puta crisis… Yo es que no me lo explico. ¿Cómo pueden estar las cosas tan mal? Encima ya has visto que tiene un niño con problemas… Parálisis cerebral. Necesita muchos cuidados y el tratamiento es caro, ¿sabes? Es la hostia de caro. Cada vez que pienso en esos hijos de puta que roban millones y están por ahí sueltos, viviendo la vida, mientras, mientras… —Maika salió a la calle y se quedó mirando con impotencia a los transeúntes, alegres y bien vestidos—. ¿Qué harías tú en mi lugar? A ver, ¿dejarías que el banco la desahucie a ella y a mis nietos? ¿Que pasen hambre? Pues no, como comprenderás yo no lo voy a permitir, y si para ello tengo que robar dos o tres tonterías a un viejo que está a punto de cascar y que no sabe ni lo que tiene, pues las robo. Yo haría lo que fuera por ellos, sobre todo por los niños. Esos niños son mi vida, ¿lo entiendes?

Maika se calló de pronto. Apretaba los labios y la barbilla le temblaba.

—¿Y su hijo? El padre de los niños... —masculló Marie, con temor a ser indiscreta.

La cara de la mujer cambió. La rabia se esfumó y una neblina de tristeza cayó sobre su gesto.

—Murió. —Maika se quedó con la vista clavada en el tráfico—. Fue un accidente de coche, pero fue raro. Venía de su enésima entrevista de trabajo y se empotró contra un muro de hormigón en una curva que él conocía a la perfección, que había hecho miles de veces. No iba drogado ni bebido. La autopsia no reveló ninguna explicación razonable. Nos dijeron que aquello tenía pinta de... Bueno, él andaba muy agobiado últimamente y... En fin, que nos dijeron que..., que quizá se suicidó.

Marie tragaba saliva. Tenía el estómago revuelto y las náuseas trepaban hasta su garganta. Un sudor frío le bañaba la espalda. Sintió que se mareaba.

—¡Eh! ¿Te pasa algo? Estás pálida. Si es que estás muy flaca, debes de comer poquísimo, ¿a que sí?

En un segundo, y sin poder evitarlo, un estertor dobló a Marie por la cintura. La chica abrió la boca y vomitó.

5

Acurrucada en la cama, Marie pensaba en aquella niña, jugando a la luz de las velas con aquellas cerillas y la ceniza. Pensaba en el niño, postrado en la silla de ruedas, enfermo y desvalido. Pensaba en el riesgo que corría aquella familia maltrecha, y la horrible comparación al recordar su propia existencia.

Había conocido y vivido historias terribles, pero ninguna de ellas tenía que ver con la miseria. Aquella era la primera vez que se daba de bruces contra la pobreza y la injusticia de que la escasez se cebara con unos niños pequeños.

Maika tenía razón. Aunque robar estaba mal y don Íñigo no tenía la culpa, la comprendía. Se preguntó si el anciano le subiría el sueldo a Maika o le haría generosos regalos de conocer la situación de su familia. Don Íñigo resultaba impredecible; aunque le parecía un hombre afable, al mismo tiempo le daba miedo. Tenía un carácter muy fuerte y sabía que su ira podía ser desoladora.

Meditando sobre las posibles soluciones, se había sentado delante del ordenador. Con impotencia paseó el cursor sobre los más de tres millones de euros de la cuenta bancaria que tenía con su madre. No podía tocarlos, no podía arriesgarse a dejar ningún rastro que diera pistas sobre su paradero.

Aquella noche, Marie no pudo conciliar el sueño, ni siquiera unas pocas horas. La gata dormía plácidamente en su regazo, aliviada ya de los ardores de su instinto. Con delicadeza, apartó al animal a un lado y fue al cuarto de baño. Encendió un par de velas en el suelo y abrió el grifo de la bañera. Le apetecía la idea de sumergirse en agua tibia.

Mientras el chorro de agua se estrellaba contra la cerámica, Marie echó una ojeada por la ventana. El cuarto de baño daba a un patio interior oscuro y estrecho, cuyas viviendas se comunicaban entre sí a través de las cuerdas de tender la ropa. Enfrente, una luz se encendió y empezó a escucharse una música de ritmo discotequero. Era Cher. *Do you believe in love after love? I can feel something inside me say I really don't think you're strong enough, no!*[1]

Una *drag queen* liberada de ropa y tacones apareció bailando siguiendo los acordes. No lo hacía nada mal. Marie se sonrió. Ella nunca se había sentido una gran bailarina. La *drag* cogió la alcachofa de la ducha a modo de micrófono y movió la boca frente al espejo, como haciendo *playback*. Llevaba una gran cantidad de pintura emborronada por toda la cara, pero Marie no dudó de quién se tra-

---

[1] ¿Crees en el amor después del amor? Puedo sentir algo dentro que me dice que realmente no creo que seas suficientemente fuerte, ¡no!

taba. Sabía de quién era la vivienda y reconocería aquel perfil y aquellos rasgos tan perfectos aunque llevara un kilo de maquillaje encima. Era Alberto, su vecino taciturno, huidizo e increíblemente guapo.

Al rato apareció otro hombre, algo más bajo. Como Alberto, estaba desnudo, y se colocó detrás de él. Ambos empezaron a contonearse delante del espejo, mientras el desconocido le mordisqueaba la espalda a Alberto y le masajeaba los pezones. Marie se fijó en la expresión de su vecino. A pesar de la paradoja del espeso maquillaje, era la primera vez que lo veía despojado de esa máscara seria e impenetrable. Parecía que se lo estaba pasando bien. Alberto se dio la vuelta, y el tipo aprovechó para atraerlo hacia sí y besarlo. Su compañero se entregaba con ansiedad, casi atragantándose. Alberto se separó y lo miró. Era una mirada divertida, pero allí no había amor.

Marie se fijó también en el amante. Algo en él le resultó familiar. Se concentró, rebuscando en su memoria. Cerró el grifo y fue a buscar la cámara de fotos. Pulsó los botones hasta que dio con la imagen que buscaba. Sí, era él. Era el tipo aquel que se había beneficiado de los servicios de la prostituta debajo de su casa.

***

—Ten.

Marie le tendió a Maika un sobre con gran parte de los ahorros que había juntado por su trabajo de mensajera, y una bolsa con varios cuadernos y un maletín de pinturas. Maika se concentró en el sobre.

—Hay bastante. ¿De dónde lo has sacado?

—Mis ahogos. Casi no gasto.

—¿Y esto? —añadió la mujer revisando el maletín de pinturas.

—Son paga la nena, que pinte.

El maletín era muy completo. Tenía témperas, pinceles, lápices de colores, carboncillos. Aquello debía de costar un dineral, calculó Maika.

—Pues lo que has gastado en el regalito lo podrías haber metido en el sobre, que más falta nos hace la pasta que las pinturas.

—Las pintugas egan mías. Hase musho que no las utiliso.

—Pues parecen nuevas…

—Lo son. Cuando vine, compgé todo eso, pensé que pintaguía, pego no.

—Está bien. Gracias, aunque sé que esto no lo haces por ellos, sino por el viejo.

Marie se sorprendió.

—¿Pog qué dises eso?

—Lo haces para que no le robe nada a tu querido viejo. Pero que sepas desde ya que seguiré haciéndolo. Mi nuera tiene una hipoteca bestial y ya te dije que el tratamiento del niño es muy caro. Con lo que me acabas de dar tapamos algunos huecos, pero no resuelve nada. Necesitamos mucho más dinero, muchísimo más, y tengo que darme prisa. Lo mismo, en cuanto aparezca por aquí el nieto del viejo, cogen y me despiden.

—Eso no ocuguigá.

—¿Y tú qué sabes?

—Pego... yo quiego ayudag...

—Pues entonces haz la vista gorda y cállate la boca. Es lo mejor que puedes hacer por ellos.

***

El lunes, de vuelta en la oficina, Marie se encontró con una Yasmina abatida. Tan normal era verla derrochando energía como carente de ella.

—Menos mal que me vienes con ese amarillo —dijo, señalando la camiseta de Marie—. A ver si me animo un poco...

Yasmina tenía un café de máquina humeando en su escritorio, junto a una palmera de chocolate y una caña de crema.

—¿A dieta? —preguntó Marie.

—¿Lo dices por esto? —Yasmina señaló los bollos con decepción—. No, hija... Esto ya es por vicio. La dieta se terminó. ¡Todo se terminó! —Yasmina enterró la cabeza entre los brazos y se dejó caer con gran dramatismo—. Qué cabronazos son los tíos, Marie, qué cabronazos. Haces bien en no liarte con ninguno. Total, ¿para qué?

Marie rodeó el escritorio y se sentó a su lado.

—¿Qué pasó?

Yasmina se incorporó como un resorte, ansiosa por contar.

—Conseguí adelgazar, los *leggings* me quedaban de muerte, iba hecha un bombón, pero... El muy mamón no

74

me hizo caso en toda la noche. Mi amiga había invitado a otra amiga para hacer bulto, pero la muy zorra se puso a coquetear con él. No me extraña, claro, está buenísimo... Y a él le hizo tilín. ¡Dios, Marie! —dijo Yasmina, quejumbrosa—, tuve que ver cómo se enrollaban delante de mí, ¡delante de mí! Tú no sabes lo que es eso, pero te aseguro que es lo peor.

Marie suspiró.

—Me lo puedo imaginag...

—No, créeme que no puedes. Hasta que no te ha pasado, no puedes imaginar ese..., ese... ¿Cómo te lo explicaría?

—¿Sentig que el cogasón te estalla, que el cuegpo se gompe, que te magueas y que solo quiegues estag sola, con tu dolog?

Yasmina y las chicas de alrededor miraron a Marie con curiosidad y estupefacción.

—Pues sí. Eso es, más o menos. —Yasmina sonrió con picardía—. Uy, uy, uy... Me parece a mí que la señorita francesa tiene algo que contarnos. ¿Acaso tú...?

—He leído musho. Novelas gománticas.

***

La lamentación continuó días después, en una tienda de novias. Claudia necesitaba comprarse un vestido y había pedido a sus amigos que la acompañaran en el descanso de la comida. Allí estaban Marie, Yasmina y Peter, que recibió la historia del amor frustrado con gran comprensión.

Él y la chica pusieron su despecho en común y se consolaron mutuamente, despotricando contra aquellos que los habían rechazado y jurando futura venganza. La revancha consistía en volverse irresistiblemente guapos y rechazar a sus amados cuando estos cayeran rendidos a sus pies.

Claudia y Marie los observaban con paciencia, sin intervenir, y también con algo de arrepentimiento. Traerlos a valorar vestidos de novia quizá no había sido buena idea.

Claudia salió del probador con un vestido de encaje, con mangas y falda recta hasta los pies. Mientras se miraba en el espejo, se le ocurrió decir que no todos los hombres eran iguales, que había gente que valía la pena.

—Solo es cuestión de esperar, con serenidad de espíritu y paz en el corazón.

Peter le lanzó a la cara un cojín satinado que tenía cerca.

—Como vuelvas a soltar otra parida de esas, nos vamos. Te quiero, reina, pero mira que eres cursi…

—¡Pero es verdad! —Claudia no se dio por vencida—. Estáis obsesionados con gente que no os merece. Seguro que por vuestras vidas han pasado cientos de personas dispuestas a entregarse a vosotros y no os habéis dado ni cuenta.

—Te aseguro, reina, que por mi vida han pasado cientos de tíos que se han entregado, ¡y de qué manera! —exclamó Peter con picardía, dándole codazos cómplices a Yasmina.

—¡Bah! Eres imposible.

—Lo que es imposible es que vayas vestida con ese horror. Hija mía, encaje no, por favor te lo pido. ¡Y encima con mangas largas! El de satén te quedaba mucho mejor.

—Pues a mí me gusta este. Es romántico, es *vintage*... —alegó Claudia, algo menos convencida.

—¡No blasfemes! ¡Eso no es *vintage,* es antiguo!

—A mí me gustan más los vestidos de princesa, con brillantitos, escote con forma de corazón y una falda enorme que haga frufrú —opinó Yasmina.

—¡Eso, eso! Y ya que tienes dinerito para aburrir, podrías gastártelo en un supervestido de marca, de alta costura. Un Dior, un Vivienne Westwood, un Valentino... —añadió Peter.

—¿Tú qué dices, Marie? —pidió la novia, buscando apoyo.

Durante el desfile de Claudia, ataviada con diversos vestidos, Marie había tenido tiempo de tomar nota de lo artificial de sus formas, la estrechez de movimientos que imponían y la blancura que los caracterizaban.

—No entiendo musho de estos vestidos. Lo siento...

—¡Ay, pero qué tortura, por favor! ¡Entre la cursi y la aguafiestas me están arruinando la tarde! —exclamó Peter.

Después de probarse varios modelos más, Claudia decidió que ya había tenido bastante por aquel día y concertó una nueva cita para más adelante. En su corazón aún palpitaba el vestido de encaje, pero las críticas de Peter y Yasmina habían hecho mella en su capacidad de decisión.

A pesar de que se sentía algo abatida, quiso invitar a sus amigos a comer unas tapas en una cafetería cercana. Yasmina y Peter continuaban lamentándose de su desgracia amorosa y avisaron de que su estómago no se encontraba para grandes apetitos, pero, en cuanto vieron las patatas bravas, la tortilla española, el queso manchego y el jamón ibérico, se animaron y rápidamente dieron cuenta de las raciones.

—Tenéis que cambiar el chip —insistía Claudia.

—Madre mía, reina, qué pesadita… —resopló Peter—. Ojalá fuera tan fácil, guapa.

—Claro que lo es. Si queréis un cambio en vuestra vida, tenéis que estar dispuestos a ello. Intentad algo diferente, haced limpieza en vuestro armario. Si queréis que alguien excitante entre en vuestra vida, tirad a la basura lo que ya no os sirva.

—Me parece que a la basura ya nos han tirado a nosotros —se quejó Yasmina.

—Para que venga lo nuevo, hay que hacer espacio, o sea, tirar lo viejo.

—¿Me estás diciendo que un tío bueno montado en el dólar, elegante y glamuroso, se va a volver loco por mí si hago limpieza en mi armario?

Claudia se lo pensó unos segundos.

—Esa visión es un poco simplista, pero… sí, más o menos.

—Estoy de acuegdo —apostilló Marie.

—¡Anda, la otra! Bufff… Estáis muy chaladas, ¿eh? Pero mucho…

—Desde luego. Esos truquis no sirven —dijo Yasmina.

—Claro que no. A estas, ni caso.

—¡Por ejemplo! —apuntó Yasmina con el índice en alto—. El otro día, el viernes, antes de la cita, pisé una caca de perro aposta.

Los tres se quedaron mirando a Yasmina con la boca abierta.

—¡Dios! ¿Pero por qué? —bramó Peter, que se había llevado las manos a la cara y con mal disimulo inspeccionaba las suelas de los zapatos de su amiga.

—Porque se supone que trae suerte, pero... —añadió con aire confidente— no es cierto.

Peter soltó aire por la nariz con desesperación, mientras Claudia y Marie reían por lo bajo, y la miró con la mayor desaprobación de la que era capaz.

—Yasmi, hija mía, tú no eras la más lista de tu clase, ¿verdad? Todo el mundo sabe que eso no funciona a propósito. ¡Tiene que ser accidental!

***

De vuelta en su casa, Peter se estaba poniendo más cómodo cuando le asaltó la duda. Había abierto el armario para guardar la ropa y se había dado cuenta del caos que había allí encerrado. Camisas pasadas de moda, pantalones desgastados, zapatos con las suelas despegadas, calcetines que habían perdido su par. ¿Cuánto hacía que no se ponía todo aquello? Las palabras de Claudia resonaron en su cabeza como la voz de su conciencia. Sus consejos le parecían supersticiones de viejas pueblerinas, y cómo odiaba él a las viejas y a los pueblos. Sin embargo, y solo de vez en cuando, no podía evitar dejarse secuestrar por esa superchería. Peter era de los que siempre acababan reenviando los correos que prometían toda clase de fortuna si continuaba la cadena y la desgracia más absoluta al que la rompiera. No son más que tonterías, se repetía, aunque…

Soltó un bufido. Fue a buscar una bolsa de basura y empezó a meter cosas. Lo bueno de aquella limpieza era que el armario quedaría ordenado y lo que descartara lo llevaría a algún contenedor de ropa usada. Con algo de suerte, su deseo se cumpliría, y, si no, siempre le quedaría el orgullo de haber hecho una obra de caridad.

Peter no fue el único que se sintió tentado de probar los métodos de Claudia. Yasmina se pasó horas y horas cavilando sobre qué cambios podría operar en su vida para atraer al amor verdadero. Se le ocurrió que podría modificar algunas rutinas, porque lo de prescindir de su ropa o sus zapatos no acababa de convencerla del todo. Finalmente, decidió que dejaría de desayunar bollos y chocolate. Eso no le vendría nada mal a su tripa y sus caderas. Pensándolo bien, quizá Claudia tuviera razón. Si cambiaba su desayuno, adelgazaría y los chicos se fijarían más en ella.

Feliz con aquella premisa, Yasmina estrenó la mañana de su nuevo día con gran ilusión por el futuro espléndido que le esperaba. No podía quitarse de la cabeza el pensamiento de que se hallaba en el camino correcto. Además, su buen humor estaba reforzado por ese cuarto de hora de sueño que había ganado. Como ya no necesitaba comprar sus bollos antes de entrar a la oficina, podía dormir un poco más.

Su sonrisa era luminosa. Yasmina se encontraba tan feliz que hasta los viajeros que iba descubriendo en el autobús le parecían de lo más excitante y novedoso. Estaba la madre regañona y el hijo travieso que no paraba quieto; el hombre de negocios serio y concentrado en su móvil; la estudiante que repasa mentalmente sus apuntes; el viejete que se pierde en el escote de la mujer de enfrente; el chico de los cascos con su traje prestado y gesto ausente.

Yasmina se sentía preparada para encontrarse con su futuro. Solo anhelaba que aquella espera no se demorara demasiado.

***

Cuando Marie entró en el portal, doña Engracia se encontraba, como tantas otras veces, dormitando en su garita. Con tiento, se acercó a los buzones y buscó el de Alberto. De puntillas, echó una mirada rápida al interior y enseguida se dio cuenta de que su vecino aún no se había interesado por su correo. Junto a otros sobres, allí permanecía, semienterrado, el folleto que Peter repartía para anunciar sus cosméticos y que Marie había deslizado allí por la mañana, antes de ir a trabajar. En su casa tenía un fajo de esos trípticos. Peter le había pedido muchas veces que los distribuyera en su edificio, a lo que ella se había resistido, dada la elevada edad media de sus vecinos, por no hablar del pudor que la invadía al imaginarse haciendo de representante comercial de su amigo.

Al volverse, casi tropezó con la mole de doña Engracia, que había salido de su garita y la observaba con aire inquisidor. Empezó a acosarla a preguntas. Le quemaba la curiosidad por saber si Marie había hablado con aquella criada ladrona, desleal y desagradecida, si le había puesto los puntos sobre las íes y si don Íñigo iba a despedirla. Marie empezaba a cansarse de los ademanes fisgones y justicieros de la portera y, a veces, le daban ganas de ponerla en su sitio, aunque solo fuera para que se callara, pero era consciente de que ese momento estaba aún por llegar.

—Fue un egog, señoga.

—¿Cómo un error? No, no, para nada. Yo vi cómo vendía ese oro con estos dos ojos que el Señor me ha dado, y, aunque soy vieja y estoy algo oxidada, la vista la tengo perfecta, niña… Lo que pasa es que eres una blandengue y ella, la muy ladina, te ha timado.

—Pog favog, es un egog, de vegdad. Maika hase gecados paga otga gente que le manda vendeg el ogo.

—Ya… —dijo la portera, desconfiada.

Marie desapareció por el ascensor, veloz y nerviosa.

—Me da a mí que estas dos están compinchadas —insistió para sí la portera—. Al final, voy a tener que hablar yo con el señor Íñigo.

6

Aquella noche, Marie bajó al encuentro de don Íñigo, a leerle el periódico. Intentaba concentrarse, pero las palabras le salían atropelladas y constantemente tenía que rehacer la lectura para darle el tono adecuado.

—¿Qué te ocurre, Marie? ¿Tienes algún problema? Te noto rara.

—Musho tgabajo.

—Deberías dejarlo y dedicarte exclusivamente a atenderme.

—¿Y Maika?

—La despido.

—La dejaguía sin tgabajo.

—Me da igual, pero si lo que te preocupa es eso no la despediré. Tú vendrás cuando ella no esté. ¿Qué me dices?

Marie sonrió. La oferta era tentadora, pero no podía.

—No, gasias. Muchas gasias, señog, pego quiego seguig de mensajega.

El hombre suspiró.

—Está bien, no me gusta insistir, pero, si decides cambiar de opinión, dímelo, ¿de acuerdo?

—Bien.

—Buena chica. Ahora, necesito que me hagas un favor. A partir de ahora vamos a poner la correspondencia de mi nieto en el primer cajón del escritorio. Toma la llave.

Marie cogió la llave y se dirigió al escritorio, tallado y con aspecto antiguo. Tiró del cajón con dificultad. La madera vieja ofrecía resistencia y a cada impulso se oía un ruido de metales chocando. Cuando la chica consiguió abrir el cajón por completo, se sorprendió de lo que vio allí. Varias monedas antiguas, algunas piezas de una cubertería de plata y otros objetos de oro, como un pisapapeles y unos alfileres de corbata.

—Hay... mushas cosas.

—Ah, ¿sí? Es que no sé ni lo que tengo... Bueno, pues pon ahí las postales y la carta, y las baratijas colócalas en el cajón de abajo. Y cierra con llave.

—Ya está.

—Guárdate la llave, que yo a veces me despisto y no sé dónde pongo las cosas.

—OK.

—Gracias, Marie. No sabes cuánto me ayudas.

***

Maika, alerta como siempre detrás de la puerta, oyó el ruido de los metales y, sobre todo, percibió, a través de la madera, el asombro de la francesa. Cielo santo, el viejo que pensaba que ese cajón estaba vacío y la cantidad de dinero que podría valer todo lo que contenía. Aquello terminó por convencerla de que ella no robaba, sino que solo aplicaba un justo reparto de riquezas.

Ahora le quedaba preguntarle a la chica por el tesoro recién descubierto. ¿Podría contar con ella para abrir el cajón? Una cosa era que hubiera conseguido su compasión, y otra, que aceptara ser cómplice de los desfalcos.

Oyó cómo se despedían Marie y el cascarrabias, y se alejó un poco, lo suficiente como para que la chica la viera al salir. Tenía que probar. En cuanto la tuvo enfrente, Maika la condujo a un aparte.

—A mi niña le ha encantado tu regalo. Está como loca con sus pinturas nuevas. Su madre dice que son muy buenas y te da las gracias.

La cara de Marie se iluminó. Se alegraba de haber hecho feliz a la pequeña Natalia.

—No impogta. —Armándose de valor, añadió—: Me gustaguía vegla… ¿Es posible? Podgía enseñagle algunas técnicas. Yo sé dibujag.

—Pues… no sé. Se lo tendré que preguntar a su madre. A ella no le gusta tener a gente en casa, ¿me entiendes? Le da mucha vergüenza, como comprenderás.

—Clago…

—Oye, Marie, una cosa… Eh…

Maika se percató entonces de que Marie llevaba una pequeña bolsa de tela en la mano. Al sentir la mirada ansiosa de la mujer, Marie reaccionó y se la tendió con cuidado, llevándose el dedo a los labios. Maika curioseó en el interior y el brillo dorado de los objetos que había en el interior le iluminó el ánimo. Cuando fue a tomar la bolsa para sí, Marie la detuvo.

—Hay colegsionistas que pagan fogtunas pog esto. Déjame a mí.

***

La nuera de Maika aceptó, no sin algo de reticencia, la oferta de Marie de enseñar a Natalia a dibujar. Qué más daba, aquella chica ya había visto lo poco que había en esa casa y suponía que su suegra la habría puesto al corriente de todos los problemas. Por otro lado, y ahora que le habían dado las vacaciones en el colegio, a la pequeña Natalia no le vendría mal un poco de compañía. Sonia no sabía nada de aquella chica extranjera, pero le agradaban su apariencia sencilla y aquellos modales delicados, y agradecía los detalles que había tenido con la familia. En definitiva, si tuviera que juzgarla por una primera impresión, diría que se trataba de una persona prudente, discreta y amable. Esa francesa sería una agradable distracción para Natalia.

No pocas veces se sentía culpable de tener un gesto de amargura todo el tiempo. Había hecho esfuerzos denodados por mostrarse alegre y despreocupada, y al principio de la carestía lo había logrado, pero después, cuando la ruina se instaló en su casa y su marido decidió desaparecer por su cuenta, a Sonia ya no le quedaron ganas ni fuerzas de seguir fingiendo.

Cuando se iba a la cama por la noche, y daba vueltas y vueltas entre las sábanas, se preguntaba de qué modo afectarían aquellas vivencias a sus hijos, especialmente a Natalia, ya que Marcos de poco podía enterarse. La carcomía que la niña se comparara con sus compañeros de clase y se sintiera inferior o, peor aún, que los demás se dieran cuenta de los cambios y la excluyeran. Hacía tiempo que habían dejado de invitar a sus amigos del colegio y de acudir a los cumpleaños. La ropa les iba quedando pequeña y los Reyes Magos habían dejado de venir. Encender la luz era un lujo y en invierno hacía un frío del demonio. Cuando se compraba algo, casi siempre era para Marcos. Sonia estaba convencida de que aquellas carencias, ese modo de vida, tan diferente a como debería ser, estaban horadando profundas muescas en su alma infantil.

Por suerte, su suegra se encargaba de la alimentación de los niños. No quería ni imaginar qué sería de sus hijos si ni siquiera tuvieran un plato caliente que llevarse a la boca, si al final del día tuvieran que acostarse con el hambre rugiendo en el estómago.

Así, en las interminables noches en vela, a Sonia le invadían unas incontrolables ganas de llorar, pero hacía tiempo que había gastado todas sus lágrimas. Ya ni eso le quedaba.

***

A la tarde siguiente, Maika sorprendió a Marie con la noticia de que Sonia había aceptado su ofrecimiento. La chica compró unas acuarelas, pinceles de diverso grosor y algunos lienzos. En una bolsa llevaba, además, el agua que podrían necesitar, vasos de plástico y trapos para limpiar. No quería que su visita supusiera ningún gasto extra.

Hacía meses que Marie no pintaba. Había aprendido a coger los lápices antes de hablar y ya casi no los había soltado. Prefería expresarse a través de formas y colores, y no concebía otro modo más exacto y cabal de volcar sus inquietudes. Sin embargo, poco antes de marcharse de Francia, ya le costaba ponerse delante de una hoja en blanco. Su pequeño mundo había estallado y había desprendido una estela de emociones y pensamientos que no cabía en sus cuadernos. Pintar no le bastaba, pero abandonar aquella faceta tan importante de su vida le producía el dolor y la extrañeza que suelen seguir a las grandes pérdidas. Marie llevaba varios lutos cargando sobre su espalda, y la muerte de su arte era uno de ellos.

Ahora, aquella niña le había devuelto un poco de ilusión. Casi se sentía tentada a coger un lápiz y garabatear algo. ¿Qué le saldría?

La sola idea de acompañar a una pequeña amante del dibujo en su afición la estaba llenando de gozo y nerviosismo.

***

Sonia observaba a su hija con atención, fascinada con las lecciones, trucos y consejos que Marie le ofrecía. Acababa de dejar a Marcos dormido y no tenía otra cosa que hacer que no fuera echar números por enésima vez y desesperarse, así que decidió darse un respiro.

Se había sentado algo alejada de ellas, en una silla de tijera desgastada, pero aún firme. La encontró al lado de la basura, la tarde en que vendió el conjunto de mesa y sillas de comedor de caoba. «Dios aprieta, pero no ahoga», había dicho su suegra. En ocasiones como aquella, a Sonia le hubiera gustado ser creyente, pensar que Dios le tenía reservado un bote salvavidas. De momento, solo creía en la bondad de algunas personas, como Marie. Aunque eran pocos los que le prestaban ayuda, sin ellos no habría podido continuar.

La niña fue al lavabo a limpiar los pinceles y cambiar el agua de los vasos.

—Quería darte las gracias —dijo Sonia de repente, con la voz apagada y grave.

Marie se volvió, sorprendida.

—¡Oh! ¿Pog esto? No, no…

—No solo por pintar con la niña. También por tus regalos y el dinero.

—Gasias a ti, pog dejagme entgag en tu casa.

—Es humillante, ¿verdad? —dijo Sonia mirando en derredor, con lástima.

—Yo no veo humillasión. Veo a una mujeg que lusha pog su familia.

Sonia esbozó una medio sonrisa.

—No te creas… Antes, sí, pero ahora… Fíjate en el resultado de mi lucha. No puedo permitirme lujos como encender la luz o tener una mesa en el salón. He vendido hasta mi ropa, mis zapatos, ¡mi pelo! ¿Sabes que se puede vender el pelo? Pues sí, pero con la condición de que no esté teñido. Menos mal que el mío era natural… Y no me queda nada más que vender, no tengo nada que no sean deudas. Lo peor es la hipoteca. He recibido varios avisos de desahucio. Hasta ahora, he conseguido aplazarlo, pero no sé por cuánto tiempo más podré seguir haciéndolo. He intentado negociar la dación en pago, porque me da igual que esta casa deje de estar a mi nombre y sea del banco. So-lo necesito un lugar donde vivir con mis hijos y que sea apropiado para Marcos, nada más.

—¿Qué dijegon en el banco?

—A ellos no les interesa la dación en pago. Ellos quie-ren dinerito contante y sonante. El director del banco es asqueroso. Es más bien pequeño, siempre está muy moreno. Tiene una pinta de, de…, como de víbora. Cuando habla, me da la sensación de que en algún momento va a sacar su lengua bífida y me la va a clavar en el cuello. —Se estreme-ció ante la imagen y se le escapó una pequeña risa.

Marie sonrió.

—Creo que se está cansando de escuchar mis penas… —La mujer enterró la cara entre sus manos y se la frotó, abatida—. Y cuando venga la policía a echarme de mi casa… Dios, no sé qué voy a hacer.

—¿Podéis ig a casa de Maika?

—Su casa es muy pequeña y no está preparada para Marcos. De todas formas, eso no es lo peor, porque podría-mos arreglárnoslas. Lo peor es que vive en un quinto sin as-censor. ¿Cómo hacemos para subir y bajar a Marcos cuando haya que llevarlo al médico, al fisioterapeuta, al logopeda?

—¿Y... tu familia?

—Mis padres ya murieron. —Sonia chasqueó la lengua—. Es una pena... Ellos hubieran sido un apoyo muy importante. Y tengo un hermano mayor que pasa bastante de nosotros, y hay también algunos familiares, pero viven lejos. Les da mucha pena todo esto y bla, bla, bla, pero su consuelo se queda en palabras. Si las palabras las pudiera vender... Y de amigos..., ¡mejor ni hablamos! —dijo cruzando los brazos—. ¿Tú tienes amigos? Me refiero a amigos de verdad, gente que no se olvidaría de ti si las cosas te fueran mal.

Marie se quedó pensativa.

—Cgeo que sí...

—Qué suerte... A veces pienso que quizá sea culpa mía, lo de no tener amigos... Cuando tenía dinero iba a muchas fiestas, cenas... Ellos también tenían dinero, una vida privilegiada. No me fijaba en gente que no fuera así, ¿sabes? No sé nada de mis amigas del instituto o la facultad. Ellas tomaron su camino, y yo el mío.

La niña volvía con los pinceles limpios y el agua de los vasos cristalina. Con agilidad, se sentó en la alfombra y prosiguió con el ejercicio que estaba practicando. Marie le acarició la cabeza.

—Los amigos de vegdad no desapaguesen nunca.

Sonia dejó asomar de nuevo su media sonrisa de ironía e indolencia.

—Esa forma de pensar no está mal como consuelo, pero es engañosa. También hay personas que nos esforzamos por deshacernos de quien merece la pena.

***

Cuando la luz de la tarde no fue suficiente para seguir pintando, Marie regresó a casa. Fue directa al ordenador, porque quería consultar en internet la normativa acerca de la dación en pago, las últimas resoluciones del Tribunal de Justicia de la Unión Europea y las iniciativas ciudadanas al respecto. Volvió a sopesar una transferencia de su cuenta a la de Sonia. No, no podía arriesgarse. Después, consultó el correo y se dio cuenta de que tenía un mensaje de Peter, del día anterior.

> Fecha: 25 de junio de 2013 20:32
> De: fresasychampan@gmail.es
> Para: algodonesdeazucar@gmail.es
> Asunto: A ver cuándo te compras un puto móvil, joder.
> Tíaaaaaaaaaaaa, no te lo vas a creer. Por fin he conseguido un cliente para mis clases de maquillaje. ¿Y sabes qué es lo mejor de todo? ¿La pasta extra que voy a ganar? Nooooooo, reina mía, nooooo. ¡Mi cliente es un tío! Se llama Alberto y no veas qué voz tiene… ¡¡¡¡¡Arrgghhh!!!!, es que se me han puesto los pelos como escarpias, y lo que no son los pelos también, jajajajaaaa (ah, por si no lo sabes, lo de las escarpias significa que los pelos se levantan, vamos, que me he puesto berraco). Le he dado cita para mañana. Ya te contaré, guapa. Besotes.

Marie casi saltó de júbilo. Alberto había picado. Solo esperaba que esos dos congeniaran. Lo peor que podría ocurrir es que su amigo se quedara colgado de su vecino

—y eso era más que predecible—, pero que a Alberto no le interesara Peter.

Ahora que ese encuentro iba a ser una realidad, Marie pensó que quizá no había calculado bien todas las posibilidades. ¿A qué hora habrían quedado? Seguramente tarde, ya que Alberto solía regresar del trabajo de noche.

Marie bajó rápidamente a casa de don Íñigo. Necesitaba realizar una llamada con urgencia. Pasó como un vendaval delante de Maika, que apenas recibió explicaciones de aquel torbellino, y fue hasta la biblioteca. Cogió el teléfono y marcó el móvil de Peter.

—¿Sí? —La voz sonó aflautada y animada al otro lado de la línea.

—¡Peteg! Soy Marie.

—¡Marie, guapa! ¿Qué tal? Oye, ¿desde dónde llamas?

—¿A qué hoga es tu sita?

—Ah, no, paso de eso. Es que no te vas a creer lo que me ha pasado.

Marie no sabía si estar aliviada o no.

—¿Qué?

—¡Mi fotógrafo glamuroso! —chilló Peter, presa de la excitación—. ¡Me ha llamado y hemos quedado hoy! Me ha reconocido que no se ha portado muy bien, que digamos, pero que me echa mucho de menos, que se ha dado cuenta de que prefiere estar conmigo, y me ha pedido una segunda oportunidad. Qué te parece, ¿eh?

—No sé... No me pagese de fiag.

—Joder, hija, si me clavaran agujas por debajo de las uñas me sentiría mejor que hablando contigo.

—Pegdona, pego es como pienso.

Al otro lado de la línea, Peter suspiró.

—¿Has canselado la sita con tu cliente?

—Eso estoy intentando, pero ese maldito imbécil está apagado o fuera de cobertura, no hay manera de contactar con él. ¡Ni siquiera tiene contestador automático! Lo que da a entender que ni es un tío importante, ni está muy solicitado, o sea, que seguro que es un friki feísimo… Mira, le voy a poner un mensaje y santas pascuas. ¿Qué opinas?

—¡No, no puedes!

—Sabía que me dirías eso. No sé ni para qué pregunto.

—Cumple con tus obligasiones y después te vas con tu fotógafo.

Peter volvió a suspirar.

—Anda, mira, pues ya están llamando a la puerta. Joder, el tío este es la hostia de puntual. Qué mal me está cayendo… Te dejo, voy a cumplir con mis obligaciones —añadió con retintín.

—*Au revoir.*[2]

—Que te den, zorra.

Marie colgó con una sonrisa. Detrás de ella, oyó el inconfundible traqueteo del bastón de don Íñigo. Se volvió, feliz de poder charlar un rato con el anciano, pero algo había cambiado en él. En su cara se reflejaba una emoción nueva. No era la sorpresa ni la esperanza ni la alegría que Marie solía despertar en él. Su rostro le recordaba al hom-

---

[2] Adiós.

bre iracundo y lleno de rencor que conoció cuando entró en aquella casa por primera vez.

Se ofreció a leerle el periódico y se sentaron. Marie medía al viejo con la mirada, mientras iba saltando de titular en titular sin que nada llamara la atención de don Íñigo, hasta que llegaron a un reportaje de sociedad.

Trataba sobre una pareja de ancianos que vivía en un pequeño apartamento. Él tenía alzhéimer y la salud de ella había empeorado tanto que apenas podía encargarse de su marido cuando le azotaba la sinrazón. Estaban solos, sin más ayuda ni compañía que la que se ofrecían mutuamente, ni más recursos que una pensión de jubilación que ya no sabían cómo estirar. El motivo del reportaje era denunciar los recortes en materia de asistencia social y sanitaria, pero el texto rezumaba abandono y desesperanza.

Finalizada la lectura, Marie y don Íñigo se quedaron callados un instante. El hombre, enseñoreándose en su butacón, se frotaba la barbilla con parsimonia.

—Es terrible llegar a viejo y estar solo, ¿verdad? Sin dinero, sin familia, sin nadie que te cuide… ¿Será que sus hijos son unos desagradecidos o que ellos han sido malos padres y ahora reciben su merecido? ¿Tú qué crees, Marie? ¿Y en mi caso? ¿Te lo has preguntado alguna vez, si me merezco o no morirme solo? Sé sincera, querida. ¿Me lo merezco o no?

Marie sintió un escalofrío. El hombre le hablaba con un tono autoritario, a la vez que ligeramente engatusador, como si le estuviera tendiendo una trampa.

—No cgeo, señog…

—¿Nunca te has preguntado por qué mi familia no me llama, ni viene a verme ni se interesa por mí?

—No es asunto mío, señog —replicó Marie con timidez.

—Por supuesto que no, querida, pero es una pregunta de lo más normal. Te lo has preguntado tú y todos los que me conocen un poco. Y, después de ver lo cabronazo que soy, es fácil deducir la respuesta, ¿verdad?

—No, señog, yo...

—Calla. —Don Íñigo había bajado la voz, pero la orden sonó con tanta dureza que pareció rebotar contra las cuatro paredes de la biblioteca para terminar abofeteando a Marie—. Nunca te he contado por qué mi hija no quiere saber nada de mí y no lo voy a hacer, pero es muy fácil de resumir. Siempre fui bastante rígido, pero murió mi mujer y me porté mal, fui injusto, y ella me devolvió la moneda quitándome la palabra y apartándome de mi nieto. Así ha ocurrido desde entonces con todo aquel que se me ha arrimado, pero ¿sabes qué? Desde ese momento, desde que mi esposa falleció, no he vuelto a encontrar a ninguna otra persona que se merezca mi confianza ni mi respeto. Mi mujer me quería tal cual era yo, sin disfraces ni diplomacias, y aquello me conmovía. Quizá por eso ella era la única que sabía manejarme y yo dejé que se adueñara de mí. Tanto le pertenecí que, al marcharse, se llevó consigo la poca capacidad que yo tenía de amar y de confiar. No he vuelto a querer y nadie me ha querido. Soy un indeseable, un cabronazo, un viejo quisquilloso, Marie, por eso estoy solo, pero... —el viejo se detuvo para elegir las palabras más adecuadas— no es porque me lo merezca, como quizá les ocurra a otros. Si estoy solo es porque yo lo he decidido así. No quiero en mi vida a nadie que me falte al respeto o me traicione.

Marie suspiró al borde del llanto. Quería defenderse, pero no sabía cómo, tenía que esperar a que don Íñigo acabara de formular su acusación. Si el anciano supiera toda la verdad...

—Señog, pog favog...

—Marie, soy ciego, pero no imbécil. En esta casa faltan cosas. No necesito tener un recuento exacto, me basta con descubrir con mis manos los huecos que se van abriendo. Engracia me ha contado algo que quiero que me confirmes o desmientas, y no trates de engañarme. Tengo el oído muy fino y las mentiras me llegan claras como el agua... ¿Tú y Maika habéis vendido oro de esta casa?

—Señog, todo tiene una egsplicasión.

—¿Qué explicación ni qué cojones? —explotó el anciano—. Te puse a prueba, Marie. Yo tengo otra llave del cajón del escritorio y ahora falta una colección de monedas. ¿O me lo vas a negar? —Don Íñigo, enrabietado, golpeaba el suelo con su bastón—. ¿Qué os he hecho yo para que me paguéis así? Sobre todo tú... ¿Acaso no te he tratado bien, no he sido amable y generoso? ¡Y encima me robas! No quiero que digas nada más. ¡Fuera de mi casa, tú y la otra desagradecida! Os vais ya, ahora mismo, y quiero que recojas tus cosas del estudio de arriba. No quiero que pases una noche más ahí.

—Lo siento, señog, pego si me pegmite que...

—¡Fuera!

Aquel grito fue tan atronador que Marie no encontró valor para intentar defenderse. Llorando, se marchó aprisa de la biblioteca. Detrás de la puerta la esperaba Maika, con el rostro desencajado.

—¡Fuera tú también! —gritó el viejo dirigiéndose, con la mirada perdida, a su asistenta—. ¡Fuera he dicho! ¡Fuera o llamo a la policía! ¡Fuera! ¡Fuera!

Don Íñigo escuchó los pasos nerviosos de las mujeres recorriendo la casa y, poco después, el estruendo de la puerta al cerrarse. El piso se quedó en silencio. El viejo, abatido, se dejó caer en el butacón y rompió a llorar como un niño.

***

Marie no tardó en recoger sus pertenencias. No tenía más que una bicicleta, unas pocas prendas que cabían en una bolsa de basura, un portátil, la cámara de fotos, el cuaderno donde escribía y una gata que la observaba con desconcierto. La chica colocó al animal en la cesta de la bici, ató el ordenador y el cuaderno en la parte trasera, junto con la ropa, metió la cámara en su bolso y se lo colgó a modo de bandolera.

Durante horas deambuló por el centro de Madrid, efervescente y luminoso. Se cruzaba con caras desconocidas que no la veían a ella. Se sintió sola. Le hacían falta muchas cosas y personas. Añoraba los días en Belsange, con su familia. Echaba de menos a Lana. Se le encogía el corazón solo de recordar el perfil de Olivier.

A la nostalgia que no la había abandonado desde que saliera de su pueblo, se añadía ahora la tristeza de parecer una traidora, de haber provocado la rabia y la decepción de un señor que apreciaba de veras, que la había ayudado y había sido una agradable compañía durante aquellos meses.

Como una autómata, Marie entró en un hostal situado en la primera planta de un edificio. La recepción era oscura. Las paredes estaban forradas de un papel anticuado, muy deteriorado en las esquinas y la zona inferior. Olía a armario cerrado y comida recalentada en el microondas.

Un conserje obeso y de piel sudorosa veía la televisión reclinado en su silla. Tosía con dificultad, como si tuviera los pulmones congestionados, y apoyaba los brazos flácidos y blancuzcos en su barriga gelatinosa. De fondo, el murmullo de la televisión era interrumpido por el ritmo monocorde del ventilador, que expulsaba ráfagas de aire hacia el rostro del conserje.

El hombre se incorporó con pesadez cuando notó la presencia de Marie.

—Buenas noches.

Carraspeó y se quedó mirando a la gata con gesto circunspecto. Con el dedo índice, rollizo y prieto, señaló un cartel colocado en la pared anexa. «No se admiten perros», rezaba.

—Pego... es una gata.

El conserje tosió de nuevo.

—Bueno, por esta vez, pase. ¿Una noche?

Marie asintió.

—El baño es compartido. Déjeme su documentación.

El conserje le indicó con el pulgar dónde estaba la habitación, y volvió a arrellanarse en su silla. Debía dirigirse al fondo del pasillo, tan oscuro y tétrico como la recepción.

El suelo enmoquetado amortiguó sus pasos cansados. Al llegar a la puerta, introdujo la llave, atada a un trozo de cartón con una cuerda deshilachada, y entró. La misma moqueta en el suelo y el mismo papel en las paredes. Una cama estrecha, como de monja de clausura, gobernaba la sala, de pequeñas dimensiones. Solo quedaba espacio para un lavabo y un armario estrecho. Marie corrió la gruesa cortina para que entrara el aire. No había ventana, sino un hueco tapiado con ladrillos mal puestos.

La chica se dio la vuelta y miró en derredor. Se acordó de la pareja de ancianos del reportaje y le llegaron en ecos las palabras de don Íñigo. ¿Se merecía lo que le estaba pasando? ¿Era mala suerte o lo había elegido ella? Calculó el poco dinero que le quedaba. Le había dado casi todo a Maika y aún faltaba más de una semana para que le pagaran en la agencia.

Todo se solucionaría si volviera a casa, a Belsange, pero debía continuar con su propósito, no podía rendirse justo ahora. A pesar de los amigos que había hecho y del descubrimiento de un mundo exterior que le gustaba y en el que, sorpresivamente, se sentía cómoda, Marie no había olvidado que su presencia allí tenía un objetivo. Su plan se había torcido de manera imprevista, pero debía encontrar una solución. Solo dejaría Madrid después de conseguir lo que se había propuesto al llegar.

Tenía demasiadas cosas en que pensar, pero ya solo quería dormir. Mañana sería un nuevo día.

7

Yasmina, con su radar de problemas, desgracias y cotilleos, enseguida detectó que algo le había ocurrido a Marie y, después de atosigarla con su artillería de preguntas, la chica accedió a responder a su interrogatorio. Le refirió, además, las imprevistas dificultades económicas en las que se veía.

—No se hable más. Todos te vamos a ayudar. Ahora mismo le envío a Peter un *wasap* y le cuento. Te quedarás unos días con él y conmigo, hasta que puedas alquilarte algo. —La chica cogió a Marie por los hombros y le dio un achuchón—. Tus amigos estamos contigo, ¿vale?

Marie estaba conmovida. Aparte de Lana y Olivier, no había tenido más amigos. Siempre había vivido en su mundo interior, con su madre y su hermano, casi recluida en su habitación, pero ahora se daba cuenta de la importancia de entablar lazos con los demás. Sus amigos en Francia y los de Madrid le habían proporcionado momentos inolvidables, y hasta los más tristes llenaban su alma de un modo tan íntimo que entonces cayó en la cuenta de que ella, por sí sola, no se bastaría en el futuro.

—¡Qué fuerte, tía, qué fuerte! —dijo Yasmina con la boca abierta y dando saltitos sobre la silla—. No te lo vas a creer: ¡Peter ha ligado! ¡Y dice que es el amor de su vida!

Marie reaccionó, despertando del hechizo.

—¿Qué?

—Sí, sí, mira… —dijo Yasmina enseñándole una foto en el móvil—. Parecen encoñados, ¿verdad? Y encima el menda que ha pillado está buenísimo… Si es que todos los tíos buenos o están pillados o son maricas —dijo con queja fingida y suspiró—: Ojalá esta vez le vaya mejor.

La fotografía mostraba a una pareja feliz, sumida en el embrujo del enamoramiento. Los dos chicos se abrazaban y miraban a la cámara emborrachados el uno del otro. Marie reconoció al Peter contento e ilusionado, y con satisfacción vio por primera vez la esperanza asomada a la cara de Alberto.

***

Quedaron en que esa misma noche Marie la pasaría en casa de Peter. Él le prepararía una cena deliciosa y la mimaría como a una princesa. Además, el chico tenía ganas de compartir con Marie su nueva ilusión y darle las gracias. Si no hubiera sido por ella, habría plantado al hombre de su vida por un fotógrafo que no valía la pena.

—En cuanto nos vimos, lo supimos —contaba Peter—. ¿Sabes esa mirada en la que te dices todo sin una sola palabra?

Es como si nos conociéramos desde siempre. Él también tiene sus miedos y sus sueños, ¿sabes? Aún no ha salido del armario… Su familia es superestricta. El padre es militar, así que imagínate. Siempre he odiado a la gente que no sale del armario, pero con él… ¡Aaahhh! Con él es diferente. Yo lo entiendo y él me entiende a mí. ¿Tú sabes la alegría que da eso? Me gusta, lo admiro, me pone, me cae bien. ¡Lo tiene todo! Anoche charlamos durante horas y horas. ¡Jamás me había pasado esto con ningún otro tío! Normalmente, con los tíos yo solo follo.

Marie asentía con una sonrisa triste.

—Qué bien.

—¿Seguro que quieres que te cuente todo esto?

—Sí, sí, continúa, por favor.

—Lo he invitado a venir cuando salga de trabajar. ¿Te importa? Es que me hace ilusión que lo conozcan todos mis amigos.

Marie sonreía. Mientras, Peter seguía parloteando, contando detalles de su enamoramiento y los planes de futuro que habían hecho juntos. Querían alquilar un apartamento, hacer un crucero, empapelar su casa con fotos de ellos dos abrazados, besándose y mirándose, regodeándose en la dicha de haberse conocido al fin.

Alberto llamó al timbre varias veces, tocando la música de la impaciencia. A pesar de que los días eran largos, la noche ya entraba fresca por la ventana.

Agazapada en el sofá, Marie escuchó el saludo cariñoso de la pareja. Finalmente, su intuición había sido correcta, y aquel chico serio y formal, con aficiones secretas, había encontrado a su compañero ideal en un gay convencido y orgullosamente amanerado.

Cuando Alberto apareció en el salón, guiado por Peter, le cambió la cara.

—Amor, esta es una de mis mejores amigas. Es francesa. Se llama Marie.

—Ya nos conocemos —dijo Marie con serenidad—. Hola, Alberto. ¿Qué tal? ¿Te acuerdas de mi gata?

La gata había saltado del regazo de su dueña y había corrido a saludar a su antiguo vecino.

Alberto acogió al animal con cariño, pero a Marie la miraba ceñudo. No sabía qué pensar. Se sintió como en una encerrona, pero el galanteo de la gata y la cercanía de Peter lo tranquilizaron. Aun así, había algo nuevo y sorprendente en Marie.

—¿Cómo es que os conocéis? ¿Y de qué? —intervino Peter con un asombro monumental.

—Somos… Bueno, éramos vecinos —aclaró Marie.

—Estás diferente —dijo Alberto.

—Sí, cari, es que no veas lo que le ha pasado. El casero la ha echado de casa.

—Lo siento. De todos modos, no me refiero a eso. Es otra cosa.

—Sí, lo sé —dijo Marie bajando la mirada, avergonzada.

—¿Se puede saber qué pasa aquí? Me estoy mosqueando.

—Ah… Perdona, es que yo he conocido a una Marie… digamos que más francesa.

—Él también, solo que no se ha dado cuenta —repuso Marie—. Está tan contento de tenerte en su vida que no ha caído.

—Un momento… Es verdad… Pareces, pareces… ¡Ah! ¿Dónde está tu acento? —exclamó al fin Peter, teatralizando su sorpresa.

—Puedo hablar sin acento.

—Vaya si puedes, chica. ¡Y menuda soltura! —dijo Peter—. Pero ¿por qué hacías como que no? No lo entiendo.

—No quería llamar la atención ni… —Marie se preguntó cómo explicar algo tan extraño—. Tampoco quería hacer amigos. Quería estar sola.

Peter se acercó con gesto cariñoso, mientras Alberto se quitaba la chaqueta y tomaba asiento.

—¿Pero por qué, cariño? ¿Qué pasa? ¿Qué tienes dentro?

—No sabría contarlo en pocas palabras —respondió Marie después de pensarlo un instante.

—Pues cuéntalo en muchas. Tenemos toda la noche.

—Tampoco sé por dónde empezar.

—Apuesto a que eso es lo más fácil. Por el principio, reina, empieza por el principio.

PARTE II

1

A Marie le tocó ser hija de Jean Toulan, un hombre robusto y más bien alto, que no solía prodigarse en palabras y que había heredado, con un gran sentido del deber, una panadería familiar que durante generaciones había funcionado en Belsange, un pueblo que había visto nacer, crecer y morir a la mayoría de sus vecinos, incluidos los Toulan.

La villa, de algo más de diez mil habitantes, estaba enclavada en el interior del suroeste de Francia, a una hora del Atlántico y tres de la frontera con España, y daba servicio comercial y administrativo a diversas poblaciones de los alrededores. Su casco urbano estaba formado por casas antiguas, apiñadas en torno a una plaza central, el núcleo del que partían calles y callejas que, como capilares, se atravesaban y bifurcaban, y ganaban amplitud a medida que se alejaban del centro. Lejos, en las colinas y promontorios que bordeaban el núcleo, los más pudientes del lugar se hacían construir sus casas grandes y espaciosas, de modo que a vista de pájaro podía apreciarse la diferencia entre dos mundos que convivían en paz, pero separados por un prado verde y sus formas de vivir. Una de estas casas pertenecía a los Toulan. Fue levantada a cuenta de la prosperidad que había conocido el abuelo de Marie, con la ampliación de la panadería y la fundación de una harinera y un obrador propios.

Consciente de la importancia del legado recibido, Jean Toulan conducía su existencia para igualar y superar los logros de su padre fallecido, y, mientras soñaba con una red de tahonas que se extendiera por toda Francia, trataba de cultivar su influencia en el pueblo codeándose con los principales del lugar, empeño en el que su madre Bernadette lo había adiestrado desde pequeño y hasta tal punto que la señora se había convencido de que su primogénito colocaría el apellido familiar más cerca de las esferas nobles de Belsange.

Convertir a los Toulan en una saga de relevancia, que circulara en boca de todos y a lo largo de los años, requería algunos pasos previos. Uno de ellos, a juicio de Jean Toulan, era legar aquel imperio panadero a un heredero que lo mereciese, que quisiera dejarse la piel en continuar con la exitosa empresa familiar y, sobre todo, que compartiera su ambición de contemplar cómo las familias de rancio linaje terminaban doblando el espinazo ante ellos.

Pero para tener una estirpe, primero debía elegir a una mujer con quien fundarla. Toulan se había dedicado al negocio con tanta devoción que a sus cuarenta años aún no había encontrado tiempo para unos menesteres que siempre le habían parecido de segunda categoría.

Cierto verano, el hombre acudió con varios empleados a un pueblo vecino, a promocionar su pan en una feria. Al puesto que habían montado se acercó una chica muy joven, que con curiosidad y recato se paseaba observando la mercancía, sin atreverse a preguntar. Toulan, que se había fijado en sus formas y andares, le ofreció probar un pedazo de pan, y, al alzar ella su mirada, algo en su cara de piel pálida y sin mácula le hizo preguntarse si aquella sería del agrado de su señora madre. En una familia donde la mujer de la casa había mandado siempre, incluso en vida del fallecido señor Toulan y aunque fuera de puertas para adentro, era indispensable contar con la aprobación de la matriarca.

Se llamaba Juliette y era veinte años más joven que Jean. Él valoró su timidez, su serenidad, sus pocas ganas de llamar la atención, la lozanía de sus carnes y el rubor que sonrojaba sus mejillas a la menor insinuación. Juliette sería una buena esposa, y su juventud aseguraba la necesaria descendencia para el negocio familiar.

Juliette, por su parte, era una muchacha con las aspiraciones previstas para su sexo y clase, es decir, casarse, formar una familia y cumplir con pulcritud sus deberes domésticos como esposa y madre, así que cuando conoció a Jean Toulan y este empezó a tantearla, con esos cortejos extraños, como de otro siglo, entendió que quizá le había llegado su oportunidad. En secreto, y como le sucedía a cualquier otra chica de su edad y experiencia, alimentaba unos sueños en los que le rondaba un joven imaginario, de aspecto gallardo y esbelto, secuestrado por la pasión. Pero esas historias eran para las novelas. En la vida real estaba Jean. Parecía un buen hombre, serio, trabajador y con suficientes recursos como para ofrecerle un hogar y una vida más que digna a ella y a los hijos que tuvieran en común. Juliette, que aún no había conocido el amor, aceptó la oferta de un futuro espléndido junto a ese prometedor empresario de la panadería y en pocos meses fue llamada a presencia de la señora Bernadette.

***

Se reunieron en la residencia de los Toulan, una casa solariega en medio de una propiedad con arbustos de romero y lavanda que en verano destilaban un aroma relajante y teñían de azul la verde alfombra del campo. La casa tenía dos plantas, un establo en el que nunca entró animal alguno y que servía de almacén para los trastos inútiles, y un porche bien soleado donde pasar las tardes de verano y las mañanas durante el invierno.

En ella vivían Jean Toulan con su madre y su hermana menor, Céline, que contaba veintisiete años y, aún sin pretendiente, parecía condenada ya a la soltería de por vida, lo que servía de chanza y escarnio a sus otras dos hermanas cuando acudían de visita a Belsange con sus maridos e hijos.

La casa, aunque no era tan añeja como las de alrededor, estaba colmada en su interior de vestigios de vidas pasadas, como si en ella hubieran habitado diversas generaciones.

A cada paso, se encontraban relojes antiguos de pared que ya no funcionaban, espejos empañados por un velo mate, muebles disfuncionales y fotografías en sepia, agrietadas y descoloridas. En suma, la residencia tenía un cierto aire pretérito y decadente del que la señora Toulan se enorgullecía, por considerarlo similar al de las grandes casas históricas.

La matriarca era una mujer de voz grave y rasposa, entrada en años y carnes. Era de la opinión de que la salud se medía por kilos de peso, y por eso se cuidaba de conservar su robustez cada día, con buenos panes, comidas copiosas y meriendas nutritivas. Como resultado, su cuerpo lo componían diversas partes redondas, como pegadas entre sí. Primero, los pies y los tobillos regordetes, que asomaban bajo una falda larga, de franela en invierno y de algodón en verano, que se abombaba en las caderas. El cuerpo se le ceñía en la cintura y de ahí partía una nueva bola oronda, con unos pechos gigantes que ya habían perdido su forma. El cuello apenas era visible y a este se encaramaba una cara rechoncha y enrojecida con un rubor más cercano al esfuerzo que a la candidez de espíritu. En lo alto de su cabeza y coronando su figura, la señora Bernadette lucía un moño alto, oscuro —a pesar de su edad— y bien tirante.

La falta de aseo era otro de sus rasgos personales. Sin asomo de pudor, aseguraba que el jabón y los afeites eran instrumentos del diablo para entrampar a los hombres, y que solo se lavaban a diario las prostitutas y las mujeres poseídas por un ardor sexual que iba contra natura. Nunca se cepilló los dientes, pero aquellos huesecillos pequeños y carcomidos resistieron el paso de los años, como si la pátina amarillenta que los cubría fuera una resistente funda preservadora.

Cuando se constipaba, se limpiaba la nariz con las mangas, dejando el rastro mucoso brillando sobre la tela, y, si las ganas de vaciar los intestinos la sorprendían fuera de la casa, no dudaba en desahogarse en medio del campo, sin preocuparse de que allí no hubiera papel higiénico con que limpiarse después.

Vestía con ropas oscuras y modestas, como procedía en una viuda respetable, y regía su casa con mano de hierro y el puño cerrado. Excepto en el comer, la señora Bernadette no se distinguía por su prodigalidad, en especial desde el fallecimiento de su marido. La prudencia en los gastos y el ahorro constante eran los principios con que gobernaba su casa, y en su estricto cumplimiento adiestraba a todos los que la moraban, desde sus hijos hasta los empleados. Su vigilancia rayaba en la obsesión, y cualquier exceso o negligencia en el uso de los bienes y recursos de la familia eran penalizados con los correspondientes descuentos en las pagas y repartos que tocaran.

Su objetivo era, según decía, conservar y acrecentar el patrimonio para su heredero, aunque en el fondo sentía un miedo atroz a la escasez. Bernadette era hija de unos campesinos pobres, pero echando mano de la imaginación y de lo que había escuchado de otros se inventó un origen más fausto y propio de las clases burguesas, y, aunque probablemente muy pocos en Belsange la creían, ninguno conocía la verdad.

En realidad, nadie se había atrevido nunca a contradecirla, pues su sola presencia daba miedo. La enormidad de su cuerpo, la ferocidad con la que trataba a sus hijas y servidumbre, y la rigidez con la que se administraba a sí misma y a los demás habían levantado un escudo protector, una muralla sólida que nadie osaba franquear.

Pero de nada de esto estaba informada la tierna Juliette cuando se presentó ante ella. En cuanto la matriarca de los Toulan la tuvo enfrente, lo primero que analizó fueron sus carnes. La chiquilla era más bien redonda y, aunque a ella le hubiera gustado una moza algo más rellena, esta no estaba del todo mal. Se percató de su modestia y falta de madurez, y dedujo que su personalidad sería fácilmente moldeable a los usos y costumbres de la familia. En definitiva, aunque la muchacha no era un diez para su Jean, la señora no puso excesivas objeciones en esta ocasión. Juliette le parecía algo bobalicona, sí, pero su juventud y previsible fertilidad eran, sin duda, las grandes ventajas de la aspirante.

Además, la señora Bernadette tampoco podía continuar con sus exigencias de perfección, ya que el tiempo apremiaba y era urgente encontrarle una esposa a su Jean. Tanta búsqueda y descarte podrían tener efectos perniciosos, como que su hijo acabara enganchado a alguna furcia buscafortunas del todo inconveniente, quién sabe si incluso engendrando algún hijo ilegítimo que ensombreciera el esplendor sin mácula del apellido Toulan.

***

La boda se celebró con ínfulas de gran acontecimiento social. La señora Bernadette invitó a los principales del pueblo, es decir, al alcalde, los funcionarios de más alto rango y los titulares de grandes patrimonios, entre los cuales se encontraba el terrateniente Olivier de Poitou, cabeza de una familia de antiguos aristócratas a la que Bernadette siempre había aspirado sin éxito.

La matriarca había soñado con casar a una de sus hijas con el propio Olivier, que finalmente prefirió unirse a una española flaca y minifaldera, de pelo rojo como la sangre, y que andaba todo el día como alma en pena. Según decía la servidumbre de la casa De Poitou, su espíritu urbano no terminaba de encontrar su sitio en aquel palacio perdido en la campiña francesa. Bernadette suponía, como todos los demás en Belsange, que aquel matrimonio acabaría en divorcio, lo que le proporcionaría la oportunidad de ofrecerle a su hija menor.

Mediante una escueta misiva, Olivier de Poitou y su esposa agradecieron la invitación, pero la declinaron, y no solo eso: se excusaron del evento aduciendo que la española había concebido y que se encontraba indispuesta para acudir a la gran boda.

La noticia, muy esperada en el pueblo, a la vez que sorprendente por los crecientes rumores de separación, fue hecha pública con gran afectación por parte del señor De Poitou y oscureció el boato que Bernadette quería otorgarle a la gran boda de su heredero.

Como era de esperar, la celebración estuvo bien aderezada de comentarios y noticias sobre el embarazo de la española. Por su parte, Bernadette, que nunca se rendía ante la perspectiva de emparentar con los De Poitou, ya hacía sus cavilaciones. No era descabellado pensar que aquel vástago que venía en camino acabara uniéndose a algún miembro de la descendencia con que Jean y Juliette iban a ser bendecidos por Dios misericordioso.

Pasaban los meses y a Juliette no se le abultaba el vientre. Bernadette le hizo beber pócimas, la llevó a santos y vírgenes, y la sometió a todo tipo de exorcismos, con el único resultado de una infertilidad desesperante.

Mientras, los De Poitou criaban al pequeño Oli, un retoño intranquilo y curioso, de pelo rojo como el de su madre. A los pocos años, los tres se mudaron a París, donde De Poitou había fundado unos prósperos negocios que requerían su atención, pero los vecinos de Belsange contaban que el traslado, en realidad, había sido un parche a una situación insostenible, y que el pobre De Poitou no había tenido más remedio que ceder ante su esposa, cuyo espíritu rebelde y bilioso reclamaba con vehemencia el ambiente frívolo de la ciudad. Así las cosas, Bernadette Toulan veía cada vez más lejos su sueño de cruzar la gran puerta doble de la mansión De Poitou.

2

La buena noticia llegó. Juliette estaba embarazada y tendría un bebé en marzo. Bernadette consultó con su hechicera de confianza y le confirmó que sería un varón. Por fin, los Toulan tendrían su ansiado heredero.

Con el embarazo, Juliette encontró su sitio y se tranquilizó al comprobar que podía cumplir con su función. Durante los seis años que había permanecido vacía, sin concebir, la había asaltado una culpa terrible. Se sentía vapuleada entre la mirada de su suegra y la impenetrabilidad de su marido, y estar lejos de su familia no hacía más que incrementar una sensación de frío aislamiento. Quería reponerse, porque una de las curanderas de su suegra le había instado a que mejorara el ánimo, que si concebía en ese estado de nostalgia se lo contagiaría a la criatura y la condenaría a la tristeza hasta el fin de sus días. Así pues, Juliette se esforzaba por sonreír, agradar y disfrutar de la vida que le había tocado, pero la fuerza de su mal era tan poderosa que no sentía más que desazón y una enorme decepción de sí misma.

Por fortuna, aquellas preocupaciones se fueron disolviendo a medida que crecían el vientre de Juliette y la ilusión de una nueva vida, y a pesar de las advertencias y supersticiones que Bernadette y Céline proferían a cada uno de sus pasos.

Una noche de fuerte viento y tempestad, Juliette sintió las primeras contracciones de parto. Había oído que al principio eran suaves y distanciadas, pero aquella fuerza que la empujaba hacia el suelo era más salvaje de lo que había previsto. Se agarró el vientre y sintió que algo le mojaba las piernas. Había roto aguas. Gritó, llamó a Jean y este, azorado, acudió a su madre, que fue a buscar a un equipo de comadronas.

Llegaron quince minutos más tarde. Para entonces, el suelo de la cocina estaba manchado por un amasijo viscoso y sanguinolento. Acurrucado en el pecho de Juliette, descansaba un animalillo pequeño y arrugado, de pelo muy oscuro, que ella besaba y acunaba entonando una cancioncilla.

Jean Toulan permanecía distanciado. Miró a su madre de una forma que ella no supo descifrar.

—¿Qué ha pasado? —dijo Bernadette temiéndose lo peor. Observó al bebé y vio que no se movía, mientras la madre parecía ajena a la realidad.

—¿No decías que sería un niño? —gruñó Jean Toulan.

Sin duda, aquella fue una gran decepción, sobre todo teniendo en cuenta la dificultad de Juliette para concebir, pues significaba que Jean Toulan podría quedarse sin herederos varones. Además, según pasaban los días, aquel bebé tan arrugado y minúsculo parecía más frágil que una copa de cristal fino. Más que ternura despertaba compasión, y su extrema fealdad inspiraba un profundo rechazo en muchos de los que se le acercaban.

Su madre decidió que se llamaría Marie.

***

Aunque fuera una niña, aquella era una Toulan, la hija de Jean Toulan, y Bernadette debía darle un bautizo y una presentación en sociedad como requería su apellido. Bernadette volvió a invitar a los ilustres del pueblo. El evento, en verano, sería el gran acontecimiento del año.

Pocos días antes del domingo señalado para la fiesta, Bernadette salió a ultimar el servicio del banquete, cuando al cruzar la plaza observó a un corrillo de mujeres mascullando con gran interés. Bernadette, muy amiga de las intrigas, se acercó y, nada más unirse al grupo, una de las mujeres le soltó:

—¡No sabes qué!

—¿Qué ocurre que andáis tan excitadas? —preguntó Bernadette con autoridad.

—¡Los De Poitou regresan! ¡Llegan este domingo! ¡Y la española está embarazada otra vez!

El anuncio del regreso de los De Poitou deslució el bautizo de Marie. Para empezar, causó varias bajas de última hora entre los invitados. Los más importantes se veían en la necesidad de agasajar a la familia más ilustre de Belsange con regalos y recibimientos propios de su categoría, y no podían entretenerse con el bautizo de los Toulan. Pero, además, los que asistieron a la fiesta de la pequeña Marie no dejaron de comentar todo el tiempo la novedad.

Entre otras noticias, se contó que los De Poitou esperaban una niña, según la ecografía que le habían hecho a la española en París, y nacería en octubre. Lo que nadie acertaba a averiguar era el motivo de la mudanza. ¿Por qué aquella familia moderna y guapa regresaba al pueblo donde la española nunca había encajado?

Al igual que ocurrió con la boda de sus padres, siete años atrás, el bautizo de la pequeña Marie, fue eclipsado por la expectación que los De Poitou desprendían a cada paso. La pequeña sociedad de Belsange, aburrida e insignificante, se volcaba con avidez sobre cualquier acontecimiento que modificara el curso monótono de sus días, especialmente si este tenía que ver con sus miembros aristocráticos.

***

En los años que siguieron, Marie creció en un ambiente definido por el gran amor que su madre le profesaba y la distancia que su padre marcaba en sus relaciones. La pequeña también adoraba a su madre y, cuando no estaban jugando, cantando o haciéndose cosquillas, Marie se conformaba con estar cerca, quieta y en silencio, lo que le daba la oportunidad de contemplar a su madre sin interrumpirla. Seguía con la mirada su pelo negro, largo y lustroso, que solía llevar recogido en una coleta baja y colgaba frondoso a lo largo de la espalda. Marie se perdía entre los movimientos gráciles de los finos dedos de su madre cuando cosía, tejía o regalaba caricias a los gatos que habían ido poblando la casa, y soñaba con tener esas manos tan exquisitas cuando se hiciera mujer. Todo lo que hacía Juliette despertaba en su hija un gran interés.

Así pues, Marie seguía a su madre por todas partes durante el día, y deseaba que llegara la noche para dormirse arrullada por su voz, que le contaba cuentos de seres y lugares fantásticos. Le encantaban todas aquellas historias de princesas, príncipes, duendes, brujas malvadas, hechizos y embrujos, pero sobre todo las ilustraciones maravillosas de aquellos volúmenes, los colores y las formas. Pronto, Marie se sintió tentada de tomar unos lápices de colores y garabatear sus primeros dibujos, que guardaba debajo de la cama o en el fondo de su baúl de madera de cedro.

Su padre, su abuela Bernadette y su tía Céline la observaban con gran preocupación. La niña era menos inquieta de lo habitual, apenas se movía, no hablaba. Los Toulan en pleno le diagnosticaron un desarrollo anormalmente inferior, mientras Juliette la defendía aduciendo que era simplemente una niña tranquila y serena, y que aún era muy pequeña. Marie, por su parte, y a pesar de su corta edad, se percataba de la decepción que causaba en esa familia y del desamparo que, a causa de su carácter, sufría su querida madre.

De ese modo, Marie fue elevada al discutible honor de ser el miembro más extravagante de los Toulan, al que todos miraban con extrañeza e inquietud. ¿Qué sería del negocio familiar con semejante heredera?

La gran incógnita se resolvió cuando, en contra de toda expectativa, Juliette se quedó embarazada de nuevo tres años después de haber dado a luz a Marie. En esta ocasión, Jean no quiso fiarse de los pronósticos de las comadronas y hechiceras de su madre, así que marcharon a la ciudad para que le hicieran a Juliette una de esas modernas ecografías que adelantaban con fiabilidad científica el sexo del futuro bebé, tal y como habían hecho los De Poitou.

Después de unos angustiosos minutos en silencio, frente a una pantalla en blanco y negro en la que no se distinguía nada, la obstetra anunció con indiferencia que parecía un niño, y aunque al principio Jean Toulan dudó de la competencia de aquella mujer, a la que había confundido con la enfermera, no frenó la exaltación que había estallado en él. Por fin vería colmados sus deseos. En camino venía un varón Toulan que heredaría el negocio y el apellido, y al hacer realidad el sueño de su marido, Juliette también se sintió satisfecha. La señora Bernadette, que los había acompañado a la cita, se alegró igualmente por la buena noticia, y sus miedos y vergüenzas se esfumaron al instante, por arte y milagro de la tecnología.

Ver la barriga de su madre avanzar, redondeada, turgente, casi hasta apetitosa, fascinaba a Marie de manera extraordinaria, y la dibujaba sobre el papel con mil colores, adornada con flores y mariposas. Cuando se enteró de que ahí dentro crecía un hermanito, se puso muy contenta, y sus manos se abalanzaron sobre las hojas en blanco para plasmar, en su manera de entender el mundo, a aquel bebé que iba creciendo en un claustro oscuro y apretado. Ya se imaginaba atendiendo a su hermano con mimo y cuidado infinitos, y ayudando a su madre en todo lo que necesitase.

El parto del segundo hijo de los Toulan fue igual de rápido que el primero. Tampoco hubo tiempo de ir al hospital ni esperar a que llegaran las comadronas de la señora Bernadette, pero cuando el varón de Jean Toulan salió del vientre de su madre, no reaccionó a la vida. No respiraba, ni lloraba, ni apretaba los puños. Fue poniéndose morado. Lo llevaron al hospital, pero el pequeño estuvo demasiado tiempo sin oxígeno. Como resultado, a Christophe Toulan le quedó una parálisis cerebral que lo conminó a un estado vegetativo y dependiente para el resto de sus días.

***

La enfermedad de Christophe fue motivo de recriminaciones y cuchicheos. Bernadette se maldecía por haber dado su consentimiento a un matrimonio con una mujer tan falible. No solo era poco fértil, sino que además daba a luz a seres inferiores: Marie era manifiestamente tonta y Christophe estaba incapacitado de por vida. Jean recogía esas críticas con el convencimiento de que eran ciertas. Recapacitó sobre qué fue lo que le atrajo de aquella mujer, y supuso que su juventud, pero los acontecimientos le habían demostrado que ni eso era una garantía de tener una descendencia sana y numerosa. Se sentía engañado.

La familia Toulan, en pequeño comité, se planteó el divorcio como una posible opción, pero aquella sería una deshonra de proporciones mayúsculas. Estaría justificado abandonar a una mujer tan inútil, pero no podían obviar que la pareja se había casado ante Dios y que además había unos hijos. ¿Quién querría casarse de nuevo con un hombre divorciado que ha abandonado a una retrasada y un tullido? No, tendría que haber otra forma de arreglar aquel desaguisado. Quizá la solución fuese un hijo bastardo. En estos tiempos modernos, hasta los bastardos tenían los mismos derechos dinásticos que los legítimos, y el único problema era que saliera una niña, pero, a esas alturas, con que el bebé fuera normal, ya les bastaba.

Así pues, la señora Bernadette se impuso el deber de buscar a una candidata que se quedara embarazada de su hijo. Mientras, tenía que solucionar el problema del bautizo y presentación de Christophe. Por razones obvias, no podrían dar una fiesta con un niño que a todas luces era un vegetal, pero en plenas cavilaciones a Bernadette le llegó su salvavidas.

Una vecina llamó a su puerta casi sin resuello, con la cara más blanca que la harina.

—Los De Poitou...

—Vaya por Dios. ¿Y qué es ahora? —Bernadette Toulan aguzó los sentidos, presta a oír las nuevas noticias de los terratenientes de la comarca.

—La española... La española ha muerto.

***

Por primera vez la señora Bernadette se alegró de que Belsange dirigiera toda su atención hacia los De Poitou, y aprovechó la oportunidad para hacerse notar en el duelo general, con el anuncio de que cancelaba el bautizo de Christophe por respeto al dolor de sus apreciadísimos De Poitou.

El fallecimiento de la española fue la comidilla del pueblo durante semanas. La casa De Poitou se negó a hablar del asunto ni ofreció explicaciones sobre la muerte de una persona tan joven, lo que disparó las habladurías. Se dijo que la mujer estaba muy triste, que apenas salía, que no hablaba con nadie, que no se la veía en las fiestas ni reuniones familiares.

Algunos empezaron a decir que padecía depresión y se había suicidado. Se filtró que habían encontrado el cuerpo de la señora en una bañera de agua ensangrentada, con las muñecas rajadas. Más tarde, se dijo que encontraron el cuerpo colgado de una soga atada a la lámpara de araña de su dormitorio. Otros afirmaban que la mujer se había pegado un tiro y que la ráfaga de sangre había salpicado el suelo y las paredes, con restos de huesos y carne desperdigados alrededor. La última versión fue la de un suicidio más limpio y con sentido estético, inducido por una sobredosis de pastillas.

Ante la acumulación de rumores, Olivier de Poitou se vio obligado a comunicar de manera pública y rotunda las causas del fallecimiento de su esposa, y eligió hacerlo a través de una nota destacada en el periódico local de la comarca, propiedad de un amigo suyo. Desde hacía meses la señora De Poitou se encontraba gravemente enferma. Padecía un cáncer terminal que la había postrado en cama, sin fuerzas ni esperanzas. Su marido y sus hijos, Olivier y Lana, estaban profundamente afectados por el fallecimiento de una gran mujer, esposa fiel y madre amantísima, y se hallaban dolidos por el cariz que había tomado la maledicencia de Belsange. Por esa razón, la familia regresaba a París. El terrateniente consideraba que la ciudad era un lugar mucho más conveniente para criar a sus hijos, lejos de los cotilleos y la pequeñez de aquel pueblo de mentes perversas y lenguas mezquinas.

Muchos se ofendieron ante el comunicado de De Poitou. Los había insultado de manera arrogante y, aunque siempre se habían sentido pequeños ante su influencia, el señor no tenía derecho a pronunciarse tan públicamente y con esas palabras tan injuriosas.

«Pues que se vayan», pensó la señora Bernadette al terminar de leer la nota del periódico. Dado que cada vez tenía menos esperanzas de ingresar en aquella familia, lo mejor era eliminarlos como competencia en su carrera de medrar en la pequeña sociedad de Belsange.

No obstante y muy a su pesar, la matriarca de los Toulan no llegó a librarse completamente de la influencia de los De Poitou, porque cada verano el señor y sus dos hijos viajaban al pueblo para disfrutar de sus vacaciones. La ciudad les proporcionaba anonimato y libertad de movimientos, pero también era estresante. En cambio, Belsange y la gran casona familiar constituían un refugio al que siempre les gustaba volver. Los chicos disfrutaban corriendo en los campos, paseando en bicicleta con sus amigos y zambulléndose en las olas cuando iban de excursión a la playa, mientras que el señor De Poitou ponía al día su patrimonio y los negocios que aún conservaba en la comarca.

***

La desgracia de Christophe supuso, para Juliette y Marie, un choque salvaje contra una realidad que ni siquiera habían contemplado. En las semanas posteriores al parto, Marie observó que el pelo oscuro de su madre se llenaba de canas y perdía el lustre de antaño. La coleta ya no se movía en vaivenes delicados, sino que pendía sin vida a lo largo de una espalda enflaquecida y ligeramente encorvada. Las arrugas comenzaron a surcar su joven rostro, antes terso y sonrosado, ahora ceniciento. La tristeza le inundaba los ojos y comenzó a vestirse con ropas insulsas, de colores oscuros y sin adornos.

Desde el mismo instante del malogrado alumbramiento, Juliette desvió todas sus atenciones hacia Christophe, y aquel intenso apego, en vez de despertar en Marie los celos o el rencor, no hizo más que acrecentar la devoción que profesaba por su madre. La niña, que sentía a Juliette como una extensión de sí misma, se contagió de su preocupación y amor incondicional por ese frágil bebé que tanto las necesitaba. Del mismo modo, hizo suya la serenidad con que su madre asumía una pena que no encontraría alivio y la crítica feroz asomando siempre a su espalda, y se consolaba pensando que era de justicia que aquel ser tierno y agradecido recibiera cada día la ración de amor maternal que por naturaleza le correspondía.

Igual que antes de que naciera Christophe, Marie seguía los pasos de su madre y asistía silenciosa a sus quehaceres, solo que ahora participaba en ellos, por ayudarla y porque había aprendido a amar a su hermano con la misma entrega. Juliette agradecía esos gestos de cariño hacia Christophe y la comprensión que advertía en los ojos de su pequeña, a la que veía tan madura, tan independiente y a la vez tan triste.

Los días transcurrían con la misma rutina. Marie iba al colegio acompañada por su padre o su tía Céline, y de vuelta en casa, corría en busca de su madre y su hermano. Juntos pasaban la tarde, entre cuidados y preocupaciones, y a veces también entre risas y orgullo, al comprobar avances en Christophe.

La niña no se desviaba ni un ápice en sus costumbres diarias, ni para hacer amigas ni distraerse en el parque. Tampoco estudiaba ni cumplía con las tareas escolares. Los resultados académicos que obtenía a final de cada curso no hacían más que confirmar las sospechas de Jean y Bernadette sobre su escaso talento.

Aquella inercia, esa forma de vivir hoy igual que ayer, encajaba a la perfección en los engranajes que accionaban el lento devenir de Belsange. Pero hasta en los mecanismos más precisos y resistentes, siempre hay alguna pieza que termina por fallar.

3

Tiempo después, mientras Juliette se aseaba y Marie quedaba a cargo de su hermano, la niña, que ya contaba siete años, se quedó prendada de una mariposa que se posó en un árbol frente a su ventana. Nunca había visto ninguna tan hermosa y colorida, y quiso compartir su descubrimiento con su hermano, que, al igual que ella, disfrutaba con las formas y colores de la naturaleza. Lo acercó hasta la ventana, pero se dio cuenta de que el niño, desde su silla de ruedas, no podía apreciar con detalle la mariposa, así que Marie lo incorporó y lo arrimó un poco más. Con aquel cuerpo pesado en brazos que se agitaba de excitación por encima del alféizar, Marie notó que las fuerzas se le agotaban, y cuando quiso devolver a Christophe a la silla, un desafortunado traspiés hizo que su hermano se le escurriera y se precipitara contra el jardín.

El accidente agravó la situación del niño, que lo imposibilitó un poco más, y sacó a la luz una nueva dolencia que los médicos no habían descubierto. Christophe padecía una insuficiencia cardíaca grave que solo permitía cuidados paliativos y que terminaría en una muerte temprana, hacia los diez o doce años de edad.

La tragedia provocó un cataclismo en la casa de los Toulan, entre maldiciones y sollozos. La señora Bernadette, junto con Jean y Céline, se pasaban el día preguntándose por qué era tan elevada su asignación de mala suerte. Tanto se tensó el ambiente entre ellos que empezaron a pelearse, y el sólido bando que hasta entonces habían formado se resquebrajó.

La matriarca comenzó a quejarse de las articulaciones, la tripa y otras innumerables dolencias, y Céline se cansó de aguantarla. Una mañana, sin previo aviso y en una despedida rápida y cruda, la hija menor se marchó a casa de una de sus hermanas, con la excusa de ayudarla con su prole. Jean la advirtió de que no quería volver a verla por allí, por chismosa, desagradecida y descastada, y ella aseguró que le tomaría la palabra. El hombre, que ya andaba cerca de los sesenta años, estaba hastiado de tantas discusiones, por no hablar del dinero que se ahorraría con una boca menos en casa. El enfado de Jean Toulan no provenía sin embargo del ambiente enrarecido de su casa, sino de que llevaba tiempo intentando sin éxito hacer germinar su simiente en otras mujeres y en ninguna echaba raíz.

Juliette, por su parte, se hundió en una pena silenciosa que la devastaba por dentro. No solo le preocupaba el agravamiento de Christophe; ahora, el accidente había sumido a su pequeña y callada hija en un mutismo que le erizaba el vello.

Marie se pasaba los días en un rincón de su habitación, sin encender la luz, sin hablar, sin comer. No atendía a nadie, ni siquiera pronunciaba un sí o un no. Solo pintaba, mientras la luz se filtraba por la ventana de la tragedia, y, cuando la noche lo inundaba todo, se acostaba en el mismo suelo, sin almohadas ni cojines, con el fin de sentir la dureza del castigo que se había impuesto a sí misma.

La acosaban terribles pesadillas en las que martirizaba a su hermano por propia iniciativa y de buena gana. En sus delirios, se veía como poseída por una voluntad maligna que hacía daño a los que amaba: arrojaba a su hermano y su madre a un precipicio, le arrancaba las uñas a los gatos, pisaba las flores y hacía trizas sus dibujos.

La culpa la mortificaba y no sabía cómo librarse de ella. Llegó a la conclusión de que merecía pasar por esa pena, como justo castigo al daño que le había causado a su pobre hermano. Asistía con dolor a los denodados esfuerzos de su madre por consolarla. Ella era tan buena que le aseguraba que aquello había sido un accidente, que el daño no lo había infligido a propósito, que Chris y ella la echaban de menos y que la esperaban con los brazos abiertos, como siempre.

Juliette le dejaba en la habitación pan recién sacado del horno, galletas de avena y limonada, los alimentos preferidos de Marie, pero ella no los probaba. Preocupada por la salud de su hija, le imploró que al menos bebiera agua. La niña obedeció, más impulsada por una sed áspera y premiosa que por otra cosa. Se había impuesto un severo sufrimiento, aun sabiendo que el ayuno no podría compararse con las heridas que le había causado a su hermano.

Así transcurrieron los días, uno después del otro. Los huesos y venas ya se le marcaban bajo una piel transparente, y su cara de niña era solo un par de ojos oscuros, profundos. La cabeza parecía sostenida por un alfiler y hasta el vestido, arrugado, había adquirido las hechuras de la tristeza.

El séptimo día Juliette rompió a llorar, sin sospechar el efecto perverso con el que Marie recibía aquellos estallidos de desesperación, porque a su culpa la niña añadía la responsabilidad de causar ese dolor a su madre, y al sopesar ese doble sufrimiento, por su hermano y por su madre, concluía que el nuevo remordimiento añadía más justicia al castigo que se había impuesto. Entonces Christophe entró por la puerta, dirigiendo la palanca del motor de la silla de ruedas con el dedo índice, y con una gran satisfacción brillándole en la cara. Ahí estaba el pequeño gran Christophe, dando pasos de gigante en su incapacidad.

Asistir a la alegría de su hermano, a ese afán de superación, además de la ausencia de todo reproche en su gesto, apaciguó, al fin, el ánimo justiciero de Marie. Liberada, se lanzó hacia su hermano, lo abrazó con fuerza y lo besó sin parar, en medio de las risas descontroladas del niño, que sentía aquellos besos como cosquillas, pero sin comprender por qué le mojaban la cara y sabían un poco como al agua del mar.

***

Desde aquel momento, Marie se ocupó de entrenar a su hermano para que avanzara en sus habilidades motrices y cognitivas. Jugaban con puzles y otros artefactos que Marie conseguía en el colegio, por recomendación y mediación de su profesora, a la que había hablado sobre Christophe. La profesora compraba los artilugios en internet, y luego la niña le pagaba con el dinero que le quitaba a su padre de la billetera o la caja fuerte.

No le había resultado difícil dar con la clave. En cierta ocasión, se agazapó dentro de un armario del despacho, donde cabía gracias a lo pequeña que era, y a través de una estrecha rendija grabó en su memoria los movimientos que su padre efectuaba sobre la rueda de la caja fuerte. Cuando volvió a estar sola, salió de su escondrijo, probó los giros en el engranaje, y un glorioso *clac* le abrió la portezuela. No había sido más que un juego de niños.

Durante horas, Marie le dibujaba a su hermano paisajes, objetos y retratos diversos, y pronto se percató de que el niño reaccionaba con más alegría a los colores vivos, mientras que las tonalidades oscuras lo templaban. Fue así como descubrió una especial terapia del color; cuando Christophe estaba triste, le pintaba con rojos, verdes, amarillos o naranjas; cuando estaba demasiado activo y no encontraba descanso, lo sometía a sesiones de negros, marrones, grises, morados. En esas tardes terapéuticas, Marie también advirtió que ella misma se veía afectada por el color de la misma manera, y fue entonces cuando decidió tomar una decisión radical acerca de su vestuario: se pondría colores vivos y alegres en los días tristes, y tonalidades más oscuras cuando necesitara equilibrar un ánimo elevado. En los años que siguieron, Marie fue llenando su armario de colores llamativos, sin apenas espacio para los oscuros.

Aquella inclinación hacia la viveza del color pasmó a su familia. Juliette pensó que por fin su hija había abandonado su tristeza congénita y que su personalidad única volvía a contradecir a la generalidad de las muchachas, al mudar de niña a mujer en una transición más apacible y fácil que en el resto de las púberes. Su abuela, que apenas podía moverse ya, pensaba de un modo similar, aunque sus reflexiones no estaban acompañadas ni de admiración ni de alegría por Marie, sino de la frialdad con que se analiza una prueba de laboratorio.

***

La matriarca dedicaba su tiempo a ordenar, disponer y asentar su señoría en la casa, a pesar de estar recluida en su dormitorio a causa de una obesidad e invalidez irremediables. Su vieja costumbre de no asearse se recrudeció. El olor de la vejez se mezcló con los efluvios del sudor, la mugre que se sedimentaba sobre la piel cuarteada y un aliento apestoso que, según algunos, haría morir a las cucarachas. La mujer que la atendía y ayudaba a Juliette con las tareas domésticas se despidió un día para no regresar. Su descripción de los hechos y hedores debió de ser tan escatológica y nauseabunda que los Toulan no volvieron a encontrar a nadie que quisiera trabajar en la casa.

Así fue como Juliette quedó a cargo de las exigencias que Bernadette formulaba cada pocos minutos y empezó a sufrir la asfixia del aire ponzoñoso que su suegra habitaba. Le rogaba a Jean que intermediara para que la señora adoptara costumbres más higiénicas, pero él salía en su defensa, aduciendo la lucha incansable de esa mujer que siempre cuidó por mantener y engrandecer el buen nombre de la familia. Juliette, que no comprendía qué tenían que ver el agua y el jabón con los apellidos, le respondía que de qué buen nombre hablaba, si apenas eran una familia de pequeños burgueses en un pueblo mediocre, con algo más de dinero que los que vivían apretujados en torno a la plaza, pero nada digno de tanto aspaviento, especialmente si se comparaba su hacienda con otras de Belsange y, sobre todo, con la de los De Poitou. Jean Toulan entonces estallaba y le recriminaba a Juliette todas sus faltas como mujer, a saber, que no era fértil, que no había concebido más que a una retrasada y un tullido, su inutilidad doméstica, y que, si no hubiera sido por su madre, habría abocado a aquella casa al desastre. Juliette, que ya no era la muchacha tímida que se casó demasiado joven, se defendía atacando y le echaba en cara que él no había tenido el más mínimo interés en conocer a sus maravillosos hijos, la sensibilidad de Marie o la capacidad de superación de Christophe. Le recordaba que esos hijos eran mitad suyos, y que si no habían tenido más era solo por culpa de él, pues ya era bien sabido que lo había intentado con otras mujeres y no había conseguido fecundar a ninguna, lo que probaba que todos habían errado el tiro al señalarla como responsable de la infertilidad de su matrimonio.

Extinguido el fuego de las grescas, pero aún presa de la furia, Juliette cogía a su suegra y la llevaba a rastras hasta el baño, con la ayuda de una Marie cada vez más reticente, y ambas desenrollaban la serpiente enroscada que tenía por moño y que caía, pegada por la grasa acumulada, sin brillo ni vida, hasta debajo de unas nalgas abundantes y como invadidas por la sarna. La piel de la señora Bernadette estaba agrietada como un campo árido, surcada de pústulas y roña. En aquellos baños de emergencia, Juliette tenía que utilizar un estropajo de la cocina, y entre los alaridos y maldiciones de su suegra, Juliette frotaba incansable la mugre, que caía desmigada en un agua que se iba poniendo cada vez más turbia con los restos de piel muerta. A veces, cuando podía, la señora se vengaba defecando en pleno baño, lo que las obligaba a sacarla de la pila, vaciarla, recoger las inmundicias, limpiar la bañera, volver a llenarla de agua y comenzar de nuevo la tarea. Marie no podía soportar tanto asco y le sobrevenían náuseas y arcadas que le ponían el estómago del revés durante días.

En cierta ocasión, cansada de intentar desenredar aquel pelo abominable y enmarañado, Juliette cortó por lo sano y metió la tijera a la culebra infinita de la señora Bernadette, a la que le faltó tiempo para quejarse a su hijo en cuanto lo tuvo enfrente. La amputación de la pelambrera histórica desató una nueva gresca marital, con los reproches que ya eran costumbre en casa de los Toulan. La diferencia en aquella ocasión fue que, poco después, la anciana apareció muerta en su cama. Los forenses concluyeron que se había tratado de una muerte natural, provocada por un fallo cardiorrespiratorio. Con sorna, Juliette pensó que, de haber conocido las propiedades *sansónicas* de la cabellera de su suegra, le habría cortado antes el moño.

4

Los funerales se celebraron con el boato que a la señora Bernadette le hubiera gustado, con la oportuna esquela en el diario de la comarca y la visita respetuosa de los importantes del pueblo en una misa a la altura de los grandes personajes. Hasta los De Poitou enviaron su mensaje de pésame desde París; lamentaban tan terrible pérdida y sentían no poder acudir a tan memorable acontecimiento, pero aseguraban que siempre llevarían la imagen y el recuerdo de tan distinguida vecina en sus corazones.

Jean Toulan guardó la nota muy emocionado y mandó enmarcarla, porque así le habría gustado a su madre. Era conocedor del respeto y admiración que ella profesaba a la familia más distinguida de la región y, aunque los De Poitou nunca los habían correspondido con el mismo afecto, estaba seguro de que ella estaría encantada de exhibir y conservar unas palabras tan cariñosas, en honor al último momento de su existencia.

Así pues, una vez hubo recibido la carta enmarcada, la colgó en el dormitorio de su señora madre, en la cabecera de la cama, debajo de la cruz que gobernaba un rosario de fotografías conmemorativas, como la boda de los padres de Bernadette, su bautizo, su propia boda y diversas imágenes de la familia con los hijos que le fueron naciendo.

Llegado el verano y, con él, De Poitou con su familia, Jean Toulan quiso devolverle a su vecino el gesto y se presentó en la mansión para agradecerle sus condolencias en persona. Sin embargo, y tras más de dos horas de espera, el panadero tuvo que marcharse sin que Olivier de Poitou lo hubiera recibido, ocupado como estaba en una importante videoconferencia con sus socios de París.

La decepción fue breve, pues días más tarde el mismísimo Olivier de Poitou telefoneó a Jean Toulan. El hombre se puso nervioso cuando una voz femenina y eficiente le comunicó que el señor De Poitou deseaba hablar con él. El terrateniente se disculpó por no haberlo atendido en la visita que hizo a su casa y le rogaba que aceptara una invitación a cenar. Entre tartamudeos, el panadero aceptó, pero excusó la ausencia de su mujer y sus hijos. De Poitou insistió en que para él y su hija Lana sería un placer recibir a la distinguida familia Toulan al completo, a lo que Jean no supo qué responder. No quería llevar a esos tres estúpidos a un palacio como aquel y sentarlos a la mesa de gente que vivía en París, así que se vio obligado a mencionar que su hijo necesitaba cuidados constantes y que su mujer debía permanecer al lado del pequeño.

—Pero su hija mayor está sana y es normal, ¿no es cierto? Además, creo que es de la misma edad que mi Lana. Se divertirán juntas —resolvió De Poitou.

—Eh… Está bien. Iré con Marie.

—Estupendo, seremos dos padres con sus dos hijas.

Después de esa llamada, Jean Toulan se sintió casi cerca del hombre más poderoso del pueblo y se emocionó al pensar que su madre estaría muy orgullosa de él, allá donde estuviera. «Ojalá hubieras visto esto, madre», pensó el hombre mirando hacia arriba con veneración.

***

El día señalado, Jean Toulan le pidió a su hija que se arreglara para la ocasión y la obligó a ponerse un vestido que Marie consideraba infantil para sus doce años de edad. Tenía el cuello bordado, canesú, falda de vuelo y un estampado floral ridículo. Al menos, era de color rosa fucsia. «Te he visto muchas veces con ese color», adujo su padre ante el mohín de la niña. Marie solo asintió. A juego con el vestido, había una diadema y unos zapatos bajos, con pulsera en el tobillo, forrados con la misma tela. Cuando Marie estuvo preparada, se examinó ante el espejo, y este le devolvió la imagen de los empalagosos pasteles de frambuesa que tanto le gustaban a Bernadette.

En las inmediaciones de la mansión, a Marie empezó a faltarle el aire. La casa estaba cercada por un muro detrás del cual crecía un matorral espeso que impedía cualquier intromisión del exterior. Había empezado a oscurecer y el follaje proyectaba sombras profundas y alargadas. Cuando la verja se abrió, se desplegó ante ellos un jardín inmenso, poblado de flores, arbustos, acequias y senderos de piedras. Jean, temeroso de romper algo, conducía con lentitud, haciendo rechinar los guijarros bajo los neumáticos del coche en el que circulaban.

Delante de la casa reposaba un estanque de agua cristalina con una fuente en el centro, coronada por un par de querubines jugando con un cántaro de agua del que brotaba un fino chorro que rompía el silencio absoluto del lugar. Marie no pudo evitar acordarse de que allí había muerto una mujer joven y rica, madre de dos hijos, de la cual se había rumoreado que se había suicidado. La hipótesis no le extrañó y eso le provocó un escalofrío.

Sobre la fachada de la casa, de mármol blanco, se sucedía una hilera de ventanas alargadas, cubiertas por espesas cortinas. La puerta, en la que ya se apostaban el mayordomo y dos criadas, se alzaba al final de unas escalinatas, detrás de cinco gruesas columnas de estilo griego.

Una vez franqueado el recibidor, se encontraron en una de esas mansiones de techos altos y grandes salas abigarradas, en las que los pasillos parecen laberintos y decenas de retratos oscuros vigilan, acechantes, el devenir de los tiempos. Aquella casa, pensaba Marie, era como las que ponían la nota tenebrosa en los relatos fantásticos que le contaba su madre antes de que naciera Christophe, y que eran refugio de brujas y seres malignos.

Padre e hija fueron conducidos al salón de té, en el ala derecha de la casa. Una enorme puerta de doble hoja se abrió para dar paso a una gran habitación con el suelo cubierto por una gruesa alfombra persa, largas cortinas de raso añil en las ventanas y paredes forradas de cuadros. Marie se quedó embelesada con las pinturas que colgaban de aquella sala. Solo despertó cuando su padre tronó su nombre y la zarandeó por un brazo.

—¡Marie, por favor! Sé educada.

—Perdón —repuso Marie, y procedió con la pequeña reverencia que su padre le había hecho ensayar tantas veces en casa.

Una risita se oyó detrás de Olivier de Poitou. Desde su posición, Marie observó que se trataba de una chica algo más alta que ella. Tenía el pelo rojo, los ojos verdes y alegres pecas en las mejillas. Llevaba un vestido azul claro, muy similar al suyo, y un lazo del mismo color adornaba la coleta de fuego, en lo alto de la coronilla.

—¡Lana! ¡No te rías! Como ve usted, Jean, la mala educación parece ser patrimonio de los jóvenes. Nuestros padres no habrían consentido que nos portáramos así, ¿verdad?

—Por supuesto que no, señor. Mi señora madre, que en paz descanse, se ocupó de nuestra educación y lo hizo maravillosamente.

—¡Ah, su madre! Qué gran mujer. Porque era grande, ¿no es cierto?

—Sí, señor, era una gran señora. Su grandeza abarcaba innumerables ámbitos.

—Por supuesto que sí... Absolutamente todos los ámbitos, diría yo, pero por favor siéntese, Toutain.

—Disculpe, es Toulan.

—Oh, sí, es cierto, qué cabeza la mía. Tomemos un jerez mientras las niñas se entretienen. Lana —añadió, dirigiéndose a su hija—, quizá sería buena idea que llevaras a nuestra invitada a tu habitación. Así podréis charlar de vuestras cosas, peinar a las muñecas o jugar a algo.

Lana respondió con un mohín que supo ocultar con gracia tras una sonrisa. Hizo una reverencia, emulando socarronamente la de Marie, y se encaminó hacia la puerta. Allí se volvió y con mirada arrogante se dirigió a su invitada.

—¿Vienes o no?

—Sí, sí, por supuesto que va, señorita —se apresuró a responder Jean Toulan, que miró a su hija con la mandíbula apretada y una advertencia en los ojos.

Lana guio a Marie por unas escaleras alfombradas que empezaban en el recibidor y en lo alto se bifurcaban. Lana tomó el camino de la derecha y subió hasta el primer piso. Allí continuó por un pasillo largo y ancho, flanqueado por cuadros y reliquias. Un pesado tictac, que escapaba de un viejo reloj de pie, silenciaba las pisadas de las niñas, que apenas siseaban sobre la espesa alfombra que parecía acolchar el suelo de toda la casa. Finalmente, Lana se detuvo ante una puerta blanca y entró.

Su dormitorio parecía el de la bella heroína de aquel escenario de cuento. En el centro reinaba una gran cama con dosel, del que pendía un visillo de gasa que resguardaba el sueño de la princesa de mosquitos y otros insectos. La habitación, de altos techos, estaba en penumbra, así que Lana encendió una pequeña lámpara con pie de bronce que reposaba sobre el tocador. Allí se sentó, en el mullido butacón de color rosa, y se miró en el espejo. Se pasó las yemas de los dedos por el cutis, como analizándolo, y se atusó la coleta con un peine de plata brocada.

Después se volvió hacia Marie, que aguardaba indolente en la entrada, y por encima del hombro le dijo:

—Entra y siéntate. Puedes mirar todo lo que quieras, pero no toques nada.

—No es mi intención tocar nada, no te preocupes.

Marie se dirigió a una *chaise longue* y allí se sentó. El roce del terciopelo rosa le produjo inquietud. No quería estar allí, no quería tratar con aquella chica mimada. Observó a su alrededor. Lana tenía un gran armario, donde seguramente acumularía cientos de vestidos, zapatos y complementos caros, como los que llevaba puestos en ese momento. Las paredes estaban forradas de papel pintado, en tonos rosa y motivos campestres.

—Tu vestidito fucsia va de perlas con mi habitación, ¿no crees? —dijo Lana sin reprimir una risita como la que poco antes había soltado ante la reverencia de Marie.

—Es tu habitación la que está pintada de rosa.

—Y eres tú la que lleva ese vestido, rica.

—No es mi ropa. Mi padre me ha obligado a ponérmelo.

Lana consultó su reloj de muñeca y soltó un gran suspiro.

—Aún falta mucho para que bajemos —dijo, desganada.

—No tienes por qué hablarme ni sacar temas de conversación.

—¡Ya lo sé! —repuso Lana, ofendida—. Oye, guapa, todas las chicas de este asqueroso pueblo se cambiarían por ti ahora mismo sin pensarlo dos veces, ¿sabes?

—En eso te doy la razón.

Lana volvió su nariz respingona hacia el espejo, y después se levantó y se dirigió hacia la cama. Allí se dejó caer con rabia y se encerró tras la fina gasa que caía del dosel, mirando el reloj a ratos y bufando sonoramente, mientras su invitada permanecía impertérrita.

Marie continuó observando. Recorrió con la vista la habitación entera, con todos sus detalles, hasta que reparó en un conjunto de fotografías colgadas en la pared, al lado del tocador. La mayoría mostraba a una mujer joven, también pelirroja, asombrosamente bella. Debía de ser la madre fallecida de Lana. Posaba con una sonrisa enorme, pero sus ojos decían mucho más. Marie se dio cuenta de que, si solo se fijaba en su mirada, la mujer no sonreía, sino que parecía a punto de echarse a llorar.

En las imágenes, que habían sido tomadas en diferentes años, también aparecía Lana, acompañada de su madre, de su padre, o con amigas. En una de las fotografías había un chico algo mayor que ella, también pelirrojo. Marie fue hacia la ventana, fingiendo interesarse por las vistas del exterior, aunque lo que en verdad deseaba era ver más de cerca aquel rostro que con una fuerza primitiva tiraba de ella como si fuera su centro de gravedad.

Tenía que ser el hermano de Lana. Al igual que ella y que su madre, la piel no era de ese blanco lechoso que suelen lucir los pelirrojos, sino ligeramente dorada y lustrosa.

Al acercarse más, vio que sus mejillas estaban salpicadas por unas pecas diminutas que contrastaban con la angulosidad de sus facciones. Marie se sintió presa de aquella mandíbula fuerte y firme, la boca larga y sonrosada, con dos picos perfectamente delineados en la parte más alta del labio superior. Un flequillo indómito le cubría parcialmente la frente, y el cobre de su pelo llameaba al contacto con la luz del mediodía, que achinaba sus ojos verdes, llenos del agua del mar.

Marie tragó saliva. Nunca había visto a nadie parecido. Nunca se había sentido de aquella manera tan incómoda y placentera al mismo tiempo.

—¡Ya es la hora! —gritó Lana, a su espalda, que esperaba en el dintel de la puerta y parecía más enrabietada que antes.

Sin poder deshacerse de la imagen del chico, Marie la siguió de regreso a la sala donde habían dejado a sus padres.

—¡Queridas mías! —dijo Olivier de Poitou en cuanto las vio aparecer—. ¿Qué tal lo habéis pasado?

—Estupendamente, papá —respondió Lana con una sonrisa y añadió, dirigiéndose a Jean Toulan—: Tiene usted una hija de lo más… interesante. Me hubiera encantado conocer al resto de la familia. Ahora que caigo, ¿por qué no han venido su mujer y su hijo?

Jean Toulan pareció atragantarse con el aire que respiraba.

—El pequeño de los Toulé está enfermo, hija mía —dijo De Poitou.

—¡Ah, es cierto! —dijo Lana, dándose una palmadita en la frente—. Se me había olvidado que el niño era subnormalito.

—Mi hermano no es subnormalito —corrigió Marie con firmeza, pero intentando aparentar serenidad.

—Por supuesto que no, niñita —dijo De Poitou con tono dulzón—. Lana, no seas maleducada con nuestros invitados.

—No lo pretendía, papi...

—Lo sé, cielo —concedió De Poitou, acariciando la coleta de su hija—. A veces tu sinceridad es tan descarnada e inocente que se te escapa alguna impropiedad sin querer. Discúlpenos, Toulé.

—No tiene importancia, señor. Y es..., eh..., Toulan.

—Sí, claro, como usted quiera.

De Poitou le asestó a Jean Toulan unas contundentes palmadas en la espalda y avanzó hacia la puerta. Allí les esperaba el mayordomo, que los condujo hasta el comedor.

Una mesa rectangular muy larga, con capacidad para una veintena de comensales, estaba preparada con un mantel blanco, perfectamente almidonado, cuatro servicios de plata y copas de fino cristal. A una discreta llamada del mayordomo, los sirvientes, que se encontraban apostados en un rincón, comenzaron a servir el vino a los caballeros y refrescos a las niñas. Colocaron el pan y trajeron la cena, compuesta por viandas frías y templadas, para sobrellevar el calor del verano.

Durante la velada, solo habló De Poitou, sobre política, finanzas e historia, en unos términos que Toulan no entendía. Su invitado se limitaba a asentir y le daba la razón en todo, mientras Marie miraba hacia el frente y Lana sonreía a su padre con veneración.

Llegada la sobremesa, De Poitou abordó temas más triviales y se permitió incluir a los demás en la conversación.

—Bueno, Lana, cuéntanos, ¿qué habéis hecho tú y Marie en tu dormitorio?

—Le he enseñado mis cosas de París y a Marie le han gustado muchísimo. Ha dicho que nunca había visto nada parecido en toda su vida.

—¿Es cierto, querida? —repuso De Poitou.

Los De Poitou la miraban con sorna, mientras su padre casi temblaba, esperando que su hija diera la respuesta adecuada.

—Oh, sí, es cierto, señor. Nunca había visto cosa igual. Es que a este pueblo no llegan esas chucherías tan caras y preciosas de París. En particular, me he quedado gratamente sorprendida por la colección tan extensa y fantástica que Lana tiene de cosméticos y maquillajes.

Lana abrió los ojos como platos. Parecía que se le iban a salir de las órbitas, mientras enrojecía ligeramente.

—¿Cómo? —tronó De Poitou.

—Ehhh… ¡No es verdad, papá! ¡Marie miente!

De Poitou observó detenidamente a su hija y le asaltó la duda.

—Júramelo. Y ya sabes lo que significa jurar.

Lana titubeó unos instantes y las lágrimas asomaron a sus ojos.

—Bueno, la cena ha sido muy agradable, señor —intervino Toulan—. Le agradezco mucho el detalle.

El anfitrión se recompuso con la agilidad de un ilusionista, consciente de la escena familiar que se estaba desarrollando delante de gente ajena a su casa, y regresó a su postura artificiosa, pretendidamente relajada y cordial.

—Tenemos que organizar otra velada, ¿verdad, Touré?

—Sí, señor, cuando desee.

Los De Poitou acompañaron a sus invitados hasta la puerta, y el mayordomo continuó con ellos hasta el pie de las escalinatas, donde aguardaba el coche con el motor en marcha. Los De Poitou los despidieron con un gesto de la mano, mientras Jean Toulan inclinaba la cabeza y Marie miraba en otra dirección, deseando regresar pronto a su casa, al lado de su madre y su hermano.

Jean Toulan esperaba que aquella invitación fuera el inicio de una relación más estrecha entre los dos hombres, pero se equivocó. Olivier de Poitou se marchó a París pocos días después, y en los veranos siguientes rechazó las diferentes proposiciones de Toulan, con la excusa de sus compromisos de trabajo. Parecía que los De Poitou y los Toulan no volverían a encontrarse jamás.

5

Años después, los Toulan recibieron una llamada de la tutora de Marie, que estudiaba el penúltimo curso para acabar el instituto. Por entonces, Jean pensaba destinarla al negocio familiar como dependienta, administrativa o algo similar, instruirla en un oficio que le sirviese para ganarse la vida, aunque fuera con modestia. No quería cargar con ella para siempre, ni mucho menos perder dinero y tiempo en una educación universitaria que no sabría aprovechar a causa de su baja capacidad intelectual. Por ello, acudió a la cita renuente, hostigado por esa tutora que requería la presencia de ambos progenitores.

La señora Grandet era una mujer en la cuarentena, de cuerpo menudo y ágil de movimientos. Llevaba una media melena rubia y fosca, que enmarcaba una cara pequeña. De cutis terso y blanco, sin apenas maquillaje, excepto por algo de colorete en las mejillas y un toque de máscara en las pestañas, unas gafas de pasta oscura agrandaban sus ojos como si fueran lupas.

Recibió a Jean y Juliette con una sonrisa abierta y franca. Hablaba pausadamente, con una pronunciación perfecta, sin asomo de incorrecciones fonéticas ni acentos que delataran su origen. Tras las presentaciones, fue directa al grano. Desde su posición, detrás de su escritorio, preguntó a bocajarro:

—¿Qué han pensado para la formación de Marie?

Jean y Juliette se miraron brevemente. Jean se volvió hacia la profesora.

—No sé muy bien a qué se refiere, señora. Creíamos que de eso se encargaban ustedes.

—Sí, por supuesto, pero Marie es un caso especial y...

—¡Ah, bueno! Eso... —Jean suspiró sonoramente, molesto por tener que dar explicaciones, una vez más, sobre la inutilidad de su descendencia—. Marie acabará el instituto, si eso es posible, y luego la pondré a trabajar en el negocio familiar. Tendrá que ocuparse de algo sencillo, por supuesto.

La profesora se quitó las gafas lentamente, siguiendo la pendiente respingona de su nariz. Su semblante no podía ser más grave.

—¿Alguna vez ha visto las notas de su hija?

—De eso se encarga mi mujer.

La profesora miró a la madre de Marie.

—Yo, eh... Marie me dice que aprueba y yo la creo siempre. Es que mi situación...

—Lo sé, señora Toulan, sé cuál es su situación en casa con Christophe. En cualquier caso, me parece que ustedes dos deberían preocuparse algo más por la educación de Marie.

Los Toulan se quedaron en silencio. Jean se sentía superado por el tono autoritario de aquella profesora minúscula que parecía que le estaba regañando. No estaba acostumbrado a que nadie cuestionara sus decisiones, ni su forma de pensar, ni su comportamiento. En cierto modo, aquella mujer lo trataba como a un niño y eso no le gustaba. Juliette, por su parte, se sentía avergonzada de no dedicar más tiempo a su hija. Confiaba en ella, era una buena hija, mejor hermana, una persona excelente y cabal, pero la profesora tenía razón, Marie se merecía algo más de atención.

—Marie es la mejor estudiante que he conocido jamás —continuó la señora Grandet—. Tiene una capacidad asombrosa de aprendizaje y asimilación, podría hacer cualquier cosa que se propusiera. Tanto es así que la convencí para que se sometiera a un test de inteligencia.

—¿Y? —Jean Toulan se mostraba ahora ansioso e interesado.

—El cociente intelectual de Marie es de ciento sesenta.

—¿Y eso es bueno?

La señora Grandet suspiró, sin ánimo de disimular su impaciencia.

—Es el mismo que el de Einstein. ¿Lo conoce usted?

—¿Einstein? —Jean Toulan se había quedado con la boca abierta—. ¿Mi hija podría ser científica?

—Ya le he dicho que su hija podría ser lo que quisiera, pero si sus padres la apoyan y se lo permiten, claro está.

Jean Toulan se levantó de la silla y dio algunas vueltas por el despacho, divagando.

—Pero…, pero… Siempre fue muy rara, habló muy tarde y…, bueno, ¡quién lo hubiera dicho! ¡Si parece tonta!

—¡Cómo se atreve! —La señora Grandet se levantó de su asiento, ofendida. Tenía el ceño fruncido y parecía que le fueran a saltar chispas de esos ojos enormes. La tranquilidad de la que había hecho gala al inicio de la reunión se había convertido en una ira que trataba de contener a duras penas—: Óigame bien, señor Toulan. Su hija tiene una inteligencia y una sensibilidad muy superiores a la media. No solo saca unas notas excelentes, saca las mejores en todas las pruebas y sin esfuerzo alguno. Además, le gusta mucho pintar y, créame, sus cuadros son maravillosos. ¿Alguna vez ha visto usted alguno? No, claro que no. A su hija le encanta leer, tanto que aprendió a hacerlo de manera más rápida y ahora es capaz de leerse un libro al día. ¿Sabía usted que su hija lee un libro cada día? Tampoco, ¿verdad? Adora la literatura, especialmente la española, y por eso decidió aprender ese idioma para poder leer en la lengua original y no perderse ningún matiz. Pero Marie no solo puede leer en español, también entiende el idioma cuando lo escucha, y lo habla a la perfección, sin apenas acento. ¿Usted le ha pagado un curso de español? Claro que no. ¡Lo aprendió ella sola!

—¡Un momento, un momento! —Jean Toulan estaba saturado de tanta información. De repente tenía una hija de inteligencia extraordinaria y no tenía ni idea—. Pero, vamos a ver, cuando empezó a ir a la escuela, tenía unas notas pésimas.

—Suele ocurrir con los superdotados. Lo que necesitan es motivación, que se les muestre el camino, pero veo que ese mérito también es de ella. Desde luego, de ustedes no.

La señora Grandet se sentó pesadamente sobre su butaca, extenuada. Aquello era el colmo. Por lo general, tenía que lidiar con padres que sobrevaloraban a sus hijos, explicarles que los suspensos o las notas bajas eran de justicia, pero aquello era nuevo. La mejor alumna que había conocido jamás tenía unos padres que la creían mediocre.

—Marie debería ir a la universidad —siguió la tutora, más calmada—, frecuentar círculos de expertos, formarse de una manera adecuada a su potencial. Si ustedes me lo permiten, me gustaría orientarla para poder encauzar sus intereses, que son múltiples. A ella le encantan las artes y…

—¿Artes? —Jean Toulan reaccionó en ese momento. Su prepotencia, que lo había abandonado mientras cavilaba, regresó a su espíritu para invadirlo de nuevo—. No, no, eso no sirve para nada. Tiene que estudiar economía, empresariales… Cosas así.

—Pero Marie tiene una sensibilidad tan especial, tan extraordinaria… Si quisiera echarle un vistazo a sus creaciones…

—He dicho que no. Y si usted no puede ayudarnos a que estudie números, buscaremos a otra persona que… ¿Cómo había dicho usted? Que la oriente, ¿no es así?

—Marie no será feliz haciendo cuentas.

—Sí que lo será. Tendrá una empresa que gestionar y expandir con su talento, que le dará dinero y poder. Por Dios, ¡cómo no va a ser feliz así!

La señora Grandet no sabía qué más podía decir. Aquel hombre tenía claras sus preferencias, y, desde el inicio de la reunión, se había dado cuenta de que Jean Toulan era el tipo de persona autoritaria e inflexible, de ideas fijas y conservadoras, imposible de convencer.

No estaba dispuesta a perder el tiempo y la paciencia en una discusión estéril, pero sentía pena por Marie. Temía que la joven claudicara y cediera a los intereses de su padre, que estudiara economía y se condenara a una vida que era el sueño de otro. A la señora Grandet ya no se le ocurría cómo evitar que Marie se perdiera entre la frialdad de las cuentas y que su extrema sensibilidad la abocara a la autodestrucción.

***

Nada más terminar la reunión, un Jean Toulan henchido de nuevos proyectos salió casi volando hacia su casa. Le iba a la zaga una Juliette con la cabeza gacha. Qué orgullosa estaba de su niña. Siempre había sabido que Marie no era tonta, como se decía, pero en el fondo era como todos los demás al no haber reconocido el talento de la niña. Una vez más, Juliette Toulan se sintió en deuda con su hija, por no haber tenido tiempo para estar juntas, por no haber escuchado sus silencios, por no haberse adentrado en el mundo de sus dibujos. Era una mala madre y no solo por no advertir la inteligencia de Marie; también era mala madre por no ser capaz de defenderla, de sacar las uñas, plantarse delante de su marido y exigirle que la dejara en paz, que le permitiera elegir. La tutora les había hablado de una gran sensibilidad en Marie, de multitud de gustos y aficiones, que incluso había aprendido a hablar español sin acento. Por el amor de Dios, pero ¿cuándo?, ¿cómo? La señora Grandet parecía conocer a su hija mucho mejor que ella, y eso le produjo un enorme dolor.

Al llegar a casa, Jean Toulan llamó a gritos a su hija y se dirigió a su despacho. Marie bajó las escaleras trémula pero veloz. No era conveniente hacer esperar a su padre.

—Siéntate —le dijo señalando una silla.

El hombre tomó una butaca y se colocó enfrente de su hija. A su espalda quedaba una gran ventana por la que entraba un haz de luz crepuscular que cegaba a Marie. Ella aguardaba en silencio, intentando adivinar el gesto en la cara de su padre, que no era más que una sombra al contraluz.

—¿Quién te ha enseñado español? —le espetó.

La pregunta la cogió desprevenida. Creía que iba a regañarle por algún descuido o a describirle esas órdenes detalladas hasta en las comas que solía darle para cualquiera de las tareas simplonas que de vez en cuando le encomendaba. Así que, ¿qué podría responder a aquello? No la creería.

—No sé español.

—Sí que sabes. Tu profesora me lo ha dicho.

—Oh…

—Sí, oh…

Marie seguía confusa. ¿Aquello era una riña? ¿Qué quería reclamarle su padre? Quizá había descubierto que faltaba dinero en la caja fuerte y había pensado que se debía a unas posibles clases de español.

—¿Quién te ha enseñado?

Marie carraspeó.

—Ehhh… Nadie.

El silencio dominaba la sala, tapizada de sombras alargadas, pero Marie habría jurado que hasta los pájaros del jardín oían el latir de su corazón.

—¿Por qué no alemán o inglés?

—Inglés también sé. El alemán no me gusta mucho.

—Inglés… Eso no está mal… Bueno, basta de cháchara. Mira, tu profesora dice que eres muy lista, cosa que aún me parece increíble, pero supongo que será cierto. El caso es que te vas a dedicar a la empresa de la familia. Quiero que empieces ya a empaparte de libros de economía, nuestros balances, las memorias del negocio y todo eso, y que me digas qué podemos hacer para expandir la empresa, ¿está claro? —Jean Toulan se levantó y le señaló a Marie una pila de libros encima de su escritorio—. Tu profesora también dice que lees muy rápido, ¿no? Pues a finales de esta semana volvemos a hablar y me cuentas.

Jean Toulan se levantó y se dirigió hacia la puerta. Antes de marcharse se giró.

—¡Ah! Puedes entrar aquí y trabajar, pero solo cuando yo no esté, ¿te queda claro? No soporto las distracciones.

Marie se acercó a los libros. Había manuales anticuados de economía y contabilidad, libros con múltiples anotaciones y cuentas, nada que a ella le pudiera interesar. Se dio la vuelta y se dirigió hacia la caja fuerte. Necesitaba dinero para comprarle a su hermano unos puzles nuevos.

***

Cumplido el plazo, Jean Toulan llamó nuevamente a su hija al despacho, a última hora de la tarde. Estaba inquieto. La pila de libros y manuales parecía intacta. Se puso las gafas y, con aire inquisitivo, husmeó un rastro que no encontraba. Se dio cuenta de que los volúmenes más viejos conservaban una fina capa de polvo. Dudaba incluso que Marie se hubiera acercado a la mesa. Le iba a caer una buena.

—Siéntate.

Jean Toulan replicó el ritual de posiciones de la última reunión. Marie, cegada por la luz, agachaba la cabeza.

—¿Y bien? ¿Qué te han parecido los libros?

—Viejos.

Jean Toulan se había convencido de que la niña no era lo necia que él siempre había creído, pero no había cambiado de opinión sobre su insolencia.

—Viejos, ¿eh? —Toulan intentó dar con alguna salida sarcástica o al menos igual de impertinente que la de su primogénita, pero no se le ocurrió ninguna, así que desenvainó el dedo acusador—. ¡Ni los has tocado!

—Tocado, sí.

—¡Basta, Marie! Vas a hacer lo que yo te diga, que para eso eres mi hija, ¿te queda claro? Te vas a leer todo eso ¡y quiero que lo hagas ya!

—No es necesario —repuso Marie.

—Te crees muy lista, ¿no? Puede que lo seas, eso dicen, pero no eres más que una niña, no sabes nada de la vida, ¡absolutamente nada! —Las manos, agarrotadas, se aferraban a los brazos de su butacón—. No tienes experiencia, no eres independiente, no sabes valerte por ti misma. Has vivido entre algodones, sin más preocupación que echarte en la cama y mirar al techo durante horas. ¡Qué sabrás tú de la vida! —escupió Toulan arrugando la nariz.

—Podríamos vender el pan más barato, mucho más barato que la competencia.

Jean Toulan aún estaba ardiendo. La impotencia ante una adolescente que no comprendía y que lo superaba en inteligencia y serenidad lo consumía. Se llevó el puño a la boca y apretó con fuerza mientras resoplaba. A sus labios asomó una sonrisa burlona.

—Si hubieras leído los libros de contabilidad, habrías visto que las ventas se han reducido bastante y, con ellas, los beneficios. ¿Es que quieres recortar aún más el margen y que gane menos? ¿Tanto me odias, hijita mía? —añadió con retintín.

—Sufrimos una crisis profunda, la gente gasta poco. Las clases menos pudientes necesitan ahorrar y los ricos quieren más valor a cambio de su dinero. Si reducimos el precio, las ventas aumentarán.

—Falso. Si reduzco el precio, la competencia también lo hará y la situación volverá al mismo punto de partida, con la diferencia de que todos ganaríamos menos. Eso ya ha ocurrido en el pasado. ¿Ves como te falta experiencia?

—Estoy hablando de un precio verdaderamente bajo, el más bajo posible, un precio imbatible.

—¿Qué precio?

—Veinte céntimos.

—¿Veinte céntimos? —Jean Toulan rio con ganas. Echó la cabeza hacia atrás y el butacón se inclinó unos centímetros—. Tú estás loca de remate. Si hubieras leído los malditos libros, sabrías que el coste de producción de algunas variantes supera esos veinte céntimos.

—Pero contamos con un obrador propio y eso hace más fácil controlar el gasto. Podemos lanzar un pan mucho más básico y estándar que se ajuste a ese coste.

—Ya. Entonces, voy a pasar de ser el empresario con panes de la mayor calidad en esta región a ser un simple panadero de barras baratas y sin gracia. Tu abuelo debe de estar revolviéndose en la tumba.

—Podemos mantener el resto de panes, de mayor coste y precio, pero nuestro pan básico lo compraría la mayoría de la gente. De ese modo obtendríamos mayor volumen y ahí estaría la ganancia. Además, este plan de rebajar el precio y los costes tiene otro vértice importante —continuó Marie aprovechando que su padre la dejaba hablar—: una red de tiendas.

Jean Toulan guardó silencio. Su mayor sueño era fundar una cadena de establecimientos con su nombre, pero hasta el momento le habían frenado las enormes inversiones que eso suponía.

—No hay tanto dinero.

—Lo habrá.

Toulan se quedó impresionado por la seguridad de Marie. No podía evitar desconfiar de una niña que siempre le había parecido estúpida, que habitaba su casa en silencio y quietud, como un espíritu en pena, pero que había pronunciado un discurso lógico y bien meditado, sin lagunas aparentes.

—Habría que calcular bien eso de los veinte céntimos.

—Ya lo he hecho y es factible. Está todo aquí. —Marie abrió las manos, que hasta el momento reposaban en su regazo, y mostró un pequeño objeto con forma de cápsula. Se levantó y se lo tendió a su padre, que lo miró sin saber qué hacer con aquello—. Ahí tienes archivos sobre costes, proveedores de harinas, consumo de energía, gasto de personal, previsión de ventas... Todo.

Toulan continuaba mirando embobado la cápsula.

—Eh... Puedes irte. Ya hablaremos.

—Si necesitas algo...

—No, vete. ¡Bueno, sí! Dile a Maurice que venga.

Marie se dirigió hasta el jardín, donde Maurice limpiaba la piscina para la temporada de verano. Era un chico joven, de unos veinte años, que estudiaba informática. Aceptaba pequeños trabajos con el fin de sacarse un dinero para los fines de semana y las vacaciones.

—Maurice.

—¿Sí?

A pesar de haber cruzado la adolescencia, el joven aún conservaba múltiples marcas de acné que le embrutecían el rostro.

—Mi padre quiere que vayas a verlo. Está en su despacho.

—Oh, de acuerdo —repuso azorado—. ¿Sabes por qué es?

—No es por ti, no te preocupes. Necesita que le enseñes a utilizar un *pendrive*.

***

Jean Toulan no tardó en convencerse del plan de Marie y enseguida lo puso en marcha. Las ventas se dispararon de inmediato. Desde el primer día, el pueblo acudió casi al completo al reclamo del pan a veinte céntimos. La mercancía se agotaba en pocas horas, por lo que tuvieron que aumentar la producción. La voz se corrió y el anuncio del pan barato llegó a otros pueblos de la comarca. La cola a las puertas de la tienda de Toulan era cada vez más larga y pasaba por delante de la competencia sin tocarla. Durante horas, los clientes esperaban pacientemente a que les llegara el turno. Había madres, jubilados, jóvenes, pero también dueños de tiendas de otros pueblos, que le compraban pan a Toulan para ofrecerlo en sus establecimientos con un pequeño sobreprecio.

El resto de las panaderías veían mermar su negocio cada día un poco más y sus propietarios observaban el cambio con estupefacción. Reunidos en diversos comités, consideraron aquella estrategia como un ataque directo al sector y llegaron a la conclusión de que Toulan pretendía eliminar toda la competencia hasta quedarse él solo. Uno de ellos, Gérard Arceneau, llegó a desesperarse. Las barras se le amontonaban en las estanterías día tras día, no cubría gastos, el negocio se iba a pique y, con él, su futuro y el de su familia, que vivía al completo de la panadería. Aquel dislate solo podía solucionarlo una persona: el arrendador de su local, Olivier de Poitou.

—Señor, siento interrumpir sus vacaciones, pero la situación es grave —le dijo, cuando De Poitou lo recibió a comienzos del verano, en el despacho habilitado en su mansión—. Fíjese que apenas me llega para pagar la renta de su local. Usted, que es empresario, entenderá en qué punto nos ha puesto este loco. Nos va a llevar a todos a la ruina.

—Hagan ustedes lo mismo —repuso De Poitou, sin levantar la vista de unos papeles.

—¿Vender pan a veinte céntimos? Eso es imposible, se lo aseguro. Su plan es claro, señor. Toulan está soportando unos gastos terribles para eliminarnos y, cuando todos hayamos cerrado, subirá los precios y recuperará lo que ha perdido.

—¿No le parece un plan un poco descabellado? Todo empresario quiere ganar dinero, no arriesgarse a perderlo.

—Pero por fuerza ese pan debe ser malísimo para la salud. ¡Los habitantes de la comarca entera corren peligro!

—¿Ha probado usted el pan?

—Sí.

—¿Y se ha puesto enfermo?

—Eh… No, señor, pero ese pan no es de calidad, se lo digo yo. Está como soso, y tampoco sabemos qué consecuencias puede tener comer eso todos los días. Yo no me he puesto malo, pero a lo peor un día me sale un cáncer por culpa de haber comido ese pan.

—¿Me está diciendo que usted ha comido algo estando convencido de que podría producirle una enfermedad mortal?

Arceneau se estrujaba las manos. A pesar del aire acondicionado, el panadero sentía que un chorretón de sudor le bajaba por la espalda.

—Señor, no es justo. Llevamos trabajando años y años en este pueblo, que también es el suyo. Muchos de nosotros hemos heredado el negocio y queremos legarlo a nuestros hijos, pero ese..., ese Toulan va a acabar con nuestro sustento, con nuestro futuro. Señor, ¡es por nuestras familias!

—Tranquilícese, Arceneau, por favor. —Olivier de Poitou se levantó de su silla, detrás del escritorio, y fue hasta el mueble bar. Sirvió dos copas de coñac—. Tenga, beba y relájese. —Tomó un trago y esperó a que su invitado lo imitara—. Todo tiene solución en esta vida, hombre, no desespere. Un negocio no se hunde de la noche a la mañana, menos aún si cuenta con una trayectoria como el de su familia. Usted y los suyos siempre han sido unos vecinos honorables y cumplidores, y se merecen todo mi respeto y mi apoyo. Usted ha venido a mí en busca de ayuda y no puedo negársela.

A Arceneau le brillaron los ojos.

—¿De verdad, señor?

—Por supuesto. ¿Acaso duda de mi palabra?

—No, no, Dios me libre, es solo que... Bueno, disculpe, estoy algo nervioso y he estado torpe, no quería ofenderlo y...

—Tranquilo, tranquilo. Está todo claro. —De Poitou se acercó al panadero y con un gesto le indicó que la reunión había terminado—. Haré mis investigaciones y después lo llamaré, ¿de acuerdo?

—Muchas gracias, señor, le debo un gran favor.

—Aún no he hecho nada, Arceneau.

—Todos confiamos en usted, señor. Estamos en sus manos.

De Poitou llamó a su mayordomo.

—Acompañe a este buen hombre a la puerta y dígale a mi hijo que venga. Tengo que hablarle.

—Oh, ¿el joven Olivier ha venido este verano? —dijo Arceneau.

—Sí, así es —contestó De Poitou, algo molesto—. ¿Le interesa?

—Oh, no, no, disculpe, señor, es solo que a todos nos agradaría mucho volver a ver a su hijo. Hacía tiempo que no venía por aquí. Disculpe que los haya molestado con nuestros problemas, señor. Disfruten de sus vacaciones.

—Gracias, Arceneau.

—Muchas gracias a usted, señor, muchas gracias.

***

Olivier tardó en llegar al despacho. Venía de la piscina, con la piel ligeramente enrojecida y el pelo mojado. Su padre lo miró de arriba abajo, con aquellas bermudas floreadas y la camiseta de algodón, y no disimuló un gesto de desaprobación.

—¿Qué estabas haciendo?

—Nadar en la piscina.

—¿Así empleas tu tiempo?

—Estoy de vacaciones, papá. Por Dios, relájate…

—Podrías ocuparte en aficiones más útiles y provechosas. Holgazanear no es propio de los De Poitou y no te conducirá al éxito, hijo mío.

—Que sí, papá, que sí... ¿Me has llamado para echarme un sermón?

—No. Siéntate. —Al darse cuenta de que su hijo tenía el bañador mojado, se corrigió—. No, no, que vas a estropear el tapizado. Quédate de pie.

Olivier resopló y entornó los ojos.

—Pues tú dirás.

—Hay un tipo en el pueblo que ha puesto en marcha un negocio curioso: pan a veinte céntimos.

—¿Tan barato?

—Sí. Está teniendo una acogida impresionante. Podríamos copiar la idea y desarrollarla en París. ¿Qué te parece? Ahora que estás a punto de terminar tus estudios, podrías dedicarte a eso y dirigir el proyecto.

—¿Y qué quieres que haga?

—Primero, que te enteres bien de cómo lo hace. Los panaderos de aquí están que se muerden las uñas, dicen que un pan tan barato es imposible, así que algún secreto tendrá que haber.

—¿Y cómo quieres que lo averigüe? —replicó Olivier, incrédulo.

—Habla con el dueño. Es un tal Jean Toulan. Yo te puedo dar el teléfono y la dirección.

—Ya, llamo al Toulan ese, y él estará encantado de contarme sus secretos.

—Parece increíble, pero seguramente ocurra de ese modo si te sabes conducir con inteligencia. Ese Toulan es un estúpido que está deseando codearse con nosotros. La manía le viene de la madre, que era más pesada que tu hermana cuando coge el teléfono. Por cierto, era la señora más enorme, bruta y fea que he conocido jamás, nos persiguió toda su penosa vida. Anduvo incluso detrás de mi padre, pero afortunadamente tenía buen gusto, y además su familia no nos llegaba ni a la altura del betún de los zapatos. El caso es que su hijo, este Toulan, es igual de necio y pesado que su madre, así que estará encantado de recibirte y hablará contigo de todo lo que quieras. Evidentemente, no te va a contar sus secretos a la primera de cambio, pero, si sabes guiar la conversación, si lo halagas o si le das a entender que podemos llegar a ser buenos amigos, cantará y sin que se dé cuenta.

Olivier escuchaba la historia con aire divertido.

—¿Pero no sería más fácil que le propusieras una asociación o una franquicia, y expandir el negocio juntos? Ya sabes, por eso de que la unión hace la fuerza. Además, él tiene la experiencia y…

—Ni en mis peores pesadillas. Escúchame bien: ni yo ni nadie de mi familia se unirá jamás a un Toulan, me da igual el tipo de relación que sea. Les tengo una manía que no los puedo ni ver —dijo De Poitou, que exhalaba aire con fuerza—. Además, quiero destruir a ese estúpido. Mi idea es ensayar el negocio en París sin que él se entere, y después aplastarlo en su propio terreno.

—Pero ¿qué te ha hecho ese hombre para que lo odies así? —preguntó Olivier, algo alarmado.

—Nada. Simplemente no lo soporto, ni a él, ni a su madre, ni a su hija, ni…

—¡Yo tampoco los soporto!

Padre e hijo volvieron la cabeza hacia la puerta, donde Lana brincaba ilusionada.

—Yo te ayudaré, papi, anda, por favor, déjame hacer de espía —pidió la chica con una mueca teatral.

—¿Pero qué dices, niña? —se burló Du Poitou—. Jean Toulan no hablará contigo de negocios.

—Pero puedo hacerme amiga de su hija, meterme en su casa, cuchichear.

—Ya tienes a tu topo, papá. Yo paso de este rollo —dijo Olivier, que no había abandonado su gesto divertido.

—¡Olivier! Tienes que tomar las riendas de tu vida y aprender los entresijos del negocio, del patrimonio que un día será tuyo.

—Papá, sinceramente, no creo necesario tanto folletín para eso. Además, todo esto lo haces solo para vengarte. Ni siquiera te interesa crear una nueva empresa.

—Papi, porfi, déjame participar, porfi, porfi…

—Está bien —cedió De Poitou—, pero cuidado con la niña Toulan. No es tan necia como su padre. Y, por lo que recuerdo, no le caíste muy bien cuando estuvieron por aquí.

Lana enrojeció al acordarse de que Marie la había avergonzado al descubrir su secreto de los maquillajes delante de su padre.

—Pero yo sé lo que le gusta —replicó Lana enigmáticamente—. Yo puedo ofrecerle algo que a ella le encantaría tener.

—Tus cosas no le interesan nada —bufó el padre.

—Te conseguiré esa información, papá. Confía en mí. Ya lo verás.

***

Con aplomo, Lana se saltó la larga cola que salía de Panaderías Toulan, sin responder a los saludos de los vecinos que la conocían ni a las reprimendas de los que venían de fuera y no compartían la devoción que el pueblo profesaba a la familia De Poitou.

Cuando llegó al mostrador, pidió ver a Jean Toulan. Los empleados, conocedores de que aquella visita sería del agrado de su jefe, la condujeron al despacho, en la planta superior del establecimiento, donde Toulan la recibió entre sorprendido y agradecido.

—Buenos días, señorita. ¿A qué honor debo su visita?

—Nosotros también queremos su pan.

Toulan no cabía en sí de gozo. Nunca entendió por qué la casa De Poitou jamás se había interesado por sus productos, los mejores de la zona.

—Por supuesto. Tengo aquí un catálogo de nuestros más preciados panes.

—No, no, queremos el barato, el que cuesta veinte céntimos.

—Oh, señorita, esa variante es muy básica, no creo que a ustedes les guste…

—Nada que ver. En cuestiones de gustos panaderos, somos de lo más básico y elemental que hay.

Jean Toulan y Lana de Poitou se pusieron de acuerdo en los detalles de los pedidos diarios, incluido un generoso descuento.

—También quiero que nos lo entregue su hija.

—¿Marie?

—Así se llama, ¿no?

—Eh... Bueno... Si ese es su deseo, señorita.

—Lo es.

—Pues no se hable más. Marie les llevará su pan recién hecho cada día, antes del almuerzo y desde mañana mismo.

—Perfecto —replicó Lana con una amplia sonrisa de satisfacción.

6

Marie recibió la noticia de sus nuevos quehaceres con desagrado. Intentó resistirse, cambiar la tarea por alguna otra relacionada con la contabilidad y las finanzas, pero fue en vano. Ese era el requisito de los De Poitou y había que cumplir con las condiciones de los contratos a rajatabla.

—Que yo tenga que llevarles el pan es un simple capricho de una niña mimada que se aburre.

—Quizá la pobre niña se aburre, sí, y solo quiere hacer una amiga. Estás tan metida en esta casa, en tu mundo, que no te das cuenta de que hay gente muy interesante ahí fuera. Por Dios santo, ¡sal y haz amigas! Bastante suerte tendrías si Lana de Poitou te aceptara en su círculo.

Al día siguiente, Marie Toulan se dirigió a la hora convenida hacia la mansión. A pesar de que el sol brillaba con el esplendor del mediodía, el lugar le seguía pareciendo tan sombrío y tenebroso como la primera vez que acudió, con su padre, a aquella pantomima de cena de los idiotas.

Igual que cinco años antes, Marie atravesó la verja, recorrió el sendero, esta vez en bicicleta, y se internó en la propiedad De Poitou con la misma sensación de sentirse observada por el espeso follaje, los querubines de la fuente y el mayordomo que la aguardaba en la puerta.

—Adelante. Por favor, tome asiento mientras aviso a la señorita De Poitou —dijo el mayordomo señalando un banco de terciopelo mullido.

Marie obedeció y colocó la bolsa con las diez barras de pan a su lado. El mayordomo había dejado abierta la puerta principal, por la que entraba una brisa veraniega, cálida pero agradable, a esas horas de la mañana. El aire traía en volandas el perfume del espliego en flor.

Enfrente del banco, un espejo rectangular le devolvía la imagen de una recadera sencilla y con gesto aburrido, deseosa de terminar su jornada. Se puso a imaginar qué aspecto tendría Lana. La última vez, ambas eran unas niñas, pero ahora ya se encontraban en plena adolescencia. Marie se preguntó si las formas femeninas habrían asomado ya al cuerpo de la princesa. Dirigió su mirada hacia abajo y no encontró más que una camiseta lisa que se hundía en la cintura. Se levantó y se miró de frente y de perfil. Su cuerpo era una tabla, sin protuberancias, sin alegrías. Las caderas caían rectas y descansaban en dos juncos que hacían las veces de piernas.

El tiempo sonaba incansable en el reloj del recibidor, sin noticias de Lana ni del mayordomo. Se le ocurrió que aquella podría ser una broma de los De Poitou, una nueva manera de burlarse de su padre, pero tampoco esta vez era capaz de adivinar dónde estaba la gracia. ¿Quién más iba a reírse de dejarla allí plantada con diez barras de pan?

En una mesilla cercana, vio una libreta y un bolígrafo. Los cogió y regresó a su sitio, pero esta vez se sentó en el suelo, con las piernas dobladas. El banco, por muy mullido que fuera, le resultaba incómodo. Marie empezó a dibujar su aburrimiento. Se dibujó a sí misma, sentada en aquella posición, en aquel lugar, con unas sombras que se cernían desde los altos techos y la amenazaban. Al fondo, trazó la imagen de una mujer joven, de ojos acuosos, que la observaba con tristeza.

—¡Qué tétrico! Es esta casa, ¿verdad?

Marie dio un brinco al descubrir a Lana junto a ella. La miraba desde arriba, con la nariz respingona analizando el dibujo, que bien podría tomarse como una ofensa. Marie arrancó la hoja, la arrugó y se la metió en el bolsillo de los pantalones.

—Pero espera, mujer, no lo rompas. Quiero verlo.

El deseo sonó a una orden que había que acatar. Marie se preguntó cuántas veces le habrían dicho que no a aquella chica.

—Aquí está el pan —dijo Marie para desviar la atención de Lana—. Tienes que firmarme el albarán de entrega.

—Cómo no —replicó Lana algo coqueta y como relamiéndose.

Marie no entendía el artificio con que se conducía aquella chica y que debía de formar parte de su personalidad, ya que también se había comportado así cinco años antes. La observó mientras estampaba su firma en el recibo y descubrió que la adolescencia sí se había instalado en el cuerpo de Lana. Vestía un biquini debajo de una túnica semitransparente de color turquesa, que resaltaba el tono dorado de su piel. El pelo, mojado, chorreaba sobre la gruesa alfombra.

—Como papá vea que estás empapando su alfombra, te vas a enterar.

En la puerta, recortada contra la luz, Marie distinguió la figura de un chico alto y atlético. Lo reconoció al instante. Seguía teniendo el mismo rostro que la había perturbado a sus doce años y que no había abandonado sus pensamientos desde entonces.

—Ven, Oli —dijo Lana—. Este es el pan que encargué ayer. Cuesta solo veinte céntimos. ¿Te apetece probar un poquito? —preguntó con voz zalamera.

Marie sentía que la garganta se le secaba.

—¡Ay, pero qué tonta! —exclamó la princesa—. Vosotros no os conocéis, ¿verdad?

—No, creo que no —dijo Olivier posando sus ojos en la desconocida.

—Esta es Marie Toulan, la hija del panadero Toulan. —Y, mirando a Marie, añadió—: Y este es mi hermano Olivier.

—Encantado —dijo Olivier acercándose a ella con una sonrisa.

Vestía un bañador floreado hasta la rodilla y una camiseta que se le pegaba al cuerpo. Marie tragó saliva. Se quedó parada y expectante, registró los fotogramas de esa película en la que él se aproximaba y le daba un beso en cada mejilla. El contacto con aquellos labios suaves y delineados le produjo un cosquilleo que se multiplicó en su interior, enloquecido.

La estrecha cercanía le trajo el frescor de la humedad y un intenso olor a cloro que la transportaron de manera instantánea a una ensoñación en la que aquel cuerpo alto y bien formado se hundía majestuoso en la superficie azul de la piscina.

Sintió mucha sed y la garganta rasposa. Marie se había quedado atrapada en aquellos ojos, en la electricidad de los dos besos, en el viaje del cloro, y no sabía cómo regresar al mundo real. Demonios, ¿cómo lo hacía? ¿Cómo conseguía provocarle todo eso?

—Hasta otra —dijo Olivier alejándose escaleras arriba.

Marie lo siguió tímidamente con la mirada, hasta que se percató de que Lana la contemplaba con una sonrisa diabólica.

—¿Vendrás mañana?

La invitación le sonó a Marie a canto de sirenas.

—Sí, por supuesto. ¿A la misma hora?

—A la misma hora.

Salió de allí casi corriendo. Tenía el corazón a punto de despedazarle el pecho. Por primera vez en su vida, su pequeño mundo se extendía, y lo hacía con una fuerza descomunal, imposible de detener, jamás imaginada. Sentía el empuje de aquella energía, como el del agua contenida en una presa, y sabía que al final se rendiría, que no podría pararlo y ella se rompería.

***

Durante horas repasó su cara y su aspecto físico frente al espejo de su dormitorio. Marie se veía como una chica anodina, tan corriente como tantas. No tenía un pelo de fuego, ni una mirada verde ni brillante, ni una sonrisa que deslumbrara, ni pecas que le añadieran un toque de picardía. Se tanteó el cuerpo, incluso por debajo de la ropa, y no descubrió nada apetecible. En definitiva, no había nada que pudiera parecer atractivo a ojos de otro, a ojos de Olivier.

Se tumbó en la cama y en el techo descubrió, como tantas otras veces, ese rostro armonioso y perfecto, pero esta vez lo veía más cercano, con más detalles. Repasaba los picos que levantaban su labio superior, oía su voz grave, que la acariciaba por debajo de la piel. En sus mejillas aún palpitaba el roce de aquellos dos besos breves y tan intensos.

No supo cuánto tiempo pasó en aquella postura, recordando a Olivier, pero cuando despertó de sus ensoñaciones el sol se había movido y por su ventana solo entraba el fresco de la sombra. El estrépito de la silla de ruedas de Christophe, que chocaba contra las puertas, terminó por devolverla al mundo real.

—¿Necesitas ayuda, mamá? —exclamó Marie desde su habitación.

Juliette se acercó con cara de asombro.

—¡Ah! ¿Estás aquí? Pensé que estabas en la oficina, con tu padre. No te he oído llegar. ¿Ha pasado algo?

—No, no pasa nada.

—Tienes mala cara. ¿Has comido?

—No me apetece.

—Marie, tienes que comer, estás delgadísima, no sé ni cómo te sostienes. Por favor, baja y toma algo. Voy a acostar a tu hermano y enseguida estoy contigo.

—Vale.

Marie le sonrió. Sabía que de esa manera tranquilizaba a su madre, que finalmente caería dormida, agotada, al lado de su hermano. En cambio, si le dijera la verdad, que no iba a cenar nada, que se sentía fea, triste y nostálgica, que se quedaría encerrada en su habitación hasta por la mañana, Juliette se preocuparía y no descansaría, y bastante tenía ya con Chris como para cargar con más desvelos.

En cuanto su madre desapareció por la puerta, Marie tomó el cuaderno de dibujo y empezó a trazar el rostro de Olivier. Lo tenía tan vivo, tan impregnado en su alma que el lápiz volaba sobre el papel. Solo cuando el sol se escondió por completo, Marie dejó el bloc y se acostó en la cama.

***

La mañana siguiente fue nueva para Marie. Se asombró de lo bien que había dormido, a pesar del estado de ansiedad en el que se encontraba desde que Olivier había pasado de ser una mera fotografía para convertirse en alguien tan real. Ese desasosiego la debilitaba física y mentalmente, pero a la vez actuaba como un sedante y había conseguido que durmiera toda la noche sin interrupciones ni pesadillas ni desvelos.

La mañana en la oficina transcurrió pesada y lenta. Ni siquiera le entretenía echar una ojeada a través de la ventana, para captar cuadros de la fila que se extendía desde la puerta de la panadería. Marie no se deshacía de ese estado de alerta constante, de la necesidad de apretar la mandíbula, la urgencia de correr en las piernas, ni de esa levedad corporal en la que parecía que levitaba.

Contaba los minutos, casi uno a uno, que restaban para marcharse a servir el pedido de los De Poitou. Anhelaba que llegara ese momento, pero también lo temía. ¿De verdad quería enfrentarse otra vez a esa conmoción? Marie no lograba hallar la respuesta a la constante contradicción en la que zozobraba desde el día anterior.

Reuniendo valor y deseo, Marie se encontró puntual en el recibidor de la mansión De Poitou. Se sentó en el mismo lugar, temblando, sin saber bien si quería ver de nuevo a Olivier.

El mayordomo regresó a los pocos minutos, solo.

—Puede darme a mí el pan, señorita.

Marie sintió la decepción invadiendo su ser como un virus rápido y letal.

—¿Me firma el albarán, por favor? —logró decir, con la voz seca.

El mayordomo estampó su firma con gran ceremonia. Marie se preguntó si Olivier de Poitou instruiría a sus asistentes con los mismos modales aristocráticos y artificiosos que él y Lana desplegaban.

—Gracias. Adiós —dijo Marie.

—Disculpe un segundo… La señorita De Poitou me ha pedido que le comunique que puede usted acercarse a la piscina si así lo desea. Ella y su hermano están tomando unos refrescos, usted está invitada.

La sorpresa de Marie fue tal que sintió que el corazón había resucitado de súbito. Aquel galope furioso, como si el órgano tratara de recuperar el trecho perdido tras un instante de congelación, le entumeció el resto del cuerpo. El mundo a su alrededor se había amortiguado, parecía que estuviera envuelta en una de las gruesas alfombras de aquella casa.

—Sí, claro. Gracias.

—¿Qué desea para beber?

—Eh… ¿Limonada?

—Por supuesto, señorita. Sígame, por favor.

El mayordomo la condujo hasta la parte trasera de la casa. Una gran explanada se abría ante sí, salpicada de árboles, flores y el piar de los pájaros. Una barbacoa de corte moderno, encastrada en una encimera de mármol con fregadero, muebles y diversos útiles de cocina, gobernaba la piscina que quedaba enfrente. Sus aguas cristalinas, que recordaban a los mares del Caribe, estaban encerradas en una forma ovalada. En el fondo se adivinaba un mosaico de Medusa.

—¡Hola, nena! ¡Qué bien que hayas venido! —exclamó Lana, levantando un brazo desde su tumbona, donde tomaba el sol—. Fíjate que le estaba diciendo a mi hermano que lo mismo te ibas sin decirnos nada.

Olivier, tumbado a su lado, movió la cabeza y saludó con la mano. Marie le devolvió el gesto.

—¿Cómo estás, Marie? —preguntó Olivier.

—Bien… —respondió sin apenas voz.

—Pero acércate, chica, no te quedes ahí parada —dijo Lana dando unas palmaditas en una tumbona libre, a su lado.

Marie obedeció cautelosa y se sentó donde Lana le había indicado. La princesa De Poitou, que quedaba en medio de los tres, empezó a hablar incansablemente. Dijo algo sobre aquel fantástico sol, la suerte que habían tenido ese verano, tan cálido y espléndido, y la fiestas colosales que podrían empezar a organizar allí, en la piscina, mientras durara el buen tiempo. Esa misma noche, Antoine, un amigo de ellos, inauguraba la temporada. Olivier permanecía impertérrito, tumbado boca arriba con las gafas de sol puestas. Marie habría deseado tener también unas gafas oscuras y poder espiar ese cuerpo a sus anchas.

—Podrías venirte —dijo Lana de repente.

—¿Qué? —replicó Marie.

—¡Oh! No me estabas haciendo caso… —dijo Lana con teatralidad, poniendo un mohín infantil—. ¿En qué estabas pensando, chica?

—Disculpa. Tengo bastantes cosas que hacer. Debo marcharme.

—¡Espera! Antes deberías responder a nuestra invitación. ¿Vendrás esta noche a la fiesta de Antoine o no? Estaremos todos: mis amigas, Oli y sus amigos…

Oli. Olivier. Aquel nombre era el dibujo que nunca podría culminar, que nunca estaría perfecto. Era la desesperanza de un sueño irrealizable.

—Lo siento, no puedo.

Lana abandonó su expresión divertida y se incorporó de forma brusca e inesperada.

—¿Por qué no? Será supergenial. Te convendría salir, ir de fiestas y pasarlo bien. Todo el mundo está deseando ir. ¡No puedes decir que no!

—Déjala en paz, Lana —intervino Olivier—. Si no quiere venir, que no venga. Y tú —dijo mirando a su hermana con intención— deberías entretenerte con otras cosas más propias de tu edad.

—No sé de qué me hablas.

Marie sabía que algo se le escapaba en esa conversación, y tenía claro que Lana quería disimular, aunque torpemente, como en la ocasión de los cosméticos. Aquella chica era transparente como el agua de la piscina. Marie se preguntó si, en su fondo, también habría una medusa colérica y vengativa.

—Harás bien en no venir —dijo Olivier quitándose las gafas y mirando a Marie—. Esas fiestas son un aburrimiento, te lo aseguro. Bueno, chicas, yo me largo. Adiós.

—Pues es una pena, porque Marie dibuja, ¿sabes?

—Ah, ¿sí? —La admiración apareció en los ojos de Olivier.

—Eh... Sí... —admitió Marie, con un cosquilleo de orgullo.

—¿Y se te da bien?

—¡Más que eso! ¡Sus dibujos son geniales! —se adelantó Lana.

—¿Tú los has visto? —dijo Olivier con un punto de incredulidad.

—Claro que sí. Ayer mismo dibujó una escena del recibidor de lo más… Hum… ¿Cómo la describirías tú, cielo?

—Dibujo un poco de todo, experimento y van saliendo cosas.

—Qué interesante —dijo Olivier—. A mí me fascinan las artes en general. Me encantaría pintar bien, pero soy un manazas —se lamentó Olivier mostrando las manos. Eran fuertes, grandes y firmes, de largos y elegantes dedos.

—¿Qué tal si seguís charlando esta noche, chicos? —interrumpió Lana, impaciente por cerrar la invitación.

Invadida por la timidez, Marie no sabía qué responder. Estaba segura de que en esa fiesta se sentiría fuera de lugar, que no encontraría a nadie con quien congeniar. No le gustaban las fiestas y nunca había ido a ninguna, jamás había sentido la necesidad de querer pasarlo bien.

—Está bien. Iré.

—¡Genial! —aplaudió Lana—. Dame tu móvil —dijo, sacando su *smartphone.*

—No tengo móvil.

—¿Qué? ¿Pero de dónde has salido tú, muchacha? Bueno, da igual. —Lana dio un manotazo al aire y rodeó los hombros de Marie con el brazo—. Por suerte para ti, me has conocido, y esta noche será el principio de tu vida. Ya verás… No olvidaremos esta fiesta jamás.

***

La fiesta comenzaba a las ocho. Antoine había invitado a los hijos adolescentes de los ilustres del pueblo, junto con algunos familiares y otros amigos que los acompañaban en sus vacaciones. Habría una barbacoa, bebidas y música. Lana y Olivier recogerían a Marie y la llevarían de vuelta a su casa.

Frente al espejo de su habitación, la chica sintió pánico. No sabía cómo debía vestirse ni comportarse. Imaginó que habría mucha gente, y que todos la mirarían asombrados e incrédulos.

Echó una ojeada a su armario. Eligió una camiseta rosa palo y unos pantalones vaqueros desgastados, también claros. Se hizo una coleta baja y se calzó sus sandalias de siempre. Se miró de nuevo en el espejo y se concentró en los colores. Necesitaba serenarse.

Su madre se asomó a la puerta. Estaba sonriendo.

—¡Vas a ir a tu primera fiesta! —dijo emocionada—. ¿Estás nerviosa?

—Un poco…

—No te preocupes, cariño. Te lo pasarás muy bien.

Christophe entró dirigiendo su silla de ruedas con el mecanismo electrónico que accionaba con la mano derecha. Como siempre, sonreía lleno de felicidad.

—¡Chris! ¿También tú vienes a desearme suerte? —dijo Marie, más tranquila y contenta. Su hermano tenía la habilidad de alegrarle muchos momentos.

El niño cabeceó y extendió sus brazos hacia ella, que lo recibió complacida.

—Mañana te lo contaré todo. Te haré un montón de dibujos para que tú también veas cómo ha sido la fiesta, ¿vale?

El niño asintió a su modo.

El claxon del chófer de los De Poitou avisó de la llegada de Lana y Olivier. Cuando Marie bajó, tropezó con su padre, que estaba apostado en el marco de la puerta, con una gran sonrisa de satisfacción.

—Pásalo bien, pequeña mía —le dijo, alzando su mano con la intención de acariciarle la cabeza.

Sin embargo, ella se escabulló y el hombre apenas consiguió rozarla con los dedos. Olivier salió del automóvil negro y brillante y le cedió el sitio a Marie, que quedó en medio de los hermanos.

—¿Están ustedes cómodas, señoritas? —preguntó Olivier.

El coche, de tapicería de cuero beis, era amplio, de modo que, aunque los tres iban en el asiento trasero, había espacio suficiente. Aun así, Marie no pudo evitar encogerse. Solo de pensar que su piel podría rozar la de Olivier, le entraban escalofríos.

—Sí, querido —replicó Lana. Y dirigiéndose al chófer, añadió—: Arranque, señor Lambert.

A su izquierda Marie sentía la presencia de Olivier como un poderoso imán que la atraía y le robaba toda su concentración, toda su energía.

—Oye, Marie, ¿a cuántas fiestas has ido tú? —dijo Lana por fin, rompiendo el silencio. La examinaba de arriba abajo, como si sus ojos estuvieran armados con un escáner.

—Esta es la primera.

—Se nota.

—Déjala en paz —intervino Olivier.

—¡Es que no se puede ir así vestida a una superfiesta como la de Antoine! Chica, deberías haberte puesto una ropa más adecuada, no sé…, al menos algo más ajustado.

—No visto esa clase de ropa.

—Ya se ve, ya. Vistes de lo más sosa.

—Pues yo creo que va bien —dijo Olivier.

Marie se volvió hacia Olivier y encontró una mirada reconfortante, como una caricia en medio de la angustia. Entonces, el chófer tomó una curva pronunciada que hizo que se deslizara hacia él. Para evitar caer en sus brazos, apoyó el brazo en su pierna y presionó con fuerza para incorporarse.

—Disculpa —se excusó sonrojada, mientras se separaba.

—Tranquila. Desde ahora y hasta que lleguemos a casa de Antoine, el camino está lleno de curvas, así que acostúmbrate.

Olivier pasó un brazo por detrás de los hombros de Marie, para dejarlo descansar encima del respaldo. De soslayo, Marie vio la mano de dedos largos asomándose por la derecha, muy cerca de su hombro. Enseguida llegó una nueva curva y se encontró encima de Lana. La chica la recibió con el ceño fruncido y se retorció para quitársela de encima.

—Perdona —dijo Marie.

—Deja de disculparte —dijo Olivier. Sonrió y sujetó con el brazo a Marie, apretándola contra su costado—. Así ya no te mueves más.

Marie no supo calcular cuánto tiempo transcurrió hasta que el coche culminó su ascenso zigzagueante y llegó a su destino, pero se le hizo eterno y delicioso. También sudó como nunca, con la espalda adherida al cuero beis de la tapicería y el lado izquierdo vibrando en contacto con Olivier. Su cuerpo era firme, duro. Debía de hacer bastante ejercicio. Ella, que siempre se había sentido en una esfera metafísica de la vida, había caído de golpe hasta las profundidades de los instintos más terrenales.

Cuando salieron del coche, frente a la casa de Antoine, el chófer le entregó a Lana una maleta.

—Vamos dentro —le dijo a Marie con ademán autoritario.

Marie pidió para sus adentros que Olivier la salvara nuevamente, pero, cuando se giró para buscarlo, lo vio alejarse hacia la parte trasera.

—¡Vamos! —insistió Lana desde la puerta.

Parecía como si aquella residencia fuera propiedad suya. Había entrado sin asomo de prudencia y la recorría sin titubear. Pasaron a un cuarto que parecía de invitados a juzgar por las dos camas gemelas, la ausencia de objetos personales y la particular disposición de algunos artículos de higiene en el tocador, al uso de las habitaciones de hotel.

Sin mediar palabra ni tiempo que perder, Lana abrió la maleta. Sacó ropa y un neceser. Empezó a desvestirse delante de Marie hasta que se quedó en ropa interior. Sus formas eran redondeadas y atractivas. Marie hizo el ademán de darse la vuelta.

—Oh, no te preocupes, no me da vergüenza.

Lana cambió el vestido fresco y veraniego que llevaba por otro negro, mucho más corto y ajustado, de tirantes finos. Guardó sus sandalias planas de cuero y se puso otras negras de tacón de aguja.

—Son unas Louboutin, ¿sabes? ¿No te encantan? —Lana se miraba complacida en el espejo de cuerpo entero del armario—. Y ahora un poquito de color.

Se sentó en el tocador y del neceser empezó a sacar una gran variedad de cosméticos.

—¿Quieres? —le ofreció con una polvera en la mano.

Marie negó con la cabeza.

—Lo imaginaba. Pues no te vendría mal algo de *blush*, nena, o por lo menos, ¡por lo menos!, un poco de máscara en las pestañas. Es que…, hija mía… —Lana miraba a Marie con patente desaprobación.

—Gracias, pero no.

—Tú te lo pierdes. Aquí va a haber cantidad de tíos buenos y adivina a dónde van a dirigir sus miradas.

—¿A tu escote?

—Exacto —respondió Lana sin asomo de sentirse ofendida.

—¿Entonces, por qué pierdes el tiempo pintándote la cara?

Lana resopló con fuerza.

—Oye, ¿cómo supiste lo de las pinturas? Me refiero a hace años, en aquella cena en mi casa, cuando viniste con tu padre.

—Era fácil de deducir. Tenías un tocador más propio de una estrella de cine que de una niña de doce años. Te mirabas mucho, te repasabas la cara… y había discos de algodón en la papelera.

Lana rio con condescendencia.

—Vaya, eres toda una Sherlock Holmes, ¿eh?

—Oye, ¿por qué me has traído? Me gustaría saberlo.

Lana se levantó. Había terminado de maquillarse y estaba colocándose la raya en medio del pelo, que se había alisado a conciencia. Se cepillaba la melena con vigor, sacando brillo a aquella cascada roja que le llegaba casi hasta la cintura. Se giró y se estudió desde diversos ángulos.

—Pues está claro, nena, para que te lo pases bien. Me encanta tener muchas amigas y conocer a gente nueva. —Lana se acercó a Marie sonriendo, pero llevaba veneno en los ojos—. Lo que a mí me gustaría saber es por qué has venido tú. —Sin esperar respuesta ni detenerse, fue hasta la puerta—. La fiesta está a punto de empezar. ¿Te apuntas?

Marie sopesó la idea de marcharse, aunque fuera a pie, aunque tuviera que hacer autoestop. Le desagradaba la forma en que Lana acababa de retarla y su compañía en general, pero se acordó de Olivier, de su mirada reconfortante y su pierna fuerte y sólida, de cómo la había sujetado en el coche, y se olvidó de Lana. Asintió y se dejó conducir hasta el centro de la fiesta, en el jardín.

**

Habían levantado una carpa, de la que colgaban farolillos de estilo mozárabe. A la entrada, una barra alargada ofrecía canapés, aperitivos, bocadillos y bebidas, y bajo la lona decenas de invitados se recostaban sobre grandes cojines de vivos colores. Aquello parecía la tienda de un jeque árabe en el desierto.

Marie buscó a Olivier entre la muchedumbre. ¿Dónde se habría metido?

—Oh, mira, allí están las chicas —dijo Lana tirando de ella.

La llevó hasta un grupo de cinco muchachas, todas ellas arregladas con tanta sofisticación como Lana. Contemplaron a Marie con la misma desaprobación que le había dedicado la hija de los De Poitou.

Un chico alto y espigado se acercó a ellas.

—¡Chicas! ¿Qué tal?

—¡Antoine! Oye, tío, esto te ha quedado genial, me encanta la decoración.

—Tú sí que estás genial… —Antoine repasó con descaro a Lana, que se mostró encantada.

—Vale, ¿pero cuándo empieza la fiesta de verdad?

Antoine se metió la mano en el bolsillo y sacó una pequeña petaca plateada.

—De momento, tengo un poco de whisky. Hasta dentro de un par de horas o así, no podremos sacar nada más. —Señaló con la mirada a los empleados de la casa—: Nos vigilan.

—¡Mándalos a dormir ya, que queremos marcha! —jaleó una de las amigas de Lana.

—Qué impacientes… Esperad un poco, pequeñas. Además, tengo varias sorpresas que os gustarán.

—¡Guau!

Todas aplaudieron y rieron con nerviosismo mientras Antoine se alejaba para continuar con sus obligaciones de anfitrión.

—¿Qué habrá querido decir?

—Ni idea. Tratándose de Antoine, será cualquier cosa.

—Pero va a estar genial.

—¡Eso seguro!

Las chicas se mostraban muy excitadas ante la perspectiva, mientras Marie se iba sintiendo cada vez más incómoda. Ya apenas pensaba en Olivier, solo quería regresar a casa. Las amigas de Lana se iban pasando la petaca de Antoine y, con disimulo, se echaban un chorro del licor en sus refrescos. Le llegó el turno a Marie.

—No, gracias.

—¿Tampoco vas a beber? —dijo Lana, espantada—. Esto es una fiesta, por si no te has dado cuenta.

—Claro, chica. No te quedes ahí como un pasmarote y únete. Si no, te vas a aburrir como una ostra —graznó una de las amigas.

—Lana, creo que me voy a casa —dijo Marie.

—Imposible, no puedes.

—Claro que puedo.

—El chófer vendrá más tarde. Muuucho más tarde.

—Me da igual, me iré andando.

—¿Estás loca o qué? ¿Tú sabes dónde estamos? Por si no te has fijado mientras veníamos, estamos en la puta montaña, querida, en medio del puto bosque. No hay aceras, ni caminos ni farolas. Solo se puede salir de aquí en coche, guapa.

—Pues llamaré a mi padre.

Marie no quiso discutir más. Se dio la vuelta y le pidió a una de las mujeres que trabajaban en la casa que la condujera hasta el teléfono.

La conversación con su padre no pudo ser más infructuosa. Marie alegó la verdad, que en aquella fiesta se estaba consumiendo alcohol y que lo siguiente serían las drogas, pero Jean Toulan la acusó de mentir para conseguir salir de la fiesta, la tachó de rara y misántropa, y le vaticinó que de continuar por ese camino acabaría sola y desgraciada en la vida. Toulan aprovechó los escasos cinco minutos que duró la charla para instruirla sobre la importancia de forjar amistades, que ella se encontraba en la edad óptima para hacerlo, y terminó amonestándola nuevamente sobre las graves consecuencias que para ella tendría comportarse de aquella manera tan antisocial.

Marie tomó entonces la determinación de salir de allí por su cuenta y riesgo, pero nada más cruzar la verja se percató de que las advertencias de Lana eran ciertas. Todo estaba oscuro y no se oía más que el aleteo de algún pájaro y el ulular de la brisa nocturna.

Se dio la vuelta y decidió esperar estoicamente en las escalinatas de entrada a la casa. En algún momento la fiesta acabaría y el chófer regresaría para devolver a los chicos a sus casas.

***

Allí sentada mirando al cielo negro, Marie se acordó de su madre y su hermano. Llevaba fuera apenas unas pocas horas y ya los añoraba terriblemente. No imaginaba su vida sin su presencia. ¿Qué sería de ellas cuando faltara Chris? Escondió la cabeza entre las rodillas y su cuerpo tiritó.

—¿Qué haces aquí? ¿Tienes frío?

Era Olivier. Lo acompañaba otro chico.

—Bueno, tío. Yo me voy. Nos vemos en otra, ¿vale?

—Vale, Guillaume. Adiós.

El chico fue hasta una moto de gran cilindrada y se marchó. El ruido de la aceleración bajando la colina los acompañó un buen rato, mezclado con los retazos de la algarabía que les llegaba desde el jardín. Olivier se sentó a su lado, muy cerca.

—¿Y bien? ¿Por qué estás aquí sola?

Marie se encogió de hombros.

—Quería irme, pero no puedo.

—¡Vaya! De haberlo sabido, le hubiera pedido a Guillaume que te acercara a tu casa. No te lo estás pasando bien, ¿no?

Marie negó con la cabeza.

—Las fiestas no son para mí.

—Estas fiestas son solo para adolescentes locos y descerebrados.

—¿Tú tampoco lo pasas bien?

—Psscchh… Me ha gustado ver a alguna gente, como Guillaume, pero en general no, no me gusta esta fiesta.

—¿Y por qué has venido?

—Por acompañar a mi hermana, para que no descontrole demasiado.

—Pues ya está descontrolando.

—Ya, ya la he visto… Marie, mi hermana no es lo que parece. Sé que parece una niña caprichosa, superficial, egoísta, mimada, todo lo que tú quieras, pero es buena, de verdad. Yo la adoro. No hay nadie que me importe más en este mundo y me preocupa. Todo lo que hace, todo lo bueno y todo lo malo, lo hace solo para llamar la atención. Haber crecido sin una madre... Bueno, no es lo mejor. Ha sufrido mucho y esa carencia no la ha beneficiado en nada. Yo he intentado darle siempre mucho cariño, pero parece que nunca es suficiente.

—Tú también has crecido sin una madre.

—Pero yo llegué a conocerla, tengo recuerdos de ella, de cómo me abrazaba o de sus besos de buenas noches. Lana no. Es como si nunca la hubiera tenido.

Marie midió a Olivier en las sombras de aquella noche sin luna. Su mirada brillante se había vuelto algo lúgubre, pero ella lo sentía más transparente que nunca. Cobijados por la oscuridad, Olivier le estaba abriendo su corazón y Marie lo recibía incrédula y feliz.

—Lo siento —dijo Marie—. Yo también sé qué es amar y preocuparte por un hermano. Mi hermano... Mi hermano padece...

—Lo sé.

—Desde que nació lo he querido con toda mi alma, y no sé qué pasará cuando..., cuando...

Marie volvió a tiritar.

Olivier la abrazó por los hombros y la estrechó, como en el coche, solo que ahora Marie se sentía como desnuda.

—No pienses en eso. ¿Sabes qué? Deberíamos volver a esa fiesta de niñatos y hacer risoterapia a costa de ellos. ¿Te hace?

—Uf, no sé.

—Joder, ¿tan mal te ha tratado mi hermana? Escucha, después de esta noche no tendrás que volver a verla, no te preocupes. Yo me encargaré de que no tengas que traer el pan ni soportarla, ¿vale? Pero, a cambio, tienes que venirte ahora conmigo.

Marie parpadeó. ¿Había dicho que la libraría de Lana y de ir a su casa? ¿Y de volver a verlo a él?

Olivier la obligó a levantarse y la guio de vuelta a la fiesta. En medio del jaleo, Marie sintió la urgencia de aclarar que no deseaba librarse de los De Poitou.

—No me importa entregar el pedido del pan —dijo elevando la voz.

—¿Qué?

Olivier se agachó y arrimó su oreja a los labios de Marie, que enseguida sintió la electricidad recorriéndole la piel otra vez. Un aroma a madera la enloqueció.

—Qui... Qui... Quiero seguir yendo a...

Olivier se enderezó de repente, con la mirada apuntando a algún punto lejano. Los ojos le chispeaban con alguna emoción que Marie no sabía identificar.

—Disculpa, luego te veo.

Olivier dejó a Marie sola y caminó rápido, pero seguro. Marie lo siguió con la mirada. Vio que se detenía delante de una chica con una larga melena rubia. Al igual que muchas otras invitadas a esa fiesta, vestía con ropas ajustadas y escotadas. Era guapa, muy guapa, y trataba a Olivier con una efusión de afectos. Parecía que él la correspondía con el mismo entusiasmo.

A pesar de su inexperiencia, Marie se dio cuenta enseguida de lo que estaba ocurriendo. Entonces sintió que su corazón había estallado en mil pedazos y que estos estaban rasgando su piel como finos cristales. Quería dejar de mirar, pero se sentía irremediablemente enganchada a esa escena de cortejo. Hacía apenas un instante que había tenido a Olivier confesándole los desvelos de su alma, que había inhalado la esencia de su hermosa piel dorada, y ahora tenía que verlo embarrado en el fango del deseo. ¿Del deseo o del amor? Un minuto antes se sentía tan unida a ese ser y ahora lo odiaba.

—¿Dónde está tu papi?

Lana había vuelto. Llevaba un vaso de tubo en una mano y un cigarrillo en la otra. Se tambaleaba un poco y hacía esfuerzos para mantenerse firme. Un tirante caía desmayado por su brazo y dejaba entrever la puntilla del sujetador. El lápiz de *khol* se le había emborronado alrededor de los ojos y se deshacía en pequeños surcos bajo el párpado inferior.

—Tenías razón —concedió Marie—. No se puede salir de aquí. Esto es como un secuestro, y lo peor es que lo tenías planeado.

—¡Pero si es la excusa perfecta para padres pesados y desconfiados! ¿Cómo iba a pensar yo que no te gustaría un plan así? Fíjate... —dijo Lana extendiendo la mano en derredor.

Casi todos los invitados parecían encontrarse en el mismo estado narcótico. Algunos bailaban con un ritmo desacompasado, como escuchando su propia música; otros se pasaban pipas enormes y sonreían con simpleza; varias parejas se enrollaban con descaro y se restregaban sin esconderse.

—Todo el mundo se divierte… Todo el mundo menos tú.

Un aliento pestilente, cargado de alcohol, se quedó colgado entre ellas. Marie frunció la nariz.

—Estás borracha.

—Solo un poquito. Toma, te he traído esto.

Lana le ofreció el vaso. Por el color, parecía Coca-Cola.

—¿Qué le has puesto dentro?

—¡Joder, tía! Así no hay manera. Pues nada, si no quieres, ya me lo bebo yo. Es un cubata. Está de rico…

Lana empezó a beber, pero Marie le arrancó el vaso.

—Basta ya. ¿Por qué te haces esto?

—¿El qué? ¿Pasármelo bien?

Marie trató de distinguir a Olivier entre el tumulto. Tenía que avisarlo del estado en el que se encontraba Lana, pero había desaparecido. No había rastro de él ni de la chica rubia.

—¿A quién buscas?

—A tu hermano. Se preocupa por ti.

—Sí, ya. Por eso se ha pirado con Emma. No va a volver, nena. Se ha ido con la rubia y no va a volver —dijo Lana recalcando las últimas palabras y sonriendo con desprecio—. ¿Qué te creías, pequeña? Oli os gusta a todas, pero a él solo le gusta Emma. Em-ma…

Marie apretó los dientes. Se había conmovido con la historia de aquella niña desvalida que había crecido sin el amor de una madre y que buscaba llamar la atención de cualquier modo y a cualquier precio, pero no le debía nada, ni a ella ni a Olivier. Su sueño de verano acababa de terminar. ¿Qué necesidad tenía ella de añadir otro sufrimiento a su alma?

Se dio la vuelta para regresar a la escalinata y esperar, pero algo la derribó desde atrás. En el suelo, cuando se deshizo del peso, se dio cuenta de que Lana había caído desmayada encima de ella. El vestido negro se le había subido y su tanga quedaba a la vista de todos. El cubata se le había caído encima, y le bañaba parte de la cara y el pecho. La gente alrededor empezó a reír descontrolada.

Marie se apresuró a bajarle el vestido a Lana. Tirada en el suelo, en aquella posición, recordaba a una muñeca de trapo sucia, rota y olvidada. Con dificultad, empezó a volver en sí. Había palidecido gravemente y tenía el gesto torcido.

—Creo que... Creo que...

Lana vomitó encima de Marie. Olía a alcohol y había restos de comida sin digerir. Alrededor, las carcajadas se acrecentaron.

Antoine apareció corriendo, doblándose de la risa.

—¡Madre mía! ¡Joder, pero qué asco! Menos mal que ya me la he tirado, porque ahora no está para muchos trotes, ¿verdad, tíos?

Mientras los demás seguían riéndose, Marie consiguió subir a Lana a una tumbona con ruedas y, empujando con rabia e impotencia, se la llevó de allí, lejos de la jarana.

—¿Qué tal te encuentras? —le preguntó frente a la escalinata de la entrada.

Lana había enterrado la cabeza entre las manos. Estaba llorando. Marie se sentó a su lado.

—Dios mío, qué he hecho… ¡Lo siento!

—No pasa nada.

Marie le pasó el brazo por los hombros y Lana se arrebujó en su abrazo. Parecía un bebé que hubiera despertado de una pesadilla. No paraba de llorar, hipaba y se sonaba la nariz.

—Hueles fatal —dijo Lana incorporándose, después de tranquilizarse un poco.

—Pues es lo que llevas dentro de ti.

—¿Por qué lo has hecho?

—¿El qué?

—Rescatarme.

Marie suspiró.

—No lo sé, la verdad.

—Gracias.

—No hay de qué. Ahora llama al chófer, necesitas irte a tu casa.

—¡No, no, a mi casa no!

Marie no comprendía.

—¿Y qué quieres hacer? ¿Vas a quedarte aquí con esos grandes amigos tuyos?

—No, claro que no, pero… había pensado que a lo mejor tú…, pues… podrías dejarme dormir en tu casa. —Lana tragaba saliva y miraba cabizbaja a Marie—. Si mi padre me ve así, me mata. Por favor…

Entonces Marie entendió a Olivier. Sin haberlo previsto, sin imaginarlo siquiera, aquel guiñapo de pelo rojo, sucio y enmarañado le había tocado el corazón.

—Está bien.

Los ojos de Lana brillaron en la oscuridad y nuevamente rompió a llorar.

***

Después de asearse un poco y de volver a ponerse la ropa con la que había salido de su casa, Lana llamó al chófer. Por suerte, Lambert nunca se metía en los asuntos de los demás. Era el empleado ideal: cumplidor, eficiente y discreto.

Cuando llegaron a casa de Marie, Juliette, que se había despertado por el ruido, salió a su encuentro.

—Mamá, esta es Lana.

—Sí, claro, lo sé. ¿Qué tal, Lana? —Juliette no cabía en sí del asombro—. ¿Os apetece algo?

—No, mamá, gracias. Nos vamos a la cama, dormiremos en mi habitación. ¿Cómo está Chris?

—Bien, descansando.

—Buenas noches, mamá.

—Buenas noches, chicas.

Juliette le dio un beso a su hija sin acabar de entender qué ocurría.

Arriba, en el cuarto de Marie, Lana se dejó caer en la cama boca arriba.

—Estoy molida.

—No me extraña.

—Gracias otra vez.

—No pasa nada.

—Por el rescate y por traerme a tu casa.

—Que da igual, Lana, ya está.

—Tu madre parece muy simpática y muy buena.

—Lo es. Las dos cosas.

—Qué suerte. Tener una madre, digo.

—Ya… Lo siento.

—Ojalá la hubiera conocido, aunque solo fuera un poco.

—Debe de ser duro no tener ni un solo recuerdo de tu madre.

—Alguno sí que tengo.

—¿De verdad?

Marie estaba intrigada. Olivier le había asegurado que Lana no recordaba a su madre, lo que era lógico, dada la corta edad que tenía cuando murió.

—Lo que me mata es tener precisamente ese recuerdo.

—¿Cuál?

—Estoy buscando a mi madre. Recorro los pasillos y las habitaciones gritando su nombre, pero no aparece. Siento miedo, mucho miedo. Es como si los techos, las paredes y los cuadros se me vinieran encima. Entro en su dormitorio y veo su cama revuelta, muy revuelta, y el tocador desordenado. Todo es un caos y tengo cada vez más miedo. La puerta del baño está entreabierta. La luz está encendida y oigo un chorro de agua parecido al de la fuente de la entrada de casa. Empujo la puerta y veo a mi madre en la bañera como dormida. Su piel parece de mármol, blanca y fría. Todo es rojo. Su pelo rojo se mezcla con el agua roja, que rebosa y cae al suelo, formando un charco rojo enorme. Entonces alguien me coge desde detrás, me levanta y me saca de allí. Y yo grito ¡mamá, mamá!, pero ella no me responde.

Me levantan y me llevan de un lado para otro. Y todo el mundo chilla y llora.

Lana se dio la vuelta y se acurrucó haciéndose un ovillo.

—Estoy cansada —susurró—. Quiero dormir.

7

Marie estaba dibujando cuando Lana se despertó a la mañana siguiente. La vio desperezarse e intentar despegar los párpados, que parecían soldados por la espesa masa negra en que se habían convertido los restos del maquillaje en sus pestañas. Se frotó la cara.

—¿Qué pintas?

—Nada de importancia —dijo Marie cerrando su cuaderno.

—Me gustan tus dibujos.

—No los has visto.

—Vi el que hiciste de mi casa. Yo me he sentido así muchas veces, entre sombras y fantasmas en mi propia casa.

—¿Qué tal te encuentras? ¿Quieres que te suba un zumo? Creo que va bien para la resaca.

—No, gracias. Lo vomitaría.

Lana fue al baño. Se lavó bien la cara y se recogió el pelo en una coleta. Cuando regresó, no quedaba rastro de la joven con ganas de fiesta y sexo de la noche anterior.

—Gracias por todo. Has sido muy buena conmigo. Te debo una, una gordísima.

—Me basta con que me digas que no volverás a ninguna fiesta con esa gente. Esos no son tus amigos, Lana.

—Ya lo sé. ¿Crees que soy tonta?

—¿Entonces por qué vas con ellos?

—¿Y qué hago si no? ¿Me quedo en casa sola y amargada, esperando a que alguien me haga caso? En las fiestas me olvido de toda la mierda y me siento importante. Todos me hacen la pelota.

—A ver, Lana. Ellos solo buscan… Bueno, ya lo sabes. Y ellas se arriman a ti por ser hija de quien eres.

—¿Y qué? Este mundo se mueve por interés, y tú también. Solo aceptaste acompañarme a la fiesta porque mi hermano también iba, ¿o no?

Marie no supo cómo reaccionar. El desengaño que se había llevado con Olivier la removió por dentro y se mezcló con la sorpresa de ver a Lana regresando a su papel de niña maquiavélica y cruel tan pronto.

—Pero yo nunca he fingido ser tu amiga.

Lana comenzó a llorar otra vez.

—Lo siento —dijo Lana, arrepentida—. Perdona, perdona, lo he vuelto a hacer. Me salvas de la fiesta, me salvas de mi padre, y yo te lo pago así. Por favor, necesito que me perdones.

—Y yo necesito que seas honesta contigo misma, que no vayas de mujer malvada, y que me trates con respeto, a mí y a ti misma.

—Lo haré —respondió Lana entre sollozos—. ¿Po... podemos ser amigas? ¿Amigas de verdad?

—Hace horas que ya lo somos.

***

Al marcharse, Lana se llevó consigo las diez barras de pan, la maleta y la resaca. Quedaron en verse al día siguiente, cuando Marie acudiera a cumplir con el encargo diario, pero cuando el mayordomo recogió el pedido, la despidió sin más explicaciones.

—Querría ver a Lana.

—La señorita no se encuentra en casa en este momento y no regresará hasta dentro de una semana.

—¿Cómo? ¿A dónde ha ido? ¿Le ha ocurrido algo?

—La señorita ha sido invitada a casa de una amiga en Saint-Tropez.

Marie estaba desconcertada. No le cupo duda de que esa semana sería una fiesta continua, igual a la del día anterior, con las mismas falsas amistades que estaban conduciendo a Lana hacia la destrucción. ¿Por qué Olivier no lo había impedido? ¿Y su padre?, ¿cómo es que no se daba cuenta de la verdad sobre las diversiones de su hija?

Creía que Lana había salido escarmentada de la noche anterior, pero luego pensó que esa degeneración de su cuerpo y sus sentidos debía de haber ocurrido con anterioridad.

Si solía acudir a ese tipo de fiestas, burbujeantes de excesos, lo lógico era terminar habitualmente de aquella manera.

***

Una noche, Marie se despertó sobresaltada. Notaba una presencia que la vigilaba. Cuando se acostumbró a la oscuridad, distinguió una sombra y un aliento cálido a pocos centímetros de ella. Antes de gritar, una mano le tapó la boca.

—¡Shhh! Soy yo —susurró Lana.

Pasado el susto, Marie encendió la lámpara de la mesilla y observó a su amiga con estupor. Su piel estaba apagada, tenía el pelo enredado y varias manchas negruzcas ajaban su vestido blanco. Las ojeras terminaban de darle un aspecto casi mortal.

—¿Qué…? ¿Qué te ha pasado? ¿No estabas en Saint-Tropez?

—Me he ido.

Marie acompañó a Lana hasta el baño y, mientras se aseaba, le preparó una infusión de hierbas aromáticas. Cuando la chica estaba recostada en la cama empezó a hablar.

De regreso de la fiesta del viernes anterior, Lana se dio casi de bruces con su padre. Estaba contento. Lo acompañaba Sabrina, una exuberante mujer italiana con la que trataba de negocios en París y, de vez en cuando, también otros asuntos de naturaleza más íntima. Olivier de Poitou apenas reparó en su hija. Le hizo un par de preguntas sobre la fiesta y la animó a invitar a sus amigos a casa, ya que él estaría muy ocupado todo el fin de semana con Sabrina. Probablemente harían algún viaje corto.

Lana buscó a Olivier, pero aún no había llegado. Lo llamó por teléfono, pero no contestaba. Entonces, le llegó la invitación de Laure, una de las chicas que había estado en la fiesta de Antoine, para pasar una semana en su casa de Saint-Tropez. Irían todos, estarían sin padres y durante siete días se zambullirían en una diversión sin fin.

Sola en aquella casa tan grande, sin noticias de Olivier y con la maleta aún sin deshacer, Lana decidió completar su equipaje y poner rumbo a la Costa Azul.

Todo sucedió como le habían prometido. El caudal de alcohol, drogas y sexo regó las noches y los días de aquellos adolescentes ávidos de nuevas sensaciones hasta que el caos sobrepasó los límites.

Lana, junto con una amiga y tres chicos, se pusieron a jugar mientras continuaban bebiendo, fumando y esnifando cocaína. Comenzaron con un *strip* póquer, hasta que las chicas se quedaron solo en bragas, y los chicos, en calzoncillos. Después, siguieron con el juego de la botella, con besos más largos de lo habitual, acompañados de manoseos. Tanto ellas como ellos se exploraban con ansiedad, como descubriéndose, y se entregaban al pasatiempo con fruición, entre risas y jadeos.

El problema vino cuando Lana y Sophie quisieron parar. Los chicos se enrabietaron, con toda aquella excitación quemándolos por dentro, y empezaron a insultarlas y amenazarlas. Les dijeron que era mejor terminar la orgía por las buenas, que, si no, tendrían que atarlas y amordazarlas.

Ellas se resistieron como pudieron. Dieron patadas, manotazos, mordiscos. Ellos habían perdido gran parte de su fuerza por la intoxicación que llevaban en las venas, de modo que la lucha duró más de la cuenta.

En un momento de desconcierto, Sophie abrió la ventana y saltó. No se acordó de que estaban en un segundo piso y que la altura era peligrosa. Los chillidos y el impacto de su cuerpo al caer alertaron a los demás, que salieron a ver qué ocurría. El accidente de Sophie había salvado a Lana de ser violada y golpeada.

—¿Y tu amiga? ¿Cómo está?

—Bien. Tiene rotas varias costillas y las dos piernas, pero bien. Después de todo eso, no quise continuar allí, pero tampoco me apetecía volver a casa y tener que dar explicaciones, y como no tenía dinero suficiente para comprar un billete de vuelta, tuve que hacer autoestop. He tardado dos días en llegar. No he tenido mucha suerte. Nadie me paraba y he dormido a la intemperie, bajo unos cartones de una gasolinera.

Marie observaba a Lana espantada. Sabía que existían esas historias, pero le dolía escucharlas en boca de alguien a quien quería. Sí, la quería. Si algo bueno había tenido la aventura de Lana es que le sirvió a Marie para darse cuenta de que empezaba a importarle esa chica que al principio había detestado tanto. Y había algo más: por primera vez sentía la cercanía de una amiga. Hasta ese momento, solo había tenido compañeras en la escuela o el instituto, pero con ninguna de ellas había sentido ese lazo invisible que la conectaba a Lana de forma cómplice.

—Tienes que denunciarlos.

—¡No! ¿Qué dices? ¿Estás loca? Sophie y yo estamos de acuerdo en eso. ¿Quién nos iba a creer? Ella estaba desnuda, ¿entiendes? Desnuda y colocada. Cualquiera llegaría a la conclusión obvia de que estábamos en una orgía y se nos fue de las manos. Además, ellos no nos hicieron nada.

—¿Cómo que no? Os amenazaron, os agredieron, estuvieron a punto de violaros. ¡No pararon!

—Ya, pero lo cierto es que no nos hicieron nada. Estaban fatal, no daban pie con bola… Y hay algo más. Uno de ellos es hijo del juez de aquí. Todos, en realidad, son hijos de familias influyentes. Nunca les ocurriría nada, nosotras quedaríamos como unas putas y todo terminaría en un escándalo monumental para vergüenza de nuestras familias. No, gracias.

—Y ahora, ¿qué?

—¿Puedo quedarme en tu casa otra vez? Pero ahora necesito estar hasta el lunes… Es cuando se supone que estoy de vuelta.

—Sí, pero con una condición.

—¿Cuál?

—Júrame que no volverás con esa gentuza. Se acabaron las fiestas, los cubatas, los porros, la coca… ¡Todo!

—Sí, sor Marie.

—No estoy de broma.

—Lo sé, perdona. Sí, tienes razón. De verdad, no lo volveré a hacer. Es que… yo soy débil, ¿sabes? Ojalá fuera como tú o como Oli. Vosotros tenéis mucho carácter, no os preocupa lo que diga la gente, sabéis lo que queréis. Pero yo no soy así… No puedo evitarlo. Yo solo deseo ser feliz, Marie, pero no sé cómo se llega a ese punto.

—Pues olvídate de mapas e instrucciones. La felicidad es el camino, Lana, no el destino.

8

Juliette aceptó de buen grado que Lana de Poitou pasara unos días en su casa, y aunque expresó su preocupación por el hecho de que nadie podía saber que se encontraba allí, confió en el juicio de su hija, que ya se había demostrado acertado. Así pues, decidieron arreglar el cuarto de invitados y, a pesar de que la casa no gozaba de los lujos a los que Lana estaba acostumbrada, harían lo imposible para asegurar que su estancia allí fuera cómoda y agradable.

Jean Toulan también se mostró complacido con tan insigne huésped y, como en tantas otras ocasiones, miró hacia arriba, buscando la comunicación espiritual con su madre, y creyó oírla regocijarse con la noticia.

Lana tenía mucha ropa en la maleta que había preparado para su estancia en Saint-Tropez, pero pronto se dio cuenta de que aquel conjunto de disfraces no encajaba en la rutina de la casa Toulan. No le importó, pues ya consideraba la estancia como un descanso de su vida.

Así fue como tomó prestada la ropa de Marie. Al abrir el armario pensó que su amiga debía de tener algo más en otra parte, quizá en el estante superior o en los cajones, o en una caja bajo la cama o en otra habitación, pero no tardó en recordar que Marie no se regía por los mismos hábitos que las demás chicas que había conocido.

Le llamó la atención el colorido de su ropa.

—¡Qué alegre eres! —ironizó—. Perdóname, cariño, pero te pegaría algo más oscuro.

—Los colores de mi ropa son para compensar. Si estoy triste o preocupada, me pongo tonos vivos y alegres; si estoy contenta o ilusionada, me pongo algo oscuro.

—¿Y compensas?

—Yo creo que sí.

—Vale, entiendo que si estás triste quieras animarte con colores alegres, pero, si estás contenta, ¿por qué quieres desanimarte?

—Para no derrochar. La felicidad también se gasta.

—Ya… ¿Sabes? Creo que a mí me pasa algo parecido. Creo que me pongo toda esa ropa, la de ¡eh, que estoy aquí!, cuando me siento más inútil y sola. Supongo que quiero llamar la atención, ¿no?

—Eso solo lo sabes tú. Nadie puede conocerte mejor que tú misma.

—Yo no sé quién soy ni qué quiero.

—Puede que hayas pasado demasiado tiempo mirando hacia fuera.

—Sí, puede que sí. ¿Puedo cogerte la ropa más oscura? Yo, de momento, prefiero no compensar.

***

La habitación de invitados había caído en el abandono propio del desuso. Ya nunca venían las hermanas de Jean, y la familia de Juliette siempre había huido de los Toulan como de la peste. Aparte de aquellos huéspedes, la casa no había conocido más visitas.

Las chicas colaboraron en adecentar la estancia, donde el polvo se había acumulado sobre los muebles, las cortinas y la ropa de cama. Varias telarañas habían encontrado buen acomodo en los rincones. En pocas horas, la cama estuvo preparada con sábanas nuevas y el aire se renovó con una brisa fresca que se llevó el olor a madera vieja y naftalina.

Sin embargo, más les hubiera valido ahorrarse el sudor. La primera noche, poco después de que se acostaran, Lana entró en la habitación de Marie y se acurrucó a su lado. Alegó que no podía dormir en esa cama, que ella era muy mirada cuando de lechos nuevos se trataba, pero que no tardaría en acostumbrarse.

A la noche siguiente, se repitió el ritual. Lana no tardó en meterse en la cama de Marie. Dijo que estaba aterrorizada por aquellos santos y vírgenes que la vigilaban desde los muebles y que, con su piel de cera fría y aquellos ojos rojos e inertes, parecían esculpidos por los demonios.

A la mañana siguiente, Juliette les permitió retirar las figuras religiosas, pero por la noche Lana volvió a la habitación de su amiga.

—Vale, no te preocupes —dijo Marie antes de que Lana inventara cualquier otra excusa—. Dormiremos juntas mientras estés aquí.

Estaba claro que Lana no quería estar sola, que quizá la noche la atemorizaba. Marie la entendía perfectamente. A ella le pasaba igual.

***

Como Lana no podía ser descubierta, las chicas pasaron aquellos cuatro días sin salir de la finca. La mayor parte del tiempo estuvieron solas en el cuarto. A la hora de comer o de cenar, se subían el plato y allí continuaban construyendo su amistad.

—¿Cómo consigues comer tan poco? —preguntó Lana en cuanto comprobó lo exiguo de la alimentación de Marie.

—No me gusta comer.

—¿Ni siquiera el chocolate o un bollo?

—No.

—¿Y nunca tienes hambre?

—Sí.

—¿Y cómo haces para no comer? Me encantaría ser tan flaca como tú.

—¿Qué dices? Tú estás genial, tienes un cuerpo precioso. Yo no como porque… Suena raro, pero es que no quiero, y no por estar delgada, eso me da igual. Si no comer engordara, estaría enorme. Es solo que…, que no quiero. Comer es algo que me hace sufrir.

—Qué cosa más rara. ¿Eres anoréxica?

—Creo que no. Las anoréxicas quieren estar delgadas, ser perfectas y todo ese rollo. Lo mío, en cambio… Lo que ocurre es que, cuando como, disfruto con los sabores, las texturas, el placer de tener el estómago lleno, y me olvido de las cosas que me importan de verdad.

—Que son…

—Mi hermano y mi madre. No sé qué papel desempeño yo en sus vidas o en este mundo, pero me gustaría descubrirlo algún día.

—¿Y lo vas a descubrir muerta de hambre? Cuando yo tengo ganas de comer, no puedo pensar más que en comida.

Marie rio.

—No lo sé, pero creo que estoy más alerta si no tengo los sentidos entretenidos en esos placeres.

***

Marie continuaba llevando el pan a la mansión los De Poitou, más que nada porque su padre se lo recordaba con insistencia. Iba en bicicleta, se lo entregaba al mayordomo y regresaba lo más rápido que podía, para no dejar sola a Lana. Una mañana, cuando se disponía a marcharse, se encontró con Olivier. Allí estaba él, con esa mirada brillante, el flequillo rojo llameando y aquella sonrisa franca y abierta. A su lado, iba la rubia de la fiesta, con las manos entrelazadas en las de él.

—¡Hola, Marie! ¿Qué tal? Mira, te presento a Emma.

—Encantada —dijo Emma con amabilidad—. Oli, te espero arriba, ¿vale?

Se dieron un beso en los labios y Emma subió las escaleras con elegancia, seguida por la mirada embobada de Olivier.

—Yo también me voy —dijo Marie, intentando escabullirse.

—¿Qué tal fue la fiesta?

Marie se llenó de rabia en un segundo. Quería decirle a aquel devoto hermano que toda su preocupación no servía de nada si luego no estaba pendiente de Lana, si luego se olvidaba del mundo en cuanto una rubia meneaba las caderas delante de él.

—Ya sabes, lo de siempre, supongo.

—Lana no volverá a darte la lata, te lo prometo. Ahora está en Saint-Tropez, pero cuando vuelva hablaré con ella y te aseguro que te dejará en paz. Y lo del pan también lo arreglaré.

Marie estaba confundida. Sentía como si estuviera traicionando a Olivier, que de nuevo se mostraba amable con ella. Quizá si le contara, si él supiera la historia de Saint-Tropez, reaccionaría, iría a buscar a su hermana y les daría su merecido a aquellos salvajes. Y, además, con suerte, se olvidaría de Emma. Pero no podía traicionar a Lana.

—Gracias, pero no tiene importancia —repuso, finalmente—. Después de todo, es mi obligación.

—La verdad es que a Lana no le vendría nada mal pasar más tiempo contigo. Esas amigas suyas... ¿A ti qué te parecieron?

—Egoístas, superficiales, perversas.

—Sí, tienes razón —musitó Olivier, que parecía un padre impotente ante una hija desbocada—. No sé cómo hacer para convencerla, para que vea que esas chicas no le convienen. En París es igual, no te creas. Se junta con el mismo tipo de gente.

—Yo diría que Lana necesita mucha compañía, mucha atención.

—Ya lo sé. Yo intento pasar el mayor tiempo posible con ella, pero parece que nunca es suficiente. Cuando éramos pequeños no nos fue tan mal, pero, en cuanto me fui a estudiar fuera, Lana empezó a salir y descontrolar. Creo que mi hermana nunca ha tenido una amiga de verdad. —Olivier miró a Marie, que permanecía callada y cohibida—. Oh, no pienses que te estoy pidiendo que seas su amiga, no, no. Bastante has hecho ya. Mira, a pesar de que es evidente que te cae fatal, la respetas, y te lo agradezco.

—Si ves que los demás no la respetan, ¿cómo soportas verla en esas fiestas y con esos amigos?

—¿Crees que puedo detener a Lana? Se nota que no la conoces. Mi hermana está un poco perdida, pero es muy testaruda y siempre se sale con la suya. Yo solo puedo estar cerca, para evitar que dé un tropiezo del que se arrepienta de verdad. Espero que algún día, cuando madure un poco más, se dé cuenta de todo y reconduzca su vida.

—Seguro que lo hará. Aunque la he conocido poco, creo que Lana es inteligente, tiene carácter y, como bien dices, siempre se sale con la suya. Esto es solo una fase, ya verás.

Olivier sonrió. A Marie le pareció que sus ojos dejaban traslucir algo de cariño.

—Tú sí que sabes escuchar. Estar contigo me hace sentir bien, ¿sabes? Me encuentro cómodo. No creas que le voy contando todo esto a la primera que pasa.

Marie tragó saliva. La que estaba incómoda era ella.

—Bueno, pues si lo necesitas podemos hablar cuando quieras.

—Te tomo la palabra.

—¡Oli! —Emma se había asomado a un balcón de la planta superior. Su pelo rubio caía hacia abajo como cortinas de seda—. Me aburro, cielo. ¿No vas a subir? —añadió con una sonrisa pícara.

—¡Voy! —dijo Olivier con diligencia—. Bueno, Marie, nos vemos, ¿vale?

—Claro. Adiós.

Olivier desapareció tan rápido y ansioso como aquella noche en la fiesta, en cuanto detectó la presencia de Emma. Marie volvió a notar el estallido de su corazón y se preguntó cuántas veces tendría que romperse para dejar de sentirlo de una vez por todas.

***

De vuelta a su dormitorio, Marie meditaba sobre la idea de contarle a Lana el encuentro con Olivier, cuando todas sus dudas se disiparon. El pelo rojo de su amiga se había vuelto negro como la noche.

—¿Qué has hecho? —bramó.

—Me lo he teñido. Tu madre ha ido a comprarme el tinte. Qué amable, ¿verdad?

—¿Mi madre te lo ha comprado? ¿Y mi hermano?

—Lo he cuidado yo. Qué lindo es. Es que es un encanto ese niño. Tan sonriente… Te olvidas de todo estando con él. ¡Lo adoro!

—Ya, conozco esa sensación. Pero tu pelo… ¿por qué? Era precioso tal cual estaba.

—A mí no me gustaba. Para ir de fiesta y destacar entre las demás sí, pero ahora ya no me hace falta. Quiero ir de negro riguroso. Estoy de luto. Lana ha muerto, ¿sabes?

—¿Y tu padre qué crees que va a decir?

—No creo que le importe mucho. Cuando está con Sabrina se relaja bastante.

—¿Y tu hermano? Él va a notar que ha pasado algo y lo descubrirá todo.

—¡Ay, Dios mío! Mi hermano por aquí, mi hermano por allá… Oli siempre protegiendo a la loca de su hermana, pobrecillo. ¿Por qué todo el mundo me tiene que hablar de Olivier? ¿Es que somos siameses? ¿Es que no se ve que somos personas diferentes?

—Pensé que te sentías muy unida a él.

—Sí, ¡pero es que me canso de que todos estén tan pendientes de él! En realidad no me extraña. Es guapo, listo, simpático, responsable, educado, amable… Lo tiene todo, ¿verdad? —dijo con soniquete.

—No sé, no lo conozco.

Se instaló un silencio pesado e incómodo entre ellas, en el que las palabras no sonaban pero flotaban en el aire, y se hacían notar y, con ellas, la presencia incorpórea de Olivier.

—¿Te gusta mucho? —preguntó Lana, rebajando la agresividad.

—No lo sé —contestó Marie después de unos segundos—. Es la primera vez que me fijo en alguien. No soy muy experta en estas cosas.

—Se te pasará. Te lo digo yo, que sí soy toda una experta.

—Supongo que sí. Lo único malo es que me lleve demasiado tiempo.

Lana salió un instante del dormitorio. Cuando regresó, traía un bastoncillo con una nube rosa deshilachada.

—Toma —le ofreció con una sonrisa.

—¿Algodón de azúcar?

—¿No te encanta? Tu madre nos ha traído tres, uno para ti, otro para Chris y otro para mí. Por lo visto se ha cruzado con un feriante por el camino. Te robo un poquito del tuyo, ¿vale? —dijo Lana quitándole un pedazo con los dedos.

—Cómetelo todo.

—¡Vale! Voy a darle un poco a Chris. Si lo hubieras visto… Se moría de la risa cuando los dedos se le pegaban por el azúcar. ¡Ven a verlo!

***

Aquella noche, las dos chicas no conseguían conciliar el sueño. Les quedaba poco tiempo para estar juntas, apenas dos días, y aquella conversación las había dejado apesadumbradas. Marie ya presentía la nostalgia con que recordaría aquellos días en los que había descubierto la amistad, y Lana tenía miedo de volver a la soledad de su casa.

A pesar de que ya era de madrugada, hacía calor y estaban destapadas, tumbadas boca arriba. La ventana abierta dejaba pasar la luz de la luna llena e iluminaba la estancia con un tenue halo de plata.

Lana cogió un ramo de flores casi marchitas de un vaso de la mesilla de noche. Se lo colocó sobre el pecho y, encima, las manos entrelazadas.

—¿Qué haces? —preguntó Marie, extrañada.

Lana se observó en el espejo que tenía al lado.

—Probar a ver qué tal estoy de muerta.

—¿Ya tienes pensado el modelito que te gustaría que te pusieran? —quiso bromear Marie.

—¿Nunca has pensado en la muerte?

—Sí, claro, muchas veces.

—A mí me obsesiona. Pienso en la muerte cada día. Me he imaginado la mía de mil maneras diferentes, a distintas edades. He imaginado que moría joven y que mi padre y mi hermano recibían las condolencias de los padres de mis amigos. También me he imaginado que moría de mayor, con hijos llorando encima de mi ataúd. ¿No te gustaría saber cómo será tu muerte, tu entierro?

—No lo sé.

—Si hubiera un genio al que se le pudieran pedir deseos, yo pediría ver mi muerte, estar ahí en ese momento tan importante, ver quién llora que me vaya, a quién le da igual, quién se alegra. ¿Te das cuenta de que esas cosas tan importantes no las sabremos nunca?

—Quizá sí.

—¿Cómo?

—Nadie sabe qué ocurre cuando morimos. Quizá nuestra alma sea consciente de ello.

—¿Y eso no sería peor?

—Yo creo que de existir el alma, al ser esta inmortal, debería estar contenta de liberarse de un cuerpo que tiene fecha de caducidad.

—O sea, que la muerte podría ser lo mejor que nos pueda pasar.

—Puede.

—Tengo tanto miedo…

—Normal. Eres muy joven, te queda mucho por vivir, por eso tienes miedo. Si te das cuenta, a los mayores no les pasa eso.

—Pero a la vez me da mucho morbo, no puedo evitar fantasear con la muerte, con mi muerte.

—Yo pienso más en la muerte de los demás.

—¿Como en la de tu hermano?

—Sí, por ejemplo. Morirá pronto. Los médicos dijeron que, como mucho, llegaría a los doce años, y ya tiene trece. No debe de quedarle mucho tiempo.

—Lo siento —dijo Lana abrazando a Marie, que se limpiaba algunas lágrimas con discreción—. Mira, al menos, puedes despedirte de él, compartir muchos momentos para recordarlos después. Es peor que una persona a la que quieres mucho muera de repente, sin avisarte, sin tú preverlo, sin tener la posibilidad de darle un último beso. —Lana empezó a llorar y a patalear, fuera de sí—. ¡Dios! ¡Cómo la odio, la odio tanto!

—No lo hizo para herirte. Tranquilízate, por favor, me estás asustando —dijo Marie cogiendo a su amiga por los hombros.

Lana aún tardó en sosegarse. Se puso de lado, hecha un ovillo, como solía dormir. El pelo negro le tapaba parcialmente la cara, hinchada de rabia y llanto. Marie le acarició la cabeza hasta que escuchó la respiración profunda del sueño.

Estaba agotada. Hasta hacía unos días, su vida se reducía a su habitación, sus dibujos, su hermano y su madre, pero ahora se había expandido como un *big bang*. Había conocido otro mundo fuera de sí misma, lo compartía con Lana y eso le agradaba, pero a la vez había sufrido un desgaste de energía, de modo que se sentía feliz, pero también temerosa de perder el control de sus emociones y no saber manejar las de Lana.

Todo había empezado en esa fiesta de la semana anterior. Marie se preguntó si estaba arrepentida, si rechazaría la invitación de tener la oportunidad de volver al pasado, pero estaba convencida de que lo volvería a hacer. Se sentía enganchada a Lana de Poitou.

9

Al día siguiente, en el recibidor de la mansión De Poitou, Marie se encontró de nuevo con Olivier.

—Vaya, o no nos vemos nunca, o nos vemos todos los días —dijo, risueño y de buen humor.

Venía de la piscina. Tenía el pelo mojado y algunas gotas de agua resbalaban aún por su piel, delicadas, lentas, como disfrutando del paseo. Marie se contuvo para no suspirar.

—¿Qué tal? —saludó, más seria de lo que había pretendido.

—Oye, he estado pensado en nuestra charla de ayer. Creo que tienes razón. Debería vigilar más a Lana.

—En mi opinión, no se trata de vigilar, sino de acompañarla, estar con ella, hacer cosas juntos. Dijiste que echaba en falta a vuestra madre, ¿no?

—Sí, pero eso no se puede solucionar.

—Quizá necesite que le hables más de ella, que la recordéis juntos, hablar tranquilamente de su suicidio…

—¿Cómo? ¿Qué dices? Mi madre no se suicidó, ¡murió de cáncer! —Olivier desprendió una ira tan instantánea y feroz que dejó descolocada a Marie.

—Perdona... Es lo que tu hermana piensa que pasó, creo...

—¿Y te lo ha dicho a ti, que no os soportáis?

—Tu hermana está dispuesta a hablar con cualquiera que le preste atención más de cinco minutos.

—Escucha una cosa. —Olivier sonaba cansado—. Mi hermana era muy pequeña cuando mi madre murió. Solo sabe lo que le han contado, y este pueblo está lleno de cotillas con la lengua demasiado larga y una imaginación muy retorcida.

—Tu hermana sí que tiene recuerdos.

—Eso es imposible.

—Recuerda a su madre en una bañera ensangrentada y que hay gente que la separa de ella y se la lleva.

El rostro de Olivier se había ensombrecido. Se sentó en el banco del recibidor, dejándose caer como si fuera un fardo.

—¿Mi hermana te ha contado todo eso?

—Sí, claro, no me lo voy a inventar.

—¿Cuándo? ¿En la fiesta? —Olivier se levantó de repente, preocupado—. Dime, ¿qué ocurrió para que ella te contara esas cosas?

Marie se vio en un aprieto. No podía traicionar a Lana, pero las ganas de ayudarla la habían delatado. Olivier la cogió por los brazos, con fuerza. Dolía un poco.

—Escúchame bien, Marie. No te dejaré salir de esta casa hasta que no me cuentes qué pasó en esa fiesta y por qué Lana te ha hablado de esas cosas.

Marie sopesó la idea de alegar cualquier excusa o inventarse algo para marcharse, pero creía que las mentiras no conducían a ninguna parte. Lana estaba deprimida y perdida por culpa de los secretos, las medias verdades y la falta de confianza, y ya era hora de que aquello cambiase. Ojalá las cosas hubieran sucedido de otro modo.

Se sentó, resignada, junto a Olivier y le contó todo lo que había ocurrido desde que él se fue de la fiesta con Emma, incluido el desastre de Saint-Tropez.

El chico no daba crédito. Sabía que su hermana perdía un poco el control en las fiestas, pero no hasta un punto tan peligroso, y se quedó decepcionado al descubrir que Lana había preferido confiarse a Marie, a la que acababa de conocer, antes que a él, su hermano mayor.

—Espérame aquí un segundo. Me visto y vamos a buscarla.

—No creo que sea buena idea.

—¿Cómo que no? Soy su hermano, tengo que cuidar de ella. Te agradezco que la hayas acogido en tu casa, pero ella tiene su propia familia y debe estar con nosotros. No voy a quedarme aquí esperando.

Marie admiró la determinación de Olivier, pero estaba convencida de que se equivocaba. Lo peor de todo es que empezó a temer que Lana no le perdonara aquello. Le había hecho prometer que no le contaría nada a nadie nunca, y ella acababa de romper su palabra. Además, se dio cuenta de que le estaba dando a Olivier otra ocasión para mostrarse perfecto ante su hermana.

Notó que le faltaba el aliento. No quería perder a Lana.

***

La sorpresa de Lana se mezcló con el terror cuando vio llegar a Marie acompañada de Olivier.

—¿Qué haces aquí? —exclamó Lana.

—¡No! La pregunta es al revés. ¿Qué haces tú aquí? Y... ¡tu pelo!

—¿Por qué me has hecho esto? —Lana acusó a Marie, y empezó a sollozar.

—No la culpes a ella. La obligué a que me lo contara todo.

—Yo solo quiero ayudarte, Lana —dijo Marie en una súplica.

—¿Por qué me has hecho esto? ¿Por qué me has hecho esto? —sollozaba Lana, desfallecida, como en una letanía.

Olivier pidió a Marie que lo ayudara a recoger las cosas de su hermana, y ella obedeció. Sentía una bola inmensa en la garganta que no era capaz de tragar.

—Mañana voy a verte —dijo Marie cuando su amiga pasó delante de ella.

—No te molestes. —Lana se retiró el pelo hacia atrás y se limpió las lágrimas—. No traigas más pan, no te acerques más a mi casa. Si algún día nos encontramos en la calle o donde sea, yo haré como que no te conozco y tú harás lo mismo. Hazte a la idea de que nunca hemos sido amigas.

Lana abandonó la estancia igual que había entrado en ella, alterando el mundo de Marie, poniéndolo del revés y transformándolo para siempre, pero no se daría por vencida. Lana ya formaba parte de su vida y no la dejaría escapar.

***

Olivier de Poitou parecía una fiera enjaulada. Iba de un lado a otro de la habitación de Lana, pidiendo explicaciones y blasfemando a cada paso.

—Al menos espero que hayas averiguado algo de lo que acordamos —advirtió, con severidad.

Lana permanecía con la cabeza gacha. Temía que, si se encontraba con los ojos de su padre, se orinaría encima.

—No, papá… —consiguió decir Lana en un hilo de voz—. Lo siento.

—Si querías divertirte, haber elegido otro juego. Para el de espiar no sirves, querida —añadió De Poitou con socarronería—. Dios santo, estás horrorosa con ese pelo.

—Papá, creo que Lana ya lo ha entendido. No volverá a hacer tonterías —intentó mediar su hermano.

Después de traerla de vuelta, Olivier le había explicado a su padre parte de la historia, omitiendo los detalles que Lana le había rogado silenciar, el tipo de fiestas que frecuentaba y la clase de diversiones con las que se distraía. Olivier quería que aquellos niñatos tuvieran su merecido, le imploró a Lana que denunciara lo ocurrido, pero acabó apiadándose del temor con que ella le suplicaba.

No ocultaron, en cambio, que la casa de los Toulan había sido el escondite de Lana durante aquellos días, lo que enfureció a su padre hasta un límite que nunca habrían sospechado.

—No quiero que vuelvas a ver a la chica de ese panadero, ¿me oyes? Id preparando vuestras cosas porque en un par de días o tres nos marchamos de aquí. Y cuidado, no se te vaya a ocurrir acercarte a esa casa a despedirte ni hacer más estupideces, ¿lo has entendido?

Ante el silencio de su hija, De Poitou bramó:

—¿Lo has entendido?

—Sí, papá —respondió Lana con un temblor.

El hombre salió de la habitación dejando un rastro de ira y decepción tras sus pisadas.

—¿Quieres hablar? —preguntó Olivier, cuando su padre ya no podía oírlos.

—No, quiero estar sola, por favor.

—Está bien, pero si necesitas algo avísame, ¿vale?

Lana asintió. Cuando Olivier se hubo marchado, ella se levantó. En la silla había una mancha húmeda que se extendía desde el centro. Finalmente se había orinado encima.

***

Pánico era poco comparado con lo que Jean Toulan sintió tras la llamada que recibió de Olivier de Poitou. Con un tono pausado pero grave, el terrateniente le recordó que no era más que un simple panadero y que él, en cambio, tenía ojos y manos en todas partes. Lo amenazó con hundirle el miserable negocio que regentaba y la ruina más absoluta si la niña insistía en ser amiga de Lana y la influenciaba de manera tan negativa.

Toulan empequeñeció con aquel sermón y la humillación que sintió ante tal exhibición de poder lo llevó a cargar contra Marie. El panadero había estado tan cerca de las altas esferas que sentía que había rozado su sueño y el de su querida madre con los dedos, mientras que ahora aquella ingrata acababa de arruinarlo todo.

Como castigo, puso a Marie a trabajar todo el día, de lunes a domingo. Como había llegado a creer que las dos chicas se harían grandes amigas, Jean Toulan se había relajado y había permitido que su hija se distrajera con sus pinturas y ensoñaciones, pero ya le había consentido bastante. Esa niña necesitaba disciplina y trabajo duro, y por ello volvió a enterrarla bajo un montón de libros, estadísticas y estudios.

Ya era hora de potenciar el negocio y analizar el momento adecuado para pasar a la fase de la cadena de tiendas. Panaderías Toulan ya facturaba miles de euros cada día y la cola de clientes no hacía más que crecer. Jean Toulan estaba ansioso por convertirse en un hombre tan poderoso como De Poitou y hacerle frente con su dinero y su nuevo prestigio.

***

Una noche, pocos días después de que Lana se marchara a su casa, Marie se despertó con extrañeza. Percibía de nuevo aquella presencia en su habitación, la sensación de que alguien había entrado y la vigilaba, pero en esta ocasión, en vez de temor o intranquilidad, sintió una enorme alegría.

Se frotó los ojos, y a los pies de su cama distinguió una sombra que se iba acercando sigilosa. Marie se incorporó para encender la luz, pero una mano la detuvo. No era la mano delicada y pequeña de Lana; era más grande y fuerte, y sujetaba la suya con firmeza. La sombra se aproximó hasta casi rozarla. En el ambiente flotaba un aroma a madera.

Cuando Marie abrió la boca para gritar, otra mano se la tapó.

—Ssshhh… Tranquila, soy yo, Olivier.

Marie quería desmayarse. Tenía a Olivier en su habitación, en su cama, cogiéndole la mano y tapándole la boca con delicadeza. Con los labios rozaba esos dedos suaves y cálidos. ¿Estaría soñando? No quería despertar.

—Marie, tengo que pedirte un favor, aunque entenderé que me digas que no. —Olivier le liberó la boca y cogió las manos de Marie entre las suyas—. Aunque Lana te dijo que no quería saber nada más de ti, en realidad te echa mucho de menos y necesita hablar contigo antes de que nos vayamos. Mi padre ha ordenado que nos marchemos mañana por la mañana bien temprano, así que tenemos poco tiempo. Si tú aceptas, claro.

—¿Y tú no me odias?

—¿Por qué iba a odiarte? Al contrario, creo que tú eres lo mejor que le ha pasado a mi hermana. Lana me ha contado lo que habéis hablado y la he notado mucho mejor. Una amiga como tú es lo que ella necesita. Lástima que mi padre no se dé cuenta. —Olivier suspiró—. Entonces, ¿qué? ¿Te vienes?

—Sí, claro, ¿pero no nos descubrirán?

—Tengo un plan.

Había traído una bolsa de viaje, que contenía unos pantalones elásticos negros, una blusa también negra, de cuello amplio, unos tacones altísimos y una peluca rubia y larga. Sacó además un estuche de maquillaje. Marie no lo reconoció como el de Lana. Se preguntó si Emma le habría dejado su neceser a Olivier.

—Había pensado en que te hicieras pasar por un rollete mío. Si te pones esta ropa, te pintas un poco y te colocas la peluca, nadie te reconocerá. Eso, en caso de que nos tropecemos con alguien en la casa, que ya será difícil.

—No sé pintarme, nunca lo he hecho.

—Bueno, con que te pintes los labios supongo que bastará. Además, la peluca lleva flequillo y tú tienes la cara pequeñita… Casi no se te va a ver.

Marie tragó saliva. Iba a convertirse en un «rollete» de Olivier. El chico se volvió de espaldas y, en la oscuridad, Marie comenzó a ponerse su disfraz de chica normal. Cuando terminó, encendió la luz para pintarse los labios con un lápiz rojo sangre.

Olivier se dio la vuelta y sonrió.

—¡Vaya! No pareces tú. Soy un genio —dijo bromeando.

Marie se sintió halagada por la mirada de aprobación, pero no supo si le gustó haber atraído su atención a sabiendas de que aquella imagen no era la suya. Se subió a los tacones y los ojos le quedaron a la altura de la boca de Olivier.

—¿Estás lista, cariño?

Se contempló en el espejo y Olivier se unió a ella. Posaron juntos, bien pegados. Él la rodeó por la cintura con el brazo y ella sintió un cosquilleo nuevo. Así agarrados parecían de verdad. Marie no sabía quién era esa chica que la miraba con extrañeza y cierto rubor en las mejillas. Sintió celos, celos de tener que volver a presenciar delante de sus narices cómo una rubia llena de artificio se lo llevaba de su lado. La tristeza la embargó y, para complicar aún más las cosas, toda la ropa era negra.

El único consuelo que le quedaba era que sabía que esa imagen no era real. Si con un dedo tocara el espejo, probablemente se diluiría en surcos, como si fuera un reflejo nadando en una superficie de agua.

**

De camino, Olivier le explicó a Marie los distintos escenarios que podrían encontrarse cuando llegaran. Por las noches siempre había dos empleados de guardia por lo que la familia pudiera necesitar, y aquella noche, al ser la última de unas vacaciones interrumpidas antes de tiempo, eran el mayordomo y la cocinera quienes estaban a cargo.

Eso planteaba el problema de que, si los descubrían, su padre se enteraría sin que pudieran remediarlo. La fidelidad del señor Renaud y la señora Blanchard era inquebrantable. Desplegaban un riguroso sentido del servicio, que habían heredado de sus progenitores, quienes a su vez habían servido a la generación anterior de los De Poitou.

Aquella noche, Renaud y Blanchard debían estar afanados con los últimos preparativos del viaje de vuelta de la familia, pero había que ser precavidos. Renaud había visto la cara de Marie en repetidas ocasiones, cuando ella le entregaba el pan. Estaba enterado de todo lo ocurrido y tenía terminantemente prohibido la entrada de la chica en la casa.

Si su padre se enteraba de aquella visita, del engaño, Olivier no quería ni pensar en las consecuencias de su reacción contra Lana, así que se aseguró de que Marie entendiera que era vital que representara a la perfección el papel que le había asignado.

—Tendremos que ir abrazados. Si nos encontramos con ellos, he pensado que podrías recostarte aquí —se tocó el pecho—, para que solo se te vea media cara. No hables. Haz como si estuvieras muy cansada o borracha, y evita dirigirte a ellos. Yo me ocuparé de desviar su atención.

Cuando llegaron a la casa, se quedaron paralizados. Había luz en el despacho del padre de Olivier.

—¿Qué hará despierto todavía? —se preguntó el chico mirando la hora en el móvil—. Ya son las dos de la madrugada. Mi padre no suele acostarse tan tarde...

—¿Y ahora qué hacemos?

—Seguimos con el plan —dijo Olivier sin asomo de duda—. Pasaremos por delante como si tal cosa. Recuerda: no mires, no hables.

El chico la ayudó a salir del coche y, asiéndola por la cintura tal y como habían ensayado delante del espejo, ambos caminaron hacia la entrada de la casa.

La luz del despacho se filtraba hasta el recibidor por la puerta entreabierta, y del interior les llegaba la voz del hombre hablando por teléfono.

—Tranquila, todo irá bien —susurró Olivier al oído de Marie, que se sentía desfallecer entre el aliento cálido del chico y el roce de sus labios.

Le parecía que de un momento a otro se iba a derretir por los nervios, que la tragaría aquella alfombra en la que sus tacones se hundían a cada paso, como si tuvieran vida propia y se hubieran aliado con el señor De Poitou para hacerla fracasar. Olivier, que había notado su inseguridad, la sujetó con mayor firmeza.

—No te me vayas a caer ahora —sonrió.

Aunque se sintió tentada de echar una ojeada hacia el despacho, se contuvo. Se acurrucó en el hombro de Olivier, pero no porque se acordara de las precisas instrucciones del plan, sino porque sentía un miedo atroz. El brazo de Olivier trepó por la espalda para encaramarse sobre el hombro desnudo que la blusa le había dejado al descubierto. Marie se estremeció. Nunca había sentido tanta intimidad, nunca había experimentado las urgencias del tacto, y ahora descubría que aquellas sensaciones nuevas, tan palpitantes y reales, le gustaban.

Ya habían subido las escaleras y se encaminaban por el pasillo cuando alguien los detuvo detrás de ellos.

—Señorita, disculpe.

Marie se quedó paralizada. El señor Renaud la reclamaba a su espalda. Tendría que mirarlo, hablarle. Era el fin.

—¿Qué ocurre, Renaud? —preguntó Olivier, que se volvió con aplomo y serenidad.

Marie seguía aferrada a él, con el rostro oculto entre su pecho y la peluca.

—A la señorita se le ha caído esto.

El mayordomo se aproximó con el semblante serio y formal. Abrió el puño y mostró un pendiente.

—No es de ella, pero gracias. Buenas noches.

Olivier quiso reanudar el paso, pero el mayordomo lo detuvo nuevamente.

—Disculpe, señor, pero… quisiera consultarle algo sobre su equipaje —dijo con un tono que parecía cargado de sospecha.

Marie dejó escapar un quejido. Empezó a mordisquear la oreja a Olivier, y luego bajó por el cuello, devorándolo a pequeños bocados.

—¿Tiene que ser ahora, Renaud? —Olivier sonaba agitado.

—Sí, señor, es de suma importancia —repuso el mayordomo sin inmutarse.

Pero cuando vio que Marie empezaba a bajar la mano por el pecho de Olivier, recreándose sin pudor, y que con una risa tonta comenzaba a deslizarla por debajo del cinturón del joven, bajó la mirada y se dio media vuelta.

—Creo que podré apañármelas yo solo, no se preocupe —masculló mientras se retiraba.

—Como usted quiera, Renaud —dijo Olivier, cerrando su boca sobre la de Marie.

El mayordomo se alejó a toda prisa, mientras la pareja seguía besándose en el pasillo, sin recato ni asomo de vergüenza.

Cuando se hubo desvanecido el sonido de los pasos, Marie retiró la boca unos centímetros, aunque sin romper el abrazo. Sabían bien los besos de Olivier, demasiado bien. Eran cálidos, húmedos, delicados. Sintió el deseo de Olivier contra la cadera, y entonces él se retiró con rapidez y la miró con desconcierto.

—Perdona —resopló, y se apoyó en la pared.

Tenía los ojos turbios y la boca emborronada de carmín rojo. Parecía un vampiro en la sobremesa de su última mordedura.

—No, perdona tú. Me he lanzado… demasiado, quizá.

—No, no. Lo has hecho perfecto. Nos has salvado.

—¿Vamos ya con Lana? —dijo Marie, tomando las riendas ante el aturdimiento de Olivier.

—Sí, ve. Le darás una gran sorpresa. ¿Te acuerdas del camino?

Marie recorrió con la vista el pasillo largo y oscuro, y la memoria le trajo el recuerdo de aquella cena catastrófica de cinco años atrás.

—Sí, creo que sí.

La chica echó a andar y a cada paso fue reconociendo los retratos familiares, aún sombríos, que parecían estar espiando. Un poco más adelante estaba la puerta blanca que años antes se abrió para descubrirle el rostro perfecto que iba a robarle la serenidad.

Marie giró el picaporte con cuidado. Empujó y miró adentro. La habitación estaba a oscuras, con las cortinas echadas, y era difícil vislumbrar nada hasta que la visión no se hiciera a la negrura.

—¿Emma? ¿Eres tú? —La voz de Lana parecía venir de la cama.

Marie avanzó a tientas y se quitó la peluca. Se deshizo la coleta y agitó su melena morena.

—¡Marie! —exclamó Lana, saltando de la cama.

—¡Ssshhh! No grites o nos descubrirán.

—Si no cerráis pronto la puerta, seguro que nos descubren, tontainas —dijo Olivier desde el dintel. Y dirigiéndose a Marie, añadió—: Volveré a buscarte a las seis, ¿de acuerdo? Estate preparada con la peluca y todo lo demás.

Él y Marie se quedaron prendidos un instante en una mirada que, a pesar de que los incomodaba, no podían evitar sostener. Después, Olivier cerró la puerta.

Las amigas se quedaron en silencio.

—¿Qué ha pasado? —dijo Lana, al fin.

Marie sabía a qué se refería, pero no podía hablar de ello. No habría podido ponerle palabras a las emociones que la habían puesto del revés desde que Olivier se había colado en su habitación horas antes.

Lana condujo a Marie hasta la cama y se tumbaron.

—Tienes que olvidarte de él. Mi hermano... Ya sé que es muy guapo y encantador, pero le gustan mucho las chicas, demasiado. Es muy joven aún y no se va a comprometer con nadie.

Marie se retorcía las manos con nerviosismo.

—No quiero que sufras —prosiguió—. Además, él ni siquiera vive aquí, así que no merece la pena que te cuelgues de un tío que, a fin de cuentas, es como si no existiera.

—Tienes razón —dijo Marie con una sonrisa tibia—. ¿Sabes? Te estás convirtiendo en una chica muy sensata y equilibrada.

—¿Lo conseguiré sin ti?

—Siempre me tendrás.

—Pero yo estaré en París, a cientos de kilómetros, y mi padre me va a hacer un marcaje que no veas. Ya me ha quitado el móvil.

—En tu instituto hay ordenadores e internet, ¿no?

—Sí, claro.

—Pues ya está. Nos comunicaremos por correo electrónico. Tu padre no puede controlar eso también.

—¿Será suficiente?

—Seguramente no, pero no nos queda otra.

—Qué ganas tengo de cumplir los dieciocho.

—¿Y entonces qué?

—Haré lo que me dé la gana. Me iré de casa y trabajaré donde sea. Haré lo que haga falta con tal de librarme de mi padre.

—¿Tú? Tú eres una princesita. No sobrevivirías en el mundo real.

—Habló la monja de clausura que nunca había ido a una fiesta.

***

Durante las horas que restaron hasta la despedida, las amigas continuaron lanzándose puyas cariñosas, haciendo planes de futuro, y jurándose fidelidad y sinceridad para siempre.

Cuando Olivier regresó, Marie ya se había puesto la peluca y los tacones, y, aunque aún había que contar con el riesgo de ser descubiertos, ella se encontraba más segura y firme.

Las chicas se fundieron en un abrazo y lloraron. A Lana le costó más despegarse, y Marie se quedó apesadumbrada ante tanta desolación.

El camino hasta la salida fue más sencillo. Marie adoptó su postura semiescondida sobre el hombro de Olivier y caminó abrazada a él. Ya no estaba nerviosa ni se sentía atacada por emociones nuevas y desconcertantes. La embargaba la nostalgia de estar viviendo los últimos minutos de algo que importaba de verdad.

Cerca del coche, Marie se deshizo del abrazo con rapidez. Iba a seguir el consejo de Lana. No merecía la pena torturarse por lo que nunca iba a suceder.

Regresaron en silencio. Olivier había recogido la capota del coche y el viento les golpeaba la cara. Marie se había quitado la peluca y disfrutaba de aquel aire que la despertaba de sus emociones. La mañana era fresca y brumosa.

Al llegar a su casa, Marie pronunció un corto adiós y se marchó con rapidez, pero a los pocos pasos se dio la vuelta.

—¿Qué hago con la ropa y la peluca?

—Quédatelos.

Olivier tenía una expresión difícil de descifrar.

—Que tengáis buen viaje.

—Gracias, Marie. Gracias por todo.

Marie asintió y fue hasta la puerta de entrada. Antes de cruzarla, volvió a mirar una última vez. El coche de Olivier había arrancado y ya se perdía en el fino velo del amanecer.

10

Los días pasaban monótonos e indolentes para Marie Toulan, encerrada en el despacho de su padre entre números, cuentas de resultados y planes de expansión. Por suerte, pronto acabó el verano y la vuelta a las clases la liberó en parte de aquel cautiverio, al que de todos modos tenía que regresar por las tardes hasta la hora de acostarse. La señora Grandet volvió a insistir en que la formación de la chica debía encaminarse hacia el arte y las letras, pero Jean Toulan no quiso oír ni una palabra al respecto. Opinaba que el día a día de su empresa era la mejor instrucción que Marie podría recibir, y a tal cometido debía consagrar todo su tiempo libre. El instituto no era sino una formalidad para obtener un diploma ramplón.

Marie no oponía resistencia. La ausencia de Lana y Olivier la apesadumbraba de tal manera que prácticamente se movía como una autómata. Conocía sus rutinas y horarios a la perfección, y cumplía cabalmente con las tareas de la mañana a la noche. Solo Christophe conseguía sacarla de su ensimismamiento, pero Jean Toulan había decretado para ella un retiro devocional en el despacho, donde las visitas y el ocio no tenían cabida.

En pocas semanas estuvo preparado un plan de desarrollo para Panaderías Toulan, primero en la comarca y después a escala nacional. Jean Toulan se frotaba las manos soñando con el crecimiento de su imperio y la expansión de su apellido. Las previsiones eran magníficas y los costes estaban controlados. Con la apertura de las primeras tiendas y las obras de las siguientes, Jean Toulan comenzó a comer con voracidad; la ambición le había abierto un apetito animal.

Mientras, Marie esperaba algún mensaje de Lana. Las semanas transcurrían sin que aquel mutismo se rompiera y no sabía qué pensar. Se inclinaba a imaginar que Lana, de vuelta a su mundo de fiestas y adolescentes alocados, había olvidado su amistad y sus promesas, y que se había reencontrado consigo misma en el desenfreno. Se acordaba de aquella Lana disfrazada, entregada al alcohol y las drogas, y entonces la asaltaba, sin poder evitarlo, el recuerdo de Olivier abandonándola en la fiesta para ir en busca de otra. Pero, además, aquellas interferencias tenían la odiosa habilidad de cobrar vida propia y en ellas Olivier devoraba a Emma en su presencia, en medio de la fiesta, mientras Lana y los demás la señalaban y se burlaban de ella en un estruendo de risas.

Al final del día, la memoria y la imaginación la dejaban exhausta. Arropada en la cama, dejaba el lápiz volar y dibujaba sin premeditación ni finalidad, raptada únicamente por la melancolía y la tristeza.

Por eso, cuando una tarde sonó el bip del ordenador que avisaba de un nuevo correo electrónico, Marie reaccionó con la rutina y pereza acostumbradas, pero, al echar una ojeada y comprobar que el remitente era Lana de Poitou, un brinco le aceleró el corazón, y con un cosquilleo en las manos se dispuso a leer.

Fecha: 28 de septiembre de 2011 17:20
De: lanaparis@gmail.fr
Para: marie94@gmail.fr
Asunto: ¡Por fin!
Querida Marie:
¡Por fin puedo escribirte! Habrás pensado que soy una zorra estúpida, y aunque en parte no irías desencaminada, en realidad no he podido meterme en mi correo hasta ahora mismo.
Mi padre tiene un cabreo monumental, no se fía de mí y solo le falta atarme a la cama. Me confiscó el móvil, la tableta, el portátil, ¡todo! Hasta se llevó la televisión y el equipo de música de mi habitación.
Tampoco me deja ir a clase ni a ninguna parte. Me tiene vigilada todo el tiempo, ¡pero si duermo con una criada! Solo estoy sola cuando voy al baño, así que aquí me tienes, en el baño, escribiéndote a escondidas.
Mi padre me quiere enviar a Inglaterra a estudiar, como hizo con mi hermano, solo que en mi caso pretende darme una patada en el culo y mandarme bien lejos, mientras que

para mi hermano quería las mejores oportunidades. Pero, bueno, ese es otro tema.

El caso es que por eso viene un profesor particular de inglés por las mañanas. El tío es más tonto y más feo que un friki de la informática, pero lo bueno es que el pobre está coladito por mí y esta mañana he conseguido birlarle el móvil mientras nos despedíamos y ahora estoy utilizando su conexión a internet para escribirte. Pensé en llamarte, pero eso quedaría registrado y no sé si el gilipollas este está tan enamorado de mí como para pasarlo por alto. Como ves, me estoy volviendo tan lista como tú.

Esto es horrible. Creo que preferiría estar en la cárcel o en un manicomio, pero tengo un plan, querida mía. Resulta que también me visita un psicólogo por las tardes. Al principio nos llevábamos fatal. Yo me negaba a hablar y él se empeñaba en diagnosticarme depresión, ansiedad y no sé cuántas cosas más. Me dan pastillas, pero yo no me las tomo, claro. Hago que me las trago, pero luego me las arreglo para escupirlas. Además, como a la criada en realidad le importa un pimiento si me las tomo o las tiro, no tengo problema con eso. Vaya, ya me estoy enrollando otra vez…

Bueno, el plan que tengo es hacer que la Lana de antes vuelva. Me teñiré el pelo de mi color, dejaré de vestir de negro y empezaré a pedir ropa, maquillajes y caprichos, igual que antes. Ya verás que en unos días mi padre me devuelve mis cosas y me deja tranquila. ¡Y entonces podremos escribirnos y hablar! Y en cuanto cumpla los dieciocho… ¡a largarme de esta puta casa! Tienes que venirte conmigo, Marie. Ya sé que tú no quieres dejar a tu hermano ni a tu madre, pero te convenceré, ya lo verás. Por si no te has dado cuenta, querida, yo siempre consigo lo que me propongo.

Me despido, guapa, que ya está el segundo turno de vigilancia tocando a la puerta.

Te quiero mucho y te echo de menos.

Un millón de besos.

Lana.

¡No se había olvidado de ella! Y además la echaba de menos y la quería. A Marie se le encogió el corazón. Despertar esos sentimientos en otra persona que no fueran su madre o su hermano le provocaba un cosquilleo placentero a la vez que incómodo. Además, estaba avergonzada de que Lana se hubiera resistido a los designios de su padre, mientras que ella se había rendido a los planes del suyo sin rechistar.

¿Y Olivier? Lana solo lo había mencionado para expresar un rencor largamente alimentado, pero no le daba más noticia. ¿Estaría trabajando en el imperio familiar? ¿Viviría en París, con ellos? ¿Habría intentado ayudar a Lana? ¿Seguiría viéndose con Emma? ¿Tendría otra novia? La incertidumbre la mortificaba.

***

Lana puso en marcha el plan. El día de su cumpleaños sorprendió a todos pidiendo perdón y lamentando los terribles arrebatos de rebeldía que tanto habían hecho sufrir a su querido padre. En su acto de contrición, confesó no reconocerse a sí misma y juró que no volvería a defraudar a su amada familia. A continuación, rogó que la llevaran a la peluquería, a quitarse ese espantoso color de pelo, y después de tiendas, ya que necesitaba renovar su armario con las últimas tendencias de la nueva temporada.

Olivier de Poitou escuchó asombrado a la vez que satisfecho. La estrategia de reclusión, incomunicación y terapia psicológica había dado resultado antes de lo que había previsto. Aceptó de buena gana las peticiones de Lana, pero le puso como condición que fuera acompañada de alguna empleada del servicio. Lana aplaudió y sonrió encantada.

—Muchas gracias, papá. Ya verás, no te voy a fallar nunca más —dijo colgándose del cuello de su padre y dándole sonoros besos.

En los días siguientes, Lana se comportó como se esperaba de ella y dentro de los nuevos límites que su padre le permitía. Pasaba el día hojeando revistas de moda y sociedad sin reparar en un solo titular, y se sometía, aparentemente entusiasmada, a sesiones maratonianas de películas románticas. Había comenzado una dieta rigurosa y se ponía muy caprichosa y exigente con los menús que le presentaban. Su nueva afición consistía en decorarse las uñas con colores y formas extravagantes, y a ese menester dedicaba buena parte de su tiempo.

Una noche, con gesto hastiado, se acercó a su padre.

—Papi…, me aburro.

Olivier de Poitou la miró por encima de los papeles que estaba leyendo y la estudió un instante.

—¿Y qué quieres que haga yo?

—Quiero ver a mis amigas, ir al instituto, a las fiestas de siempre… Hacer una vida normal.

Ya habían pasado varias semanas desde que Lana había corregido su extraño comportamiento y todo parecía en orden.

—¿De verdad quieres ir al instituto?

—Si no, ¿cómo vuelvo a ver a mis amigas?

—Dentro de nada os dan las vacaciones.

—No me importa, papá, de verdad. Por favor, por favor, mándame al instituto… —suplicó Lana frunciendo los labios y juntando las palmas de las manos a modo de ruego—. ¿Qué quieres, que me ponga de rodillas?

—No, hija, no. Llamaré mañana al director y le avisaré de que te incorporas.

—¡Gracias, papá!

Lana gritó y saltó de alegría, esta vez sin fingir. Tenía tantas cosas que decirle a Marie.

***

Durante el encierro, Lana había pensado mucho: en su familia, en su forma de vida, en el destino que le había tocado. Sus preocupaciones tomaron un cariz existencialista, y la necesidad de afecto y cercanía se le hizo dolorosa.

Durante horas miraba fotos de su madre y la asaltaban ataques de rabia, dolor, amor, nostalgia, pena, comprensión, rencor y, de nuevo, odio. Un tumulto de sensaciones se arremolinaba en torno a ella, mezclándose entre sí y formando un torbellino confuso que Lana no era capaz de apaciguar.

En innumerables ocasiones le había pedido a su padre que le contara cosas de su madre, pero él siempre lograba escabullirse, lo que no había hecho más que aumentar su curiosidad.

También le había pedido detalles a su hermano. Había sido más generoso, pero tampoco podía contar demasiado. Argumentaba que sus recuerdos eran escasos porque aún no había cumplido once años cuando la perdieron, pero Lana estaba convencida de que Oli le ocultaba los aspectos más tristes de la historia de su madre, en especial los que la llevaron a su final. Ni siquiera le había reconocido que se había cortado las venas, sino que apoyaba la versión del cáncer y la reproducía sin titubeos, con las mismas palabras que empleaban todos los demás, como si fuera un mantra que tuviera el poder de disolver la verdad.

Muchas veces pensaba que su familia materna habría sido un buen consuelo, pero jamás tuvo noticias de ellos. No había abuelos, ni tíos, ni siquiera primos. Oli le explicó que él sí había conocido a los abuelos, pero que el recuerdo que tenía de ellos era borroso. Le habló de una señora de voz dulce, abrazos cariñosos y el pelo tan rojo como ellos, y de un señor que jugaba mucho con él y del que recordaba unas manos fuertes, en las que se sentía seguro.

En ese enorme desconocimiento, Lana se sentía en desventaja. Hasta los empleados del servicio sabían más que ella, pero lo que más le dolía era que Oli no le confiara todo lo que se reservaba para sí. Cuando su madre murió, él tenía diez años, una edad suficiente para entender muchas cosas, y no comprendía por qué se empeñaba en ocultárselas. Él había tenido la suerte de conocer a su madre y a sus abuelos, y no era justo que ella no recibiera absolutamente nada de ellos, excepto alguna anécdota aislada y superficial. ¡Pero si ni siquiera sabía hablar español! Oli había tenido tiempo para aprender la lengua y asumirla como propia, y a veces lo veía leyendo algún libro en español; en cambio ella tampoco había tenido esa posibilidad.

Ese vacío, moldeado a base de tabúes y olvidos, la consumía. Sin embargo, estaba resuelta a averiguar algo de su madre y su familia materna. Empezaría en cuanto se fuera de casa, y Marie la ayudaría.

**

El primer paso era convencer a Marie y para ello era necesario contagiarle la curiosidad. Eso fue fácil. Su amiga enseguida la apoyó y le propuso hacer inventario de los objetos personales de su madre fallecida, que quizá podrían revelarles algo.

—¿Crees que si frotamos un peine saldrá un genio cotilla que nos lo cascará todo? —preguntó Lana con sorna a través de Skype.

—No, pero si analizamos los objetos, lo que hay, lo que falta, si miramos en los cajones, detrás de los cuadros, en medio de los libros, no sé… Creo que una persona que acaba con su vida deja un rastro de su tristeza.

—Vaya, puede que tengas razón. ¡Mierda! Si es así, todo debe de estar en la casa de Belsange, porque era allí donde vivíamos entonces. Solo espero que mi padre me deje ir en verano.

—A lo mejor tu hermano podría ayudarnos.

—¡Qué dices! ¡Imposible! Recuerda que él sigue con la tontería del cáncer. Lo ha repetido tantas veces que lo mismo hasta se lo cree. —Lana observaba a Marie, que parecía haberse quedado suspendida en algún pensamiento—. ¿Qué pasa?

—¡Oh! Nada.

—Te mueres por verlo o saber algo de él —dijo Lana con un reproche en su voz.

Marie se vio sorprendida, pero reaccionó atacando.

—Y si fuera así, ¿por qué te molesta?

—Porque eres tonta, hija mía, tonta de remate. Ya te lo he dicho: que mi hermano va de flor en flor, que le gustan todas y ninguna a la vez, que estás perdiendo el tiempo. ¿Es que no hay algún otro en Belsange que esté de buen ver?

—Lana, tengo que dejarte, que viene mi padre —mintió Marie, molesta pero resuelta a terminar la conversación.

—¡Espera! —dijo Lana con miedo—. Perdona, no te enfades conmigo, por favor… Es que…, es que solo quiero que te des cuenta de que eso es solo un amor platónico, que estás sufriendo tontamente.

Marie estaba callada. No quería discutir con Lana.

—Vale, está bien. Ahora sí que tengo que cerrar, de verdad.

—Está en Inglaterra, terminando el máster. Creo que está saliendo con una compañera de curso, pero ya te digo yo que la tía esa no le interesa para nada serio. Y no te creas que sé más de él. Cuando hablamos, normalmente es de tonterías.

Marie esbozó una sonrisa forzada.

—¿Sabes que yo sé español? —dijo para cambiar de tema.

—¿En serio? ¡Pero eso es genial! Seguro que en algún momento habrá que traducir algo. Marie, estoy segura de que lo conseguiremos.

***

Entre las clases y la expansión de Panaderías Toulan, Marie encontró tiempo para mejorar su español y ampliar sus conocimientos sobre el país. Buscó en internet, compró algunos libros y empezó a ver series y películas. Se aficionó a las lecturas que describían paisajes y costumbres de España. Cuando leyó *Fortunata y Jacinta,* se maravilló con el Madrid que el autor describía y se quedó con las ganas de visitar algún día aquella ciudad de contrastes.

Una mañana de sábado, mientras leía por enésima vez *La casa de Bernarda Alba,* camuflada como un documento de empresa en la pantalla del ordenador, Maurice entró en el despacho. Estaba descargando unas cajas que debían de ser bastante pesadas a juzgar por los bufidos que el chico dejaba escapar a cada movimiento. Pese a que hacía frío, Maurice vestía solo una camiseta de manga corta que le quedaba algo pequeña y que evidenciaba su masculinidad. El torso amplio y los fuertes brazos trabajaban incansables y con ahínco.

De vuelta a la lectura, Marie se preguntó cómo habría imaginado Lorca a Pepe el Romano. Ella lo veía alto y atlético, con el pelo rojo, los ojos verdes y un rostro perfecto, como esculpido por un escultor clásico. Observó a Maurice, su acné, la rudeza de sus rasgos, y llegó al convencimiento de que Adela y las demás no se habrían vuelto locas de pasión por uno como aquel.

De improviso, Maurice dirigió su mirada a Marie, y ella, avergonzada, bajó la cabeza. El chico siguió trabajando. Marie lo oía resoplar, acaso con más empeño, y se sintió tentada de volver a mirar. Los brazos subían y bajaban, los pectorales se marcaban bajo la camiseta, que parecía a punto de rasgarse. Maurice se giró y, de nuevo, la cogió en falta. Marie se maldijo mientras un sofoco le subía hasta la cara.

—¿Qué? ¿Me ayudas? —dijo Maurice, que se había acercado hasta su sitio con una sonrisa.

Marie se sintió torpe. No sabía qué responder y, en su titubeo, tiró un bote de bolígrafos.

—Oh, vaya…

—Yo te ayudo —se ofreció el chico.

Estaban los dos agachados en el suelo, muy cerca. A Marie le llegaba el olor del esfuerzo que se escapaba del cuerpo de Maurice. No le desagradó.

—Aquí tienes —dijo él tendiéndole el bote con los bolígrafos dentro.

—Gracias.

Él la ayudó a levantarse y deslizó su mano por la cintura con intención. Aquel roce le trajo a Marie el recuerdo del verano anterior, el abrazo de Olivier que les había servido de salvoconducto para entrar en casa de los De Poitou. No pudo evitar dar un respingo.

—¿Qué haces esta noche? —dijo Maurice, muy seguro de sí mismo.

—Eh…, nada.

—¿Te apetece dar una vuelta?

Marie parpadeó varias veces. Le costaba creer lo que estaba sucediendo.

—Pues… —Marie bajó la mirada hacia la pantalla. Sabía cómo terminaba aquella historia. Pepe el Romano no era ni para Adela ni para Angustias ni para Martirio. Cuánta tragedia se habrían ahorrado esas mujeres si se hubieran conformado con otro—. Está bien, daremos una vuelta.

***

Se citaron tarde. Marie quería asegurarse de que todos estuvieran acostados para que nadie se enterara de su salida. Con la excusa de que tenía mucho trabajo pendiente, se quedó en el despacho hasta la hora convenida. Pensó que quizá debería arreglarse un poco, pero luego llegó a la conclusión de que no lo necesitaba, pues Maurice ya la había visto en muchas ocasiones con su ropa habitual y sin artificios de ninguna clase.

A las doce y media de la noche salió de casa y se encaminó hasta el punto de la carretera que habían acordado.

Maurice la esperaba en su coche, con el motor apagado. Marie entró resoplando y frotándose las manos.

—¡Qué frío!

Maurice sonreía. Tenía los ojos vidriosos.

—¿A dónde te apetece ir?

—No sé, nunca salgo, así que no sé a dónde va la gente.

Maurice rio de buena gana y pasó su brazo por detrás del asiento de ella. Se acercó. Esta vez olía a un perfume intenso.

—No te preocupes, nena, yo sé a dónde va la gente. Seré algo así como… tu mentor, ¿qué te parece?

Marie observó a Maurice satisfecho de sí mismo. Parecía que al chico le agradaba esa situación en la que él mandaba y ella obedecía.

—Un mentor imparte su sabiduría, comparte su experiencia, es fuente de inspiración y anima a su alumno. Quizá te has adjudicado un cargo de demasiada responsabilidad.

—No te creas —dijo él, sonriendo con picardía.

Condujeron varios minutos y se adentraron en un bosque. Varios coches se escondían entre la vegetación. El vaho empañaba los cristales, que no obstante estaban tapados con lo que parecían toallas y trapos usados.

Finalmente, Maurice se detuvo y apagó el motor. Sacó una petaca.

—¿Quieres?

—No.

—Es para entrar en calor.

—No es para eso, no intentes engañarme.

Maurice se hizo el sorprendido.

—¿Engañarte yo?

—Mira, con otras puede que tengas que recurrir al alcohol o algún porro, o incluso ponerte meloso y conquistador, cosa que, por cierto, dudo que sepas hacer con suficiencia. —Marie levantó la mano para detener las protestas de Maurice—. Pero conmigo te puedes ahorrar todo eso. Vamos a follar, ¿no? Pues adelante. Solo te advierto dos cosas: una, que soy virgen, así que ve con cuidado, y la otra, que no me llames nena o se acaba la diversión. ¿Te parece bien?

—Bastante —dijo Maurice al cabo de un momento de duda.

Aquel discurso le había enfriado un poco el ánimo y a punto estuvo de mandar a aquella frígida de vuelta para su casa, pero luego pensó que hacía tiempo que su cuerpo le pedía alegría y, además, ese aire de intelectual, como de profesora estricta, lo excitaba, así que había que aprovechar la ocasión.

—Pero yo también tengo que advertirte algo: la primera vez duele.

—No te preocupes por mí. Estoy segura de que ya he sentido dolores de mayor intensidad.

***

La experiencia no fue placentera ni digna de recordar. A la incomodidad del coche había que añadir la falta de destreza de Maurice. No era novato, pero tampoco un experto.

A Marie no le hacía falta estar versada en el terreno sexual para saber que las mujeres necesitaban cierta estimulación previa para abrirse al goce y que esta no consistía en meter los dedos con insistencia, en un mete-saca áspero y repetitivo como si el fin de aquel trabajo consistiera exclusivamente en ensanchar la vagina lo suficiente como para poder entrar en ella. Sin embargo, Marie no puso objeción ni resistencia, sino que se dejó hacer y esperó con paciencia a que él terminara de cabalgar sobre ella. No tuvo que esperar demasiado; cuando lo vio cerrar los ojos y temblar en pequeñas sacudidas, supo que había alcanzado el éxtasis.

Aquella vez no fue la última. Marie, que dudaba de la capacidad de Maurice para llevarla a la cumbre del goce, al menos tenía curiosidad por experimentar algo parecido a una dichosa inquietud. No obstante, antes de proseguir con su instrucción sexual, aclaró con Maurice que él no debía pretender ser algo más que un compañero pasajero, y que ni siquiera necesitaba fingir cariño con escenas románticas o palabras susurradas al oído. Él se sintió aliviado y cumplió cabalmente con su parte del trato.

A Lana no le contó nada sobre aquellas prácticas sexuales. Se sentía un poco avergonzada de ensayar con alguien por quien no sentía el menor afecto, y al que veía solo como un instrumento para la que consideraba su formación sexual. Tampoco quería que Lana aplaudiera su decisión de entretenerse con alguien y que la interpretara como el inicio del olvido.

En realidad, quería evitar a toda costa hablar sobre Olivier. Prefería salvaguardar sus sentimientos de los restos putrefactos en que se descompone todo análisis, quería conservarlos intactos, tal y como los había percibido desde que vio aquella fotografía en la habitación de Lana, y, años después, olió su cuerpo mezclado con el cloro. Temía que, si sometía sus emociones al debate y la reflexión, estas se ajarían en el manoseo de la palabra y la razón, y terminarían desmembrándose hasta que no quedara nada más que el bonito recuerdo de un amor platónico de juventud. Muy al contrario, Marie quería seguir viviendo en esa especie de desmayo sentimental en el que se hallaba, en el que se sentía más ligera que nunca y, al mismo tiempo, más terrenal y conectada a las fuerzas físicas, como si la gravedad se empeñara en tirar de ella hacia abajo, donde los instintos se aliaban para recordarle que pertenecía al mundo animal.

Por su parte, Lana no parecía guardarse secretos. Le contaba a Marie todos los detalles de su vida, tanto los más triviales y aburridos como los más íntimos. En el instituto había hecho nuevos amigos. Como ella, eran jóvenes que en sus casas fingían una cara caprichosa y adaptada a las expectativas familiares, pero que al darse la vuelta actuaban de otra manera más inconformista y crítica con la clase privilegiada a la que pertenecían desde la cuna. Solían reunirse en el local vacío del padre de uno de ellos y allí se transformaban y dejaban salir lo que llamaban su verdadero yo. Los nuevos amigos de Lana también vestían completamente de negro, o colores oscuros y apagados, con ropas usadas en extremo y, en ocasiones, deterioradas a propósito. Les gustaba la música de guitarras estridentes y voces que chillaban consignas de rebeldía, y se divertían fumando marihuana y bebiendo grandes cantidades de alcohol hasta casi perder el conocimiento.

Marie la advirtió de que estaba actuando igual que siempre, solo que vestida de otra manera, pero Lana aducía que no se trataba de las mismas fiestas de antes, llenas de estúpidos con la cabeza hueca, sino que ella y sus amigos charlaban sobre temas profundos y de gran calado socioeconómico, y que el alcohol y la marihuana eran para amenizar el ambiente, solo que en ocasiones la juerga se les iba un poco de las manos, pero, a fin de cuentas, ¿quién no ha desbarrado alguna vez?

De vez en cuando, Lana le hablaba de Alain, un chico de su pandilla con el que había intimado, aunque ella siempre se aseguraba de aclarar que no eran novios ni nada parecido. Ni Lana ni sus amigos seguían los usos habituales de las relaciones sentimentales y sexuales, lo que implicaba vivir exclusivamente el presente, sin las clásicas ataduras burguesas del compromiso o la fidelidad. Todos eran amigos y disfrutaban de sus años de juventud como si nunca fueran a morir.

Pero la muerte, segura e ineludible, llega y, cuando lo hace de manera imprevista, desbarata y pone del revés la normalidad acostumbrada. Fue lo que ocurrió cuando el fin de sus días alcanzó a Jean Toulan.

11

El panadero se hallaba de viaje para supervisar unas obras de un nuevo establecimiento que iba a abrir en una localidad situada a varios kilómetros. Toulan estaba satisfecho. La facturación de sus dos tiendas en Belsange no hacía más que aumentar. Los clientes se amontonaban a las puertas, esperando desde muy temprano por la mañana la apertura para comprar su pan barato, y soportando el frío en largas colas que se extendían tanto que el último que llegaba a la fila no alcanzaba a ver la tienda.

En la oficina, Toulan había colocado un mapa con chinchetas rojas que marcaban los pueblos donde quería introducir su concepto revolucionario. En pocos meses, su apellido conquistaría el suroeste de Francia.

La última noche de su viaje de negocios, Toulan se premió con una cena de reyes. Se sentó en el mejor restaurante de la zona y pidió confit de pato, una tabla de quesos variados y crepes rellenos de chocolate y frambuesas. El jefe de sala le aconsejó regar sus viandas con un vino de categoría, y Toulan aceptó la sugerencia agradecido, sintiéndose un señor de postín. Al terminar, dejó una propina del veinte por ciento de la cuenta. Un gran señor debía hacerse notar en todos sus gestos.

Repantigado en la silla, miró en derredor antes de levantarse. Todos los clientes tenían su mismo aspecto adusto y distinguido. Por primera vez, sintió que de verdad no desentonaba en un ambiente selecto, que cualquiera diría que él también gozaba de un apellido ampuloso y con historia. Con sorna, se dijo que aquel vino oscuro, tan exquisito y caro, debía de azulear la sangre, y se felicitó por la ocurrencia.

Su último pensamiento fue para Olivier de Poitou. Una gota de vino había caído en el mantel de hilo y se extendía progresivamente, como un terremoto desde su epicentro. Toulan sonrió al pensar en el crecimiento de su red de tiendas, que también se ampliaba hacia fuera, imparable, dejando una huella visible. En poco tiempo, su poder e influencia podrían equipararse a los del gran terrateniente. Ese engreído se iba a arrepentir de haberlo despreciado de aquella manera.

Saboreando la venganza, mezclada con el dulzor afrutado del fabuloso caldo, Jean Toulan sintió una violenta sacudida en el pecho, y los pulmones se le cerraron. Intentó pedir ayuda, pero no podía moverse y nadie se percataba de lo que le estaba ocurriendo. Antes de perder el conocimiento, se vio estrellándose contra la mancha púrpura del mantel.

***

La mayor desgracia de Jean Toulan no fue no haber tenido una familia al uso, un heredero capaz o perder la oportunidad de ver su apellido extendiéndose por el país. Había una tragedia peor, y era que su cuerpo acabara en la basura, junto a los desperdicios comunes de un día cualquiera. Juliette, sabedora de la inclinación a la magnificencia de los Toulan cuando se trataba de mostrarse en sociedad, decidió que la mejor revancha que podía tomarse contra ellos era entregar a su marido a una incineración rápida, discreta y laica. Cuando le dieron las cenizas encerradas en un jarrón barato y corriente, Juliette las tiró a la basura, recipiente incluido.

El problema era qué hacer con el proyecto de Panaderías Toulan. La familia vivía del negocio y necesitaba el dinero, especialmente por Christophe, pero Juliette pensaba que Marie era demasiado joven como para cargar con esa responsabilidad. Su marido ya la había enterrado en el despacho, entre cuentas y papeles, sin importarle que a ella no le gustara dedicar su tiempo a esas tareas.

La mujer pensó en la profesora del instituto y lo que les había dicho sobre las habilidades artísticas de Marie, y concluyó que no era justo que la chica renunciara a su vocación. Y, sin embargo, necesitaban el dinero.

Días después, a medida que la noticia se fue difundiendo, empezaron a acudir algunos vecinos del pueblo a dar el pésame. Varios de ellos, panaderos competidores de Toulan, mostraron sus condolencias con el alivio mal disimulado en la cara y a la vez con cierto desasosiego. Estaban impacientes por saber qué iba a ocurrir con el negocio. Gérard

Arceneau, que ya había sido elegido portavoz ante Olivier de Poitou, visitó a Juliette con el cometido de averiguar los planes de futuro para Panaderías Toulan. Después de las consabidas palabras de respeto, Arceneau fue directo al grano.

—Señora Toulan, ahora se le presenta a usted un buen papelón.

—¿A qué se refiere?

—Bueno, ya sabe: su familia, la manutención, los gastos, el negocio… —Arceneau carraspeó.

—Ah, sí, es verdad. No sé muy bien qué hacer.

—Porque usted no puede ocuparse del negocio, ¿verdad?

—No, es Marie quien se ocupa.

—¿La niña? —dijo Arceneau muy sorprendido, apretando la gorra entre sus robustas manos.

—Sí. En realidad, todas las ideas del pan barato y la cadena de tiendas son de ella.

Arceneau tembló ligeramente. Los panaderos de la comarca estaban convencidos de que la amenaza podría haber desaparecido con el finado, cuando en verdad el peligro había sido siempre la hija. Con lo tonta que parecía.

—Oh… Entonces… ella proseguirá con el negocio, supongo.

Juliette hizo un mohín.

—No sé, señor Arceneau. Es solo una chiquilla. Mi difunto marido, que en la gloria esté junto a su señora madre, le impuso hacer todos esos planes y cuentas y no sé qué más, pero yo no quiero eso para mi hija.

Arceneau casi dio un brinco de alivio, pero mantuvo su gesto impertérrito de fingida compasión.

—Por supuesto, señora. Una joven como su hija debe estudiar, salir, divertirse. No sería bueno para ella esclavizarse en un negocio tan pronto.

—Sí, eso pienso yo, aunque…

—¿Sí? —preguntó Arceneau, devorado por la ansiedad.

—Ella dice que está dispuesta a continuar.

El panadero, que se había creído a salvo un instante, se volvió a hundir en la desesperanza.

—Pero usted es su madre. Debe velar por su bien.

Juliette miraba a lo lejos a través de la ventana, más allá del horizonte.

—Arceneau —dijo al fin, regresando de su breve ensimismamiento—, no me tome por estúpida.

El hombre, que espachurraba la gorra con nerviosismo, iba a iniciar una disculpa, pero Juliette se lo impidió.

—Sé que usted ha venido a fisgonear. Lo único que le preocupa es saber qué va a pasar con el negocio. ¡Por Dios Santo! —exclamó Juliette mirando la gorra, que parecía una pelota—. ¡Estese quieto con la gorrita de las narices, me está poniendo frenética!

Arceneau paró al instante.

—Escúcheme bien. Entiendo su inquietud, pero no me gusta que me manipulen ni me vengan a cotillear. ¿Quiere saber qué va a pasar con el negocio? Lo voy a vender. Ya se lo puede decir a sus colegas. Acepto ofertas, pero, eso sí, vengan con algo que merezca la pena, no nos conforma-

remos con cualquier cosa. Y por último: no traten de enga-
ñarnos, mi hija es muy lista.

***

En las siguientes semanas, la familia Toulan recibió varias
ofertas. El anuncio se propagó rápidamente y diversos in-
versores se mostraron interesados, pero Marie consideraba
que ninguna cantidad se acercaba al valor y potencial que
con justicia correspondían a la empresa de su padre.

Arceneau y el resto de panaderos, que sin éxito habían
intentado hacer frente común contra Toulan, también hablaron sobre el asunto y concluyeron que el señor De Poitou debería adquirir la empresa, lo que solucionaría la locura del pan a veinte céntimos; después de todo, el señor
había prometido ayudarlos. De ese modo, Arceneau con-
tactó con Olivier de Poitou y le puso al corriente de las novedades.

El terrateniente recibió la noticia con sumo agrado.
Después de un verano difícil y unos meses de locos, De
Poitou acariciaba con la punta de los dedos el estoque final
a esa familia de necios y segundones. A veces se preguntaba
de qué le valía guardarles un encono de tal calibre, pero no
lo podía evitar, al menos, hasta verlos arrastrándose por el
lodo. Su empeño en poner remedio a esa animadversión era
tan poderoso como la necesidad de saciar la sed en medio
del desierto, aunque debía guardar las formas. No podía
reconocer en público ese odio casi obsesivo, pues no era
propio de su categoría mostrar ninguna inclinación por

quien no la merecía, especialmente si se trataba de seres inferiores.

Ya de pequeño, su padre le había hablado de la vida y milagros de aquella familia, y De Poitou había bebido de la ojeriza que desprendían aquellas historias. Le había contado que la necia de Bernadette pretendió engañarlo con artes seductoras que a él siempre le parecieron nauseabundas, mientras fingía un pasado más ilustre del que en realidad tenía. Nadie en Belsange sabía que la ya difunta señora provenía de una familia humilde y pedigüeña, y que solo consiguió ascender socialmente renegando de sus orígenes y metiéndose en la cama de un Toulan que ya había demostrado no tener ninguna inclinación por el sexo femenino. Ella, consciente de la especial condición de Toulan, negoció un matrimonio y algunos hijos, lo que alejaría del buen honor familiar las habladurías que habían empezado a germinar.

Años más tarde, Bernadette trataría de casar a varias de sus hijas con el propio De Poitou, lo que horrorizó al terrateniente en un grado mayúsculo. La insistencia de aquella señora tenaz y superlativa, con sus tretas de alcahueta medieval, le producía tales arcadas que a veces le resultaba complicado disimular su repugnancia y se veía obligado a masticarla con las mandíbulas bien apretadas.

Después de tantos años recolectando odio, después del disgusto de saber de la estancia de su hija en aquella casa intimando con esos arrastrados, a De Poitou se le presentaba una oportunidad inigualable de asestarles un hachazo letal si se quedaba con el negocio. Sin embargo, su odio no hizo más que crecer, a la vez que su estupefacción, cuando uno de sus consejeros regresó de hablar con aquellas mujeres con una respuesta negativa en el maletín. De Poitou escuchó las explicaciones de su empleado con los puños fuertemente apretados. Lo despidió al instante. Por el amor de Dios, cómo era posible. Solo eran un ama de casa frágil, una niña apocada y un retrasado mental. Los Toulan eran pan comido.

***

La muerte de su padre había dejado a Marie impactada, y no tanto por un sentimiento de pena, sino por el hecho de que el acontecimiento había sido inesperado. Después del fallecimiento de Bernadette, se había convencido de que el siguiente sería Christophe, dada su fragilidad y el pronóstico pesimista que los médicos le habían reservado, pero el hijo había demostrado ser más resistente que el padre y aquella fuerza le había inyectado a Marie una nueva energía. Siempre imaginó que, tras la muerte de su hermano, le costaría mucho vivir en aquella casa, sufriendo la ausencia de ese niño luminoso que tanto amaba, con una madre que estaría enormemente apesadumbrada y un padre insensible que no comprendería nada. ¿Cómo iba a encajar ella en un entorno que se empeñaría en expulsarla? Ahora, en cambio, ese problema se había carbonizado en el fuego de la incineración.

Marie, que en los meses anteriores había naufragado entre cuentas de resultados y prácticas sexuales sin provecho, se dio cuenta de que había descuidado su rico mundo interior, y resolvió arreglar esa disfunción de su alma regresando a las rutinas que en otro tiempo la alimentaban. Pintaba con frenesí, jugaba con Christophe y ayudaba a su madre en el cuidado del niño. Cuando veía a su hermano sonreírle con ese gesto franco, inocente y feliz, algo se le rompía por dentro.

Lana, que conocía el escaso afecto de Marie por su padre, no se entretuvo con palabras, pero le hizo un gran regalo el día de su cumpleaños. A las diez de la mañana, un mensajero tocó a la puerta con un paquete bien envuelto y las palabras «¡Atención, frágil!» rodeándolo por todos los lados.

Nerviosa y comida por la curiosidad, Marie rompió el complicado envoltorio de cinta adhesiva, papel de estraza y burbujas. Cuando lo tuvo a la vista, no se atrevió a tocarlo. Una nota descansaba sobre él.

Querida Marie:

Te deseo un feliz cumpleaños y que este regalo te guste. Estaba olvidado en un cajón, entre otras cosas de mi madre, y hace tiempo que creo que deberías tenerlo, porque solo tú podrás apreciarlo como es debido. Se lo he consultado a mi hermano y él está de acuerdo con que te lo regale. Me ha dicho que cree que mi abuelo se lo dio a mi madre, pero tampoco estamos seguros. Lo que tenemos clarísimo es que mi padre no puede enterarse o nos mata, y a ti, la primera.

Como supongo que habrás imaginado, es auténtico así que serás consciente de su enorme valor. No te asustes; es solo una prueba de lo muchísimo que te quiero y me importas.

Felicidades, Marie. Que tengas un maravilloso día.

Tu amiga, Lana.

Marie tragó saliva. Dejó la nota a un lado y volvió a mirar su regalo. Un marco antiguo de madera labrada encerraba un cuadro de sombras extravagantes y pesadilla que pertenecía a la última época de la vida de Goya. Conocía bien esas pinturas porque sus propias noches se llenaban de formas y colores similares.

Ahora esa joya era de ella. Lana, consciente de su valor económico y sentimental, se había desprendido de él y se lo había regalado.

Pero la alegría que se había impresionado en su alma con mayor fuerza era otra: Olivier había estado de acuerdo.

***

Una noche Marie estaba tumbada en la cama, desvelada. Contemplaba su Goya, que había colgado en la pared de enfrente, cuando oyó unos pasos que subían las escaleras con sigilo. Se enfadó. Creía que le había dejado suficientemente claro a Maurice que no quería más encuentros con él. Tendría que volver a explicárselo y eso la violentaba. Solo esperaba que la escena no se descontrolase y su madre acabara despertándose, con el sobresalto que supondría para ella encontrarse con Maurice en la habitación de su hija.

Se levantó cuando una sombra entró en el cuarto. Enseguida una alarma se disparó en su cabeza y la paralizó. A pesar de la oscuridad, Marie distinguía que aquellos contornos no eran los de Maurice. Esa sombra era más alargada y se movía con delicadeza, sin prisas, hasta que quedó a pocos centímetros de ella.

—Hola, Marie. Soy yo.

Un aroma a madera despertó sus sentidos e hizo que su corazón estallara por dentro, convirtiéndose en miles de mariposas que le revoloteaban por las piernas y los brazos.

—Olivier…

—Perdona que haya entrado así, pero ya sabes que mi padre no puede enterarse. —Olivier se sentó en la cama, muy cerca—. Mi padre ha venido a hablar con tu madre sobre la venta de vuestro negocio, y ha querido que yo lo acompañe. Por cierto, siento lo de tu padre.

Olivier le apretó un brazo en señal de pésame.

—Ya, no te preocupes.

Marie trataba de penetrar la oscuridad para verlo. No quería encender la luz por no despertar a su madre, pero a la vez creía que no soportaría ver ese rostro perfecto de repente, tan próximo, sin previo aviso, después de haberse recreado en su recuerdo durante tantos meses.

Le llegaba ese aroma a madera, tan propio de él, que secuestraba su razón cada vez que lo tenía tan cerca. Le llegaba su voz, serena y cálida, en susurros. Le llegaba su aliento, que le rozaba las mejillas y los párpados produciéndole un dulce cosquilleo. Cegada por la negrura, el resto de sus sentidos se había intensificado.

Olivier respiraba con dificultad. Carraspeaba.

—Verás, yo… Necesito preguntarte qué tal está mi hermana. Lana no me cuenta nada de su vida, pero sé que vosotras habláis. ¿Qué tal la ves?

Marie recibió el azote del desencanto. Sabía que Olivier nunca se había interesado por ella, que siempre se le había acercado por Lana, pero aquel momento de ellos dos juntos en la oscuridad le había parecido tan íntimo y tan suyo que no pudo evitar que la aparición de Lana la desilusionase.

—Regular.

—¿Eso qué quiere decir?

—Ahora es menos frívola, pero ha vuelto a las andadas, esta vez con otra gente.

Olivier suspiró. Marie percibía su tristeza en los movimientos de la oscuridad. Quería abrazarlo, traérselo hacia el pecho y acurrucarlo hasta que la desesperación se marchase.

—Perdona —dijo Olivier, cuando se recobró—. Entro en tu casa a estas horas, te asusto y encima te pido explicaciones. Soy un egoísta. ¿Qué tal estás tú?

—Ah, pues bien. Como siempre, más o menos.

Tragó saliva. No sabía qué decir y el silencio se instaló de nuevo entre ellos. Aquello empezaba a ser doloroso. Sus sentidos iban a enloquecer ante la presencia invisible de Olivier. El aroma del cuerpo, los susurros, el roce de la piel. Un escalofrío hizo que se encogiera. Olivier se acercó más y le frotó los brazos.

—Dentro de unas horas te vuelvo a ver.

—¿Qué?

—Cuando mi padre le presente una oferta a tu madre. Yo también vengo.

—Qué raro. Mi madre no me ha dicho nada.

—Ya, es que venimos sin avisar. Ya sabes cómo es mi padre... Estarás por aquí, ¿verdad?

—Sí —repuso Marie en un hilo de voz apenas audible.

—Pues hasta luego entonces. Ah, y felicidades por tu cumpleaños.

Marie se quedó inmóvil, escuchando con atención los pasos que se alejaban, igual de sigilosos que cuando habían entrado.

Por fin Olivier se fue, y entonces descubrió con desesperanza que su marcha, que ella había creído que la aliviaría, la dejaba abandonada, temblando con aquel hormigueo en el cuerpo y la solidez de la madera flotando en el aire.

****

El resto de la noche transcurrió con exasperante lentitud. El alba, poco a poco, se abrió paso entre las tinieblas de los recuerdos en los que Marie se había dejado sumergir. Revivió con un realismo perturbador el momento en que Olivier la miró en aquella mañana brumosa del verano anterior, callado y serio, con el gesto impenetrable. Aquella imagen se le había grabado como una huella imborrable, aun en contra de su voluntad. Hubiera preferido hacer resucitar el calor de su brazo por encima de sus hombros o rodeando su cintura, o el beso de opereta ante el mayordomo inoportuno y el sabor que se le quedó en la boca, pero su mente siempre acababa en ese amanecer. Recordaba bien aquellos ojos de mar, que le habían parecido más bien grises, quizá por el efecto del velo blanquecino del amanecer; el flequillo, desordenado, cayéndole como desmayado por la frente; la mandíbula, apretada y más angulosa. Sus facciones, que seguían siendo perfectas y armoniosas, se habían afilado, y los contornos se destacaban, proyectando sombras que le daban gravedad a un rostro que para ella siempre había sido cordial.

Aquella visión se mezclaba ahora con las sensaciones de la última noche. La piel aún le latía allí donde él la había rozado, y su respiración, agitada, trataba de rescatar los últimos retazos de la fragancia a madera que había dejado, como posos, sobre las sábanas.

No podría verlo. Le había dicho que sí, que se verían, pero no podría. No quería deshacerse de aquella imagen del verano anterior. Le parecía tan auténtica y real que no se veía capaz de sustituirla por otra quizá más jovial, como procedía en los ademanes habitualmente afables de Olivier.

Evitar el encuentro era relativamente sencillo. Aunque la casa y la finca no eran demasiado grandes, sí había espacio suficiente para apartarse de su camino, y, además, lo único seguro era que él no preguntaría por Marie. Solo le inquietaba que el señor De Poitou, en su cinismo y voluntad de burla, insistiera en saludarla, y que su madre se tomara la petición como una exigencia que hubiera que cumplir por no parecer descortés.

Armada con un cuaderno y unos lápices, se puso a vigilar la entrada a la finca. Las horas pasaban sin que nada extraordinario rompiera la monotonía acostumbrada. Marie empezó a sentirse enferma. Sentía una marea de náuseas que orillaba en la garganta y un temblor que la mantenía en un estado de nervios difícil de tolerar. Abajo, en el jardín, Juliette y Christophe disfrutaban de los cálidos rayos de sol que anunciaban la primavera.

—¡Baja, Marie! Hace un tiempo estupendo —la animó Juliette.

—No me encuentro bien, mamá.

—¿Qué te pasa?

—Nada... Gripe o algo de eso, supongo.

—Ahora te subimos algo.

—¡No, no! —gritó Marie con ansiedad—. Ya me he tomado unos analgésicos. No subáis, mamá, no quiero contagiaros.

Juliette la miró con tristeza e impotencia.

—Está bien, hija, como quieras.

Un coche negro se acercó a la entrada. Su superficie, brillante y redondeada, le recordó a Marie a una cucaracha. Se apartó de la ventana y, resguardada tras el parapeto de los visillos, observó cómo su madre corría la verja y dejaba entrar el coche de los De Poitou. Le llegó el murmullo de los saludos de rigor y la sorpresa que la visita le había causado a Juliette. Poco después, los pasos fueron hasta la casa y el jardín quedó en silencio en aquella mañana soleada y resplandeciente.

La tensión amainó. Marie volvió a asomarse a la ventana y se dejó bañar por la calidez del sol. Se sentó en el alféizar y dejó que los rayos le hicieran cosquillas en los párpados. En aquel instante de paz le vino la idea de que Olivier y ella estaban de nuevo bajo el mismo techo sin verse, como hacía tan solo unas pocas horas. Sin embargo, estaba tranquila; sabía que no se encontrarían. En su habitación, Marie se sentía segura.

—¡Eh, Marie!

La chica dio un brinco, enferma de desesperación. Miró hacia abajo. Solo era Maurice.

—¿Qué quieres? —preguntó con desgana.

—Vengo a cobrar. Tu madre me dijo que viniera hoy.

—Oh, está bien —titubeó la chica—. Ahora bajo. Espérame en la cocina.

Marie se obligó a respirar hondo. Rogó para sus adentros que todo fuera bien, que la reunión con los De Poitou se mantuviera dentro del despacho el tiempo suficiente y que Maurice se marchara rápido. Bajó las escaleras intentando no hacer demasiado ruido. Los viejos escalones crujieron bajo sus pasos nerviosos. Pocas veces Marie se había dejado atrapar por el pánico. Le daban pavor los sueños de la noche, el color blanco y la muerte, pero con el tiempo había conseguido ir acostumbrándose a esas fobias, las que conocía, de modo que, cuando un nuevo miedo entraba en su cuerpo, se sentía desamparada ante la impotencia de no saber cómo afrontarlo.

En la cocina, Maurice aguardaba algo tenso.

—¿Dónde te habías metido? Llevo esperándote aquí una eternidad. —Sonaba colérico.

—Disculpa. Estaba buscando un talonario de cheques. El despacho está ocupado ahora.

Marie se apoyó en la repisa, cerca de donde estaba Maurice, y empezó a rellenar el papel. Las manos le temblaban y tenía los dedos entumecidos. Todas las fibras de su piel, todos sus sentidos, estaban puestos en la reunión que se celebraba a pocos pasos.

Cuando terminó de firmar y le entregó el cheque a Maurice, este esbozó una sonrisa sardónica.

—¿Qué te pasa? —El tono había cambiado. Sonaba a algo parecido a la seducción.

—Nada. ¿Necesitas algo más? —preguntó Marie con voz suplicante.

—Bueno, no sé, podríamos hablarlo. —Maurice se arrimó hasta que sus piernas rozaron las de ella.

Marie dio un salto hacia atrás.

—¿Ahora te pones tímida?

—Oh, Dios, no, no… Maurice, solo quiero subir, no me encuentro bien.

—Quizá yo pueda ayudarte a que te sientas mejor. —Maurice volvió a intentarlo.

—¡No! —gritó Marie, desesperada—. Ya te dije que no quería nada más contigo. ¡Fuera!

La sonrisa de Maurice se le borró de la cara. Siguió aproximándose a Marie hasta que ella se dio contra la pared. Él le sujetó la cara con firmeza y le apretó la mandíbula.

—Oye, bonita, a mí nadie me trata así, ¿entiendes? —Sus palabras escupían chispas—. No eres más que una pequeña zorra con ganas de marcha. Te gusta ir de calientapollas, ¿a que sí?

—¿Qué pasa aquí?

Maurice se giró y se apartó enseguida. Cuando el cuerpo leñoso del chico se hizo a un lado, Marie lo vio en la puerta. Allí estaba él, con la americana abierta y las manos en los bolsillos del pantalón. Parecía más alto y más fuerte. Los ojos le brillaban con vigor y el pelo parecía haberle enrojecido de rabia.

—Nada —dijo Maurice con precipitación. Cogió el cheque y se lo guardó en el bolsillo trasero del pantalón con rapidez febril—. Yo me marchaba.

—Bien —repuso Olivier, sereno y grave.

Maurice llegó hasta Olivier, que taponaba la salida de la cocina. Durante un instante, ambos se encontraron frente a frente, en una batalla silenciosa en la que Olivier permanecía inmóvil, mirándolo fijamente, mientras Maurice, cabizbajo, ejecutaba pequeños movimientos para hacerse paso. Finalmente, Olivier se apartó y lo dejó marchar.

—¿Te ha hecho daño? —le preguntó cuando Maurice se hubo alejado.

—No.

—¿Seguro?

—Sí. Gracias.

Olivier pareció relajarse. Marie, que se había vuelto hacia la ventana, no podía creerse que lo tuviera otra vez tan cerca. Supo que él se le había puesto al lado cuando percibió su olor. Aunque tenía miedo, se giró. El sol le iluminaba el rostro y le arrancaba brillos de cobre al pelo. Estaba muy guapo con ese traje gris, la camisa blanca y una corbata del color de las cerezas.

—¿Ese es tu novio o...?

—No, no —se apresuró a contestar Marie—. ¿Quieres tomar algo?

—¿Hay café?

—Solo lo tomaba mi padre, pero supongo que algo quedará por ahí.

Olivier tomó asiento y se acodó en la gran mesa central, mientras observaba a Marie rebuscando en los armarios, de espaldas a él. Al fin, la chica dio con una cafetera italiana y un paquete arrugado, sujeto en un extremo por una pinza.

—¿Cómo te gusta? —preguntó Marie, aún de espaldas.

Sus manos no paraban de moverse, frenéticas, tratando de ocultar el nerviosismo. Al soltar la pinza, el café molido se desparramó por la encimera. Olivier se levantó y fue en su ayuda. Se había quitado la chaqueta y remangado la camisa blanca hasta los codos.

—Deja, ya lo hago yo —dijo casi en un susurro.

Marie no podía moverse, no quería. Vio las manos de Olivier bailando con destreza entre el polvo del café, el agua y el metal.

—¿Te preocupa algo?

—¿Qué?

Marie levantó la cabeza, sorprendida por la pregunta, y encontró un gesto amable. Olivier estaba inclinado hacia ella, buscando su mirada. Se había aflojado la corbata y el cuello de la camisa. Parecía relajado.

—Estás rara. Si te pasa algo, puedes contármelo. Lo que sea.

«Lo que me pasa es que me encantas, que te adoro, que no soporto tenerte cerca, que me voy a volver loca, que desde que te conozco, ya no soy yo». Marie se apartó un mechón de pelo de la cara y esbozó una leve sonrisa.

—No pasa nada, en serio.

Cuando la chica creía que se estaba recuperando de la impresión de tener a Olivier tan próximo, en su cocina, él acercó los dedos y le acarició la mejilla. Marie sintió que se deshacía en un torrente de agua.

—Tenías… restos de café… —titubeó Olivier.

El borboteo de la cafetera levantó nubes vaporosas que impregnaron el aire con un intenso aroma. Marie aprovechó el desconcierto provocado por el repiqueteo de la tapa para limpiarse las manos y alejarse en busca de una taza y un azucarillo.

—¿Sabes? —dijo Olivier, cambiando radicalmente el tono de voz mientras se servía—. Esta noche me han invitado a una fiesta.

—Ahhh…

—No es de esas fiestas que te imaginas, como la del verano pasado. Es en la discoteca de un amigo. No está muy lejos de aquí. —Olivier parecía haber recobrado la compostura y no paraba de hablar—. El caso es que creo que estará bien. Hay algunos amigos que me gustaría ver. Son gente normal. Y te prometo que nadie te va a estrujar la cara…

Marie dio un respingo.

—¡Ah!, vaya, si no te lo había dicho —exclamó Olivier—. Bueno, es que había pensado que te vinieras. —Le dio un sorbo al café. Por su gesto debía de estar ardiendo—. ¿Vendrás?

—Eh…, no sé. Yo no…

—Ya, ya sé que no vas a fiestas, pero esta es diferente y esta vez no tienes que aguantar a Lana —dijo bromeando.

Marie recordó a la rubia del verano pasado, cómo Olivier se embriagó con solo verla y lo poco que tardó en dejarla plantada en medio de la algarabía. No era mi acompañante, se dijo, pero en cualquier caso se había sentido abandonada y no quería volver a pasar por lo mismo.

—Pero te tengo que aguantar a ti —dijo finalmente.

Olivier rio con buen humor.

—Ya te has dado cuenta de que soy un pelmazo, ¿verdad?

Marie sonrió.

—Ahora en serio. Estarás muy ocupado con tus amigos y yo…, pues no me siento cómoda en esos sitios.

—Mira, la verdad es que se trata de un compromiso. No me apetece mucho ir, pero tengo que hacerlo, y la única manera que se me ocurre de pasarlo bien es que tú me acompañes. Por lo que recuerdo del año pasado, eres la única con quien puedo hablar a gusto.

Guardó silencio, a la espera de que Marie respondiera que sí, pero la chica no estaba convencida. En su cabeza resonaban los ecos de Lana avisándola de que el interés de Olivier por las mujeres era volátil y superficial.

—Esta es mi última noche —insistió—. Mañana por la mañana, regresamos a París y empiezo a trabajar con mi padre.

—Lo dices como si fueras a la silla eléctrica.

Olivier volvió a sonreír y los ojos le brillaron.

—No te creas que es distinto. —Apuró la taza de café—. Y sería muy cruel que le negaras a un condenado a muerte su último deseo.

Marie tomó aire.

—Está bien. Iré.

—Vaya, siempre te estoy pidiendo favores.

—Sí, deberías parar. El día que te pida que me los devuelvas, te va a salir muy caro.

—El precio me da igual. Solo espero que llegue el día en que me pidas algo.

—¡Olivier!

A la llamada de su padre, Olivier se puso en guardia y cobró seriedad.

—Bueno, paso a buscarte a las doce, ¿vale? —dijo mientras se ponía la americana con prisa.

—Vale.

Cuando estaba en la puerta, se giró. Parecía que había olvidado algo.

—Por cierto, tu madre nos había dicho que estabas enferma.

—¿Eh? —Marie sintió que la vergüenza se le subía a la cara.

Olivier sonreía con picardía.

—¿Ya estás buena?

—¡Ah!, no… Eso pensaba, que…, que estaba mala, pero…, no, no. Me confundí.

—Bien. Entonces, hasta esta noche.

Le guiñó un ojo y desapareció.

***

Marie intentaba concentrarse en los papeles, pero no encontraba fuerzas. Tenía la oferta que Olivier de Poitou había presentado a su madre, que la miraba expectante.

—¿Y bien?

—Es poco —sentenció Marie al cabo de un instante.

—A mí me parece que no está mal.

—Es poco, mamá. No solo estás vendiendo unas panaderías, se trata de una idea que se ha demostrado que funciona y que tiene un público que crece. Eso también vale dinero.

—Ah, claro. Vaya, ojalá pudiera ayudarte más en esto.

—Mamá…

—Dime.

—Esta noche voy a salir.

—¿De verdad? —Juliette estaba sorprendida y contenta a partes iguales—. ¿Y con quién?

—Con…, con Olivier.

—¿Qué? Pero… ¿cómo?, ¿cuándo?

Juliette no encontraba palabras para expresar su asombro. Su hija era una chica tan reservada. Siempre se había preocupado por el recogimiento de Marie, la falta de amigas con las que se quedara colgada al teléfono, la insólita inclinación a comportamientos más propios de los adultos, pero poco podía hacer.

Por otro lado, esa circunspección de su carácter tampoco le extrañaba. Desde pequeña, su hija se había comportado de una manera diferente. No le entretenían los mismos juegos que a los demás y se expresaba de una manera más sosegada y madura. Juliette no tardó en comprender que si Marie se enclaustraba en su habitación no era para ofenderla ni castigarla, ni fruto de un trastorno que amenazara su bienestar —como sostenían los Toulan al completo—, sino solo por una necesidad básica de supervivencia.

Cuando veía a otras madres acompañando a sus hijas, contándose confidencias, Juliette sentía cierta envidia de aquellas mujeres bendecidas por una vida corriente. Daba gracias por tener una hija cariñosa, comprensiva, emotiva, inteligente, pero a veces también se sorprendía deseando haber experimentado la cercanía de una niña menos especial.

Creía que su vida rebosaba de circunstancias extraordinarias y eso la agotaba. Muchas veces, cuando se acostaba y antes de abandonarse al sueño, se imaginaba trasplantándose en otra familia, echando raíces en una casa con un marido atento que la amaba y unos hijos que jugaban en el jardín, alegres, sanos y corrientes.

Ahora veía a Marie esquivando la mirada y con una agitación interior que se le escapaba por los poros.

—Ese chico, ¿te gusta?

—Eh…, no. Bueno, no sé.

Juliette sonrió. Se acercó y le cogió una mano.

—Es un chico muy guapo y muy agradable. Parece simpático y buena persona.

Marie sonrió levemente. Miró a Christophe, que estaba afanado en un nuevo juego de madera.

—Me va a llevar a una discoteca.

—Bien.

—Me voy a sentir extraña.

—Lo sé. Pero no pienses en eso. Si le das vueltas, entrarás en un círculo vicioso y cada vez te sentirás peor. Vive el momento, disfruta de cada instante.

—¿Y luego?

—Luego, ¿qué?

—Mañana se va y yo me quedaré aquí, con la nostalgia, con mis recuerdos, y eso hace daño. ¿De qué sirve disfrutar si no va a durar para siempre? ¿Merece la pena el dolor que viene después?

—No estoy segura, cariño. Yo solo sé que en nuestra mano está saber disfrutar de cada instante que nos regala la vida. Mira a Chris. ¿Acaso has conocido a alguien más feliz? Él es ajeno a las preocupaciones mundanas, vive cada segundo de su existencia sin ser consciente de que hay un futuro, de que las cosas se acaban, de que las desgracias están escondidas, esperando el momento de asaltarnos.

—Ojalá fuera como él. Me cambiaría ahora mismo.

—¡No digas tonterías! Si fueras él, ahora no estarías deseando ver a Olivier. ¿Qué hay de malo en sentir esos nervios que te comen por dentro? ¿No te parece la mejor tortura del mundo? Chris no puede sentir expectación, ni conocer el amor, ni tantas otras sensaciones, Marie. Aún eres muy joven para pensar de ese modo, hija. Vive como los demás jóvenes, creyendo que no existe un mañana. Si no, cuando llegues a vieja descubrirás que tu colección de recuerdos siempre ha sido mayor que tus expectativas de futuro y entonces te darás cuenta de lo poco que has vivido, del tiempo que ahora estás malgastando aquí encerrada. Hazte ese favor, Marie. Vive tu vida, vuélvete loca, haz tonterías. Cada momento dura apenas un segundo y se va para no volver jamás. ¿Merece la pena no exprimir ese segundo por miedo a un dolor que aún no sientes? ¿Es que eso no es doloroso también?

***

Las palabras de su madre resonaron en su cabeza durante las horas siguientes. Salir esa noche con Olivier la ponía al borde de un precipicio, y el vértigo, atrayente como un imán, la invitaba a saltar al vacío.

Buscó dentro de su armario y se avergonzó. Al fondo, en una bolsa oscura, guardaba el disfraz que Olivier le había entregado el verano anterior. Definitivamente, él estaba habituado a compañías de mayor sofisticación. ¿Qué esperaría de ella esa noche?

Se probó de nuevo esa ropa y, cuando se vio ante el espejo, no se gustó. A pesar de no llevar tacones ni la peluca rubia, esa imagen no se correspondía con ella. Su madre le había recomendado que se volviera loca, literalmente. ¿Era una locura vestir de aquel modo, como todas las demás? ¿O estaba más loca si se atrevía a meterse en una discoteca vestida como acostumbraba? Tenía que ser ella misma. No se ayudaría en nada si pretendía fingir ser alguien que no era.

Cuando Olivier tocó el claxon del coche, Marie ya estaba preparada. Se había puesto unos vaqueros y una blusa azul pastel. El pelo, lacio y brillante, le caía suelto un poco más abajo de los hombros. Su rostro pálido lucía limpio, con un leve rubor en las mejillas fruto de la impaciencia. Juliette le dejó una gabardina beis y le ciñó el cinturón a su pequeña figura.

—Siempre me ha parecido que eres igualita a Audrey Hepburn —le dijo en la puerta, llena de orgullo.

—Tengo las piernas como muelles de gelatina —repuso Marie a modo de despedida.

Olivier le sonreía, apoyado en el coche, mientras ella se acercaba. Le abrió la puerta del asiento del copiloto y, corriendo, bordeó el vehículo para subirse a él.

—¿Qué tal? —preguntó Olivier, aún con la amplia sonrisa en los labios.

Llevaba un jersey grueso, de color gris oscuro, y unos vaqueros azules que se deshilachaban en las rodillas.

—Bien.

—Estás muy guapa.

Marie sintió que se ruborizaba.

—Gracias.

—¿Preparada?

—¿Para qué?

—Para una de las mejores noches de tu vida.

Marie giró la cabeza en todas direcciones, como buscando. Olivier la observaba maravillado y con la pregunta escrita en la cara.

—¿Dónde están las cámaras? —dijo Marie con un punto de teatralidad—. No me habías dicho que fuéramos a rodar una película.

Olivier se mordió el labio inferior y rio para adentro.

—Qué mala eres conmigo. —Sin dejar de observarla, arrancó.

Marie se estremeció. Quizá sí mereciera la pena vivir algunos momentos.

12

La discoteca rebosaba de gente. Decenas de gigantescas bolas de luces bailaban alocadas en el techo, despidiendo haces de colores sobre la pista central, donde los jóvenes se movían al ritmo repetitivo de la música electrónica. Marie sentía el retumbar de los acordes en el pecho, como si fuera un segundo corazón latiéndole dentro.

Después de dejar la gabardina en el ropero, Étienne, el amigo de Olivier, los condujo a un reservado donde otros jóvenes hablaban casi a gritos.

—¡Eh, es Olivier! —exclamó entusiasmada una de las chicas, que enseguida fue secundada por el resto.

Todas rodearon a Olivier y empezaron a acosarlo a preguntas. Ellos se unieron al recibimiento y pronto Marie se vio expulsada de aquella galaxia de admiradores.

—Os presento a Marie —dijo Olivier, abriéndose paso entre la órbita de amigos y rescatando a Marie de la exclusión.

Se la arrimó y la sujetó por los hombros. Las chicas la miraron de arriba abajo, con un gesto de sorpresa mal disimulada.

—Voy a buscar algo de beber. ¿Te traigo algo? —le preguntó a Marie muy cerca de su oído.

—Sí, gracias, una Coca-Cola, por favor.

—Marchando. Espérame aquí sin moverte —dijo Olivier levantando el dedo índice—. Chicas, cuidadme bien a Marie. Enseguida vuelvo.

Marie quedó frente al grupo de amigas de Olivier, que continuaban observándola con recelo.

—Bueno, Marie, ¿y cómo conociste a Oli?

—Pues… —Marie se quedó pensativa un instante—. Fue un conjunto de casualidades.

—Uy, qué misteriosa.

Las chicas se echaron a reír.

—¿Quién es tu padre? —preguntó otra.

—Mi padre falleció.

—Ya, ¿pero quién era?

—Era dueño de algunas panaderías.

—¿Qué panaderías?

—Panaderías Toulan.

—Ni idea.

—Espera, creo que a mí me suena —dijo otra—. ¿No son esas que venden el pan a veinte céntimos?

—Ah, sí, ¡es verdad! Creo que el Toulan ese arruinó a los panaderos de su pueblo y ahora está empezando a hacer lo mismo en otras zonas.

—¡Menudo tiburón! Deben de estar forrados.

Las chicas se miraron entre sí y se lanzaron miradas de complicidad.

—Qué pillín este Oli. ¡Anda que es tonto!

Las muchachas rieron de nuevo, complacidas por sus conclusiones.

Marie se escabulló y fue en busca de los servicios. Necesitaba encerrarse en un baño, estar sola y respirar. La cola para entrar era larga. Delante de ella había como una decena de chicas, todas ellas muy parecidas al grupo de amigas de Olivier. Al menos, en esa zona el retumbar de la música quedaba amortiguado y sus tímpanos no parecían a punto de explotar.

Después de un largo rato, empezó a temblar. Sentía un sudor frío cayendo sinuoso por la columna vertebral. No podría soportarlo. Esa noche se estaba convirtiendo en una pesadilla.

Cuando estaba a punto de tocarle el turno, una mano la cogió por el brazo.

—¿Qué haces aquí? —Olivier parecía enfadado—. ¡Te estaba buscando!

—Eh, ¡suéltame! Me haces daño. —Marie se frotó el brazo.

—Perdona… Es que pensé que te habías ido.

—Es lo que voy a hacer.

—¿Y pensabas irte sola, sin decirme nada?

Marie se encogió de hombros.

—Esto no es para mí, lo siento. Ya te lo dije.

Olivier agachó la cabeza y suspiró.

—No, soy yo quien lo siente. Es verdad, no tendría que haberte traído aquí. Sé de sobra que eres demasiado especial para conformarte con esto. Lo he estropeado todo.

—Sí, señor recluso. Ha estropeado usted su última noche.

Olivier sonrió.

—¿Me darás otra oportunidad? Sé de un sitio que quizá te guste.

—Con tantas pistas no sé qué decirte.

—Déjame darte una sorpresa.

La cogió de la mano y se la llevó a recoger la gabardina.

—¿No te despides de tus amigos? —le preguntó Marie, extrañada.

—La única amiga que tengo esta noche eres tú.

***

Olivier condujo durante casi una hora hasta llegar a lo alto de una colina. Poco antes de ascender el montículo, Marie supo a dónde iban. De pequeña había acudido con su padre y su madre embarazada en una de las escasas salidas que hicieron como familia. Al final de la carretera había un parque de atracciones.

—¿No lo habían cerrado? —preguntó Marie cuando llegaron a la entrada, vedada por una barrera.

—Sí. El terreno está en venta, pero no se ha ofrecido ningún comprador aún.

—¿Y cómo vamos a pasar?

—Espera aquí.

Olivier salió del vehículo y fue hasta la garita de vigilancia, tocó en el cristal y saludó con confianza. Después de una breve charla, la barrera empezó a levantarse y Olivier volvió al coche.

—El vigilante es colega mío —explicó mientras arrancaba de nuevo el motor.

—¿Hay algún lugar de Francia o del mundo donde no tengas colegas?

Un poco más adelante aparcó. Al salir del coche, Marie notó el aire fresco de las alturas meterse entre los pliegues de su gabardina. Olivier le frotó los brazos.

—¿Tienes mucho frío?

—No, estoy bien.

Algunas farolas se encendieron. Sus bombillas sucias despedían una luz débil y mate.

—¡Gracias, Philippe! —exclamó Olivier, dándose la vuelta.

Marie estaba asombrada. El parque de atracciones permanecía tal cual lo recordaba, con su gran noria desde la que se contemplaba un valle extenso atravesado por riachuelos; la montaña rusa, en la que tanta gente había gritado al impulso de la serpiente de carros; el alto faro, con sus cientos de escalones retorciéndose en espiral. Y el maravilloso tiovivo. A Marie le encantaba aquel carrusel gigante de vehículos de principios del siglo xx. Estaba el coche descapotable, la motocicleta con su sidecar, el globo, la locomotora, el barco de vapor. Se subió a la motocicleta y apoyó las manos en el amplio manillar. Frente a ella quedaban dos grandes espejos circulares que no reflejaban nada. Olivier se montó en el sidecar. Se miraron y sonrieron.

—¿Te gusta la sorpresa?

—Me encanta. ¿Vienes mucho?

—La verdad es que no. Soy más de playa.

—¿Y por qué no hemos ido allí?

—Porque luego me dirías que a todas os llevo a la playa. —Y sonrió con picardía.

—¿Has traído a muchas chicas aquí?

—¿Tú qué crees?

Marie observó el polvo acumulándose en las figuras, el aire decadente del lugar, el abandono de las atracciones, la fealdad e inutilidad aparentes que los rodeaba.

Lo miró con una sospecha intencionada.

—No estoy segura. ¿Lo has hecho?

—Sí, pero solo a mi hermana.

—Entonces, te gusta la playa.

—¿A ti no?

—Psch…

—¿Qué respuesta es esa? —repuso Olivier riendo.

—En verano, no. El sol quema, hay mucha gente, la arena se pega al cuerpo… Es incómodo.

Olivier suspiró.

—Es verdad que la playa es mejor cuanta menos gente hay. De hecho, voy más en primavera y otoño que en verano. Y aunque no te lo vayas a creer… —dijo rascándose el cuello—, casi siempre voy solo. Me siento en una esterilla con mi manta y me quedo horas mirando al mar, al horizonte, escuchando el sonido de las olas chocando contra las rocas. Esa sensación de paz y el cuerpo como flotando…

—Te comprendo perfectamente, pero nunca pensé que tú necesitaras retirarte del mundo.

Olivier se quedó en silencio un instante.

—¿Vamos al puente?

—¿El que está encima del río? —Marie tiritó ante la idea de cruzar esas frágiles tablas de madera que ahora debían de estar muy gastadas. Casi sería como caminar encima del aire—. ¿El que tiene cuerdas en vez de pasamanos?

—¡Ese! Venga, vamos.

La cogió de la mano y la llevó en volandas.

—Así que te dedicas a sentarte y mirar al mar desde la arena, solo —dijo Marie, tragando saliva e intentando apartar de su cuerpo la sensación de vértigo que ya la hacía temblar solo de pensar en el puente.

—También me gusta bucear y navegar, señorita listilla.

—Pues en París lo vas a tener complicado.

—Lo sé. —El semblante de Olivier se había vuelto serio. Apretaba las mandíbulas—. ¿Sabes? A mí me gustaría otra cosa.

—¿Qué?

—Vivir del mar, cerca del mar. Me gustaría montar una escuela de buceo —dijo con la ilusión brotando de su garganta.

—¿Y por qué no lo haces?

—Mi padre tiene otros planes para mí. Y a mi padre no se le puede decir que no.

—¿Es que es un ogro que te come si no haces lo que él quiere?

—Más o menos... En serio, Marie, tú no lo conoces. Me he criado al lado de un hombre que lo ha decidido todo por nosotros, sin escapatoria posible. No sé cómo lo hace, pero consigue ponerte una cadena al cuello y dirigirte como él quiere.

—Bueno, supongo que os ha acostumbrado así desde que erais pequeños. A los niños es fácil adiestrarlos.

—Y a los mayores. Maneja con la misma facilidad a sus empleados, sus socios, sus vecinos. Hasta con mi madre hizo lo mismo. Y eso que ella era una mujer de mucho carácter, según dicen. Mi hermana se parece a ella. Ellas dos son las únicas que han intentado escaparse de su influencia... —Olivier se detuvo frente al puente, con las palabras no pronunciadas pendientes de un hilo invisible. Puso un pie en la madera colgante y ofreció una mano a Marie—. ¿Vamos?

Ella se aferró a su mano y trató de no mirar abajo.

—¿Recuerdas a tu madre?

Marie, que se había concentrado en los ojos de Olivier solo por desviar el miedo, descubrió que allí, en ese verde cristalino, había tristeza, nostalgia, ganas de contar y muchas dudas.

—Sí.

—¿Qué recuerdas?

—Su pelo. Era muy rojo, como el de Lana. Lo tenía muy largo, hasta la cintura, y hacía ondas. Siempre le brillaba y era muy suave.

El puente se ondulaba y crujía bajo sus pasos.

—¿Qué más?

—Me cantaba mucho. No recuerdo su voz, pero sí algunas canciones. Me cogía en brazos y me acunaba. Yo me apretaba contra su pecho y me sentía bien.

—¿Y ella? ¿Era feliz?

Olivier miraba al horizonte, inmóvil.

—No. Bueno, al principio supongo que sí, pero después no.

—¿Qué pasó?

—No lo sé —contestó, demasiado rápido.

—¿Tus padres se querían?

—No lo sé. Sé que antes de que ella muriera discutían bastante.

—¿Por qué?

—No lo sé.

—¿Por eso quería escapar?

—Supongo.

—¿No tenía amigas a quienes contar sus cosas?

—Creo que no. Yo siempre la veía en casa. Pasaba mucho tiempo encerrada en su habitación escribiendo.

—Escribiendo… ¿Cartas, un diario?

—No lo sé. —Olivier se rascaba, nervioso, la cabeza.

—¿Nunca has querido averiguar qué pasó?

—Mi padre se las arregla muy bien para hacer que todo el mundo calle.

—¿Y la familia de tu madre? Lana me dijo que había unos abuelos.

—Sí —repuso Olivier.

El recuerdo le trajo una sonrisa. Apenas habían avanzado sobre el puente y se habían quedado quietos, uno frente al otro.

—No me acuerdo bien de sus caras, pero sí de que mi abuela tenía el pelo rojo y olía muy bien, y era muy cariñosa. Y con mi abuelo jugaba mucho y me reía. Pero poco más... Murieron hace tiempo.

—Lo siento.

Olivier la miró con nostalgia y se encogió de hombros. Los dos se quedaron un rato en silencio, sumidos en sus pensamientos. Marie echó un vistazo hacia abajo. Una superficie negra, inerte, con motas blanquecinas, se extendía bajo sus pies, sin principio ni fin.

Una ráfaga de aire desordenó el pelo de Marie, elevándolo enloquecido. Olivier la ayudó a dominarlo, alisándoselo y colocándole los mechones rebeldes detrás de las orejas. Marie tiritó. Estaba asustada y no solo por la altura.

—¿Tienes frío?

—No, estoy bien... ¿Sabes una cosa?

—¿Qué?

—Yo hablo español.

—Ah, ¿sí? Yo también.

—Lo sé. Lana me lo dijo.

—¿Y cómo te dio por estudiarlo?

—Por placer. Para leer novelas y ver películas en español.

—La literatura española está bien, pero su cine... —dijo Olivier arrugando la nariz—. ¿Seguimos? —Apuntó hacia el frente con la mirada.

Marie asintió.

—No digas eso. El cine español tiene muy buenas películas. Buñuel, Almodóvar, Amenábar…

—Oye, pronuncias bastante bien esos apellidos. Casi no se nota que eres francesa.

—Tengo buen oído.

—¿Quieres que practiquemos? Hace mucho que no lo hablo. Solo lo hago cuando voy a Ibiza de vacaciones.

—Bueno… Pues sigo en español… ¿Por qué no enseñas a Lana? A ella le gustaría hablar el idioma de su madre.

—Tendría que haberlo hecho desde el principio, hablarle en español de forma habitual, pero ahora es tarde para eso. Primero tendría que dar algunas clases, pero mi padre siempre consigue quitarle la idea.

—¿Es bonita Ibiza?

—Mucho. Hay una Ibiza para los turistas que van buscando juerga, pero la otra Ibiza es mucho más interesante.

—¿Y en cuál has estado tú?

—¡En las dos! —Olivier rio.

—A mí me gustaría ir a España, a Madrid.

—Yo también tengo algún viaje pendiente. Quisiera volver a San Sebastián. Mi madre era de allí. Cuando era pequeño visitábamos a mis abuelos y me pasaba casi todo el verano en la playa. Tenían un ático frente a la playa de la Concha. Los días de temporal mi abuelo me sentaba con él en la terraza y me contaba historias de piratas que luchaban más allá de la niebla y la lluvia, y que por la noche invadían la costa en busca de tesoros escondidos. Yo sabía que eran puras patrañas, pero me gustaban.

—Mi abuela no era tan divertida —dijo Marie con un mohín.

—¿Me acompañarías?

—¿A dónde?

—A San Sebastián.

Marie observó a Olivier. La miraba serio y decidido. El Olivier sonriente y simpático se le aparecía cada vez menos, y, en su lugar, se le presentaba este otro Olivier menos superficial y más real.

—¿Tú, Lana y yo? —quiso aclarar Marie.

—O tú y yo.

—Lana no lo permitiría.

Olivier soltó una risotada.

—¿Cómo que no lo permitiría?

Marie tragó saliva y carraspeó. ¿Por qué sentía que estaba traicionando a Lana?

—Yo creo que a Lana no le gustaría que fuéramos amigos.

—Supongo.

—¿Qué quieres decir?

—A Lana no le gusta compartir. Lana me quiere todo para ella y que tú seas de su propiedad exclusiva. Si te echaras una nueva amiga íntima, reaccionaría del mismo modo. Pero tendrá que acostumbrarse.

Olivier se detuvo. Habían llegado a la mitad del puente. Se giró hacia Marie y se acercó hasta quedar a pocos centímetros de su cara. Le cogió las manos.

—Eres…, eres la primera chica con la que hablo de esta manera.

—¿En español? —dijo Marie, nerviosa.

Olivier permaneció serio.

—Me siento muy a gusto contigo. —Su voz sonaba más grave de lo habitual—. Quiero mucho a mi hermana, pero no puede gobernar mi vida.

—Quizá se merece la verdad.

—¿Qué verdad?

—La verdad sobre tu madre. —Marie meditó unos segundos. Quería elegir las palabras adecuadas, aunque era consciente de que no las encontraría—. Ella sabe que lo del cáncer no es cierto.

—¡Joder! ¡Otra vez con lo mismo!

Olivier soltó a Marie y el puente se tambaleó de forma alarmante. Agarró las cuerdas con las manos y las zarandeó. Empezó a blasfemar en francés.

—¡No sé quién cojones le ha metido esas ideas en la cabeza! ¡Ese pueblo de mierda está lleno de cotillas!

—No culpes a la gente —dijo Marie, que intentaba conservar la serenidad y el equilibrio—. Nadie le ha dicho nada. Ella... recuerda. Tiene una imagen muy clara en la cabeza.

—¿Pero qué imagen? Tenía apenas tres años. ¡No puede acordarse de nada! ¿Entiendes? ¿Lo entiendes?

Olivier estaba fuera de sí. Parecía una fiera enjaulada, y trasladaba su nerviosismo a las desgastadas tablillas de madera. Todos sus gestos despedían ira a borbotones. La furia se le escapaba por los ojos, le agarrotaba las manos, que ahora parecían zarpas, y le hacía resoplar con gran agitación. En grandes zancadas, recorrió el trecho que quedaba y cruzó el puente.

Marie, que lo veía alejarse, sintió que se mareaba. Cerró los ojos para no mirar abajo y se agachó lentamente hasta quedar de rodillas. Tanteó con las manos la madera astillada y oscilante, y allí permaneció, bloqueada, tiritando, esperando a que ocurriera algo.

A través de los tablones percibió un leve temblor, como un pequeño terremoto que iba creciendo en ondas expansivas.

—Lo siento —susurró Olivier en su oído. Parecía desesperado—. No me había dado cuenta… Tienes miedo, ¿verdad?

Marie solo podía asentir. Notó que unos brazos la levantaban y se acurrucó en ellos. El contacto con el jersey de lana gruesa y ese olor a madera la sosegaron. Cruzaron el puente y, cuando pisó tierra firme, abrió los ojos. Olivier se había encogido. El ardor de la ira se había apagado.

—Perdona. Soy un estúpido. Lo he estropeado todo otra vez.

—No tienes que disculparte.

—Yo creo que sí. No tenía por qué gritarte ni dejarte ahí sola.

—No te preocupes. Mañana cumples tu condena y tendrás tu merecido.

Olivier sonrió.

—Sí, vámonos. Te llevo a casa.

***

El trayecto de vuelta estuvo dominado por el silencio, como en aquel otro viaje, en el verano anterior, desde la casa De

Poitou. Marie sentía que había tantas cosas por decir y tan trascendentales que las palabras no bastaban, que aquellas emociones, momentos y recuerdos no cabían en la insignificante convencionalidad del lenguaje.

—¿Puedo acompañarte a la verja? —dijo Olivier cuando detuvo el coche.

—Sí, claro.

El día había amanecido, con unas nubes grisáceas que iban espesando el cielo, cargándolo de tensión.

—Gracias por esta noche y perdona otra vez por el numerito que he montado. Lo he fastidiado.

—Qué va. Lo he pasado muy bien, de verdad.

Olivier enarcó una ceja.

—¿Cuándo te divertiste más? ¿En la discoteca con las tontas esas, o en el puente aguantando mis desvaríos y mis gritos?

Marie no respondió. No se atrevía a confesarle que aquella noche había sido la mejor de su vida. Miró hacia arriba. El cielo se había retorcido en volutas furiosas, casi negras.

—Parece que va a llover —dijo Marie.

Bajó su mirada y se encontró con la de Olivier. En ese verde claro creyó ver el reflejo de aquel cielo contenido, ansioso por hacer estallar la tormenta. Él le cogió las manos y se arrimó más, hasta casi rozarse.

—Marie, si esta no fuera mi última noche aquí, sería distinto.

Olivier le dio un beso en la mejilla, cerca de la comisura de los labios. Marie sintió que todas las fibras de su piel palpitaban.

—Te llamaré, ¿vale? —dijo Olivier volviéndose hacia el coche. Antes de entrar, añadió—: Por cierto, hablas demasiado bien español. ¿Qué eres, una especie de genio?

Marie parpadeó, incapaz de responder. Olivier se metió en el coche y arrancó. Ella lo vio alejarse y, después de haberlo perdido de vista, se quedó mirando el horizonte un buen rato. Luego, corrió la verja y entró en el jardín.

Extenuada y vibrando en miles de notas discordantes, se tumbó sobre el césped. Un trueno descargó su redoble muy cerca. La lluvia empezó a caer con fuerza, de repente, y a Marie le pareció que su cuerpo se había convertido en un pedazo de tierra árido y sediento que recibía, aliviado, las gotas que habrían de prepararlo para la siembra.

13

Sus pensamientos vagaban desordenados. La imagen de Olivier le llegaba en olas. Su cara, sus ojos, su sonrisa, el beso en la comisura de los labios, y, de improviso, se asomaba el gesto contrariado de Lana, sus advertencias y su melena roja llameando de rabia.

Llevaba varios días intentando ponerse en contacto con ella, pero ni sus llamadas ni sus mensajes recibían respuesta, hasta que una tarde el ordenador la avisó con aquel sonido característico. Lana apareció en la pantalla con el pelo desordenado y la piel mortecina.

—Tienes mala cara —dijo Marie, preocupada.

—Yo también me alegro de verte, cariño —repuso Lana frotándose la cara con somnolencia.

—¿Qué tal estás?

—De maravilla… Tres días enteros de marcha. Qué pasada, chica. Ha estado genial. Por cierto, he visto tus mensajes —dijo bostezando—. Estaba durmiendo. Entenderás que primero tenía que recuperarme, ¿verdad?

—¿Has estado tres días sin dormir?

—Ajá...

—¿Cómo lo has conseguido?

—Pues, hija, no hace falta ser muy lista...

Marie soltó aire con fuerza.

—¿Qué te pasa? ¿Te cabreo? —preguntó Lana con gesto desafiante. Luego se encogió de hombros—. No eres la única. Si quieres, te presento a mi padre... ¡Ah, no, qué digo! Ahora que caigo, ¡tú ya conoces bien a mi padre!

—Yo no diría tanto.

—¿No habéis hablado de negocios este fin de semana?

—Yo no. Es mi madre la que se encarga de estas cosas.

Lana frunció los labios.

—Pues qué pena. Es un tipo encantador... Aunque, para encantador, mi hermano, ¿no crees? Porque con él sí que has hablado, pillina —dijo Lana con un aire juguetón pretendidamente falso—. Oli me dijo que habíais quedado. ¿Qué pasó? ¿Te dio un besito? —añadió juntando los labios y cerrando los ojos.

—¿Te molesta?

—En absoluto.

—No lo parece.

Lana se reclinó en la silla y adoptó un aire de suficiencia.

—Te lo he dicho tantas veces que no sé cómo repetírtelo, ni si merece la pena ya a estas alturas. ¿Qué te crees? ¿Que Olivier se va a enamorar de ti? Como mucho, se enamorará igual que de las demás, o sea, a su manera, y durante unas pocas semanas. No tienes ni idea de lo que lloran las tías cuando él las deja… Que yo lo he visto y he tenido que soportar muchas escenitas. Una vez mi hermano se enrolló con una amiga mía y la dejó destrozadita, hecha un guiñapo. Daba verdadera lástima verla.

—Quizá quiera arriesgarme.

—O sea, ¡que lo admites!

—Mis sentimientos y mis esperanzas solo me pertenecen a mí, Lana.

—Es que ni siquiera te enteras, hija.

—¿De qué?

—De la verdad.

—¿Y cuál es la verdad, Lana? —Marie sonaba cansada.

—Que Oli salió contigo solo por interés.

Lana estaba pendiente de Marie, de la reacción en su rostro. Cuando descubrió que parecía contrariada, sonrió, satisfecha.

—Mi padre quiere comprar vuestro negocio para que lo lleve mi hermano, y él salió contigo para convencerte, ya me entiendes…

—No lo creo —dijo Marie con firmeza, después de un rato de silencio.

Lana soltó una carcajada.

—¿Pero cómo eres tan ilusa?

—No hablamos de nada que tuviera que ver con el negocio.

—¿Y qué?

—Si él tuviera ese interés, lo hubiera abordado en algún momento o como mínimo habría intentado algo conmigo. Además, la oferta de tu padre no nos interesa, por muchos Olivier que haya de por medio.

Lana se quedó pensativa.

—¿Y entonces qué hicisteis?

—Hablar, hablar mucho.

—Marie, mi hermano no invita a las chicas solo para hablar... ¿Seguro que no pasó nada?

—¿Un beso en la cara te parece algo?

—Depende... De todos modos, he de decir que esta vez estoy sorprendida. Mi hermano suele ser más rápido con estas cosas.

—Quizá no quiera nada.

—Sí que quiere. Ten por seguro que eso va a ocurrir. Y después... —Lana se clavó un puñal imaginario en el corazón y soltó un gemido ahogado.

—Y si sufriera, ¿no podría contar contigo?

Lana se quedó en silencio. Parecía triste y desarmada.

—Por supuesto que sí. Es solo que no quiero que sufras. —Su voz sonaba desesperada—. Yo... te quiero tanto, Marie, tanto...

—Lo sé, Lana. Yo también te quiero, pero me tienes que apoyar, no puedes criticarme todo el rato.

—Está bien. No te echaré más sermones sobre Olivier. Pero, nena... —Lana desapareció un instante de la pantalla. Cuando volvió a asomarse, dejó una caja de pañuelos de papel sobre la mesa y con una sonrisa socarrona a la vez que pacificadora, dijo—: Ya me voy preparando para el día después.

***

Frente a su ordenador, Marie sonreía ante una escena que no paraba de ver una y otra vez. Unos personajes de una serie española imitaban el acento y las maneras de los franceses. A Marie le había hecho gracia aquella parodia de sonidos guturales, bocas fruncidas y alargamiento de vocales.

—Cariño, tienes una llamada —anunció Juliette a la puerta de su habitación, haciendo bailar el teléfono en las manos.

—¿Quién es?

—Olivier —repuso con una sonrisa pícara, mientras le tendía el aparato.

Marie tomó el teléfono, temblorosa, y esperó a que su madre saliera del cuarto. Respiró hondo.

—¿Sí? —dijo al fin Marie, consiguiendo dominar la voz.

—Marie, hola. ¿Qué tal?

—Bien, ¿y tú? —La respuesta le había sonado más seca de lo que había pretendido.

—Bien. Eh…, ¿estás enfadada? Si es porque han pasado varios días desde…

—No, no. Escucha: ya tenemos una respuesta a la oferta de tu padre y es no.

—Vale, luego se lo digo.

—Bien. ¿Algo más?

—Marie, no llamaba por eso. Solo quería hablar contigo, escucharte…

Marie sintió que sus defensas se derrumbaban.

—Ayer hablé con Lana —dijo, para recuperar la compostura.

Olivier suspiró al otro lado.

—¿Y? —preguntó con cansancio.

La culpabilidad asaltó a Marie. Se había dejado contaminar por las insinuaciones que Lana había formulado sobre las supuestas intenciones ocultas de Olivier, pero cuando lo tenía tan cerca, como en ese momento, rozándole el oído, las dudas se deshacían.

—¿Tu padre te envió para ablandarme?

—¿Qué? ¡No! —Olivier soltó una risa desganada—. Marie, nunca te engañaría y menos para que vendas una empresa. Ya sabes que los asuntos de mi padre no me interesan, pero además sería raro que a él se le ocurriera algo así. Quizá aceptaría que yo le propusiera esa estrategia, pero la sola idea de que me acerque a ti…

—¿Qué? ¿Qué pasa?

—Espero que no te moleste lo que te voy a decir, pero mi padre no os soporta. El odio viene de lejos y empezó por tu abuela. No la podía ni ver.

—Bueno, eso ya me lo imaginaba, ¿pero por qué?

—Ya te lo contaré.

—¿Cuándo? No, cuéntamelo ahora.

—¿Tienes libre este fin de semana?

—¿Qué quieres decir?

—¿Te apetece venir conmigo a una casa en una playa tranquila? La alquilo de vez en cuando para bucear y desconectar.

Marie no respondió, ahogada por el ruido del corazón, que le latía desbocado en el pecho y le martilleaba las sienes. «Sí que quiere. Ten por seguro que eso va a ocurrir», le había dicho Lana. «Y después…».

—Marie... —continuó Olivier—, no te he llamado estos días a propósito. No quería hacerlo. Necesitaba pensar y estar seguro.

—¿De qué? —preguntó Marie en un susurro, aunque no estaba convencida de si quería saber la respuesta.

Olivier carraspeó.

—No sé cómo decirlo... En estos días he tenido la necesidad de verte, de hablar contigo, de que estés a mi lado, aunque sea en silencio. Creo que te necesito en mi vida. Marie, ¿vendrás conmigo a esa casa en la playa, por favor?

14

La vida te destruye, pensaba Marie con frecuencia. Te conduce a la muerte de manera inexorable, a veces sigilosa, sin que uno se dé cuenta. A veces se hace demasiado larga; otras, se acorta abruptamente, pero lo único seguro es la certidumbre del final. La vida no es más que el disparate de caminar hacia la muerte.

¿Y qué había más parecido a tomar conciencia de la muerte que el amor? Ese dolor sordo, imposible de ubicar con certeza, que se expande por todo el cuerpo, anega los sentidos y embota la razón. La incertidumbre ante el futuro y ante la persona amada, la conciencia de que el tiempo no se detiene, sino que avanza hacia el fin, y, en medio, el impulso de realizar ese amor, la ansiedad, la impaciencia.

Marie tenía los pies hundidos en la arena y jugueteaba a esconder y enseñar los dedos. La brisa era agradable. La playa, en una media luna perfecta, se arrinconaba en una pequeña cala, abrazada por un acantilado de gran altura. El agua, verde y cristalina, reposaba sobre el plato llano del mar y solo se encabritaba en la orilla, en pequeñas olas que parecían jugar a perseguirse.

Junto a ella se sentó Olivier, tan cerca que se tocaban. Apenas habían hablado desde que él había ido a recogerla. Marie se lo había encontrado apoyado en el coche, con las manos metidas en los bolsillos del pantalón vaquero, y su perfil pensativo recortándose sobre un horizonte celeste y despejado. Ahora, a su lado, Marie observaba ese perfil que tanto admiraba, con la música de las pequeñas olas de fondo y el viento bailando con su flequillo.

—Es un sitio muy bonito —dijo.

—Me alegro de que te guste —sonrió Olivier—. Estoy contento de que estés aquí conmigo.

—¿Sí? —Al instante se sintió estúpida.

—Sí, mucho. Tengo tantas cosas que decirte.

Olivier guardó silencio mientras le sostenía la mirada a Marie. Se giró hacia ella y le pasó un brazo por detrás de la espalda. Se acercó más. Con la punta de la nariz buscó la de Marie hasta que se encontraron. Él inclinó la cabeza y dejó que sus labios se posaran cerca de la boca de ella, como probándola o tentándola, como pidiendo permiso.

La primera caricia había sido como una descarga para Marie, y ahora aquellos labios sobre su piel, la demora y el rodeo que se tomaban, le provocaban un deleite y un miedo que apenas había imaginado.

Cuando finalmente sus bocas se unieron, el tiempo, ese señor inmisericorde que avanza imparable por el camino sinuoso de la vida, pareció detenerse, y ellos, en un arrebato de ilusión, se olvidaron de que aquel soberano no concedía treguas.

***

La casa era pequeña y modesta. La puerta principal se abría a una estancia diáfana y luminosa, con visillos azules recogidos a los lados de las ventanas y los muebles imprescindibles. Tenía una chimenea enfrente del sofá y una cocina en un rincón. A un lado, bajo una ventana, una mesa de madera decapada y un par de sillas de mimbre servían de butacas privilegiadas ante un paisaje agreste de rocas escarpadas, verdes pinos y un inmenso mar en paz.

Algunos cuadros con motivos náuticos y nudos marineros colgaban de las paredes. El dueño, de origen argentino, había sido pescador, pero hacía años que padecía lumbago y eso lo había obligado a abandonar su gran pasión, según le contó Olivier. Fue entonces cuando abrió la taberna de la playa, que regentaba durante los veranos. Cuando el frío llegaba a Francia, Rómulo, que así se llamaba el pescador, se desplazaba a su país natal y allí se mantenía vendiendo helados. Rómulo, que añoraba profundamente sus faenas en la mar, había encontrado consuelo en vivir en un verano perpetuo.

La casa tenía además un cuarto de baño y un dormitorio. Olivier llevó la maleta de Marie a la habitación y le mostró el armario. Era estrecho y olía a madera enmohecida. Una de sus puertas estaba desvencijada. Olivier intentó encajarla sin éxito.

—Quizá sea mejor que no cuelgues aquí tu ropa.

—No te preocupes, no me he traído los vestidos de lentejuelas.

—Sé que esta casa no es gran cosa —dijo Olivier disculpándose, sin poder ocultar su nerviosismo—. Pero creo que es cómoda y el lugar es fantástico, ya lo verás.

Marie echó otra ojeada. Las paredes, de una blancura inmaculada, contrastaban con el azul de la colcha de la cama, cuya estructura era de hierro forjado. A un lado había una mesilla con algunas fotografías de Rómulo, por lo que creyó deducir, y al otro, una silla de mimbre con algunos libros apilados.

—Me encanta —dijo, ilusionada.

—¿De verdad? ¿En serio te gusta?

—Pues claro. La casa es preciosa.

Un intenso haz de luz entraba exuberante en la habitación y perforaba la cama, atrapando la atención de ambos.

Olivier se rascó el cuello, nervioso.

—Yo dormiré en el sofá.

Estaba más guapo que nunca. El pelo cobrizo llameaba y en los ojos llevaba toda el agua del mar.

—¿Y por qué iba a querer yo eso?

—No sé… Quizá lo prefieras así.

—Quizá no —repuso Marie con rapidez.

Olivier se acercó hipnotizado. Besó a Marie con mayor intensidad y pasión que un momento antes, en la playa.

—Oye, ¿no tienes hambre? —dijo separando sus labios.

—No —repuso Marie con los ojos cerrados, aún entre los brazos de él.

—Te voy a llevar a un restaurante buenísimo muy cerca de aquí. Ponen un pescado que te mueres —dijo Olivier muy resuelto.

—¿Tiene que ser ahora?

—¡Yo aún no he comido! ¡Vamos!

Olivier la cogió de la mano y tiró de Marie, que solo podía seguirlo a trompicones. Aún no se había recuperado de la turbación de sentir aquel cuerpo tenso y firme contra el suyo.

**

El pescado era bueno, sí, aunque Marie apenas probó bocado. Las emociones y los nervios le habían anudado el estómago y se habían puesto a cabalgar en su pecho. El restaurante, como la casa, no era uno de esos sitios de raciones minúsculas, nombres barrocos y precios desorbitados. Marie se sorprendió, una vez más, de esa faceta que no había imaginado en Olivier, de aquel lado espontáneo y natural que se complacía en disfrutar de los placeres sencillos. Comía con gran apetito la segunda lubina con patatas asadas, mientras charlaba animosamente del mar y de las gentes que habitaban aquel fragmento de costa. A Marie le gustaba así, tan contento, tan simpático, tan guapo. Y, como en destellos, se le cruzaba en el torrente de pensamientos aquella cama de colcha azul, penetrada por el brazo de luz. La imagen se adueñaba de sus sentidos y se dejaba dominar, pero a la vez era consciente de que no podía abandonarse del todo, que tenía que recuperar la conciencia y traerla de regreso a la cena, a ese momento en que Olivier le estaba haciendo partícipe de su vida y sus recuerdos.

El móvil sonó una vez más. Era Lana, igual que en las otras cinco ocasiones anteriores.

La primera llamada había sido cortés y amable. Su voz sonaba alegre y les había deseado a los dos un buen fin de semana. Parecía tranquila. Pero después siguió llamando y había recurrido a excusas banales para justificar sus intromisiones telefónicas, como que no se acordaba de dónde estaba cierta revista o que necesitaba saber si Olivier podía prestarle su iPad.

Olivier resopló y silenció el móvil.

—¿No se lo coges?

—Se está pasando, ¿no crees?

—No sé… —dijo Marie sintiéndose culpable. Sabía que Lana necesitaba atención y que probablemente se sentía apartada.

—No podemos consentirle todo. Tiene que entender que los límites existen para todos, ella incluida, y que eso no significa que nos importe menos.

—Ya, pero no cogerle el teléfono no es lo mismo que hablar con ella y decirle eso mismo tranquilamente.

—Está bien, haré lo que quieras —dijo Olivier con el gesto más sereno, buscando la mano de Marie, que jugueteaba nerviosa con las migas de pan—. Pero no te enfades, ¿vale? Además, hay algo que quiero que veas.

—¿Qué? —repuso Marie con gran curiosidad.

—Lo tengo en mi maleta. Es algo muy valioso, Marie. No es que valga dinero, pero sí tiene un valor muy importante para mí y para mi hermana, así que ten mucho cuidado con eso mientras lo tengas. Se podría decir que es la única herencia de verdad que tengo de mi madre.

—¿Qué es? Dímelo ya, ¡no me hagas esto!

—Es parte de su historia. Es el diario que escribía. —Olivier guardó silencio un instante. Había vuelto el chico serio y preocupado.

—¿Lana lo ha leído?

—Ni siquiera sabe que existe.

—¿Por qué?

—Porque en ese diario mi madre cuenta cosas que Lana no debería saber, al menos mientras siga así de inestable.

—¿Y por qué quieres que lo lea yo?

—Porque es parte de mi vida, porque la vida de mi madre y su muerte nos ha marcado a Lana y a mí para siempre, y porque quiero, necesito, que lo sepas todo.

***

El diario era un cuaderno pequeño de tapas acolchadas, forradas con una tela que mostraba escenas de la campiña francesa en blanco y rojo. Al abrirlo, sonó un crujido de páginas a punto de descoserse del lomo. «Arantzazu Totorikagoena», rezaba la primera página en tinta azul. Las hojas eran finas, amarilleaban, y se sucedían con una escritura pulcra y meticulosa. Los apuntes, por lo general breves, solían ocupar menos de una cara. Marie echó un vistazo rápido a las fechas; podían pasar semanas entre una y otra anotación.

Una ojeada superficial le descubrió también que aquel diario no era una puesta en escena de la vida cotidiana de una mujer de clase adinerada, sino que los sentimientos y reflexiones pesaban más que las anécdotas y acontecimientos de su día a día.

El diario contenía, además, algunas páginas sueltas. Eran dibujos a carboncillo. Marie estaba deseando leer aquel diario. Sospechaba que tendría muchas cosas en común con la madre de Lana y Olivier.

—Supongo que lo entenderás todo. Tu nivel de español es bastante bueno —dijo Olivier cuando entró en la habitación.

Se sentó en la cama, al lado de Marie.

—Sí, creo que sí —repuso ella, acariciando las tapas del cuaderno.

—Por favor, ten mucho cuidado. Es muy importante para mí.

—Lo tendré, puedes estar tranquilo. Te lo devolveré intacto.

Olivier cogió el diario con suavidad y lo dejó dentro de la maleta de Marie. Después volvió a sentarse a su lado. En el dormitorio se colaba un crepúsculo de colores ardientes, entre naranjas y rosas.

—He hablado con Lana —dijo, atusándole el pelo con delicadeza—. Le he dicho que no llame más porque voy a apagar el teléfono. Creo que lo ha entendido. Quiero que estemos solos, sin interrupciones de nadie.

—Bien —dijo Marie.

Intentó sonreír, pero las comisuras de sus labios temblaban sin que pudiera evitarlo.

Olivier se acercó y la besó, primero con sutileza y parsimonia, recreándose en el roce y la humedad, y luego con mayor avidez. Sus manos se habían desplazado de su cara y su pelo, y ya exploraban el cuello y el pecho de Marie. Los largos dedos danzarines se metieron debajo de la blusa y se deslizaron por el vientre. Marie dio un respingo.

—Perdona, ¿voy demasiado rápido? —dijo Olivier apartándose.

Su mirada, su cuerpo, su olor delataban su deseo, iluminado por la luz rosa del atardecer.

—No, no —se apresuró a decir Marie—. Es que…, es que nunca había sentido nada igual.

Hubiera preferido decir que aquella descarga de electricidad había encendido su vientre de una manera desconocida y que lo único que deseaba en ese momento era tenerlo dentro de sí.

—Por favor, sigue.

Marie lo besó, atrayéndolo y tumbándose en la cama. Se quitaron la ropa mutuamente y él volvió al ritmo lento y exquisito. Olivier repasaba cada centímetro de su piel con los labios y las manos, y Marie le devolvía las caricias deleitándose en aquel cuerpo tenso y fuerte. Parecía que la piel se le había convertido en un terreno electrificado, y casi le parecía oír un chisporroteo allá donde Olivier la rozaba.

No había conocido ningún placer semejante en su vida. Ningún momento podía compararse con aquel. Se sintió casi culpable de preferir estar así con Olivier que oír la risa de su hermano. Se acordó de aquella vez en que Lana le dio a probar los algodones de azúcar que a ella tanto le gustaban. Chris y ella disfrutaron como críos deshilachando las nubes rosadas entre risas y chupándose los dedos pegajosos.

Se abandonó. Finalmente, el cuerpo se impuso y se adueñó de su alma. Marie giró la cabeza hacia la ventana, y entre las pestañas vislumbró la media esfera del sol muriendo en el horizonte, con las nubes rosadas enroscándose a su alrededor.

Saboreó la imagen y pensó que a ella también le encantaban algunos algodones de azúcar.

***

Cuando Marie se despertó, el sol se hundía en sus párpados. Por primera vez desde hacía mucho tiempo había dormido de un tirón, sin desvelarse, sin soñar que empujaba a su hermano al abismo, sin quedarse horas mirando al techo. A su lado, la almohada y las sábanas conservaban la marca del cuerpo de Olivier. Marie enterró su nariz en aquellas huellas y aspiró profundamente. Su estómago protestó; eran las ganas de comer y la boca empezó a salivar al imaginarse un buen desayuno. Aquella mañana era, sin duda, diferente.

Desvió la mirada hacia su maleta. Allí yacía el diario de la madre de Olivier, rojo y blanco, de páginas finas y pensamientos condensados. No podría esperar a llegar a su casa. Tenía que empezar a leer.

Arantzazu Totorikagoena

20 de junio de 1994
Volvemos a Belsange. Cuando Oli termine sus clases, nos marcharemos de París. La noticia me ha caído como una bomba. ¿Por qué? ¿Por qué? Le he suplicado a Olivier que nos quedemos aquí, que en el pueblo me siento morir, pero él no deja de dar excusas banales, una diferente cada vez. Que si el aire puro y la calma me vendrán bien ahora que estoy embarazada de nuevo, que si necesitamos un cambio, reencontrarnos. Por el amor de Dios... Él sabe que lo nuestro está muerto desde hace años, tantos que ni recuerdo cuándo ni cómo acabó todo. En realidad, para ser sincera (y supongo que de eso se trata cuando una escribe un diario), creo que nunca estuve enamorada de él. Tenía tantas ganas de rebelarme contra mi padre que solo supe encontrar la revancha casándome con un tipo que él no soportaba. Qué estúpida fui. Me condené, condené mi vida entera y todo por un impulso de niña mimada.
Cómo me arrepiento. Tendría que haber sido más amable, mejor hija, hacer caso de las súplicas de mi madre para que me llevara bien con mi padre.
Ahora recibo el justo castigo. Fue culpa mía. Yo me empeñé en conducir el coche, era yo la que había bebido, pero por desgracia fue ella la que murió. Ojalá hubiera sido mi cabeza la que se hubiera hecho añicos en aquel accidente.

Ojalá no hubiera matado a mi madre. Mi padre no me puede perdonar, y la verdad es que yo tampoco.

4 de julio de 1994

Esto es lo de siempre. El mismo silencio, la misma enormidad del campo, que se extiende hasta ese horizonte lejano e inabarcable que tanto me desesperaba la primera vez que nos instalamos aquí, después de casarnos. Pero eso no es lo peor. Lo peor es la gente. Cotillas, ignorantes, vanidosos, aburridos, serviles, hipócritas, veleidosos. Este diario no me bastaría para describirlos con justicia.

Hoy he tenido la visita de unas mujeres. Vinieron para darme la bienvenida y la enhorabuena por el embarazo. Iban vestidas con sus trajes Chanel (esos de chaqueta ribeteada con falda por la rodilla que se suponen el colmo de la elegancia), sus perfumes rancios y sus charlas superficiales. Cómo las odio. Y qué falsas son. Una de ellas lucía con bastante ostentación un Louis Vuitton falso. Lo sé porque yo tengo el de verdad y hay un detalle en las asas que revela su indiscutible procedencia de algún bazar turco. Es repugnante.

Creo que Olivier me dijo que eran las esposas de algunos tipos importantes, pero no presté atención. ¿Qué se cree mi marido?, ¿que él está por encima de todos solo porque algunos arrastrados le hacen la corte? Le tiene una envidia horrorosa a mi padre. Él sí es importante de verdad, pero nunca se las ha dado de tal. Olivier tendrá un apellido histórico, pero no es más que un engreído con las ínfulas de una aristocracia que ya no pinta nada. Olivier, cariño, ¿te suena eso de «libertad, igualdad, fraternidad»?

Mi padre, sin embargo, es todo un caballero, un empresario mucho más rico que él, y eso le fastidia enormemente. Antes me complacía que odiara a mi padre y me sirviera en mi estúpida venganza. Ahora es al revés; me encanta que mi padre desprecie a mi marido. Y cómo lo comprendo.

10 de julio de 1994

Me he instalado en otra habitación. Quiero estar sola y a Olivier parece que no le importa. Es más, apostaría a que se siente aliviado de librarse de mis lloros, mis quejas y mis suspiros. A los demás les ha contado que mis hormonas están revolucionadas. Yo creo que nadie le cree.

12 de julio de 1994

Hace un calor insoportable, pesado, que cae sobre los hombros y entumece hasta los sentidos. Tengo el ventilador enchufado todo el rato. En este palacio tan importantísimo y preciado no se puede poner aire acondicionado. Olivier quiere salvaguardar la estética de la fachada y encima dice que tampoco hace tanto calor. Maldito sea. Sé que se niega solo para fastidiarme para volverme loca del todo. Tendría que llevar él un fardo colgado a la cintura que le entorpeciera hasta el movimiento más sencillo y le tensara la piel hasta sentir que se le va a rasgar. Tendría que sufrir él las bajadas de tensión, que cualquiera le toque la barriga a la mínima ocasión, recibir miles de consejos no solicitados.

Cuando termino de comer, me tiro en la cama y no oigo más que las cigarras frotando las patas bajo un sol abrasador. Es desesperante.

Olivier entró en la casa cantando algo. *And if a double-decker bus crashes into us, to die by your side is such a heavenly way to die.*[3] Llevaba un mono negro de neopreno y estaba dejando en el suelo su equipo de buceo.

—¿Qué tal? —dijo sacudiendo el pelo mojado.

Abrió mucho los ojos, incrédulo ante lo que veía.

—Oh, tenía algo de hambre —dijo Marie como disculpándose. Sobre la mesa yacían las peladuras de varios plátanos y naranjas, migas de tostadas y un bote de mermelada de fresa con el cuchillo dentro—. ¿The Smiths?

—¿Qué?

—La canción, ¿es «There is a light that never goes out», de los Smiths?

—Sí... ¿Los conoces? —dijo Olivier aún más extrañado que por los restos del opíparo desayuno.

—Un poco... No me mires así, tampoco es tan raro.

—Lo que más me sorprende no son tus gustos musicales o que me hayas dejado sin nada que comer —dijo Olivier barriendo con una mueca divertida la mesa.

—Ah, ¿no? ¿Y qué es entonces?

—Lo guapa que estás así, de negro, y encima con una camiseta mía. Estás muy sexi...

Marie bajó la mirada y se acordó. Horas antes, cuando se levantó de la cama, nada de lo que había traído en su maleta le satisfacía. Todo eran colores suaves y alegres, pero

---

[3] Y si un autobús de dos pisos choca con nosotros, morir a tu lado es una manera tan celestial de morir.

aquella mañana se sentía tan feliz que su cuerpo le pedía algo más a tono. Buscó en la bolsa de Olivier y encontró aquella camiseta negra.

—Te sienta muy bien ese color. ¿Por qué no te vistes más de negro?

—No suelo tener motivos.

Marie tropezó con el reflejo que le devolvía la tostadora de acero. El pelo y la camiseta enmarcaban su rostro de piel pálida. Todo parecía igual, en el mismo sitio, pero apenas conseguía reconocerse en aquel rostro. Algo había cambiado, y sí, el negro le sentaba muy bien.

***

A Olivier le gustaba el mar, vivir con comodidad y sencillez, conducir deprisa y disfrutar del sexo y la comida. Marie lo observaba afanado en la cocina, preparando unos tallarines con sepia. Mientras, ella recogía y ordenaba los restos de la compra, que Olivier había dejado caer al suelo para abalanzarse sobre ella con una pasión contenida a lo largo de toda la mañana. Por suerte para su espalda, pudieron alcanzar la alfombra que había frente a la chimenea, pensó Marie al notar en sus dedos cómo raspaba ese suelo envejecido.

Olivier vestía un pantalón de chándal gris y una camiseta de un azul marino desvaído que le quedaba corta y estrecha. Unos pequeños agujeros en una costura lateral dejaban asomar, como si fueran mirillas, aquella piel dorada y sedosa. Marie se acercó por detrás y metió las yemas de los dedos en los agujeros. Él reaccionó con un ligero escalofrío.

—Sé que está hecha un asco, pero le guardo mucho cariño, no puedo deshacerme de ella.

La camiseta tenía la palabra «Atenas» en griego romanizado y escrita con caracteres que simulaban la tipografía del arte clásico.

—¿Por qué?

—Mi padre nos compró una a Lana y a mí en un crucero que hicimos los tres por Grecia. Son las mejores vacaciones que he tenido hasta ahora.

—¿Qué tuvieron de especiales?

—Bueno, no solíamos veranear en plan familiar y, además, fueron las últimas que hicimos los tres juntos y solos. Nos reímos mucho, estábamos relajados y contentos. De eso ya hace doce años.

—¿Por qué no habéis repetido?

—Mi padre siempre estaba liado con sus cosas o con alguna novia. Y a mí solía mandarme a campamentos de verano para aprender inglés o lo que fuera.

Marie se puso de puntillas y apoyó la barbilla en el hombro de Olivier. El olor de la sepia en la sartén ascendía en vaharadas y le hacía cosquillas en el estómago. Tenía hambre otra vez.

—¿Quieres a tu padre?

Acababa de acordarse de lo que Arantzazu Totorikagoena pensaba de su marido. Sospechaba que aquel cuaderno escondía más revelaciones sobre el resentimiento que ella le guardaba y sabía que Olivier había leído aquel diario.

—Claro —repuso él algo sorprendido. Dejó un momento el sofrito y se giró hacia ella—. Es mi padre. ¿Tú no querías al tuyo?

Marie se encogió de hombros.

—No estoy segura. No creo que haya que dar por sentadas esas cosas. No creo que uno tenga que querer necesariamente a sus familiares. Al fin y al cabo, no los eliges.

—Ya, pero tu familia es la única que permanece a tu lado pase lo que pase, la que te quiere sin condiciones.

—¿Tú crees? Mi padre no me quería sin condiciones. Me quería de cierta forma, y, como no cumplí sus expectativas, no me quiso.

—No lo creo. Es verdad que los padres suelen ser más exigentes, pero eso no significa que no quieran a sus hijos. Seguro que hubiera dado su vida por ti.

—Mejor no apuestes.

—Y luego están las madres. No me digas que tu madre no te quiere tal y como eres y por encima de todo.

—Por encima de todo no. Ella quiere más a mi hermano.

—Cuida más a tu hermano, pero...

—No me malinterpretes —cortó Marie—. No estoy celosa, ni tengo envidia ni nada de eso. La comprendo perfectamente. Es imposible no querer a Chris con auténtica devoción.

—Eso lo entiendo.

—No conoces a Chris... —dijo Marie, extrañada.

—No lo decía por eso. Me refiero a lo de querer con devoción y no poder evitarlo.

Marie frunció el ceño sin entender. Olivier le rodeó la cara con las manos y se la acercó.

—A mí me resulta imposible no quererte con devoción, Marie Toulan.

***

Era la primera vez que comía con apetito y disfrutaba de los sabores y las texturas. También era la primera vez que descubría la felicidad del amor hecho carne y la primera vez que dormía la siesta. Cuando despertó, Marie se estiró como hubiera hecho cualquiera de sus gatos y sintió con placer el roce de las sábanas sobre su piel desnuda. Al lado, Olivier dormía boca abajo. Su espalda dibujaba un tobogán que empezaba en sus omóplatos redondeados y bajaba en una curva pronunciada hacia la cintura. Marie posó los dedos en el canalillo descendente y lo recorrió con parsimonia. No dejaba de maravillarle la suavidad de aquella piel dorada.

El rostro de Olivier descansaba en el hueco que uno de sus brazos formaba sobre la almohada. Su flequillo rojo encima de las sábanas blancas le recordó las tapas del diario de Arantzazu Totorikagoena. El cuaderno estaba en la mesilla, reclamando su atención.

14 de julio de 1994
Olivier ha entrado hoy en mi dormitorio muy temprano, tanto que aún no había amanecido. No le ha importado despertarme solo para comunicarme que hoy, con motivo de la

fiesta nacional, se va a celebrar una recepción en casa, que vendrá mucha gente importante y que tengo que represen- tar mi papel de señora De Poitou. Lo ha dicho con tanta solemnidad que me he puesto a reír y no podía parar. A él le ha dado tanta rabia que hasta he podido ver su cara roja a pesar de la oscuridad de la habitación.

Qué imbécil es. Por supuesto, no pienso aparecer en esa maldita fiesta.

18 de julio de 1994
No puedo parar de llorar. Me dan ganas de tirarme del pelo y arrancarme el cuero cabelludo, al menos así sentiría un dolor físico y me olvidaría de esta ansiedad que me oprime el pecho, de las ganas que tengo de lanzarme por el balcón.

Le he pedido el divorcio. Él, por supuesto, ha dicho que ni hablar. Ningún De Poitou se divorciará jamás. ¿Pero de dónde saca este chiflado tanta soberbia? Dice que su padre debía de estar revolviéndose en la tumba de oír se- mejante desfachatez. Como si a mí me importara la opinión de un muerto. Se lo he dicho así, tal cual, y entonces ha es- tallado. Hemos tenido una bronca descomunal. Me ha co- gido del brazo con fuerza y me ha arrastrado hasta mi ha- bitación. Le he advertido que no puede impedir que me marche, pero él me ha amenazado con lanzarme a su jauría de abogados y destrozarme. Me quitará a mis hijos y no me dejará verlos. Alegará mi carácter inestable y una su- puesta afición a la bebida, que fue la que condujo a mi ma- dre a la muerte. ¿Cómo ha podido ser tan cruel? No soy nada, no tengo nada. He perdido a mi madre y mi padre me odia. He perdido el contacto con mis amistades. No encajo en ninguna parte. ¿A dónde puedo ir?

Este es el fin y no hay fin más doloroso que estar viva para sufrirlo. Solo me queda esperar en esta tumba que me he cavado yo sola y a voluntad, y aguantar lo que me quede de este suplicio hasta que me llegue la muerte del cuerpo. Porque yo ya estoy muerta de espíritu. No me interesa nada, no quiero nada, no espero nada.

Solo hay una única cosa que, a veces, me levanta el ánimo. La sonrisa de mi pequeño Oli. Qué guapo es, qué maravillosa inocencia. Cuando me ve así, tirada en la cama con la mirada perdida, se me acerca y me dice: «No estés triste, mamá. No pasa nada». Me acaricia la tripa y sonríe con una dulzura que no puedo describir. ¡Hijo mío, ya me gustaría a mí! Y no puedo evitar llorar, porque pienso que, en mi caída, lo arrastro a él, y eso no es justo. Ya acabé con mi madre y expulsé a mi padre. No quiero que mi precioso niño se pierda también por mi culpa.

Se me ha ocurrido un plan y mi asistenta española, la señora Ribarroja, me va a ayudar. Le he pedido que llame a mi padre y le explique que necesito ayuda. En cuanto sepa lo que me ocurre, estoy segura de que vendrá a rescatarme. Mi padre también tiene abogados voraces, deseosos de abalanzarse sobre quien él diga.

Yo sé que no me perdona haber matado a mi madre, que las cosas están muy mal entre nosotros, que me dijo que no quería volver a verme en la vida, pero eso fue solo un arrebato. Yo soy su hija y él odia a Olivier. Vendrá a salvarme, estoy segura.

19 de julio de 1994
Qué estúpida soy, qué necia, qué inútil. Vivo tan sumida en mí misma, en mis crisis nerviosas y paranoias, que me he vuelto una egoísta sin remedio. ¡Me he olvidado del cumpleaños de mi Oli! Me he acordado hoy nada más despertar, quizá por la resaca de la bronca y las amenazas que aún tamborileaban en mis tímpanos. El pensamiento se me ha cruzado en la mente de improviso, como una estrella fugaz, y no he podido evitar ponerme a llorar a mares. Porque no ha sido un simple despiste: ¡el cumpleaños de mi hijo fue el 10 de julio! ¡Dios santo, ha pasado más de una semana! ¿Cómo me he olvidado de algo así? ¿Y por qué nadie me ha dicho nada?

Enseguida he salido con el chófer, aprovechando que Oli aún estaba dormido, y he ido a comprarle un regalo. Ha sido terrible. Me he dado cuenta de que no sabía qué podría gustarle. No puedo seguir así, tengo que prestarle más atención. Pobrecito mío, ni siquiera me ha dicho nada, ni me ha puesto cara de enfadado. ¿Cómo puede ser tan maravilloso mi niño y yo tan asquerosa?

Al final elegí un pequeño equipo de snorkel. A él le encanta el mar. Siempre está chapoteando cuando vamos a la playa y no hay amenaza ni premio que valgan para sacarlo del agua. Cuando abrió su regalo estaba muy sorprendido (¿y algo triste?). Le pedí mil disculpas (entre lágrimas ¡otra vez!) y le expliqué para qué servían aquellas gafas y aquel tubo. ¡Se quedó entusiasmado! Nos fuimos a la playa y allí pasamos todo el día, yo en la arena, y él... ¡metido en el agua!

¡Qué bien se lo pasó mi Oli! ¡Qué sonrisa! ¡Qué felicidad! Cuánto te quiero, hijo mío, ojalá lo supieras, ojalá yo tuviera la fuerza necesaria para que tú estuvieras seguro de ello. Te quiero con toda mi alma, eres lo más importante para mí, lo único de mi vida que merece la pena.

De vuelta a casa, se me quedó dormido en el regazo de puro agotamiento. Hundí mis dedos en su pelo rojo que también es el mío y le acaricié la cabeza. Qué ternura observar a un niño dormir. ¿Hay en el mundo mayor felicidad, serenidad, paz?

Pensaba que sería maravilloso que ese momento durara para siempre. Tú y yo solos, Oli: tú en mi regazo; yo, queriéndote y cuidando de ti. Te prometo que todo va a ser diferente a partir de ahora. Y cuando el abuelo venga a buscarnos, nos iremos a vivir con él, lejos de esta mierda, y seremos felices para siempre.

Al llegar a casa, le he preguntado a la señora Ribarroja si tenía noticias de mi padre. Me ha dicho que aún no ha conseguido hablar con él. Me estoy impacientando.

Una pena se había apoderado de Marie leyendo aquel relato, por Arantzazu, que no podía evitar ser tan desgraciada, y por Olivier, que se quedó sin una madre especial y sensible que lo quería por encima de todo.

Se acurrucó cerca de él, que se había vuelto boca arriba. Al contemplar su semblante, resonaron en su cabeza las emociones de Arantzazu con su hijo dormido en el regazo. Marie le acarició el pelo y empezó a jugar con él.

—Te quiero, Oli, te quiero —le susurró al oído, amparada por el sueño profundo en que estaba sumido, que silenciaba sus palabras y las guardaba en secreto—. Te quiero tanto... Te quiero desde que te vi en una fotografía que tiene Lana en su habitación. Te deseo desde que apareciste con el cuerpo mojado y las gotas de agua resbalando por tu piel. No puedo dejar de pensar en ti desde que fuimos a esa fiesta infernal. Me muero de celos si te veo con otra. Te quiero, Oli, y me gustaría escribirlo en el cielo y que todos pudieran verlo.

La cabeza del chico cayó suavemente hacia un lado y su cara quedó frente a la de Marie.

—Qué perfecto eres.

En aquel gesto plácido, su boca empezó a estirarse, mientras los labios intentaban frenar una sonrisa. Olivier abrió un ojo, después el otro, y terminó de sonreír abiertamente.

—Te has puesto roja como un tomate.

1 de septiembre de 1994

Miro la última fecha en la que escribí y quisiera remontarme a ella, a ese estado de embriaguez maternal, a ese día luminoso que Oli y yo vivimos como cualquier madre con su hijo.

Pero entonces pensaba que aún tenía un padre, aún me quedaba un átomo de fuerza en el espíritu para tener esperanza. Sin embargo, qué poco dura la felicidad. Qué miserable resulta nuestra existencia y qué corta.

Mi padre está muerto. Murió de un infarto a finales de julio. La notificación llegó a casa y la recibió Olivier, pero no me lo dijo. Días después, cuando me enteré a través de la señora Ribarroja, monté en cólera y me entró un ataque de ansiedad terrible. Grité hasta quedarme afónica, rompí platos, jarrones y vasos, arañé las paredes y perdí un par de uñas. El médico vino, me inyectó algo y me quedé dormida.

¿Y de qué sirvió aquella exhibición de dolor? Según Olivier, he dado un «espectáculo lamentable» ante el personal de la casa y se basó en mi «tendencia a la histeria» para explicarme por qué no me había comunicado la terrible noticia de la muerte de mi padre. Dijo que no quería perjudicar al feto… ¡Estúpido! Esa niña está perjudicada desde el mismo día en que fue concebida, es un bebé no deseado ni esperado, en el vientre de una mujer desesperada, infeliz, inútil.

¿Cómo ha podido hacerme esto? ¿Cómo le voy a perdonar una cosa así?

1 de octubre de 1994

El día 3 salgo de cuentas. La ansiedad me come por dentro. Noto cómo el bebé se estira, noto sus codos, sus manos, sus pies intentando atravesar mi tripa, su impaciencia por venir a este mundo. ¡No quieras salir tan pronto!

Por una parte, estoy deseando parir. No puedo más con esta barriga, no sé cómo ponerme, estoy cansadísima y las náuseas no me han dado tregua ni un solo día. Pero, por otro lado, no sé qué haré cuando ella nazca. Pienso en el terrible momento en que la tenga en mis brazos y me entran ganas de llorar y un miedo atroz.

5 de octubre de 1994

La niña ha nacido. Se llamará Lana. Yo hubiera preferido Marina, como mi madre, pero Olivier no me ha dejado. Dice que eso solo empeoraría mis nervios y prolongaría mi luto.

Odio a Olivier.

20 de octubre de 1994

Odio al bebé. No la soporto. Sus lloros, sus gritos, su olor. Me he encerrado en mi habitación con llave y he corrido las cortinas. Me he tomado un montón de pastillas. Solo quiero dormir.

—¿Te vas a bucear?

—No, esta vez, solo un poco de surf. —Olivier se estaba enfundando el mono de neopreno otra vez—. Hay que aprovechar ahora que el mar está un poco encrespado. No te molesta, ¿no? Vuelvo enseguida y nos vamos a cenar a un sitio que te va a encantar.

—Pero apenas hay luz ya —dijo Marie, contemplando el ocaso y dejando traslucir su preocupación.

A través de la ventana, las rocas del acantilado se erizaban puntiagudas como puñales y rasgaban el añil del anochecer. En la pequeña playa, el mar moría en olas encabritadas y espumosas.

—Tranquila, lo he hecho más veces.

Olivier cogió la tabla de surf y le dio un beso.

—Oye, ¿de verdad quieres a tu padre?

—¿Otra vez con eso? —dijo Olivier frunciendo el ceño.

—Tú has leído el diario de tu madre, ¿no?

—¿Y?

—Pues que tu padre no es muy buena persona... Era un maltratador e hizo de tu madre su víctima.

—¿Qué? —bramó Olivier, soltando la tabla con estruendo—. ¿Crees que por leer cuatro líneas ya sabes todo lo que pasó? ¿Todo lo que Lana y yo hemos pasado? —Daba grandes zancadas por la pequeña estancia, sin parar, sin rumbo—. ¿Tú ves a una víctima? Pues yo no lo tengo tan claro. Yo veo a una madre que prefirió abandonarnos y dejarnos en manos de ese hombre tan horrible que tú dices que es.

—Estaba muy deprimida, no puedes culparla. No todos somos tan fuertes como tú. Hay gente más débil.

Olivier se frotó la cabeza con energía. Su voz iba subiendo de volumen. Todos sus movimientos escupían rabia.

—¡De qué fuerza hablas! No se trata de fuerza, ¡se trata de amor, de responsabilidad!

—No me grites, por favor, no lo soporto —dijo Marie tapándose los oídos.

—¡Se suponía que ella era nuestra madre! Hasta donde yo sé, una madre cuida de sus hijos y hace lo imposible por ellos. ¿Por qué no le echó valor? ¡Tuvo que haber luchado por nosotros! Pero no, fue egoísta y solo pensó en ella y en su sufrimiento.

—¡No chilles! —gritó Marie.

Olivier se mordió los labios y resopló. Los ojos chispeaban furiosos.

—Te voy a decir algo para que te quede bien claro. Mi padre me ha demostrado mucho más que mi madre, así que no vuelvas a insinuar lo contrario —dijo apuntándola con el dedo índice.

Recogió la tabla de surf y se marchó sin cerrar la puerta ni mirar atrás.

Marie se acurrucó en un rincón y se escondió tras las rodillas. Se frotó los oídos para arrancarse los gritos de Olivier, que aún rebotaban en su cabeza. Sus brazos tiritaban.

15

El temblor la dominaba por entero. Todo su cuerpo se agitaba descontrolado, encogido, sobre la silla de plástico blanca. El seísmo que la recorría se había trasladado al resto de sillas de la sala de espera, unidas entre sí por una barra transversal y clavadas al suelo. Vibraban al compás de las sacudidas de Marie y el zarandeo provocaba un chirrido rítmico y nervioso. Una mujer de mediana edad la miró con evidente contrariedad y soltó un bufido para hacer notar su protesta. Marie no se percató.

—Relájate —dijo Olivier cerrando su abrazo sobre ella—. ¿Quieres caminar?

—No.

—¿Por qué no te tomas esto? —Olivier le ofreció de nuevo el vaso de agua y la cápsula que le había dado una enfermera.

Marie negó con la cabeza y escondió la cara tras las manos. Comenzó a llorar otra vez.

—Todo saldrá bien, tranquila —dijo Olivier acercándose a su oído y apartándole el pelo de la cara.

—¿Y cómo lo sabes? ¿Cómo lo sabes? —repuso Marie con la voz amortiguada.

La espera era angustiosa. Allí, frente a la unidad de cuidados intensivos, Olivier y Marie habían tenido que presenciar el desfile de los pacientes ensangrentados y moribundos de un accidente de tráfico. Cuando pasó un cadáver tapado con un plástico dorado, en Marie se desató una crisis nerviosa. Empezó a gritar y a respirar con dificultad. Una enfermera le trajo una bolsa de papel y la obligó a respirar dentro de ella. Después le dio a Olivier un vaso de agua y un ansiolítico que Marie había rechazado en las repetidas ocasiones en que él intentó convencerla para que se lo tomara. Quería estar consciente.

El miedo había invadido su cuerpo, pero sobre todo, la culpa. Se había ido a pasar el fin de semana fuera y, mientras ella se relajaba y disfrutaba, apartando sus preocupaciones cotidianas, su hermano padecía una crisis grave. Juliette había llamado incontables veces al móvil de Olivier, pero estaba apagado. Desesperada y sola, no sabía cómo enfrentarse a su miedo, al dolor de su hijo, a la urgencia del momento.

Marie no se perdonaba haber abandonado a su familia. La habían necesitado y ella no había estado allí, ella estaba en una casa en la playa, entregada a sus emociones. Recordaba con viveza que se había angustiado por una discusión con Olivier, que aquel le había parecido el mayor de sus desconsuelos, pero, al comparar aquella pequeñez con la desesperación que tanto la afligía ahora, al ser conocedora de que, en ese momento egoísta en que solo pensaba en cómo reconciliarse con Olivier, su hermano estaba luchando por la vida, y Juliette rezaba sin pausa, Marie sintió vértigo, como si estuviera suspendida en lo alto de un acantilado, apoyada solo sobre las puntas de los dedos, y abajo, las olas rompiendo furiosas contra las rocas escarpadas como puñales diciéndole vamos, Marie, tírate, tírate y ten tu merecido.

—Siento mucho haber apagado el teléfono, no tendría que haberlo hecho, o al menos tendría que haberlo encendido antes. Mierda… Perdóname, Marie, por favor.

—No es culpa tuya. Yo no me preocupé ni un solo segundo por saber nada de ellos.

—No seas tan cruel contigo misma. ¿Cómo ibas a saber que tu hermano iba a ponerse malo?

—Soy una egoísta, una egoísta, una egoísta de mierda.

—¡No digas eso! —Olivier se levantó de la silla y se agachó frente a ella. Le apartó las manos de la cara, hinchada y enrojecida, y le limpió las lágrimas—. Eres buena, eres la mejor persona que conozco. Eres cariñosa, atenta, inteligente y preciosa. Y te quiero. Tu hermano saldrá adelante, lo superará una vez más. Él es un tío duro, tú lo sabes.

La acariciaba con ternura y le daba pequeños besos en la cara, en los párpados, en las manos, en el pelo. Marie apoyó la frente en la de él y se dejaba consolar por sus palabras.

—Te quiero, no soporto verte sufrir, no lo soporto.

Abrió los ojos y vio la boca perfilada de Olivier. Lo besó y no solo sintió un cálido bálsamo en aquellos labios, también notó que, como a ella, la tristeza le corría por las mejillas.

***

La habitación era tan blanca y resplandeciente que hacía daño a los ojos, y el aire, que Marie tragaba en pequeños sorbos, apestaba a desinfectante. El ruido infernal de las urgencias se había apagado nada más entrar en aquella unidad de cuidados intensivos y solo se oía el ruido monótono y cadencioso de las máquinas que rodeaban la cama de Christophe.

Varios tubos horadaban su cuerpo y lo conectaban a aquellos aparatos. Marie recorrió con detenimiento aquellos tentáculos de plástico que mantenían a su hermano enganchado a la vida. Pensó que parecía un valiente astronauta en una misión especial, sembrada de peligros, para salvar a la humanidad, y que había sido secuestrado por unos extraterrestres que estaban haciendo experimentos a su costa. Se lo dibujaría, le dibujaría toda una historia de aventuras espaciales para él y se la contaría cuando se repusiera. O no. Los médicos ya les habían advertido de que, dentro de la gravedad, Christophe estaba estable, pero que la muerte era una posibilidad real e imprevisible.

Marie se acercó a la cama. Debajo de las sábanas se marcaba el cuerpo de Chris. A pesar de su fragilidad, crecía y mucho. Tenía unas piernas largas y huesudas, y unas manos grandes con las que hubiera podido jugar al baloncesto. Christophe podría haber sido un buen jugador, le gustaban mucho los balones y se reía a carcajadas cuando Marie hacía botar alguno, especialmente cuanto más rápidos y cortos fueran los botes.

Las hormonas también habían empezado a campar por debajo de su piel. Un fino bigotillo le asomaba por encima del labio superior y una pequeña protuberancia le había aflorado en la garganta, que ya arrojaba sonidos más graves y roncos. Pronto cumpliría catorce años.

Desde muy pronto, Marie se había hecho a la idea de que nunca vería nada de aquello. Diez, doce años era el límite, nadie con esa afección cardiaca había sobrevivido más, y, sin embargo, allí estaba Christophe, el astronauta valiente que, una vez más, desafiaba las leyes de la medicina y alargaba el plazo prescrito.

O quizá Christophe no fuera tan fuerte ni tan valiente. Quizá solo lo mantenía con vida el orgullo de sus médicos, la oportunidad que se les presentaba de vanagloriarse de este tratamiento o aquella intervención, en ponencias y revistas científicas.

Y aun así, el tiempo no iba a detenerse. Marie pensó en un reloj de arena, con los granos cayendo raudos e imparables por el estrecho agujero hasta la base. ¿Cuánta arena quedaría? ¿Cuánta? Si al menos supiera eso. No porque quisiera demostrar algo antes del fin, sino por acabar con el sufrimiento de su hermano, aquella existencia que no iba a ninguna parte y que carecía de significado.

Pero a la vez había algo más, algo que a Marie le costaba reconocer, pero que estaba ahí, latiendo debajo de todo lo demás. Quería terminar con aquella angustia de la cuenta atrás que tiraba de ella y la refrenaba. Miró los botones de las máquinas, los cables que se extendían hasta los enchufes. Qué sencillo sería poner fin a tanto dolor.

**

El mundo seguía girando a su velocidad justa y habitual, pero Marie se notaba desacompasada. Se reconocía más lenta y ligera que los demás, su visión estaba difuminada y los sonidos le llegaban amortiguados, como un eco dentro de un túnel largo y angosto.

Sabía que su madre iba y venía, con un rosario entrelazado en la mano, y que hablaba poco. Varias enfermeras se habían acercado, con un vaso y una pastilla, alguna le había dicho no sabía qué de forma atropellada. Hubo otra que se había acuclillado ante ella y había tratado de hablarle; los labios se movían y la mirada era compasiva, pero Marie no había escuchado nada. Era como si los tímpanos se le hubieran desintegrado.

Había deseado la muerte de Christophe. Incluso había rozado con sus dedos el botón de apagado de la máquina que hacía las veces de pulmones de su hermano. ¿Y luego qué? ¿Se acabó el dolor? ¿Seguro? ¿Para quién? ¿Por qué iba a matar a Christophe? ¿Y por qué no se mataba a sí misma?

Volvió a verse encima del acantilado, esta vez frente a un puente de tablillas carcomidas. Un fuerte viento le revolvía el pelo y la zarandeaba. Allí, de puntillas, sentía la inestabilidad de los listones de madera, tan estrechos, en los que solo le cabían los dedos de los pies. El aire, violento, le inflaba el vestido blanco. Con los brazos en cruz, esperaba, paciente, en el anhelo de que uno de esos bandazos le hiciera perder el equilibrio.

Solo era cuestión de tiempo. Al final caería. Como Arantzazu. La vio con su pelo rojo y sus ojos verdes, agachada enfrente, regalándole una sonrisa apacible. El vértigo tenía curiosas formas de vestirse. Arantzazu le estaba diciendo algo. Marie aguzó el oído, quería saber qué tenía que decirle aquella mujer. Las palabras se fueron abriendo paso en la ventisca y empezaron a llegar en ráfagas. Y entonces, supo qué pasaba. Aquella no era Arantzazu.

—¡Lana! —aulló Marie.

Se aferró a su cuello y se abrazaron. De pie, por encima del hombro de Lana, y a través de la cortina de lágrimas, Marie vio a Olivier apartado en una esquina, que la cotemplaba con una sonrisa triste. Agachó la cabeza y se alejó.

16

La compañía de Lana fue el remedio que Marie necesitaba. Solo ella fue capaz de sacarla de su ensimismamiento. Quizá fuera su tono cantarín o quizá sus abrazos, en los que Marie sentía que la angustia iba abandonando su cuerpo. Olivier le había comprado un billete de avión y le había dicho a su padre que se la llevaba a Londres unos días, a casa de unos amigos del máster. Al señor De Poitou le pareció bien que Lana se integrara en el círculo de su hijo y, de paso, que fuera cogiendo fluidez con el inglés, de cara a su futura entrada en alguna universidad británica.

Cada día, mientras Christophe estuvo ingresado, Olivier conducía durante una hora y media para llevar a Lana de la casa de la playa al hospital. Llegaban bien temprano y Olivier siempre saludaba con amabilidad y se ofrecía a traer algo de desayuno. Charlaba unos pocos minutos con Juliette, para conocer la evolución de Christophe, mientras miraba a Marie, en busca de algún gesto que lo invitara a acercarse y, aunque nunca lo encontraba, a veces hallaba el valor suficiente para aproximarse y preguntarle un tímido ¿qué tal?, cuya respuesta no variaba del aquí, ya ves, o un encogimiento de hombros. Luego, él desaparecía sin hacerse notar, y al anochecer regresaba para recoger a su hermana.

Así transcurrieron los diez días que Christophe pasó en el hospital, hasta que le dieron el alta. Aparte de la silla de ruedas, esta vez el niño tenía que cargar con algo más: una máquina de diálisis a la que debía permanecer conectado gran parte del día. Sus ojos, por lo normal alegres y chispeantes, parecían hundidos en sus cuencas. Tenía unas ojeras oscuras y las mejillas hundidas. Había adelgazado bastante y parecía cansado, pero aun así siempre regalaba una sonrisa a todo aquel que se le acercaba. En cuanto vio a Lana, se mostró muy contento y, a pesar de su debilidad, consiguió extender sus largos y huesudos brazos hacia ella, reclamando un abrazo.

***

En casa, Olivier las ayudó a instalar a Christophe. La nueva máquina obligaba a reorganizar el dormitorio para hacerle espacio, así que hubo que cambiar algunos muebles de sitio.

Lana se había traído su maleta. Iba a quedarse con ellos cinco días más. Lamentaba no poder alargar su estancia, pero su padre empezaba a preguntar demasiado y ya había reclamado el regreso inmediato de Olivier.

—Así que te vas —dijo Marie cuando entró en la cocina.

No esperaba encontrárselo allí, inclinado frente a la ventana con la mirada perdida.

—Sí, hoy.

Marie cogió un paquete de galletas de un estante.

—Marie… —dijo Olivier tomándola del brazo—. ¿Podemos hablar?

—¿De qué?

—¿Qué ha pasado?

—Pues que mi hermano ha tenido una crisis y ha empeorado, eso es lo que ha pasado —contestó Marie, sin intentar ocultar su acritud.

—¿Estás enfadada conmigo? Por favor, mírame. Por favor te lo pido, mírame, necesito que me hables. Te noto tan… tan lejos. Yo pensaba que… El fin de semana, en la playa, ha sido muy importante para mí.

—Olvídalo.

—No puedo. Marie, es la primera vez que…

—¡Olvídalo! No puede ser, ¿no te das cuenta? Yo me divertía mientras mi hermano y mi madre sufrían.

—¡Pero no es culpa tuya!

—¡Cállate! —bramó Marie.

Rompió a llorar y, encogida, se deslizó hasta el suelo.

Olivier se agachó junto a ella y la abrazó. Ella intentó zafarse, pero él insistió hasta que no le quedaron más fuerzas para resistirse.

—Quiero ayudarte, Marie. Por favor, no te alejes de mí. Te quiero y deseo estar contigo. Siempre. Lo superaremos, de verdad… Christophe se ha repuesto, ¿lo ves? Todo saldrá bien, todo saldrá bien. Eres maravillosa, te necesito en mi vida, Marie.

Olivier la acunaba, ambos acurrucados en el suelo de la cocina. Los sollozos cesaron. Marie se secó la cara y se apartó para mirar a Olivier con detenimiento.

—Lo sabía…

Él la miró con estupefacción.

—¿Qué?

—Que cada vez que te mire, cada vez que te tenga cerca, lo recordaré, lo sé, me conozco bien. No podría soportar ese dolor.

—Entonces, ¿es culpa mía? —preguntó Olivier con aplomo.

Marie se levantó del suelo con la cabeza gacha y suspiró.

—Déjalo ya, por favor. Si es verdad todo eso que has dicho…

—¿El qué? ¿Que te quiero? ¿Que estoy enamorado de ti? ¿Que te necesito?

—Si eso es verdad, déjame tranquila.

Un silencio pesado e incómodo fue llenando los huecos de la cocina, presionando el aire. Olivier recogió de la encimera las llaves del coche y se encaminó hacia la puerta.

—Me da igual lo que digas —dijo, volviéndose un instante—. No vas a conseguir que me aleje de ti. Siempre voy a estar cerca, observándote, sin que lo notes, y cuando me necesites, cuando por fin quieras que esté a tu lado, bastará con que me llames.

Apesadumbrado, Olivier reanudó el paso y se marchó. Cuando las ruedas giraron sobre la gravilla, Marie sintió que unas garras de fuego le arañaban las entrañas.

***

Al día siguiente, Marie tuvo que retomar las clases. Juliette la obligó a volver al instituto y ella, a regañadientes, obedeció. Por suerte, Lana estaba con ellos. Era una gran distracción para Chris, que la adoraba. Acaso estaba enamorado de Lana. ¿Por qué no? Ella era guapa y encantadora, y él era un adolescente con una sobredosis de hormonas corriendo por sus venas. Le había ocurrido primero a su abuela, después a ella misma y, ahora, quizá también a su hermano. Los Toulan no podían dejar de sentirse atraídos por los De Poitou, sin remedio ni felicidad completa. Parecía una maldición.

En esas reflexiones andaba, montada en su vieja bicicleta, cuando notó que un coche se le había acercado mucho por detrás sin adelantarla. Se había distraído con el rodar monótono de las ruedas contra el asfalto y el viento en la cara. El coche se le colocó al lado. Circulaba a su paso. Enseguida reconoció el automóvil. Agachó la cabeza cuanto pudo para verle la cara al conductor y asegurarse.

Sí, era él. Al volante iba Maurice y lo acompañaban algunos amigos. El que ocupaba el asiento del copiloto bajó la ventanilla.

—¡Buenos días! —gritó Maurice con un tono falsamente risueño que la hizo tambalear.

—¡Déjame en paz!

—¡Uuhh! —corearon los acompañantes de Maurice.

Marie se puso nerviosa. Iban por una carretera secundaria, de solo dos carriles, uno por cada sentido de la circulación, con un arcén muy estrecho. Detrás, empezaba a formarse una cola de automóviles impacientes que no paraban de tocar el claxon.

Maurice empezó a trazar eses y a acercarse peligrosamente a Marie, que trataba de mantenerse serena a pesar de las carcajadas y las burlas. Cuando el coche se aproximó de nuevo, sintió el roce de la chapa, trastabilló y cayó al suelo. Maurice aceleró, quemando neumático sobre el asfalto, y se alejó a gran velocidad.

La pierna le ardía. Estaba raspada y tenía gravilla incrustada en la rodilla. No parecía haberse roto nada, pero había caído encima de un charco de aceite de motor y la suciedad se le mezclaba con la sangre en la herida abierta. Quemaba.

Miró la corriente de coches que pasaban raudos a su lado sin detenerse. ¿Cómo iba a salir de allí?

Quería pronunciar su nombre, el impulso de llamarlo le latía fuerte, pero apretó los labios y se contuvo. El dolor pasaría.

**

Limpiar la porquería del aceite y la gravilla fue una tortura lenta y desagradable, mucho peor que haber regresado a casa caminando con la piel ardiendo. Lana era paciente y estaba pendiente de los lamentos que Marie ahogaba. Al contacto del agua oxigenada con la herida negra, se formaba una espuma blanca y un sonido efervescente.

Lana soltó una carcajada.

—Te odio —dijo Marie.

—¡Es que esto parece una barbacoa! —continuó riéndose.

—Pues la carne se te ha churruscado…

Las dos rieron.

—Marie —Juliette se había asomado a la puerta del cuarto de baño—, después baja, que tengo que hablar contigo.

—¿Qué pasa?

—Eh… Es por la oferta del señor De Poitou. Acaba de llamar, él, en persona.

—Oh, por mí no se preocupe, señora —intervino Lana sin dejar de atender la herida—. Puede ponerle verde todo lo que quiera.

—¿Y qué dice esta vez? —preguntó Marie.

—Ha subido un poco el precio, pero no hasta donde tú dijiste.

—Pues entonces nada.

—Se lo he dicho, pero él insiste. Dice…, dice que tenemos que aceptar su oferta sí o sí. Parece enfadado.

Marie frunció el ceño.

—Típico de él —dijo Lana, despreocupada.

—Pues que se enfade —replicó Marie—. Ese es su problema.

—No sé, cariño. Dice que no quiere hablar más conmigo, que si eres tú la que pone las condiciones tendrás que vértelas con ellos.

—¿Con ellos?

—Sí. Con él… y con su hijo.

—Vale, mamá. Ya lo arreglaré.

En cuanto Juliette marchó escaleras abajo, Lana soltó:

—Ten cuidado.

—No empieces.

—No, en serio, Marie. Mi padre no se anda con tonterías.

—¿Qué pasa? ¿Es un mafioso? ¿Me va a mandar las cabezas de mis gatos en una caja?

—Pues no lo sé, pero nadie le dice nunca que no. Y además… Tengo que contarte algo.

—¿Qué?

—No me extrañaría que utilizara a Oli para conseguir lo que se propone.

—Ya te he dicho que no empieces.

—Yo misma lo hice…

—¿Cómo?

—Yo intenté hacerme amiga tuya para que me contaras el secreto del pan barato y copiaros la idea. Era… como una espía industrial.

Marie se mantuvo callada un instante.

—Pues lo hiciste fatal.

—Sí, ya lo sé.

—¿Te pidió él que hicieras eso?

—No —repuso Lana casi en un susurro.

—¿Se lo propusiste tú?

—Sí…

Lana le contó con detalle cómo surgió la idea. Marie suspiró.

—¿Cuánto tiempo estuviste fingiendo?

—¡Muy poco, te lo juro! Cuando terminó esa horrible fiesta, abandoné mi plan, de verdad. Me crees, ¿verdad? ¿Verdad?

—Sí, te creo.

Lana resopló.

—¿Y crees que tu hermano también se va a presentar voluntario para hacer de espía o lo que sea? —preguntó Marie.

—Hum… No, supongo que no, pero mi padre puede ordenárselo.

—¿Y él obedecerá como un cachorrillo?

—Sí, no lo dudes.

—Lo dudo.

—Es muy bueno en la cama, ¿no?

—No cambies de tema.

—No lo cambio. Estamos hablando de Oli y sus capacidades.

—A él no le interesan los negocios de tu padre.

—Ya, pero siempre hace lo que él le dice. Te puede parecer que no, que tiene un gran carácter y todo eso, pero todos acabamos obedeciendo a papá. Si no, mira dónde está ahora mismo: en París, trabajando a su ladito.

—Solo necesita tiempo.

—Ya, bueno, pues ve con cuidado, por si acaso.

—Si así te quedas más tranquila…

—Me quedo… Y bueno, entonces, ¿qué tal se porta en la cama? Bien, ¿no?

—No voy a contarte nada de eso.

—Pues no sé por qué no. Las amigas se cuentan ese tipo de cosas.

—No si la amiga es su hermana.

—Bah, no hace falta que me cuentes nada. Ya me lo sé todo. Otras amigas mías no se han puesto tan misteriosas.

—Ah, ¿sí? ¿Y qué dicen?

—¿Estás celosilla?

—No, es simple curiosidad. Pero ya no me importa.

—¿Estás segura de que no quieres estar con él?

—Sí.

—Eso es de admirar. Yo he visto los estragos que mi hermano causa en otras chicas. En cambio tú... Fíjate, tan campante.

—No estoy tan campante.

—Ah, ¿no?

—No. Supongo que nunca lo olvidaré.

—Eso se dice siempre, pero luego el tiempo pasa y conoces a otro y...

—No. Eso no ocurrirá conmigo.

—Claro que sí. —Lana se incorporó y acarició la cara de Marie—. Eres muy guapa, cariñosa y lista. Estoy segura de que hay alguien más para ti y será perfecto.

—No, Lana, sé que no. El amor que siento por tu hermano es tan grande que no me cabe dentro. No me quito de la cabeza sus ojos, sus labios, sus brazos, sus palabras.

Lana bajó la mirada y volvió a la herida.

—¿Sabes qué? —continuó Marie—. Lo quiero más que a mi hermano y mi madre juntos. Y eso es lo que me mata, ¿lo entiendes? ¡Ay! —Marie miró hacia abajo. Lana había apretado demasiado fuerte.

—¡Perdona! No me he dado cuenta… Iré con más cuidado.

***

20 de diciembre de 1994
Todo son luces, lazos rojos, figuras de Papá Noel, sonrisas indiscriminadas, fotografías con cualquier excusa y demás tonterías. No soporto la Navidad. Nunca me ha entusiasmado, especialmente desde que murió mamá, pero ahora no la tolero. Cada músculo, cada hueso, cada poro de mi piel se retuerce cada vez que oigo un tintineo celestial. Olivier me ha dicho que tengo que estar presente en las fiestas que va a celebrar en casa, que esta vez no tengo escapatoria. Lo ha dicho con una mirada cargada de amenaza. Ojalá me muriera.

10 de enero de 1995
Acabé agotada. Las fiestas fueron un suplicio, algo así como ser enterrada en estado cataléptico. Por dentro gritaba con todas mis fuerzas que dejaran de torturarme, pero nadie se daba cuenta de mi sufrimiento.
Encontré un gran consuelo en el champán. Lo cierto es que pillé varias cogorzas considerables, hasta entrar en ese estado anestésico en el que todo te da igual. Lo mejor de todo es que Olivier me obligó a retirarme porque no quería que lo avergonzara delante de todos esos capullos que le hacen la pelota.

20 de febrero de 1995

Hoy me ha tocado hacerme cargo de la niña. A la señorita Guillot, su cuidadora, la han operado de apendicitis. En cuanto me la pusieron en los brazos, me entró terror. Empezó a llorar y a apretar los puños con fuerza hasta que los nudillos se le pusieron blancos. Normal. De repente, su madre ha desaparecido y la endosan a una chiflada que no sabe ni cómo cogerla.

Pasé una mañana completamente desesperada, pero luego, por la tarde, pude pasársela a la señora Ribarroja. No ha tenido niños, pero da igual. Cualquiera lo hace mejor que yo.

25 de febrero de 1995

Lana es una niña muy nerviosa. Pasa mucho tiempo despierta, haciendo ruiditos, todo lo toquetea. Tiene que estar siempre en brazos e incorporada, no soporta que la recuesten. Tiene muy mal genio. Me agota.

3 de marzo de 1995

Lana es imposible. ¡Qué diferencia con Oli! Era un niño tranquilo, afable. Lo dejaba en su sillita o en la cuna y se quedaba tan feliz. En cambio, la niña no se está quieta ni un segundo. Me superan sus exigencias. No puedo con ella.

10 de marzo de 1995

Cuando veo a Lana en brazos de su cuidadora me da envidia. Ya no me entiendo ni yo. He pasado quince días deseando la vuelta de la señorita Guillot, rezando para librarme de Lana, y ahora me muero por cogerla, abrazarla, cantarle canciones... Echo de menos su olor, el contacto de su cuerpo blandito contra mi pecho, el hoyuelo que se le forma en la mejilla cuando sonríe.

Soy una mala madre, lo sé, y eso me atormenta de un modo que soy incapaz de explicar.

5 de mayo de 1995

La señora Ribarroja me ha contado una historia terrible sobre la hija de una amiga suya. Estaba esperando a su primer bebé y todo era felicidad. La chica dio a luz una mañana, la cosa iba bien, pero esa misma tarde, estando en el hospital, le dio un ictus, parece ser que del esfuerzo durante el parto. Como resultado, la mitad derecha de su cuerpo quedó paralizada. «Qué pena no poder disfrutar de tu bebé, de tu primer bebé», pensé, pero ahí no acababa la cosa. Los médicos le dieron muchas esperanzas a la mujer, le dijeron que con el tiempo podría recuperar mucha movilidad. A los tres días, le dio otro ictus y se murió.

La señora Ribarroja estaba descompuesta. Parece ser que era amiga íntima de la madre de la chica. No paraba de lamentarse. «Qué desgracia, señora, qué desgracia. Y esa pobre criaturita, ¿qué me dice? ¡Y el marido! ¿Qué va a ser del pobre marido?», y se secaba las lágrimas que era incapaz de contener.

Y, mientras, yo maldecía la mala suerte de este mundo sin sentido. Lo que daría por haber sido yo la que sufriera ese ictus.

—¿Qué haces? —Lana estaba de pie, frente a ella, frotándose los ojos soñolienta.

—¿Eh? —Marie dio un respingo.

En una mezcla de disimulo y nerviosismo, cerró el diario de Arantzazu Totorikagoena, puso un brazo encima y apagó el flexo. El despacho quedó en penumbra.

—¿Qué haces despierta?

—Yo he preguntado antes.

—¿Quieres un té? —Marie se levantó y empujó a Lana hacia la cocina.

—¿Qué estabas leyendo?

—Nada. Unas notas.

—¿Qué notas?

—¡Oye, eres una cotilla! —exclamó Marie con tono socarrón. Carraspeó—. ¿Te he despertado?

—No, llevo tiempo desvelada, dando vueltas.

—¿Te preocupa algo?

—No lo sé. Me pasa mucho últimamente.

—Oye, estás muy delgada.

—¿Sí?

Ya en el hospital Marie había observado que Lana era mucho más angulosa que antes. Las mejillas se le hundían bajo unos pómulos prominentes y su cuerpo, en general, se veía más huesudo.

—¿Estás haciendo dieta?

—La verdad es que no. Me estaré desintegrando. —Lana levantó las cejas y pareció animarse—. ¿Te imaginas que fuera perdiendo masa corporal hasta que solo quedaran ojos, pelo y uñas?

—Estás loca.

—Un poco, sí.

Marie le sirvió una taza de té en la mesa de la cocina.

—¿Por qué me pones esto? —preguntó Lana arrugando la nariz mientras se asomaba al líquido humeante.

—Dijiste que querías té.

—No, no lo dije, fue cosa tuya. Estabas ahí, enfrascada en tus notitas, y de repente te levantaste como alma que lleva el diablo.

—¿Café? ¿Descafeinado?

Lana entornó los ojos y resopló.

—Lo que quiero es que vengas conmigo a la cama.

—Eso ha sonado un poco raro —dijo Marie entre risas, pero enseguida se detuvo.

Lana la miraba muy seria, no parecía estar para bromas.

—Bueno, vale. Vamos.

***

Debía tener más cuidado. Cuando leía el diario de Arantzazu se abstraía tanto de la realidad que casi perdía la conciencia. Lana no podía enterarse de la existencia de aquel diario. Ni siquiera debía verlo; al estar escrito en español, enseguida lo relacionaría con su madre. Marie sintió un nudo en la garganta. Lana era tan frágil. Si sospechara mínimamente lo que su madre había escrito sobre ella, no quería ni imaginar cómo le afectaría.

No obstante, Marie no lograba despistar ese apetito lobuno hacia el diario. Tenía la necesidad de devorarlo, absorberlo y exprimirlo hasta la última letra. Por eso, se lo había llevado consigo al instituto. Pasó la mañana con el cuaderno entre los libros, que devoraba a la menor ocasión. Nada de lo que dijeran sus profesores le interesaba más que el sufrimiento de Arantzazu, que seguía debatiéndose en una lucha interna que tenía perdida de antemano. De vez en cuando, la mujer dejaba entrever el atisbo de alguna alegría, normalmente relacionada con su pequeño Olivier y más raramente con Lana, pero el tremendo hastío, la monotonía y la tristeza se habían adueñado de su vida, mientras su marido se ocupaba de estrechar el círculo a su alrededor. En cuanto este creyó percibir cierta amistad entre su esposa y la señora Ribarroja, despidió a la asistenta y al marido, lo que desató en Arantzazu un estallido de rabia en el que se arrancó algunos mechones de pelo.

Olivier de Poitou, que veía peligrar su reputación, trajo a un psiquiatra que le diagnosticó a Arantzazu una depresión grave, le prescribió varios antidepresivos y ansiolíticos, y recomendó su internamiento en un hospital. Sin embargo, Olivier de Poitou no podía permitir que se encendiera la chispa de las habladurías, así que la encerró en su habitación con el firme propósito de contener bajo llave aquel temperamento exacerbado.

Al finalizar las clases, Marie se sentó en un banco cercano al instituto. Estaba a punto de terminar la historia de Arantzazu Totorikagoena.

17

15 de febrero de 1998

Creo que las pastillas están empezando a hacer efecto. ¡Por fin! Después de tantas marcas y dosis diferentes, parece que el médico ha dado en la diana.

Esta mañana, al despertar, me he sentido algo mejor. Por primera vez desde hace mucho tiempo he pensado en el desayuno. He echado de menos un zumo de naranja, un cruasán recién horneado y un café muy cargado, solo y bien dulce. Después, he pensado en mis hijos. Me he recreado en las caritas de Olivier y Lana, tan dulces y hermosas. Me han entrado ganas de estar con ellos y abrazarlos. Sin embargo, me he quedado en la cama todo el día. Supongo que habrá que ir paso a paso.

8 de marzo de 1998

Olivier ha dado su permiso para que mi habitación no esté cerrada con llave. En los últimos días he estado más serena, he pasado algún tiempo con los niños y no me ha entrado ningún ataque de histeria.

La primavera ya empieza a notarse en los campos y el jardín. A veces bajo al porche, me tiendo en una tumbona y dejo que el sol acaricie mi cuerpo entumecido. He estado demasiado tiempo en un pozo oscuro, húmedo y terrible, y quiero salir. En ocasiones tengo la sensación de que estoy trepando por las paredes mojadas de ese pozo y que me resbalo, que vuelvo a caer, pero nunca caigo tan profundo como antes. Ahora veo una pequeña luz arriba del todo que cada vez se hace más grande. Creo que lo conseguiré. Estoy impaciente por asomar la cabeza.

25 de marzo de 1998

Hoy hemos cenado todos juntos, como una familia normal. Oli ha estado parloteando todo el rato. Creo que está contento de verme mejor y eso me anima a continuar. Lana come solita y también habla mucho. Ha estado intentando llamar la atención constantemente, imponer su conversación por encima de la de su hermano. Qué genio tiene, pero es una muñequita adorable. Nos ha hecho sonreír a todos con sus mohines. Cuántas cosas me he perdido de ella, no sé si podré perdonármelo algún día.

Olivier ha estado muy amable conmigo. Hemos celebrado una cena española, con tortilla de patatas, croquetas y jamón. Ese detalle me ha llegado al alma. Sé de sobra que él prefiere otros platos más franceses.

En un momento de la cena nos hemos mirado y ha habido un chispazo que me ha transportado doce años atrás, a ese San Fermín en el que nos conocimos. Lo he recordado vestido de blanco, con el pañuelo rojo en el cuello y el pelo negro en ondas, y creo que me he estremecido.

28 de marzo de 1998

Hoy los monstruos me han visitado otra vez. Me había levantado muy animada y había estado jugando con Lana a peinarnos y pintarnos las uñas. De repente, se me ocurrió que todos podríamos hacer un viaje este verano. Dejé que mi mente vagara y soñé con la playa de la Concha, donde tantas veces fuimos mis padres, Oli y yo. Entonces caí en la cuenta de que mis padres no han conocido a Lana ni la conocerán. Empecé a imaginar a unos gusanos gordos y sinuosos comiéndose los cuerpos de mis padres, asomándose por las cuencas vacías de sus ojos y que venían, lentos pero seguros, a por mí. Después, el aire se llenó de un olor a flores marchitas y no podía respirar. Sentía que me ahogaba. No recuerdo nada más.

Ahora es de noche. Las espesas cortinas de terciopelo cubren de nuevo las ventanas de mi habitación y el silencio ha regresado para mortificarme. He intentado salir, pero, cuando he descubierto que la puerta estaba cerrada con llave otra vez, me he puesto a fantasear. Quizá se olviden de mí. Con suerte, nadie se acordará de que me han encerrado y moriré de inanición.

10 de abril de 1998

Hace días que me siento más serena y recuperada de la última crisis, y Olivier me ha dado otra oportunidad de inten-

tar hacer una vida normal. He pedido ojear los álbumes de fotos y ha dicho que sí. Había algunas fotografías de mis padres. Mi madre, tan guapa con su pelo rojo y sus ojos verdes; mi padre, tan apuesto y varonil, con la mirada firme. Me gustaría haber heredado su carácter seguro e inquebrantable.

También he visto varias fotos mías con mis hijos. Apenas me reconozco. Supongo que estoy sugestionada, pero no sé, me parece que la tristeza me ha cambiado la cara.

15 de abril de 1998

Hoy me ha dado por pensar en cosas diferentes. ¿Dónde está mi herencia? Por mucho odio que me tuviera mi padre, aunque no quisiera dejarme nada, juraría que hay un mínimo que me corresponde por ley. ¿Por qué no he recibido ninguna notificación?

¿Por qué Olivier despidió a la señora Ribarroja y a su marido? ¿Por qué no he vuelto a tener una asistenta española?

Para colmo de males, Olivier está de viaje. Tendré que esperar a su vuelta para preguntarle. Me come la ansiedad.

18 de abril de 1998

Nuevamente, la culpa es mía. Claro que hay una herencia, solo que no estoy en mis cabales para reclamarla. Olivier nunca me había dicho nada por no desencadenar otra crisis. Tiene razón, yo hubiera hecho lo mismo en su lugar.

Esto me ha hecho pensar que vivir conmigo debe de ser un infierno para todos. Para mis hijos, para los empleados *de la casa, para Olivier. Qué suplicio. Por un momento, me he puesto en su piel y me he odiado. Definitivamente, tengo que ponerme bien.*

22 de abril de 1998

Hoy he salido a comprar algunas cosas. Ha sido extraño. Me he sentido como una niña en su primer día de colegio, asustada ante la incertidumbre, ante el descubrimiento de un nuevo mundo alejado del círculo protector y conocido.

Me he cruzado con mi imagen en el espejo de una tienda. He tardado un tiempo en caer en la cuenta de que aquella mujer desgarbada, flaca y pálida era yo. Han sido unos pocos segundos, pero en cuando me he reconocido en ese reflejo he sufrido una conmoción.

Creo que nunca volveré a ser la misma y no sé si eso es bueno o malo.

3 de mayo de 1998

Un nuevo terremoto me ha arrasado por dentro. Llevaba unos días bien, magníficamente bien, pero los monstruos han vuelto. ¿Es que nunca lo voy a conseguir? ¿Estoy condenada a esta tortura? ¿Por mala hija? ¿Por mala madre? ¿Por mala esposa?

Ayer estaba con los niños en el porche. Ellos jugaban a perseguirse, aunque Oli dejaba ganar a Lana todo el rato. Sus risas descontroladas me acompañaban. Era una tarde cálida y soleada, y me encontraba de muy buen humor.

De pronto, Lana empezó a llorar. Se había caído y se había lastimado las rodillas. Solo eran unos rasguños, pero la niña estaba desconsolada. Fui a socorrerla, a prestarle mi apoyo, mis abrazos y mis besos, pero…, ¡Dios!, me rechazó. Se apartó de mí y fue corriendo hasta la señora Blanchard, que estaba allí de casualidad. ¡La señora Blanchard! Mi hija prefiere el consuelo de la cocinera antes que el de su madre. Estoy tan dolida que no sé ni cómo consigo escribir estas palabras.

¿Qué he hecho con mi vida? ¿Qué he hecho con mi vida?

10 de mayo de 1998

¿Las cosas pueden ir peor? Sí, claro que sí. Ayer volví a preguntarle a Olivier sobre la heren…

¡Zas! Alguien le arrancó el diario de las manos en un silbido. Desconcertada, levantó la cabeza y allí estaban otra vez. Eran Maurice y sus amigos.

—Dámelo, por favor —dijo Marie, con la voz ahogada.

Maurice hojeaba el cuaderno con un ostensible gesto de desprecio. Marie sintió un escalofrío al ver las delicadas páginas del diario de Arantzazu Totorikagoena entre aquellas manos bastas y callosas.

—¿Qué es esto? —Maurice tenía ganas de jugar.

—Dámelo, por favor, te lo ruego.

Marie se levantó del banco y extendió una mano hacia el diario. Maurice se lo tendió, pero en el último segundo, antes de que pudiera apresarlo, él le asestó un golpe en la palma con el cuaderno. Los amigos rieron.

—¿Es tuyo? ¿Es un diario? No se entiende nada.

—Seguro que son cartitas de amor escritas en clave —dijo uno de los amigos, haciendo burla con un tono pretendidamente angelical.

Maurice rio.

—No es eso, imbécil. Mira las fechas, son antiguas. —Maurice fue a la primera página—. Ah, fíjate: A-gan-sa-sú Toto-toto-toto… ¡Bah! —Entonces, se le iluminó el rostro y esbozó una sonrisa malévola—. ¡Ya sé! Es la madre de ese, ¿no?

—¿De quién? —dijo otro de la pandilla, asomándose al diario.

—El pimpollo pelirrojo. La hermana está muy buena, pero él es un payaso. —Maurice seguía manoseando el cuaderno con desdén—. Es su novio.

—Maurice, dámelo, por favor —logró decir Marie con un nudo en la garganta.

—¿Qué?

—Que me lo des, por favor.

—¿Qué?

Los amigos rieron más. Marie echó un vistazo en derredor. No había nadie. Hacía tiempo que las clases habían terminado y se había quedado allí sola. Oyó un desgarro que se le metió dentro. Antes de girar la cabeza hacia el diario, ya sabía lo que estaba pasando.

—¡No!

Maurice había arrancado una hoja del cuaderno y la sostenía en alto. Las risotadas componían un concierto discordante que a Marie le estallaba en los oídos.

—Creo que me han entrado ganas de ir a cagar. Dame papel, tío —espetó uno de los amigos.

—Toma —dijo Maurice arrancando más hojas y arrugándolas.

El otro las cogió e hizo el ademán de limpiarse con ellas.

Marie sintió náuseas. «Por favor, ten mucho cuidado con él. Es muy importante para mí». Las palabras de Olivier resonaron en su cabeza, que daba vueltas a velocidad vertiginosa. «Es algo muy valioso». «Es la única herencia que tengo de mi madre». «Es parte de mi vida».

Se lanzó hacia Maurice, con el ánimo de quitarle el cuaderno como fuera. Él le propinó una patada en el estómago y la derribó. Marie se retorcía en el suelo, pero lo que más le dolía no era el cuerpo.

—¿Alguien tiene un mechero?

—No, por favor, Maurice… Pídeme lo que quieras, pero, por favor, no, no…

—Vaya, vaya… Eso está mejor. Aunque esa actitud me hubiera gustado mucho más en otras ocasiones.

—¿Qué quieres?

Maurice adelantó el labio superior y miró hacia arriba.

—¿De ti? Hum… Nada. O no, ¡qué narices! Quiero joderte. —Vio el miedo en el rostro de Marie y soltó una gran risotada—. ¡Ah, no, eso no! ¿Qué creías? No te la voy a meter más, no. Qué asco… No, no. Para que me entiendas en tu lenguaje fino: lo que quiero es fastidiarte, humillarte, igual que hicisteis tú y tu novio de mierda.

Maurice escupió. El salivazo le cayó a Marie en la cara.

—¿Dónde está ese mechero? —bramó.

A través de las lágrimas, Marie vio con claridad cómo una llama pequeña y oscilante iba creciendo y se comía la confianza que Olivier había depositado en ella. «Por favor, ten mucho cuidado con él. Es muy importante para mí». Marie escondió la cabeza entre los brazos y, en esa oscuridad, con las risas burlonas coreando alrededor, empezaron las patadas. Venían de todos lados y caían sobre ella de manera indiscriminada, en las piernas, la espalda, los brazos, el pecho, la cabeza. Marie empezó a marearse. Tenía ganas de vomitar.

Se hizo el silencio y la paz. Abrió los ojos con dificultad, como si los párpados pesaran toneladas, y vio que estaba sola.

La brisa barría la vida de Arantzazu Totorikagoena, convertida para siempre en oscuras cenizas.

**

El agua oxigenada volvía a chisporrotear sobre los cortes, pero con menos espuma que la última vez.

—Te estás acostumbrando muy mal, querida. Como sigas así, ¿quién te va a curar cuando yo no esté?

Marie no respondió. Estaba tumbada sobre la cama, con la cabeza hundida en la almohada mientras Lana aplicaba un algodón sobre las heridas de las pantorrillas.

—Te van a salir unos moretones increíbles. Qué cabrones... ¿No me vas a contar qué pasó?

Tenía el cuerpo magullado. Probablemente hubiera sentido el dolor de no haber estado asediada por la pena y el remordimiento. Ojalá le hubieran hecho mucho más daño; quizá así no la atormentaría la culpa.

—Lo mejor será que descanses. ¿Quieres alguna ayudita?

Marie levantó la cabeza, extrañada. Lana había abierto el bolso y estaba sacando varios blísteres.

—¿Temazepam, Valium, Ambien, Xanax? Elige. Son buenas. Te relajarán.

Lana había desplegado los envases como una baraja de cartas para que Marie escogiera.

—Pero… ¿De dónde has sacado todo esto?

—Bueno —dijo Lana con una media sonrisa—, alguna ventaja debía tener estar bajo tratamiento psiquiátrico.

—¿Tu psiquiatra te receta todo eso?

—También tengo algunos contactillos.

—¿Tomas esto de forma habitual?

—Mujer, de forma habitual… Solo cuando las necesito.

—¿Y para despertarte?

—¿Qué?

—¿Qué tomas para despertarte?

—Oye, si no quieres, allá tú. ¿Qué te crees, que los laboratorios hacen estas cosas para hacer daño a la gente? Son ayudas. ¡Y no me mires así! ¡Mierda!

Ahora que Marie se daba cuenta, le parecía que ese pelo era menos rojo, puede que hubiera perdido brillo y cantidad. La melena, apagada, le caía sobre la espalda y contrastaba con la vestimenta, negra de pies a cabeza. Parecía una llama que fuera perdiendo fuerza sobre las cenizas de su destrucción.

—Dame una.

—¿Cuál? —Lana se alegró.

—La que tú me recomiendes.

—Esta te irá bien.

Marie tragó la pastilla sin agua y se quedó boca abajo, sin dejar de mirar a Lana, que parecía estar haciendo un recuento de su arsenal farmacéutico.

Le fue invadiendo una sensación de tibieza dulce y despreocupada. Ya nada importaba.

***

La luz mortecina del atardecer entraba por la habitación. Marie sentía pesadez en los párpados, en los brazos, en las piernas. Intentó estirarse, pero algo se lo impedía. Un brazo largo y huesudo, vestido de negro, cruzaba su cuerpo y la tenía aprisionada. Marie soltó una especie de gruñido.

—¿Ya te has despertado? —dijo Lana incorporándose.

—¿Cuánto llevo durmiendo? —logró preguntar Marie. Tenía la boca pastosa y era como si la lengua hubiera doblado su tamaño.

—Un montón. ¿Te encuentras mejor?

Marie pensó unos segundos.

—No.

—Eso es por el efecto de la pastilla, pero tengo otra que te reanimará.

Lana saltó de la cama y fue hasta su bolso.

—No deberías… —intentó decir Marie.

—¿Qué?

—No quiero más pastillas.

—Te va a costar espabilarte.

—Estás enganchada a esa mierda.

—¡Joder! ¡Intento ayudarte y así me lo agradeces!

—Lana, ¿qué más tomas?

—¿De qué hablas?

—¿Coca?

—Oye, déjame en paz, ¿vale? Si no quieres que te ayude, me lo dices y punto. Mira, ahora que lo pienso… —exclamó Lana agitando los brazos—. ¡Me voy!

Marie se alarmó.

—Pero…

—Está claro que te molesto. Todo lo que digo y hago por ti es motivo de queja o para que me eches un sermón, así que no te preocupes, me largo y ya está.

—Lana, por favor… —Marie consiguió enderezarse—. Perdona. No te vayas, por favor, necesito tu compañía.

—No lo parece. Siempre eres tan hermética… ¡Ni siquiera confías en mí lo suficiente como para contarme qué te ha pasado!

—Tienes razón. Ven, siéntate.

Lana obedeció.

—Fue Maurice. Él y sus amigos. La caída del jueves también fue por culpa de ellos.

—Maurice es el cachas aquel con el que te enrollaste, ¿no?

—Sí.

—¿Y por qué te hace esto?

—No sé. Por venganza, supongo, por ánimo de revancha… Olivier lo humilló.

—¿Qué me dices? ¿Cuándo?

—Cuando vino con tu padre. Nos descubrió en la cocina. Maurice me estaba amenazando y tu hermano lo detuvo.

—Qué asqueroso…

Por un instante, Marie dudó de a quién se refería Lana.

—Creo que Maurice siempre ha tenido complejo de inferioridad —dijo.

—¿Y por eso te da una paliza?

—Lana, lo peor no es la paliza. Eso no fue para tanto.

—¿Cómo que no? ¡Mírate!

—Ojalá me hubieran hecho más daño.

Tragó saliva. ¿Se atrevería a contarle toda la verdad?

—¿Por qué? —Lana tenía la cara crispada, no entendía nada.

—Oli me prestó algo, algo muy importante. Tenía que devolvérselo, pero ya no puedo. Maurice y sus amigos lo rompieron y lo quemaron. Oli confió en mí y no debió hacerlo. ¡Y ahora me siento tan indigna y despreciable!

Marie rompió a llorar con amargura. Las lágrimas le brotaban en un torrente que no podía controlar.

—¿Y qué es eso tan importante? —Lana la abrazaba con fuerza, intentando detener aquellas convulsiones que la angustiaban tanto como a su amiga.

—Era…, era…

¿Qué iba a decirle? ¿Que era el diario de su madre? ¿Que en él volcaba su suplicio, el odio que se tenía a sí misma, la complicada forma en que miraba a Lana? ¿Que el único rastro de su madre desaparecida se había hecho cenizas?

—Era... un álbum de fotos vuestras, con tu madre.

—Ah... —Lana tenía la mirada perdida. Tardó unos segundos en reaccionar—. Bueno, no te preocupes. Tenemos muchas otras fotos. Si esas fueran las únicas, todavía podría entenderte, pero, de verdad, no es necesario que te sientas tan mal. Además, recuerda que me prometiste que investigaríamos sobre ella, que iríamos a España. —Y guiñándole un ojo, añadió—: Así me compensarás.

***

Haber dormido tanto durante el día privó a Marie del sueño cuando llegó la noche. Las horas transcurrían lentas y preñadas de culpa. Los recuerdos, como monstruos voraces, la hostigaban en la oscuridad. A su lado, Lana dormía profundamente. Antes de abandonarse a su sueño farmacológico, le había dejado en la mesilla un par de somníferos que Marie no había podido olvidar.

Desde la superficie decapada de la madera, aquellas pastillas reclamaban su atención y la tentaban con la promesa de apaciguar su sufrimiento. Solo hacía falta un gesto para tomárselas y dejarse ir, acallar el torrente de acusaciones. Se acordó de su abuela, la Bernadette Toulan religiosa y beata que creía en la mortificación para lavar los pecados. Pero, mientras que la vieja matriarca le concedía un poder redentor a la tortura del cuerpo y el alma, Marie solo le otorgaba el beneficio de un castigo con justicia.

Cuando la claridad del nuevo día comenzó a entrar a hurtadillas a través de las rendijas de las persianas, una deliciosa pesadez empezó a apropiarse de sus extremidades y sus párpados, y la nada la envolvió en un instante.

***

Al abrir los ojos otra vez, lo primero que vio fue el bolso. Estaba en el suelo, en un rincón. A través de la piel color mostaza, su corazón, de tapas forradas en tela roja y blanca, le lanzaba lúgubres reproches y se quejaba de dolor. Igual que una anciana enferma, le recriminaba una negligente falta de cuidados y amor.

Desde su posición en la cama, Marie creyó percibir el olor a quemado y que unas pavesas negras y livianas sobrevolaban la habitación, en una lluvia que se sedimentaba en el suelo, enmoquetándolo de cenizas.

Marie pintaba esa escena que había cobrado vida en su imaginación cuando Lana entró con una sonrisa impaciente en la cara.

—Tenemos que ir a la farmacia.

—¿Es necesario?

—Sí, tu madre necesita varias cosas. El taxi está esperando fuera, ¡vamos!

—¿Y por qué no va ella? Nosotras nos quedamos con Chris.

—No, no, tú necesitas tomar el aire y moverte un poco.

—Pero ¿y si te ven? Si tu padre se entera...

—No va a pasar nada. Iremos a una farmacia de otro pueblo. ¡Vamos!

Marie se calzó a regañadientes. No le parecía buena idea aquella salida, estaba convencida de que algo saldría mal, pero apenas tenía energía para replicar. Agacharse a por el bolso le provocó varios pinchazos en el abdomen y tampoco encontró muchas fuerzas para caminar. Era como si los órganos hubieran encontrado otro acomodo dentro de su cuerpo y estuvieran haciéndose sitio.

Bajó las escaleras con dificultad, apoyándose en Lana, y juntas salieron al jardín. La mañana era soleada y olía a primavera.

Con lentitud, llegaron hasta la verja. Lana arrastró el portón metálico. Al otro lado esperaban un motor en marcha y un conductor taciturno apoyado contra el vehículo.

No era un taxi.

18

La conmoción de verlo de nuevo, tan cerca, sin haberlo previsto, la había paralizado. Miró a Lana rodeada por los fuertes brazos de él. Tenía la cara de satisfacción
de una niña que ha cometido una simpática travesura.

—¿Vamos? —dijo Olivier, abriendo la puerta de atrás
e invitándola a entrar con un gesto de la mano.

Lo miró a los ojos. Quería saber qué había detrás de
ellos. ¿Tristeza, censura, decepción? Con paso vacilante,
Marie se montó en el coche.

En el asiento del copiloto, Lana no paraba de hablar.
Marie no la escuchaba y tenía la sensación de que Olivier
tampoco. Pero lo bueno de aquella irrefrenable locuacidad
era que llenaba el silencio, a la vez que hacía de pantalla
contra reproches y disculpas.

Desde su posición, Marie veía la nuca de Olivier entre
el hueco del reposacabezas y el respaldo. Era una piel fina
y suave que se erizaba en cuanto entraba en contacto con

sus dedos. No hacía tanto que ella misma se había estremecido ante la sensación de poder que sus caricias inexpertas provocaban en él. Bastaría con alargar el brazo para rozar ese retal de terciopelo. Y, sin embargo, estaba tan lejos...

Fue él quien descendió del coche cuando llegaron a la farmacia.

—¡Agua oxigenada, algodón y aspirinas! ¡No lo olvides! —gritó Lana bajando la ventanilla.

—¿Esa era la urgencia? ¿Agua oxigenada, algodón y aspirinas? —dijo Marie cuando Olivier ya no podía oírlas.

—Claro, nunca se sabe cuándo podrían atacarte otra vez.

Marie entornó los ojos.

—Esto es una encerrona. No deberías haberlo hecho.

—Oye, yo solo lo llamé para preguntarle qué fotos eran esas y él respondió que vendría. De todos modos, no tienes por qué hablar con él si no quieres.

—Pero tengo que hacerlo. Le debo una explicación y millones de disculpas.

—¡Bah! Olvídalo.

—¿Qué dijo cuando se lo contaste?

—Se quedó callado, pero últimamente está un poco raro. Trabajar con mi padre debe de estresar un montón. ¡Calla! Ahí vuelve.

Olivier caminaba con paso cansado y la cabeza gacha. No parecía él. Marie sabía que bajo esa capa de desánimo no había estrés, sino una inmensa decepción.

—Oye, ¿por qué no compramos unas bebidas y vamos hasta la colina de Lounnac? Hace un día estupendo —dijo Lana con gran entusiasmo.

—Como queráis —repuso Olivier en un susurro.

—Pues venga, vamos —decidió Lana mientras Marie se encogía en la parte trasera.

***

El lugar que Lana había propuesto era una loma verde esmeralda, salpicada de arbustos de lavanda que aún no habían florecido. El paisaje, amplio y despejado, resplandecía bendecido por el sol brillante de mayo. Al fondo, el horizonte plano y sereno aparecía poblado por pequeñas casas.

Se habían sentado en el suelo con Lana en medio. Los tres miraban al frente, en silencio, cautivados por la paz de la colina.

—Oh, por favor, parad de hablar. Me vais a volver loca —dijo Lana con sarcasmo.

Marie y Olivier se revolvieron incómodos. Lana se levantó y se puso enfrente.

—¿Se puede saber qué os pasa? ¿Es por esas fotos? Dios mío… Oli, venga, dile a Marie que no es para tanto, vamos.

—No es para tanto —dijo Olivier con un tono monocorde y la atención puesta en ninguna parte.

—Y que tenemos muchas más.

—Tenemos muchas más.

—Bueno, muchas no. Dejémoslo en unas cuantas más.

—Bueno, muchas no. Dejémoslo en unas cuantas más.

—¡Eh! ¡No te burles! —advirtió Lana con un dedo amenazante—. ¿Sabéis lo que os digo? Que me estáis pegando vuestro mal rollo. ¡Parecéis críos!

—¿Puedes dejarnos solos un segundo? —rogó Olivier.

Lana los miró indecisa. Finalmente se alejó cuesta abajo murmurando y con la llama del pelo cabalgando sobre la espalda. Se fue haciendo cada vez más pequeña hasta que se detuvo y se tumbó, y quedó medio escondida tras una ondulación de la loma.

—¿Cómo estás? —preguntó Olivier.

Ninguno de los dos había movido un músculo.

—Lo siento, lo siento tanto —repuso Marie con la voz henchida de emoción. Se abrazó las piernas con fuerza, para mitigar el temblor de su cuerpo.

Olivier giró la cabeza, y por primera vez en aquella mañana se miraron.

—Quiero saber cómo te sientes. ¿Te duele mucho?

—Me muero de dolor.

Olivier entrecerró los ojos y apretó las mandíbulas.

—¿Qué te hicieron?

—No es ese dolor.

Marie buscó en el bolso y con mano trémula dejó el diario en el lecho verde de la colina. Las tapas estaban ennegrecidas y deformadas en ondas sinuosas. Una ráfaga de aire zarandeó el cuaderno y lo abrió. Las páginas en las que Arantzazu Totorikagoena había volcado su tormento se habían consumido hasta el margen interior, que ahora estaba rizado en picos negros.

Olivier se acercó y con la punta del dedo índice volvió a cerrar el cuaderno.

—¿Qué te hicieron?

Marie sollozaba con la cara escondida entre las rodillas.

—Por favor, grítame, cúlpame... ¡Castígame!

—¿Por qué iba a hacer eso?

—No finjas ahora. Dijiste que el diario era una joya para ti. Lo has guardado durante años, me pediste que tuviera cuidado y... y... ¡y no lo tuve!

Olivier soltó el aire con fuerza.

—En otras circunstancias, quizá sí me enfadaría, pero... yo también tengo otro dolor mayor.

Marie levantó la cabeza y lo miró. Se sintió intimidada por Olivier. Parecía que toda fuerza había abandonado su semblante, habitualmente lleno de carácter.

—Primero te pierdo y, mientras me como la cabeza intentando averiguar qué he hecho mal y cómo podría solucionarlo, me entero de que unos..., unos... —Apretó las mandíbulas con rabia e impotencia—. ¿Qué me importa a mí un diario de una persona que apenas conocí y que solo vivía para sí misma? Me importa mucho más lo que le ocurra a la persona que más quiero en este mundo.

—No digas eso.

—¿Por qué no?... Ah, vale, no te preocupes. No voy a acosarte ni a pedirte que vuelvas conmigo, y no porque no quiera hacerlo. En estos días he entendido que no soportas tenerme cerca. —Olivier suspiró—. Si ni siquiera me miras a la cara... Para mí es muy doloroso ver cuánto me odias, así que tranquila, no tendrás que rechazarme otra vez.

El silencio dominaba la colina. No se oía el roce de la brisa contra los arbustos, ni el fluir de los coches en la carretera. El pueblo en el horizonte no era más que una foto fija.

—Lo que no entiendo es por qué dijiste que me querías si no era cierto —continuó—. Nunca pensé que pudieras mentir de esa manera.

¡No, eso no!, hubiera querido gritar Marie. Estaba resuelta a desatar el nudo que le aprisionaba la garganta, a declararle su amor y su verdad. Quizá, después de todo, aquella historia fuera posible. Él se levantó. De aquel cuerpo manaba tristeza y decepción, y eso lo había causado ella.

—¡Lana! —gritó Olivier.

Una cabeza pelirroja se asomó a lo lejos.

—¡Nos vamos! Marie… —añadió en un susurro grave, señalando el diario con el pie—: Guarda eso ya, por favor. No quiero que ella lo vea y empiece a hacer preguntas. Puede ponerse muy pesada.

Lana llegó trotando. Jadeaba y se apretaba un costado de la tripa.

—Estoy en baja forma, chicos. —Los miró a los dos, tanteando—. ¿Qué? ¿Ya somos todos amigos otra vez?

Olivier frunció el ceño.

—Venga, vamos. —Y se fue hacia el coche.

—Vaya, pues sí que está enfadado —dijo Lana.

—Está enfadado, ¿verdad? —dijo Marie con ansiedad.

—¡Puedes jurarlo! Está rabioso a más no poder. Joder, pues sí que le importaban esas putas fotos… —Lana ayudó a Marie a levantarse—. Mira, si un tío se pone así por una tontería como esa y no es capaz de olvidarlo… Chica, es mi hermano, ¡pero no merece la pena!

Marie dejó escapar unas lágrimas. Había estado conteniéndose, pero ya no podía aguantar más.

—Conocerás a otros, ya lo verás —dijo Lana limpiándole las mejillas con ternura y acariciándole el pelo—. Solo tienes que salir un poco por ahí. Y, cuando vayamos a España, nos enamoraremos.

***

Afortunadamente, contaba con Lana. Su incesante y despreocupado parloteo, las risas que provocaba a Christophe, y su cálido y dulce abrazo por la noche conseguían aflojar un poco las tensiones. El latido de las magulladuras había empezado a remitir y las raspaduras escocían menos. Sin embargo, el sentimiento de culpa no la había abandonado y, ahora, aquel diario abrasado, escondido en su bolso, le recordaba no solo que había faltado a la promesa que le había hecho a Olivier, sino que además quedaban destruidas las respuestas a las dudas e incógnitas que tanto atormentaban a Lana. Se decía a sí misma que quizá, de ese modo, fuera mejor para su amiga, pero no terminaba de convencerse.

El domingo, después de celebrar el cumpleaños de Christophe con una comida sencilla, Lana propuso unas carreras por la finca.

—Estás loca perdida —dijo Marie, sabiendo de antemano que sus protestas no servirían de nada.

Lana cogió la silla de Christophe y comenzó a girarla y a hacer *brum, brum.* Christophe empezó a palmotear. Desde luego, ya era tarde para negarse.

—Aún tenemos tiempo. Oli vendrá a recogerme en media hora. Vamos, gallinas —les retó a Marie y Juliette—. Sabéis que os ganaremos y estáis temblando de miedo.

Como era de esperar, Christophe y Lana vencieron en todas las vueltas, a pesar de que Lana apenas podía con el peso de la silla de ruedas. Marie aún no estaba para correr y Juliette no ponía demasiado empeño. Se colocaba a la altura de ellos, para darle emoción, pero en el último momento se quedaba rezagada y se dejaba ganar. La cara de Christophe, bañada por el atardecer, era pura alegría.

El ánimo decayó cuando el coche de Olivier traspasó el umbral de la verja.

—Bueno, creo que ya es la hora —anunció Lana.

Marie se apartó y se sentó bajo un árbol. Olivier había acertado cuando dijo que ella no soportaba tenerlo cerca, aunque por razones diferentes de las que él creía. A una distancia de varios metros, lo vio bajar del coche. En las manos llevaba una especie de bandeja de cartón con tres palos clavados. Eran algodones de azúcar. Christophe estaba radiante. Era el broche perfecto para acabar una tarde de fiesta.

Sin embargo, ni Lana ni Juliette parecían entusiasmadas. Permanecían calladas y miraban a Olivier con gesto de preocupación y respeto. Lana trató de tocarle la cara y él dio un respingo. «¿Te duele?», creyó oír Marie.

Comida por los nervios, Marie se acercó con un nudo en la garganta. Lana había cogido la mano derecha de su hermano y se había quedado asombrada.

—Ven adentro. Hay que poner hielo o se te hinchará aún más —dijo Juliette.

—Quizá te has roto algo —dijo Lana.

Olivier permanecía callado, mirando al suelo. Cuando Marie los alcanzó, él levantó la vista. Sus ojos la contemplaban desde una distancia insalvable. Marie creyó que le había caído un rayo encima. Aquel rostro perfecto y delicado estaba atravesado por rasguños e hinchazones.

—Solo necesito un analgésico, por favor —dijo Olivier estirando los dedos con la mandíbula apretada—. Lana, ve a por tus cosas.

Juliette y Lana entraron en la casa. Marie observó a Olivier, la mano hinchada, su gesto de dolor. Era la viva imagen de la venganza cumplida.

—No tendrías que haberlo hecho —consiguió decir Marie—. Lo siento.

—Deja de decir eso.

—Todo es culpa mía.

—Basta ya —le advirtió.

Había incluso un matiz de amenaza en su voz que la asustó. Olivier se dio cuenta.

—Perdona, no quería ser brusco contigo, pero esto no es asunto tuyo. —Olivier volvió a bajar los ojos a la mano hinchada—. Tendría que haberlo hecho aquella vez, cuando te estaba acosando en la cocina. No volverá a molestarte.

—Pero podría haberte hecho mucho más daño.

—¿Ese? Venga ya...

Marie veía sus heridas y soñó con acariciárselas, cubrirlas de besos y aliviar su dolor.

Juliette se acercó con una pastilla y un vaso de agua, que Olivier aceptó.

—¿Por qué no te pones también esta pomada? —dijo—. Es para las inflamaciones musculares.

—Gracias.

Marie se adelantó y cogió la pomada. Apretó el tubo sobre sus dedos y salió una pasta amarillenta. Miró a Olivier, esperando su permiso. Él le tendió la mano y ella la recibió con suma delicadeza, temiendo hacerle más daño. Le aplicó la crema fría sobre los nudillos palpitantes y la carne abultada. Marie prolongó la cura y él se dejó hacer hasta que Lana llegó acompañada del chirrido de su maleta. Entonces retiró la mano.

—¿Nos vamos?

Olivier se despidió de Juliette y acarició la cabeza de Christophe, alborotándole el pelo.

—Adiós —dijo a Marie.

Después se metió en el coche y aguardó. Aunque se había prometido mirar hacia otra parte, no pudo despegar sus ojos de ella. Ojalá un día alcanzara a comprender todo lo que significaba para él.

19

Solo un año antes, Marie era una joven reservada, dedicada a su familia y protegida por los muros de su dormitorio, que llenaba su vida con los colores de su imaginación, las historias de los libros y el ronroneo de los gatos. Ahora, se veía como una mujer que había conocido las inquietudes del amor, con su dicha y su dolor, que se había abierto al mundo exterior como una flor hacia el sol, con un saldo de cenizas y magulladuras, pero también de risas, abrazos y momentos de alegría insospechada.

Le había retirado la mano. Ella se la estaba acariciando, conteniendo el deseo febril de besársela, de derramar sus lágrimas sobre la carne abultada, y él la había retirado. La sensación de pérdida la embargó y se sintió náufraga en la incertidumbre. Tomó conciencia de que el recuerdo de su piel nunca la abandonaría, de que no podría evitar que su rostro se le colara entre sus pinceles, de que su vida anterior ya no le bastaba, y de que Olivier se había convertido en alguien esencial de quien no deseaba separarse. Y había sido ella quien lo había expulsado de su vida.

Por eso, cuando Juliette la avisó de que el señor De Poitou estaba al teléfono, que insistía en hablar con ella para convencerla de vender el negocio de los Toulan, Marie tuvo una idea.

—Dile que me envíe todos los detalles por correo electrónico.

Confió en que el arrogante terrateniente no se ocuparía de esos menesteres, sino que encargaría la tarea a algún otro, alguien que, por ejemplo, ya hubiera tratado con ellas sobre ese mismo asunto y que fuera a liderar esa vertiente de su entramado empresarial.

***

Fecha: 30 de mayo de 2012 11:40
De: olivier.depoitoutot@depoitougroup.fr
Para: marie94@gmail.fr
Asunto: Oferta
Te envío la oferta
en los documentos
que adjunto. También envío
un
informe de nuestro grupo, con la
esperanza de que
resulte de tu interés. Espero tu
opinión cuanto antes.
Un saludo,

Olivier de Poitou Totorikagoena
Director de Nuevos Negocios
De Poitou Group

Una alegría conocida la asaltó cuando leyó el correo electrónico. Aunque rezumaba frialdad, Marie se alborozó al imaginar que los dedos de Olivier habían tecleado esas palabras para ella.

Fecha: 20 de mayo de 2012 11:50
De: marie94@gmail.fr
Para: olivier.depoitoutot@depoitougroup.fr
Asunto: Re: Oferta
Gracias por los archivos. Los analizaré con detalle.
¿Qué tal tu mano?
Marie

Fecha: 20 de mayo de 2012 12:05
De: olivier.depoitoutot@depoitougroup.fr
Para: marie94@gmail.fr
Asunto: Re: Oferta
Estoy volviéndome
loco de dolor. No, es broma.
Por suerte, gracias a
ti y a la crema, todo pasó.
Un saludo,
Olivier de Poitou Totorikagoena
Director de Nuevos Negocios
De Poitou Group

Aquellas palabras eran reconfortantes. Olivier le respondía y rápido, pero su parquedad y la extraña disposición de los renglones la dejaban desconcertada y con ganas de más.

Fecha: 20 de mayo de 2012 12:10
De: marie94@gmail.fr
Para: olivier.depoitoutot@depoitougroup.fr
Asunto: Re: Oferta
Me alegro de que todo vaya bien con tu mano. Espero que la vuelta al trabajo haya sido amable.
Olivier, a riesgo de que te moleste lo que te voy a decir, siento mucho lo que ha pasado. Ten por seguro que nunca he querido que te pelearas con nadie y mucho menos que te hagan daño.
Marie

Fecha: 20 de mayo de 2012 12:25
De: olivier.depoitoutot@depoitougroup.fr
Para: marie94@gmail.fr
Asunto: Re: Oferta
No te disculpes. No
me debes nada. No
hagas que
esto parezca otra cosa,
por
favor.
Un saludo,

Olivier de Poitou Totorikagoena
Director de Nuevos Negocios
De Poitou Group

Marie estaba desolada. No sabía qué pensar. La extrañeza aumentaba dentro de sí e iba cobrando fuerza la sensación de que algo se le escapaba entre aquellas líneas sobrias y cortantes. Resultaban tan forzadas que no parecían de verdad. ¿Es que Olivier estaba tan ocupado que apenas tenía tiempo para componer un mensaje suficientemente claro? ¿O es que ese era su modo de escribir cuando quería deshacerse de alguien?

Volvió a leer los mensajes. Se lo imaginó con su traje gris y el cuello blanco de la camisa cerrándose sobre la piel dorada.

Entonces lo vio. En cada correo, Olivier le había mandado un mensaje que nada tenía que ver con las palabras que había escogido.

Le temblaron las manos. No quiso prestar atención al sentimiento de culpa que la había acompañado durante los últimos días. El latido de su impulso era más fuerte.

Fecha: 20 de mayo de 2012 12:55
De: marie94@gmail.fr
Para: olivier.depoitoutot@depoitougroup.fr
Asunto: Re: Oferta
He visto la oferta. He
descubierto contradicciones en
los informes de los

mensajes y
en ellas está la
clave del negocio.
No corre prisa,
puedo esperar, pero no vayas a
olvidarte.
Te comunico que
quiero resolver esto pronto.
Marie

«Te quiero», «Estoy loco por ti» y «No me hagas esto, por favor». Marie había descubierto esos mensajes uniendo las primeras letras de cada línea en el primer correo y las primeras palabras del segundo y el tercero. En un arrebato de inesperada alegría, pensó en enviarle un mensaje claro y al descubierto, pero recordó que él, en contra de su voluntad, le había prometido dejarla tranquila. No quería violentarlo, así que finalmente Marie eligió cifrar también sus palabras con el mismo código. «He descubierto los mensajes en clave. No puedo olvidarte. Te quiero», le había dicho.

Esperaba con ansiedad la respuesta. De pronto, toda la soledad y la añoranza que la habían abrumado en los últimos días se esfumaban ante la esperanza. Olivier no le guardaba rencor, la quería, y desahogaba sus emociones en mensajes fríos y cortantes que significaban mucho más. Estará comiendo, pensaba mirando la hora cada cinco minutos.

Durante la tarde, la bandeja de entrada se fue llenando con correos publicitarios. Antes de acostarse, Marie echó un último y desesperado vistazo a la pantalla del ordenador.

Repasó los remitentes, abrió la carpeta del correo basura y mensajes eliminados. Se cercioró de todas las maneras posibles. No había ningún otro correo de Olivier.

***

Fecha: 21 de mayo de 2012 08:05
De: olivier.depoitoutot@depoitougroup.fr
Para: marie94@gmail.fr
Asunto: Detalles de la oferta
Disculpa la tardanza.
Si necesitas más datos,
te los enviaré. También
quiero resolver esto pronto,
pero debemos hacerlo bien.
No por apresurarnos
lo haremos mejor.
Puedo mandarte lo que pidas, para
evitar dudas y confusiones.
Un saludo,
Olivier de Poitou Totorikagoena
Director de Nuevos Negocios
De Poitou Group

Fecha: 21 de mayo de 2012 08:15
De: marie94@gmail.fr
Para: olivier.depoitoutot@depoitougroup.fr
Asunto: Miedos
Tengo objeciones y

miedo
de dejar cabos sueltos, de
perder lo que papá levantó con
todo su esfuerzo,
lo que nos apenaría. A eso hay
que sumar lo que
gané al ponerme
a la cabeza del negocio.
Tu padre me entenderá y dejará de
lado sus rencores.
Marie

Marie pulsó el botón de envío y apagó el ordenador. Ojalá pudiera quedarse unos minutos más, pero tenían que acudir al hospital y se les hacía tarde. Les esperaba un largo día, con los múltiples especialistas que atendían a Christophe.

Antes de marcharse por la puerta, ya tenía la ansiedad a punto de desbordarse.

Fecha: 21 de mayo de 2012 08:35
De: olivier.depoitoutot@depoitougroup.fr
Para: marie94@gmail.fr
Asunto: Re: Miedos
Siempre habla con franqueza. Estaré
cerca de los informes, vigilando
que tus preocupaciones no
te den quebraderos de cabeza ni ocurra
nada malo.

Un saludo,
Olivier de Poitou Totorikagoena
Director de Nuevos Negocios
De Poitou Group

Fecha: 21 de mayo de 2012 11:22
De: olivier.depoitoutot@depoitougroup.fr
Para: marie94@gmail.fr
Asunto: Otra cosa
Cuando acaben tus dudas, quiero
verte para los últimos aspectos. Me
basta, si te parece, con
cerrar el acuerdo vía Skype, pero viéndote los
ojos.
Un saludo,
Olivier de Poitou Totorikagoena
Director de Nuevos Negocios
Groupe De Poitou Group

De regreso a casa, Marie releyó los dos últimos mensajes que había recibido. O el encriptado había cambiado u Olivier había dejado de comunicarse en clave. Sin embargo, la intuición le decía que solo había complicado el código, porque los correos continuaban pareciéndole extrañamente forzados.

Sus ojos se pasearon nerviosos entre las palabras, las sílabas, las letras; leía en vertical, en diagonal, al revés. Estaba furiosa. Allí, en esos correos, había dos mensajes esperándola y no daba con ellos. Necesitaba aquellas palabras escondidas de Olivier como el aire, y, a la vez, estaba encandilada con aquel juego.

Cuando por fin descubrió qué palabras debía escoger, soñó que sus brazos fuertes la abrazaban desde atrás. «Siempre estaré cerca, vigilando que no te ocurra nada malo». «Cuando quiero verte, me basta con cerrar los ojos».

Después compuso un mensaje con la nueva regla, cuidando de que la primera y última palabra de cada renglón tuvieran un significado propio.

> Fecha: 21 de mayo de 2012 18:08
> De: marie94@gmail.fr
> Para: olivier.depoitoutot@depoitougroup.fr
> Asunto: Re: Otra cosa
> Desearía cerrar el acuerdo, que
> todo lo dudoso quede fuera.
> Diferente es lo que planeé, más
> fácil para mi familia, aunque
> últimamente creo
> que, pese a las discrepancias, puede
> haber, ciertamente, un
> futuro ventajoso para
> nosotros.
> Marie

Al terminar, se abandonó al sueño de imaginar qué mensaje recibiría de Olivier al día siguiente. Antes de apagar, el ordenador la avisó de un nuevo correo.

Fecha: 21 de mayo de 2012 18:30
De: olivier.depoitoutot@depoitougroup.fr
Para: marie94@gmail.fr
Asunto: Viaje
Permíteme que te
ruegue valores la oportunidad
o
notable ventaja
extraídas,
teniendo, estimando
y
considerando lo
naif.
Un viaje ha surgido de sopetón,
de siete días. En mi
demora al responder, no hay desprecio.
Un saludo,
Olivier de Poitou Totorikagoena
Director de Nuevos Negocios
De Poitou Group

De nuevo, Marie buscó con avidez entre las líneas y el lenguaje absurdo, pero Olivier había vuelto a cambiar la clave. Sin embargo, esta vez apenas tardó en descifrarla; sabía que se trataba de escoger palabras o letras, al inicio o final de cada renglón, y probó varias combinaciones. En su último correo electrónico, Olivier había escondido las palabras en la primera y última letra de cada línea.

La alegría de descubrir el mensaje oculto se dio de bruces contra un frío desencanto: «Perdona, estoy confundido». Además, el correo decía que Olivier se marchaba de viaje durante siete días. ¿Sería verdad? Daba igual, sonaba a que iba a estar callado durante una semana entera. Tendría que estar todo ese tiempo sin sus noticias ni sus mensajes, con la preocupación añadida de saberlo confundido. ¿Y qué habría querido decir con eso de que estaba confundido? ¿Lo confundía ella, con sus idas y venidas? ¿La confusión venía de sí mismo, de un más que probable cansancio? ¿O es que estaba confundido porque había conocido a otra? Las dudas y la impaciencia hicieron mella en su espíritu y desestabilizaron el terreno esperanzador que había conquistado días atrás. Su ánimo, de natural volátil y fácilmente impresionable, que con el paso de los años y mucha fuerza de voluntad Marie había conseguido domeñar, se había impuesto, había recuperado su poder dormido y ahora la tenía a su merced.

**

Lejos de amainarse, el desasosiego regresó con brío cuando Juliette entró en el dormitorio al día siguiente con una carta urgente que acababa de entregar un mensajero. Marie rasgó el sobre con ansiedad. Lo que vio la dejó estupefacta. Párrafos ilegibles, llenos de números y letras, se extendían a lo largo del papel. Se concentró en las primeras líneas.

63563 31 6í5 3n 9u3 no5 6354368mo5 3n 12 4u3r72 63 7u
0252, 29u3115 m2ñ2n2 631 v3r2no 42526o, no h3 63j26o 63
43n52r 3n 78. 21 4r8n0848o, 0r3í2 9u3 53 7r272b2 ún-
802m3n73 63 2m85726. 7r272b2 63 0onv3n03rm3 63 9u3
5o1o 53n7í2 2gr26308m83n7o 4or h2b3r73 o0u426o 63 m8
h3rm2n2, 263má5 63 083r72 0om41808626 5urg862 63
nu357r25 0onv3r52o8on35, 9u3 2 4352r 63 5u br3v3626,
72mb83n 125 r30u3r6o 8n73n525 3 ín78m25. 26m8r2b2 7u
024208626 42r2 350u0h2r, 7u 8n7318g3n082, 9u3 fu3r25
72n 68f3r3n73 y ún802.

Estaba claro que se trataba de una mera sustitución de letras por números y las pistas eran incontables. Marie se puso manos a la obra y fue anotando en un papel las equivalencias. $1 = l$; $2 = a$; $3 = e$; $4 = p$; $5 = s$; $6 = d$; $7 = t$; $8 = i$; $9 = q$; $0 = c$

Marie:

Desde el día en que nos despedimos en la puerta de tu casa, aquella mañana del verano pasado, no he dejado de pensar en ti. Al principio, creía que se trataba únicamente de amistad. Trataba de convencerme de que solo sentía agradecimiento por haberte ocupado de mi hermana, además de cierta complicidad surgida de nuestras conversaciones, que a pesar de su brevedad, también las recuerdo intensas e íntimas. Admiraba tu capacidad para escuchar, tu inteligencia, que fueras tan diferente y única.

Y te veía guapa, muy guapa, y tan etérea e inalcanzable como un hada. Después del verano, cada vez que te metías en mis pensamientos, me parecía que me asaltabas, porque yo nunca te llamaba por propia voluntad y, sin embargo, siempre te las arreglabas para aparecerte dentro de mí, pero nunca en la forma de amiga de mi hermana, sino agarrada a mí, rodeando mi cintura, con los labios pintados de rojo. Marie, te recordaba cálida y sensual, apretada contra mi cuerpo, besándome, abrazándome, y entonces me obligaba a detenerme, incapaz de comprender qué me ocurría.

¿Sabes cuándo lo entendí? Cuando el mierda ese te estaba acosando en tu cocina. Tuve una sensación de alarma tan instantánea y poderosa, una urgencia de protegerte y destrozar el cuello de aquel tipo con mis propias manos, que tuve que reconocer la evidencia: estaba enamorado de ti. Sin pensarlo mucho, te invité a salir aquella noche. Necesitaba pasar tiempo contigo, tenerte cerca, pero a la vez no quería hacerte daño. Supongo que en aquel momento aún trataba de resistirme, pero algo mucho más fuerte me empujaba hacia ti sin que pudiera evitarlo. Por eso dudé cuando nos despedimos por la mañana. Quería besarte, hacerte el amor allí mismo, pero seguía diciéndome que aquello que se me removía por dentro cuando te tenía tan cerca podría ser solo algo pasajero. Y contigo no quería que fuera así.

Me marché. Los días pasaron, pero cada vez estaba más nervioso. La distancia no me salvó de un estado de angustia que no sabía cómo calmar. Me había vuel-

to un inútil total. No era capaz de fijar la atención en nada, mi mente enseguida volaba hacia ti. Así fue como me rendí. Me rendí, Marie, ¿lo entiendes? Yo no quería esto, pero no he podido evitarlo.

Cuando aceptaste pasar un fin de semana conmigo, creo que tuve la alegría más grande de mi vida, y cuando me dijiste que me querías, me convencí de que el mundo no podía ser más perfecto.

No sé si puedes imaginar lo que supuso para mí tu rechazo, que me alejaras de ti en un momento tan crucial como la crisis de tu hermano. Pensaba que estaríamos juntos siempre y, nada más empezar, las cosas ya se torcían de una manera espantosa. Creí que estabas enfadada por nuestra discusión sobre mi padre, pero después me di cuenta de que había algo más que aún trato de comprender.

Me alegro de que hayas descubierto los mensajes que te había lanzado a la desesperada, solo para intentar sosegarme, sin prever (necio de mí) que tu inteligencia me dejaría al descubierto, y me alegro también de que me siguieras el juego. Por eso me atrevo a cifrarte esta carta, consciente de que también sabrás leerla.

Marie, tus mensajes de estos últimos días me han dado esperanzas. Te pido que medites bien si quieres pasar el resto de tu vida conmigo, que es lo que yo más deseo. Si es así, reúnete conmigo en la colina de Lounnac el día 30, a las cinco de la tarde. No harán falta palabras, no te pediré explicaciones, ni siquiera te exigiré promesas, solo bastará con que vayas.

Pero quizá esté equivocado y he malinterpretado tus palabras. Si es así, te pido disculpas y te prometo que no volveré a atosigarte.

Quizá algún día olvides que te quiero, pero eso no cambiará lo que siento por ti.

Olivier

Tenía ocho días por delante. Quizá fueran pocos, pero si se esmeraba podría acabar a tiempo. Salió corriendo de casa y pedaleó con energía hasta el centro del pueblo. Entró en varias papelerías y compró el cuaderno con las hojas más finas que encontró.

***

Pasaban quince minutos de las cinco. Marie dejó la bicicleta recostada contra la hierba, que había crecido mucho desde la última vez, tapizando la colina con una alfombra mullida y fresca. Se descalzó y echó a andar cuesta abajo, con el corazón latiéndole en la garganta.

La loma era vasta y despejada, con pequeños montículos que ondulaban el terreno esmeralda como olas. Buscó a Olivier pero no había nadie. Marie siguió andando, presa de los nervios, culpándose por haber llegado tarde, convencida de que Olivier no lo había resistido y se había cansado de esperarla. La alta hierba le rozaba las piernas y le hacía cosquillas a su paso angustiado.

Se paró y volvió a mirar, haciendo visera con la mano, achinando los ojos, como si así pudiera aguzar la vista. El pavor le heló el corazón. No había nadie.

Un rumor sonó a su derecha. ¡Olivier! Se estaba incorporando desde el suelo, saliendo de su entierro de arbustos, flores y hierba.

—Has venido —dijo, lleno de alivio.

Marie se sentó a su lado. Quedaron un instante en silencio. Olivier le había dicho que no necesitarían palabras ni explicaciones, pero Marie tenía algo que mostrarle. Abrió el bolso y sacó un cuaderno.

—No es tan bonito como el de tu madre —dijo ofreciéndoselo a Olivier.

Estaba confeccionado con papel reciclado y tenía un color tostado. Las tapas duras mostraban el dibujo de una hoja.

Olivier frunció el ceño. Abrió el cuaderno y empezó a pasar las páginas en silencio, con parsimonia, acariciando el papel.

—Sé que no es lo mismo —continuó Marie—, pero tenía la necesidad de reparar el daño que le hice a la memoria de tu madre.

El cuaderno recogía escenas de la vida de Arantzazu Totorikagoena. Con los recuerdos aún frescos que Marie atesoraba de la lectura del diario, había dibujado la vida de la mujer.

—Es muy bonito —dijo Olivier, por fin, cuando terminó de ver el último dibujo. Tenía los ojos brillantes—. Muchas gracias.

—No, no es… —empezó a decir Marie. Si no hubiera sido por la emoción que flotaba entre la lavanda y que presionaba su garganta, hubiera negado el agradecimiento de Olivier, convencida de su culpabilidad y la necesidad de que él se lo recriminara.

—Haces que mi vida sea maravillosa, perfecta.

—He llegado un poco tarde. Verás, no me di cuenta y…

—Llegas toda una vida tarde.

Marie agachó la cabeza y el pelo le tapó la cara. Olivier le apartó un mechón oscuro y se lo colocó detrás de la oreja. No se detuvo ahí. Los dedos recorrieron el tacto sedoso de su pelo y le rozaron la piel del cuello. Cuando iba a retirar sus caricias, Marie le cogió la mano y se la puso en la cara. Cerró los ojos y se concentró en la sensación de aquellos dedos. Posó la nariz en su muñeca y aspiró su olor.

—*Take me out tonight because I want to see people and I want to see life*[4] —comenzó a entonar Marie, en un susurro tímido y apenas audible.

Olivier sonrió. «There is a light that never goes out», de The Smiths. Era su canción. Se unió a ella y juntos siguieron cantando con emoción.

—*Driving in your car oh, please don't drop me home…*[5]

---

[4] Sácame esta noche, porque quiero ver gente y quiero ver vida.
[5] Conduciendo en tu coche, oh, por favor no me dejes en casa…

20

El final de la primavera transcurrió veloz, entre la preparación de los exámenes finales y las tardes al sol con Christophe, que parecía que nunca se cansaría de jugar a las carreras y comer algodón de azúcar. Cada lunes comenzaba para Marie una tediosa cuenta atrás en la que los minutos discurrían con una lentitud de agonía, hasta llegar a la tarde del viernes, cuando Olivier la recogía y la llevaba a la casa de la playa. Cada fin de semana, en aquel modesto escenario, los amantes desenvolvían el regalo de una pasión voraz y un éxtasis del uno por el otro que, lejos de saciarse, engordaba con cada encuentro y tenía el efecto perverso de dejarlos cada domingo, al despedirse, en la desesperada orilla de la insatisfacción.

Mientras que Olivier tenía claros sus planes de futuro, Marie dudaba.

—Montaremos una escuela de buceo y surf —soñaba Olivier con entusiasmo.

—Pero yo tengo que seguir con el negocio de mi padre.

—Tu madre lo va a vender, no te va a dejar que cargues con eso.

—Ya, pero ella siempre me consulta cada oferta, y yo siempre digo que no, así que...

—¿Prefieres cocinar panes a vivir en la playa conmigo? —dijo Olivier con tono meloso.

—¿Y tu padre qué opina?

Con la sola mención de su padre, Olivier guardaba silencio. Aún tenía que comunicarle muchas cosas, por ejemplo, que se había enamorado de Marie Toulan y que no iba a seguir con el negocio familiar.

—Aún no he encontrado el momento —dijo con pesadumbre.

Por su parte, Lana también tenía planes. Insistía en la idea de que, en cuanto cumpliera la mayoría de edad, se iría de casa y pondría rumbo a España, junto con Marie, para rastrear las raíces de su madre.

—Tu padre te buscará por tierra, mar y aire, y te encontrará —le advertía Marie.

—Tú lo solucionarás. Yo soy la valiente, y tú la lista. Formamos un equipo indestructible.

Entre los hermanos De Poitou, Marie se hallaba dividida. Olivier la había entregado a una exaltación del espíritu que jamás habría vislumbrado, y Lana le proporcionaba el cálido cobijo de la amistad, bajo el cual guarecerse en las tormentas y disfrutar en los momentos de esplendor. A ambos se debía, a ninguno quería disgustar, pero era inevitable que cada cual tirara de ella en direcciones opuestas, y en aquella lucha tácita no había lugar para el empate.

A esa dicotomía Marie añadía el deber y amor a su familia. Quería seguir con el negocio paterno por el bienestar económico de su hermano y su madre, y a la vez esa excusa le permitía continuar en casa, de la que no podía pensar en despegarse sin recibir una punzada de dolor.

Juliette le insistía a Marie en que reflexionase sobre la idea de matricularse en la universidad. Ponía el grito en el cielo cuando escuchaba a su hija pronunciar su firme decisión de quedarse en Belsange. Verla abocada a un desperdicio de sus talentos, arrojados al contenedor de una vida anodina y sin alicientes, la llenaba de impotencia.

—¡Pues vendo el negocio sin consultarte y se acaba el problema! —la amenazaba.

—No lo harás. Nunca permitirías que nos timaran y saliéramos perdiendo.

Aun sabiendo que su resolución era inquebrantable, de vez en cuando a Marie la asaltaban momentos de una aflicción nostálgica, motivados por su renuncia definitiva a dedicar su vida al estudio de las artes. No pocas veces se había imaginado en un cuarto luminoso, entregada a la creación, rodeada de lienzos e inmune ya a los penetrantes efluvios de los óleos y el aguarrás. Sin embargo, la vida la había puesto en un camino diferente, menos artístico quizá, pero sí con unos colores de amor, felicidad y compañía que no había previsto pero que la llenaban de plenitud.

Con el fin del curso escolar, las familias que pasaban el año en otras ciudades comenzaron a llegar a Belsange, sedientas de calma y reposo.

—¿Sabes qué? —preguntó Lana un día de julio. Su cara en la pantalla del ordenador seguía igual de cetrina que en las últimas semanas, pero su voz había cobrado luminosidad—. He suspendido todas las asignaturas.

—¿Todas? —aulló Marie—. ¿Y por eso estás tan contenta?

—Mi padre me ha castigado.

—No me digas…

—¿Sabes con qué? —Lana hacía esfuerzos visibles por no rendirse a la risa—. ¡Con mandarme a Belsange!

Marie dio un brinco en la silla.

—¿De verdad?

—¡Claro! Vamos a pasar un verano fenomenal. Habrá que despistar a la gente de la casa para poder salir, pero ya se nos ocurrirá algo. ¿Qué te parece?

—¡Me parece genial! ¿Y cuándo vienes?

—No sé, pero creo que pronto. Mi padre quiere que me acompañe mi hermano para que haga de carabina. —Lana se echó a reír con ganas.

La perspectiva de tener a Lana cerca era una noticia con la que Marie soñaba desde hacía tiempo. Las dos semanas que estuvo acompañándola cuando Christophe sufrió la última crisis, primero en el hospital y luego en casa con ellos, no le habían bastado para recrearse en la amistad que había comenzado el verano anterior y que había proseguido a trompicones a través de internet. Y, además, Olivier también venía. En una dichosa agitación, Marie empezó a contar los días.

***

El calendario, en su imagen de julio, mostraba una carretera recta que se perdía en el horizonte, sin principio ni fin. Marie suspiró con sus pensamientos perdidos en ese trecho interminable y tachó un nuevo día del mes. Cada noche, antes de irse a dormir, plantaba una cruz sobre el día que había terminado y paseaba la vista por los que quedaban, preguntándose cuál sería el de la llegada de los De Poitou. Esa espera sin el horizonte de una fecha concreta la desanimaba, más aún teniendo en cuenta que los dos últimos fines de semana no se había visto con Olivier, obligado por su padre a terminar el trabajo antes de su partida.

Apagó la luz y se acostó en la cama, vestida solo con una camiseta amplia. Por la ventana abierta circulaba un aire caliente, y tan remolón y espeso que casi podía cogerse con las manos. Con las piernas buscaba retazos frescos de sábana y, cuando el calor volvía a asfixiarle la piel, de nuevo se movía. Tiró la almohada al suelo.

Poco a poco, el sueño la fue venciendo y entró en ese estado de letárgica duermevela, en el que el cuerpo no acaba de abandonarse a la nada, cuando sintió una presión en el estómago. Pensando que aquel peso era producto de un sueño, Marie no reaccionó, pero el aplastamiento ganó fuerza. Se despertó de repente, alarmada. Una sombra se sentaba a horcajadas sobre ella y se acercaba a su cara.

406

—¡Mierda! —susurró Marie.

—Uy, qué mal despertar.

—No vuelvas a hacer eso. Tú y tu hermanito habéis cogido la fea costumbre de colaros en mi habitación y un día me vais a matar del susto.

—¿No me vas a dar un abrazo?

Marie fue al encuentro de los brazos abiertos de Lana. Cuando la estrechó, la notó aún más delgada que la última vez. Tuvo la impresión de que si apretaba más fuerte le rompería los huesos, que a través de la ropa se le hacían tan palpables.

—Oye, ¿y dónde está…?

—¡Espera, espera! —dijo Lana con grandes aspavientos. Hizo como que sacaba un cronómetro. Lo levantó en el aire, con un dedo hizo clic y examinó el resultado imaginario—. Solo cinco segundos con diez centésimas. Señorita, está usted mejorando. La última vez tardó apenas tres segundos en preguntar por su adorado Olivier.

Como Marie no respondía, Lana suspiró y recitó con voz cansada:

—Sí, ha venido conmigo, está aquí…

Marie buscó en la oscuridad.

—¡No! Aquí en tu habitación no, aquí en Belsange. Buff, tía, estás fatal.

Lana saltó de su posición sobre Marie y se tumbó en la cama. Parecía enfadada, como si el encanto del reencuentro se hubiera evaporado y solo quedara decepción.

—¿Cuándo habéis llegado?

—Hace muy poco, en el último avión.

—¿Y cómo has conseguido venir? ¿No te vigilan por la noche?

—Pues, mira, parece que no. He venido en moto y, a pesar del ruido, nadie ha salido a mirar. De hecho, parece que nadie está por la labor de perseguirme —dijo Lana entre pensativa y animada—. Supongo que cuando llegue mi padre los perros sabuesos no me dejarán ni ir sola al baño.

—¿Y cuándo viene?

—Ni idea. ¡Por eso hay que aprovechar! Mira, ahora no he traído nada, pero he estado recopilando información sobre nuestro viaje a España. Y ahora que estoy en la casa voy a buscar a fondo, a ver si encuentro algo. Porque tiene que haber algo, ¿verdad? Su rastro no puede haber desaparecido por completo, ¿no?

—Seguro que hay algo, Lana, aunque eso no quiere decir que lo encuentres o que sea de verdad relevante para conocer mejor a tu madre.

—Qué rara estás… La última vez que hablamos de esto te noté más entusiasmada. ¡Qué narices! ¡Si la idea fue tuya!

Marie desvió la mirada. El remordimiento que creía haber sosegado despertó, y con sus fauces de bestia no saciada se hizo notar, mordiendo sus sentidos.

—Bueno, a veces me equivoco —acertó a decir Marie, disculpándose más por la falta de la que Lana aún era ignorante.

Allí sobre la cama, rozándole la piel, esa pobre niña huérfana e infeliz era ajena al legado escrito del sufrimiento de su madre, un legado que ya no existía más que en el reflejo de unos dibujos apurados, contaminados por el trazo culpable de alguien que nunca la conoció y que fue la responsable de su extinción en llamas.

Escudada por la oscuridad, Marie encontró la oportunidad de una confesión. Percibía la declaración de su culpabilidad como un acto de liberación largamente anhelado. No sería fácil encadenar unas palabras con otras, pero la recompensa de alcanzar la tranquilidad de espíritu merecía la pena. Y además era lo justo. Lana tenía derecho a saber.

—Lana, verás…

—¿Sí?

—Oye, ¿no estás muy flaca?

—¿Sí? ¡Gracias!

—Quiero decir flaca de verdad.

—Sí, sí, te he entendido, y lo repito, ¡gracias!

Le faltó valor o quizá la invadió el instinto de protección. ¿Qué iba a decirle a Lana? ¿Que su madre tenía una depresión terrible? ¿Que su madre la rechazaba? ¿Que su padre aceleró aquella destrucción?

Satisfecha por lo que había entendido como un piropo, Lana cogió la cara de Marie y le dio un sonoro beso en la mejilla.

—Tú sí que eres una buena amiga.

***

La preocupación, que permanecía intacta desde la madrugada, se mezcló con un estallido de felicidad cuando Marie vio a Olivier llegar en coche a su casa. Lo rodeó con los brazos y hundió la nariz, como siempre, en la curva de su cuello.

—Te he echado de menos —dijo Marie.

—Yo más.

—Tu hermana vino anoche.

—Ajá… —Olivier no parecía muy dispuesto a hablar. Sus labios buscaban a Marie y le acariciaban la boca, los párpados, las sienes, las orejas, el cuello—. ¿Nos vamos?

—¿A dónde? —preguntó Marie con la voz debilitada y burbujas en el vientre.

—A donde sea.

Después de valorar el cobertizo, el escondite bajo un árbol frondoso en medio del campo y el lecho herrumbroso que ofrecía la cama de metal de una camioneta que parecía abandonada, Olivier y Marie encontraron acomodo para su urgencia en el asiento trasero del coche.

—Cuando tengamos nuestra casa, estaremos más a gusto —dijo Olivier tratando de estirar sus largas piernas.

—¿Nuestra casa?

—Sí, nuestra casa en la playa, la que queda al lado del local donde impartiremos nuestros cursos de buceo. ¡Oh, no! —exclamó Olivier con sorpresa teatral—. ¡No me digas que ya no te acuerdas!

—Pues Lana está convencida de que este otoño estaremos las dos en España.

—Este otoño nos viene fatal, tenemos que empezar a preparar la escuela, mirar locales…

—Estoy hablando en serio.

—Yo también.

—Ni siquiera le has contado a tu padre nada de lo nuestro.

Marie siempre utilizaba ese argumento para terminar con la proliferación de sueños que Olivier construía en el aire.

—De este verano no pasa.

—Ya...

—Es verdad. Después de las vacaciones, no vuelvo a París.

Ambos se quedaron en silencio; Olivier, con el gesto sombrío, sumido en sus pensamientos; Marie, sin querer creer que su propia prórroga estaba a punto de acabar y que debía tomar una decisión.

—Tu padre te desheredará.

—No puede —repuso Olivier con media sonrisa—. Y si pudiera, te juro que tampoco me importaría.

—Se te acabarían los buenos coches, los aviones, tener un ejército de criados para ti solo...

—Te juro que me da igual. Tú eres el único tesoro que de verdad me interesa conservar.

Marie se incorporó algo disgustada. Aún no se acostumbraba a los halagos y las promesas de amor inflamadas que Olivier le formulaba a la mínima ocasión.

—¿Qué ocurre? —preguntó Olivier—. ¿Te pasa algo?

—Es que... Es que esto no puede ser real. No puede acabar bien. Haga lo que haga, alguien saldrá perjudicado.

—¿De qué hablas?

Olivier tenía el ceño fruncido. A su cara habían regresado el miedo y la preocupación que Marie ya había visto otras veces. No quería hacerle sufrir. Otra vez no.

—Nada, supongo que nada, pero…

—¿Qué? Dime lo que sea. ¿Es que ya no quieres vivir conmigo?

—No es eso… Lana debería saber ciertas cosas. Lo del diario, la historia de vuestra madre. Ella la busca constantemente, la tiene en la cabeza y no será feliz mientras no la encuentre.

Olivier soltó un suspiro cansado.

—No sé. Ya veremos. Pero, por favor, olvídate de Lana. A veces me parece que esto es una relación de tres. Ni que estuvieras enamorada de ella.

—Bueno, lo cierto es que yo la quiero mucho.

—¿Más que a mí?

Con alivio, Marie volvió a ver los ojos pícaros de Olivier, que ya se le acercaba con aire mimoso y juguetón otra vez.

***

Durante el día, Marie repartía su tiempo entre Olivier, su familia y el negocio, mientras que las noches las dedicaba a Lana, que seguía colándose en su habitación. Juliette, que era conocedora de los hábitos nocturnos de Lana y su afición por trepar la escalera oxidada hasta la ventana, le instó a Marie a que le diera a su amiga una llave de la casa, pensando que de aquella manera reduciría las posibilidades de una caída fatal. A partir de entonces, Lana ascendía cada noche las escaleras, tan sigilosa como un fantasma, y se acostaba al lado de Marie, que la esperaba dibujando, leyendo o con la vista perdida en sus pensamientos. Charlaban durante horas. A veces, Marie no podía evitar que los párpados se le cerraran y que la voz de Lana le sonara lejana, como dentro de una cueva, hasta que ella le daba un codazo o un empujón, y la traía a rastras hasta su vigilia pertinaz.

—¿Es que tú nunca duermes? —se quejó Marie somnolienta.

—Claro, por el día.

—¿Aún no te has enterado de que las noches se inventaron para dormir?

—¡Qué va! Las pastillas se inventaron para dormir.

—¿Aún sigues con eso?

—Oye, una de estas noches tenemos que ir a alguna fiesta. Bueno, tampoco se pueden llamar fiestas, son más bien reuniones de amigos. Conozco aquí a…

—Ya te he dicho otras veces que no, y no me cambies de tema.

—Sí, mami.

—En serio, Lana. Tienes que dejar esa mierda, estás muy flaca. Estás así por todo lo que tomas, ¿verdad?

—Que no… Escucha, de verdad te digo que ahora me junto con otra gente. Hablamos mucho, de cosas importantes.

—¿Como qué?

—Filosofía, política…

—Ya.

—¡Que sí! Mira, si no te fías, puedes comprobarlo tú misma. ¿Por qué no vienes hoy? A las cuatro he quedado con…

—Lana, yo trabajo durante el día. No puedo salir hasta las tantas y luego dormir hasta el mediodía.

—Ya, seguro que es por eso.

—¿Y por qué iba a ser si no?

—Para ver a tu amorcito. Os pasáis todo el día juntos, es que no os despegáis ni con agua hirviendo.

—Bueno, quedo con él, sí, pero además...

—¿Es que no puedes dejar de verlo ni un solo día? ¿No puedes hacerme el favor de acompañarme una sola noche? ¡Una sola noche, joder!

Lana la había acorralado. Su tono de voz, su postura, sus exigencias habían puesto las espadas en alto, prestas a una lucha en la que Marie no se sentía cómoda.

—Ya basta, Lana. No intentes manipularme ni me hagas chantajes, te lo advierto.

Lana la miró con desprecio.

—Y tú no me amenaces.

Saltó de la cama, se calzó las sandalias y se fue sin decir adiós ni volver la cabeza.

El enfado de Lana, que Marie suponía una rabieta pasajera, se prolongó. Cada noche la aguardaba en su habitación, entre nerviosa y esperanzada, convenciéndose de que Lana acudiría, pero nunca lo hacía. Finalmente Marie acababa por dormirse y al despertar se daba cuenta de que había transcurrido otra noche sin la visita de Lana.

—Dile a tu hermana que venga hoy, por favor —le pidió Marie a Olivier.

—¿Ocurre algo?

—Hace tiempo que no la veo.

—¿Y eso?

—Está enfadada conmigo.

—Ya se le pasará.

—No sé… ¿Se lo dirás? ¿Le dirás que venga, que te lo he pedido yo?

—Ya sabes que no puedo negarte nada.

Sin embargo, Lana siguió sin aparecer. Olivier decía que su hermana no dejaba traslucir ninguna reacción significativa cada vez que le pasaba un mensaje de su parte, que simplemente respondía que sí, que iría, y que esquivaba ofrecer más explicaciones escudándose en lo cansada que estaba, el sueño que tenía o la cantidad de asignaturas pendientes de estudiar.

—Entonces iré yo —anunció Marie mientras los dos comían en la cocina de su casa—. ¿Me ayudarás a entrar en la casa?

—Vale, pero solo si después te vienes a mi habitación.

—No sé si…

—Ya, ya lo sé. Era para picarte. Pero si puedes escaparte y hacerme una visita —dijo Olivier muy cerca de su oído—, te desnudas y te metes en mi cama.

—¿Esta noche?

—Hum… —Olivier le daba mordiscos en el cuello.

—¿Y cómo lo haremos?

Olivier se apartó rápidamente.

—Por favor, no me hagas sufrir y explícame a qué te refieres —dijo fingiendo dolor.

—Venga, va, es en serio. ¿Cómo entraré en la casa?

—Ah, eso… —repuso Olivier, decepcionado—. Bah, ahora es fácil. Cuando no está mi padre, los empleados no hacen guardia ni vigilan. Esta vez no necesitarás ponerte peluca.

A las doce y media de la noche, Olivier conducía su automóvil por la gravilla del camino que llegaba hasta la entrada de la mansión De Poitou. Parecía que no había ninguna luz encendida.

—Todos deberían estar durmiendo. Tranquila, no pasará nada —dijo Olivier apretando las manos de Marie, que ella se frotaba con nerviosismo.

—No es eso lo que me asusta.

Tal y como había pronosticado Olivier, la casa estaba a oscuras y en silencio. Llegaron hasta la habitación de Lana y allí Olivier se despidió de ella.

—Suerte —le dijo posando un beso en la punta de la nariz.

Después de verlo entrar en su habitación, Marie tocó en la puerta de Lana.

—¿Sí? —La voz de su amiga sonaba amortiguada.

Marie entreabrió la puerta y asomó la cabeza. La luz de un flexo iluminaba escasamente la estancia. Lana estaba metida en la cama, con la colcha subida hasta el cuello.

—¡Ah, eres tú! —resopló.

Lana apartó con brusquedad el cobertor. Estaba vestida enteramente de negro.

—¿Qué haces aquí? ¿Y qué quieres?

—Tenemos que hablar.

—Vale. Hablemos de Oli. Es tu tema preferido, ¿no? —dijo Lana mientras rebuscaba en su bolso.

—No recuerdo que tú y yo hayamos hablado mucho sobre tu hermano.

—Pero siempre está ahí, no me digas que no. Te lo veo en la cara, en los ojos. Haces como que me escuchas, pero en realidad estás en otra parte. Estás con él siempre.

—Eso no es cierto, Lana. ¿Pero qué es lo que te pasa? ¿Por qué no te alegras por mí? ¿Es tan horrible que tu mejor amiga salga con tu hermano?

—¡Claro que lo es! Cuando él te deje, querrás evitarlo y eso te alejará de mí, será un problema entre nosotras.

—No sé por qué presupones que él me va a dejar, por qué tiene que terminar nuestra relación ni por qué eso…

Lana se reía. Se carcajeaba con burla, como si ella sola fuera sabedora de una verdad que Marie, en su inocencia, ignoraba. Y era una risa malévola, de bruja de pelo rojo vestida de negro.

—Solo te falta la verruga —dijo Marie.

—¿Qué?

—¿A dónde vas?

—¡Y a ti qué te importa!

—Te acompaño.

—Mañana tienes que madrugar.

—He dicho que te acompaño.

—No quiero que vuelvas a ponerte en plan madre.

—No lo haré, te lo prometo. Quiero ir contigo.

Lana se relajó. Marie tuvo la impresión de que casi podía ver cómo los músculos se le distendían.

—Bueno… —Lana no la miraba directamente, pero su voz, mucho más dócil, revelaba una profunda alegría—. Pero tenemos que ir en la moto.

—Vale.

—Así pasarás frío —le dijo mirando el vestido ligero que llevaba—. Coge una chaqueta de mi armario y vámonos.

Después de acomodarse en la parte trasera del sillín, Marie se abrazó a la cintura de Lana.

—Perdóname.

Lana no respondió. Marie no podía ver su cara, pero notó que su cuerpo se estremecía, y aquella fragilidad tan indiscreta la conmovió.

***

La reunión, como la llamaba Lana, tenía lugar en el sótano de una casa privada. Era una mansión del estilo de los De Poitou, en cuanto a tamaño, ubicación y equipamiento. El dueño era notario en Versalles y, al igual que ocurría en otras familias, los hijos se habían adelantado a los padres para pasar las vacaciones en el pueblo.

La sala en la que se habían reunido estaba pensada para el ocio. Tenía una pantalla de infinidad de pulgadas para ver películas, varios sofás y *pufs* para acoger a más de una decena de personas, equipo de música, billar y barra.

Cuando Marie entró conducida por Lana, tuvo que emplear un momento largo en adivinar lo que ocurría tras la espesa humareda y debajo del ruido de unas guitarras estridentes que tronaban en los altavoces.

Los invitados estaban repartidos en diferentes corrillos. Bebían, fumaban y charlaban. De vez en cuando, alguien se levantaba para buscar más bebida en la barra o cambiar de compañía.

Lana ya estaba entregada a los saludos. Enseguida le pusieron un vaso en una mano y un porro en la otra.

—¿Qué es eso? —le preguntó Marie. Intentó hacerlo con delicadeza, pero no pudo evitar que la crítica aflorara.

—Me prometiste que no te pondrías en plan madre.

—Sí, es verdad. Lo siento.

—¿Por qué no lo pruebas?

—No.

—Como quieras —repuso Lana encogiéndose de hombros.

El tiempo transcurría con una lentitud exasperante, tanto que a Marie le parecía que el reloj, en vez de avanzar, andaba hacia atrás. Intentó integrarse, pero la falta de alcohol y marihuana en su sangre la excluía de los demás.

Prestó atención a las conversaciones que Lana había patrocinado como profundas e interesantes, pero Marie no encontró más que tópicos repetidos que, en boca de quienes lo tenían todo, resultaban discursos vacíos. En más de una ocasión estuvo tentada de intervenir, pero Lana estaba entusiasmada como pocas veces había visto antes, y no quería que se avergonzara por su causa ni que se enfadara con ella otra vez. Así que se mantuvo callada y sobria, resignada a esperar a que la reunión tocara a su fin.

Poco antes de que amaneciera, el anfitrión anunció que tenía una sorpresa para todos. Con gran ceremonia, sacó una bolsita con un contenido blanco. Los demás se pusieron a aplaudir como monos enjaulados ante la promesa de un festín de cacahuetes. La novia del anfitrión se prestó voluntaria a hacer los honores. Volcó el contenido en la mesa y con un utensilio afilado empezó a trazar rayas.

La ansiedad empezó a hacer mella en el grupo, que hasta el momento se había mantenido en concordia. Se oyeron quejas de que algunas rayas eran más cortas o más finas que otras, y estallaron discusiones sobre quiénes debían conformarse con las más pequeñas. El anfitrión los calló a todos:

—La próxima vez pagáis vosotros la coca, hijos de puta.

Marie se acercó a Lana, que casi babeaba frente a la mesa, y le tocó la espalda con insistencia, hasta que se volvió.

—¿Qué pasa? —preguntó Lana, molesta.

—¿Tú también tomas?

—Pues claro, es para todos. Tú reclama la tuya, ¿eh? Si no la quieres, la esnifo yo.

—¿Estás loca o qué?

—Me lo prometiste —advirtió Lana.

—No me he puesto en plan madre. ¿No te das cuenta de que todo esto es una mierda y te está destrozando?

—Es solo de vez en cuando. ¿O tú te crees que la coca cuesta igual que las palomitas? Anda, aparta —dijo Lana soltándose de Marie, que la tenía cogida por el brazo—. Al final me van a quitar una raya gorda por tu culpa.

El banquete comenzó con gran celebración por parte de todos, incluidos los desdichados a quienes les habían tocado las dosis menores. Marie se sentó en un rincón sin descuidar la atención sobre Lana, que parecía más descontrolada que nunca. La culpabilidad volvió a asomarse y pensó que todo aquello tendría solución si Lana supiera la verdad sobre su madre.

Un tipo se sentó a su lado. Tenía los ojos atravesados por grietas rojas que parecían a punto de desbordarse. Le pasó un brazo por los hombros y sonrió.

—Te he estado observando toda la noche. Me llamo Charlie.

Por toda respuesta, Marie dirigió una mirada circunspecta hacia la mano que le había puesto sobre el hombro, pero él no se dio por aludido.

—Eres muy mona, ¿sabes?

—Charlie, quita el brazo, por favor.

—He visto que no has tomado nada en toda la noche. ¿Qué es lo que te va? ¿Pastis?, ¿caballo?

—Te he dicho que quites el brazo.

Los ojos se le enrojecieron y se acercó más. Charlie bajó la mano y la dejó sobre un pecho de Marie.

—¿Qué haces? —De un revés, Lana apartó a Charlie.

—¿Qué haces tú, tía? —gritó él, y al ponerse de pie trastabilló y cayó al suelo.

—Macho, en ese estado no podrás hacer mucho esta noche —se burló Lana—. Mira, le he hecho un favor a tu reputación.

Le dio un puntapié y Charlie rodó como un fardo pesado.

—Gracias —dijo Marie.

—Es un payaso.

—¿Cómo te encuentras?

—Genial.

—Ya... —Marie quería sacar a Lana de allí, pero no sabía cómo. Estaba más suspicaz que nunca.

—No lo estás pasando bien, ¿no?

—Lana, vámonos, por favor.

—Vale —dijo Lana acariciándole el pelo.

Se pusieron en marcha y en pocos minutos las dos estaban fuera de la casa.

—No te creas que esto es así siempre —dijo Lana.

—¿A qué te refieres?

—Lo de la coca.

Marie suspiró.

—Oye, pero tú no puedes conducir la moto ahora.

—¿Por qué no?

—¿Sueles conducir en este estado?

—¿Qué estado? Controlo perfectamente. Bueno, a veces estoy algo mareada, pero por aquí no pasan coches, no hay peligro.

—¿Y en París?

—Allí hay taxis de sobra.

—Conduzco yo. Trae las llaves.

Lana no protestó. Ocupó la parte trasera del sillín y se aferró a la espalda de Marie. La rodeó con los brazos y apoyó la cabeza en su hombro.

—Yo quería que lo pasáramos bien, Marie.

—Lo sé, Lana, pero eso no es pasarlo bien.

Lana se apretó más. Marie podía sentir los latidos de su corazón acelerado en la espalda.

—Esto sí es pasarlo bien —dijo Lana cerrando los ojos.

***

A pesar de la autoridad con la que Olivier de Poitou se movía dentro de sus dominios y en su relación con todos los que le rodeaban, Marie se dio cuenta aquella noche de que tal demostración de fuerza y poder solo tenía valor si se hallaba presente. Por el contrario, en su ausencia o ignorancia, la supremacía del amo quedaba ridiculizada por una constante insubordinación. Había visto ese proceder en Lana, en Olivier y ahora en los empleados de la mansión, que hacían su vida ajenos a los recelos del patrón sobre su hija y a sus estrictas órdenes de vigilancia. Marie se complació al constatar aquella rebeldía porque, aunque silenciosa, era prueba del descrédito que De Poitou se había ganado después de pasarse años administrando miedo e inseguridad.

Entraron en la casa tropezando con todo objeto que Lana encontraba a su paso. Su cuerpo, apenas un saco de huesos, se agitaba inquieto, entregado a las convulsiones involuntarias que se habían enseñoreado de él. Además, no paraba de hablar, cantar y reír. Marie supuso que el cóctel de alcohol y drogas debía de estar en plena efervescencia dentro de sus venas.

En el dormitorio, Lana empezó a desnudarse con bastante desatino. Su torpeza se enredaba en hábitos tan cotidianos como pasar un botón por el ojal o bajar una cremallera.

—¿Me ayudas con esto? —Lana intentaba quitarse el sujetador, pero sus manos no acertaban a dar con el movimiento preciso que descruzaba el cierre.

Marie se acercó e hizo lo que su amiga le pedía. Liberada de sus ataduras, Lana se volvió y sus pechos quedaron al descubierto. Habían menguado mucho desde el verano anterior. Aunque ya no eran tan voluminosos, persistía en ellos la voluptuosidad.

Lana se había quedado en bragas, y aquella visión, aunque perteneciera a su amiga íntima, la incomodó. Aquel cuerpo, de tan consumido y pálido, aparecía hermoso, con la mágica translucidez de los seres fantásticos.

—¿No te vas a poner una camiseta o algo? —sugirió Marie, desviando la mirada.

—¿Con este calor? Tú estás loca... ¿Qué pasa? ¿Es que te da vergüenza? Anímate, mujer, libérate. Te aseguro que quitarte las cadenas de la ropa es de las mejores sensaciones que puedas tener.

Se bajó las bragas. Dejó al descubierto un pubis rasurado por completo, que a la vista parecía suave y candoroso. Marie se preguntó si a Lana le gustaría jugar a la inocencia en sus relaciones sexuales.

—¿Nunca te has bañado en el mar completamente en pelotas? —le preguntó a la vez que se lanzaba a la cama, como si en vez de un lecho la esperara el agua—. Oh, qué tontería, pues claro que lo has hecho. Te has bañado desnuda y habrás hecho algo más, ¿no? Vamos, tía, quítate toda la ropa y acuéstate a mi lado.

Ver a Lana desnuda la turbaba. Con pudor, Marie sabía que su inquietud no procedía de un concepto estrecho de la intimidad, sino de la placentera reacción que se había desencadenado dentro de sí. No quería mirar a Lana en esa exhibición de belleza ni detenerse en los detalles de su desnudez, pero la tentación era más fuerte. Se desvistió, pero se quedó en ropa interior.

—Todo. ¡Vamos! Quítatelo todo.

Marie obedeció. ¿Por qué no? ¿Qué tenía eso de malo? Se tumbó y el contacto de las sábanas contra su piel fue fresco y relajante. Lana tenía razón. La desnudez era liberadora. Pronto se acordó de Olivier y su cuerpo entero se erizó. Él estaba al otro lado del pasillo, guardándole un hueco libre en la cama, y ella estaba desnuda, vibrante.

—¿Te quedas a dormir?

—¿Y cómo salgo por la mañana? Sería demasiado descarado, incluso para tus sabuesos, aunque estén de huelga. Una cosa es que hagan la vista gorda, y otra, que nos paseemos delante de ellos.

Marie se quedó pensativa un instante.

—¿Me vas a dejar la moto para volver a mi casa?

—Claro —respondió Lana, contenta de hacerle un favor—. ¿Vas a ir al cuarto de Oli?

—No.

—¿No?

—No, me quedo contigo.

Lana alcanzó su bolso y sacó varias pastillas.

—¿Qué haces? —dijo Marie.

—Ahora mismo estoy a cien, tengo que bajar el colocón. Si no, no duermo.

—¿Por qué no probamos a charlar un rato? Se te pasará.

—Qué mona… —Lana la miró con cariño sincero—. Se ve que no tienes mucha idea, pero, vale, haremos lo que dices. —Se puso de costado y apoyó la cabeza en una mano—. ¿De qué hablamos?

—No sé. —Marie había vuelto a ruborizarse. No esperaba que Lana se le acercara tanto, ni que volviera toda su amenazadora desnudez hacia ella.

—Tienes un cuerpo muy bonito.

—Gracias.

—Nunca has tomado el sol, ¿verdad?

—No.

—Se nota. Tu piel parece la de un bebé, sin marcas ni lunares, tan suave…

Lana había alzado una mano y con las yemas de sus dedos recorría el brazo de Marie que le quedaba más próximo. Continuó por la línea de la clavícula y bajó hacia el otro brazo. Al estirarse, sus pezones le rozaron la piel. Estaban duros. Marie giró la cabeza y vio la cara de Lana, demasiado cerca. Su respiración agitada le arrasaba la piel. Mientras, los dedos de Lana proseguían su paseo y hacían círculos sobre su vientre. Marie recibió las oleadas y escalofríos que había conocido con Olivier.

Soltó un jadeo.

Lana se inclinó y cerró su boca sobre la de Marie.

426

21

Marie supo de la llegada de Olivier de Poitou antes que la propia familia del aristócrata. Había llamado a Juliette para avisarla de que quedaba pendiente cerrar la compraventa de Panaderías Toulan que ellos habían iniciado y que, en condiciones tan provechosas para ambas partes, habían terminado de negociar sus respectivos hijos. Por eso la citaba para dentro de dos días. Además, y con el fin de ahorrarle incómodos traslados, le haría el favor de llevarle personalmente todos los papeles a su casa, notario y gestores incluidos, y allí firmarían por fin la transmisión del próspero negocio panadero.

Lejos de contradecir al señor De Poitou, Juliette se puso de acuerdo con él y luego fue a preguntar a su hija, que llevaba varios días encerrada en el despacho, prácticamente sin despegarse del ordenador.

—Ese hombre desvaría —dijo Marie.

—Pero él dice que tú y Olivier lo habéis arreglado todo.

—Pues no es así. Supongo que es su manera de presionar, pero con nosotras no van a funcionar sus artimañas de cacique.

—¿Estás segura? Parecía muy convencido. ¿No será que Oli te ha entendido otra cosa?

El recelo de Juliette despertó algunas dudas en Marie. No porque creyera que Olivier le hubiera contado a su padre una realidad diferente, sino más bien por falta de explicaciones. Eso significaba que Olivier no solo mantenía a su padre ignorante sobre sus planes de futuro, cosa de la que ya era consciente, sino que hasta le ocultaba la verdadera naturaleza del curso de las negociaciones sobre Panaderías Toulan. Se preguntó por qué Olivier actuaría así. Lo consideraba tan atrevido y voluntarioso que no sabía cómo encajar aquella sumisión ante la figura paterna. Si Olivier no era capaz de decirle a su padre que Marie no pensaba vender el negocio, ¿cómo haría para confesarle su relación, a sabiendas del odio salvaje que De Poitou les profesaba a todos los Toulan?

En cualquier caso, Olivier tendría que aclararle a su padre, de una vez por todas y cuanto antes, que no aceptaban la oferta. Ya era hora de que aquel tipo dejara de importunar la tranquilidad de su casa con tanta arrogancia y tantas exigencias. Pero, para eso, ella misma tendría que hablar primero con Olivier.

—Por cierto —dijo Juliette volviendo sobre sus pasos—, ¿Lana no necesita su moto?

—Supongo...

—¿Cuántos días lleva ahí fuera?

—Cinco.

—¿Tanto? —Juliette se quedó extrañada—. ¿Y aún no os habéis visto, ni has quedado con Olivier?

—Estoy muy liada, mamá. Estoy hablando con unos proveedores nuevos.

—Ah... —Juliette sabía que, si su hija no quería hablar, era inútil forzarla—. Bueno, si necesitas algo, ya sabes que me tienes para lo que quieras.

Marie sonrió débilmente. Cogió el teléfono inalámbrico y comenzó a marcar el móvil de Olivier. En los últimos cinco días, solo habían hablado por teléfono y en conversaciones breves y casi cortantes. Aún no estaba preparada para enfrentarse a él ni a su deseo, ni a sus promesas, así que se había escudado en una carga imprevista de trabajo y en problemas que debía solucionar de forma urgente. Él, extrañado, aceptó sus excusas sin intentar averiguar la verdad de aquel distanciamiento, y Marie, segura de que él sospechaba que los nubarrones se habían posado sobre ellos otra vez, le agradecía la paciencia. Aquel gesto, sin embargo, tenía el efecto de mortificarla todavía más.

Mientras sonaba la llamada, Marie abrió el correo electrónico. Había como una veintena de mensajes de Lana.

—Hola —respondió Olivier con voz cálida.

—¿Qué tal?

—Bien. Esperándote... ¿Qué tal va el trabajo?

—Regular. Oye, tu padre ha llamado.

—Ah, sí. A mí también me ha llamado hace un rato.

—¿Por qué cree que vamos a firmar?

—Ya sabes cómo es.

—Pero nuestra decisión es clara y definitiva. No vamos a vender. Tienes que decírselo, no quiero que mi madre tenga que sentarse con él otra vez.

—Sí, sí, tienes razón. Además, él se cabrearía todavía más.

—Pues ya está. Díselo y que no venga.

—Nena, mi padre no es tan malo...

Marie frunció el ceño. Se le ocurrían varios argumentos que contradecían esa favorable opinión, pero ella misma no estaba en condiciones de criticar. Soltó un suspiro. Cuántas cosas lamentaba.

—Marie... —continuó Olivier—. Necesito verte, aunque sean cinco minutos.

Su voz sonaba cálida, suave. Marie se dejó acariciar. Le resultaba difícil bloquear las reacciones de su cuerpo a los recuerdos que esa voz le traía.

—Vale, mañana. Así, te llevas la moto de Lana.

—Te he echado tanto de menos —dijo Olivier más animado.

—Yo también —repuso Marie, y encontró alivio al descubrir que eso era cierto.

**

El plan era que Marie condujera la moto mientras Olivier la seguía en coche y que, al llegar a la mansión De Poitou, Olivier la metiera en el garaje mientras ella esperaba fuera. Después podrían estar juntos un tiempo, aunque corto, le había advertido Marie. El solo pensamiento de tener que llenar el silencio, cuando en su cabeza gobernaba un jaleo colosal, la agotaba. Eso era nuevo. Nunca se había incomodado ante la falta de palabras entre ambos, y mucho menos se había visto obligada a planear su proceder y su discurso frente a él.

Sin embargo, el tiempo que tuvo que aguardar, agachada y escondida dentro del coche —no fuera que la descubriera De Poitou, recién llegado de París—, le despertó algunos sentimientos encontrados. Cuando Olivier regresó, Marie ardía de rabia.

—Ya estoy aquí, preciosa. ¿A dónde quieres ir?

—¿A cuántas novias has tenido esperando aquí fuera, mordiendo la alfombrilla para que tu padre no las viera?

Olivier palideció. Apretó los labios.

—Lo siento… De verdad lo siento.

—¿Te avergüenzas de mí?

—¿Pero qué dices? ¡Por supuesto que no! Esta misma noche se lo voy a contar todo a mi padre, lo de la compraventa, la escuela de buceo y lo nuestro. Todo.

—Sí, claro.

—Te lo prometo, créeme. ¿Es eso lo que te pasa? ¿Es que no te fías de mí? ¿Por eso no has querido verme estos días?

Marie se revolvió en su asiento. De repente, la rabia se había evaporado.

—No… Perdóname tú. Es que estoy un poco nerviosa últimamente.

—Marie, ya sé que te cuesta contarme las cosas, pero necesito que me tengas confianza. ¿Te gustaría que yo te guardara secretos?

Ella le apartó la mirada. Parecía a punto de decir algo, pero no terminaba de arrancar.

—Marie, te juro que eres lo más importante de mi vida y no me importa lo que piense mi padre. Si lo quiere aceptar, bien, y si no, peor para él.

—No quiero que tengas problemas por mi culpa —dijo Marie con los ojos llenos de lágrimas.

—¿De qué culpa hablas? —Olivier le acarició la mejilla—. No quiero pasar el resto de mi vida con mi padre, ni en esta casa ni en este pueblo. Lo sé desde hace mucho tiempo, y ahora que te he encontrado sé que tú eres la persona que necesito para alcanzar mis sueños. Mira qué nervioso me pongo cuando te tengo cerca. —Olivier tomó una mano de Marie y se la puso en el pecho. Ella recibió los latigazos de su corazón—. ¿Sabes lo que te digo? Que ahora mismo entramos y se lo contamos todo.

Olivier se bajó con aire resuelto. Rodeó el coche y abrió la puerta de Marie.

—Vamos.

Marie estaba petrificada en su asiento. Se encontraba a unos pocos minutos de decantar la balanza de un lado, el más romántico y el que más anhelaba, el que hubiera elegido sin dudar de no existir tantas otras obligaciones en su vida. Olivier le ofrecía la mano abierta y en ese gesto reconocía su arrojo y una firme determinación. Dentro, en la mansión De Poitou, les aguardaba una previsible oposición, además de una probable y obscena demostración de poder. Y algo más, la reacción de Lana, que Marie no era capaz de adivinar.

—No, ahora no, no puedo —musitó débilmente.

—Vale, como prefieras —dijo Olivier. Se acuclilló y le cogió las manos—. Pero quiero que sepas que esta noche se lo cuento a mi padre. Esta noche todo va a cambiar.

***

Sentada frente al ordenador, en el despacho, Marie volvió a leer los correos de Lana por enésima vez. Sus mensajes exudaban el brío de una pasión que se liberaba después de haber estado contenida por largo tiempo. También había súplicas y disculpas repetidas que daban fe del tormento del amante que se sospecha abandonado sin la cabida de una nueva oportunidad.

Nada de lo que había en esos correos escapaba de las conductas acostumbradas en los usos del amor, ninguna de sus declaraciones extrañaba las formas y expresiones habituales que suelen adoptar. Lana no era diferente a cualquier otra persona que estuviera sufriendo la distancia de la persona amada. Todo era muy típico y escasamente original, solo que se trataba de Lana, su amiga más querida, la única que había tenido y a la que tanto debía, la que le hablaba de aquel modo.

Ojalá pudiera corresponder a aquel amor como ella merecía. Así pensaba Marie cuando recordaba las ardientes caricias con las que su cuerpo se había estremecido, los besos tiernos, la adoración que su amante le profesaba en sus mensajes electrónicos. Marie cometió el error de dejarse hacer en aquella madrugada. Posteriormente, buscó explicaciones, excusas para justificarse, pero no las encontró. No había bebido, no había tomado drogas, no se hallaba indefensa. Solo decidió quedarse quieta y dejar que Lana tomara su cuerpo. Sin embargo, su amiga no logró rozarle el alma; esa pertenecía solo a Olivier. Al menos ahora, tras aquellos cinco días con sus largas noches, Marie estaba segura de eso.

En ese tiempo, Lana no había dejado de enviarle mensajes. Al principio eran cariñosos y estaban henchidos de una gran confianza en el futuro. Lana se solazaba en el placer del amor y el deseo, y le pedía a Marie que le confirmara su reciprocidad. Pero, al no recibir respuesta, Lana se había impacientado. Sus correos empezaron a mostrar los primeros síntomas de esa angustiosa desesperación que se disfraza para que no quede tan desnuda, pero poco después, con la ansiedad haciendo su trabajo, se desató por completo, y, en los últimos dos días, los mensajes de Lana eran una prueba dolorosa de su agonía sentimental.

El teléfono sonó y Marie dio un brinco. Olivier le había dicho que en cuanto terminara de hablar con su padre, la llamaría.

—¿Sí? —respondió Marie con ansiedad.

—*Driving in your car oh, please don't drop me home because it's not my home, it's their home, and I'm welcome no more...*[6] —Olivier cantaba una estrofa de la canción de ambos.

---

[6] Conduciendo en tu coche, oh, por favor, no me dejes en casa, porque no es mi casa, es la de ellos, y ya no soy bienvenido.

—Oh, no... ¿Ha sido muy horrible?

—No te preocupes. —Sonaba sereno—. Todo ha ido bien para nosotros, pero eso ya lo sabía yo desde el principio. Las cosas las tenía muy claras. Tú y yo vamos a estar juntos, le pese a quien le pese.

—A tu padre no le ha gustado nada lo que le has dicho.

—Que no le ha gustado es decir poco. Se ha puesto como una fiera.

—Dios... Lo siento.

—No tienes nada que sentir. Ahora todo irá como tiene que ser, porque tú estarás a mi lado, ¿verdad?

—Sí, claro que sí.

—Escucha, no tengo mucho tiempo. Voy a recoger algunas cosas y me marcho. Tengo que buscar algún sitio donde quedarme temporalmente, pero después... ¿Después te vendrás conmigo? —Un asomo de duda viajó por el teléfono.

Marie guardó silencio un instante.

—Sí, Oli, me voy contigo.

—Marie, de ahora en adelante mi mayor ilusión será hacerte feliz. ¿Lo entiendes?

—Sí.

—¿Sabes que te quiero?

—Lo sé. Yo también te quiero.

—Ahora tengo que colgar. Luego voy a buscarte y hablamos tranquilamente, ¿vale?

—Vale.

—Estate pendiente. Tocaré el claxon del coche.

—De acuerdo. Te quiero.

—Hasta luego, preciosa. Te quiero.

Marie dejó el teléfono a un lado. Ya estaba decidido. Miró el reloj del despacho. Pasaban algunos segundos de las doce de la noche y comenzaba un nuevo día que en adelante recordaría como el primero de su vida con Olivier.

Era el 30 de julio de 2012. Marie se repetía la fecha para sí cuando un ruido crujió al otro lado de la ventana abierta. Su alegría se disipó. No tenía dudas, era el rugir de una moto y esa moto no podía ser otra que la de Lana.

***

Se dio un tiempo antes de subir a su habitación. A pesar de que Lana debía de haber visto la luz en el despacho y de que conservaba las llaves para entrar en la casa, había preferido trepar por la escalera de mano y colarse por la ventana de su dormitorio, como tantas otras veces.

A oscuras, Marie ascendió por las escaleras de madera vieja. Se figuraba que sus pies subían los peldaños de un patíbulo y que arriba la esperaba el verdugo, dispuesto a hacer cumplir la sentencia final.

Desde el dintel de la puerta, la vio sentada en el alféizar de la ventana, con las rodillas flexionadas. Su perfil encorvado se recortaba contra la noche. Al oír a Marie, Lana giró la cabeza. Después de unos segundos de tensión silenciosa, se levantó y fue hasta la mesilla de noche, pero antes de que encendiera la luz Marie lo presintió en las sombras. Lana llevaba en la mano el cuaderno de tapas recicladas que le había regalado a Olivier, la pobre reparación del diario quemado que había escrito Arantzazu Totorikagoena. Lana lo arrojó encima de la cama.

—¿Qué es esto? —preguntó con voz ronca. Las ojeras hacían sus ojos más verdes.

—Una solución insuficiente para un descuido que no me puedo perdonar.

Lana frunció los labios y chascó la lengua.

—Yo pensaba que éramos amigas.

Marie no quería interrumpir a Lana ni molestarla. Tenía derecho a desahogarse.

—¿Cuántas veces hablamos de algo así, Marie? Cuando me sugeriste que debía de haber un rastro, ¿ya te habías leído su diario? ¿Mi hermanito ya había dejado en tus manos la vida de mi madre?

—No. Te lo juro.

—¿Qué decía?

—¿El qué?

—El diario. ¿Qué decía? Sé que tienes buena memoria. Cuéntamelo todo, de cabo a rabo. Los dibujos no me valen.

—Lana, no creo que ahora mismo te venga bien…

—Calla. No eres nada mío. —Lana esbozó una sonrisa que resultó siniestra, al pretender disfrazar de sarcasmo su profunda tristeza—. No tienes que cuidarme ni protegerme. Y ahora me lo vas a contar todo. —Se tumbó en la cama y se encendió un porro. El aire se llenó de volutas aromáticas—. Vamos, empieza.

Marie obedeció. El empuje de Lana era arrollador. Desde el inicio de su amistad, aquella chica caprichosa de gran corazón siempre había conseguido de ella todo lo que le había pedido, excepto una sola cosa, su amor.

No ahorró detalles en su narración, ni siquiera los que concernían al desapego de Arantzazu hacia Lana. Marie pensó que su amiga debía conocer la realidad de la historia que con tanto celo le habían ocultado todos. Si aquella era la etapa final de su amistad, tenía la obligación de portarse como una verdadera amiga con ella, de probarle el afecto sincero que le guardaba y que esa demostración le sirviera para que algún día, quizá, pudiera perdonarle.

—¿Por qué me lo ocultaste? —preguntó Lana cuando Marie terminó su relato.

—¿Cómo iba a decirte esas cosas?

—Igual que lo has hecho ahora.

—No, ahora es diferente.

—Es verdad. Hay unas cuantas cosas que han cambiado.

—No me refiero a eso. Quiero decir que ahora me he sentido obligada.

—¿Por qué? ¿Porque me has rechazado? ¿Porque pasas de mí? ¿Porque prefieres a mi hermano? ¿Porque te doy pena?

—No.

—¿Por qué me dijiste que me querías?

—¡Y te quiero!

—No, no me quieres. Quieres a mi hermano.

—Pero yo te quiero como amiga.

—¡Ah! Vale… El problema es mío, que entendí otra cosa… Como cuando me besaste e hicimos el amor.

—¡No hicimos el amor, Lana! Yo no te besé, no hice nada, no…

—Entonces te violé.

—Lana, por Dios. —Marie se sentía torpe. No sabía cómo explicarse, cómo detener esa defensa agresiva y engañosamente autocomplaciente que Lana utilizaba como instrumento de venganza—.Tenía que haber parado, pero no lo hice, y me arrepiento no sabes cuánto.

—Me lo puedo imaginar. Te vas a arrepentir muchísimo en cuanto se lo cuente todo a Oli. Le va a encantar la historia.

—Lana, nunca he querido hacerte daño.

—Pues lo has hecho.

Abrió el bolso y sacó un plástico con un polvo blanco. Sentada en la cama y con ademán resuelto, mezcló una dosis sobre la mesilla y dibujó una raya.

—¿Qué estás haciendo? En mi casa no.

Marie intentó detenerla, pero cuando se acercó, esta le dio una patada en el pecho. Marie cayó hacia atrás. En el suelo escuchó el correr de la coca a través de la nariz. Se llevó la mano al corazón. Le dolía mucho.

—Necesitas ayuda —dijo Marie con voz débil.

—¿Tuya? ¿De Oli? ¿De mi padre? No fastidies… —Lana se frotaba la nariz y aspiraba.

—Tienes que irte.

Lana la miró desconcertada. Incluso Marie se sorprendió de que esas palabras hubieran salido de su boca.

—Tía, tú sí que te luces.

—Yo estoy dispuesta a hablar contigo todo lo que necesites, a ayudarte, a acompañarte, pero no me voy a quedar viendo cómo te drogas en mi casa, delante de mí, sin hacer nada. Vete.

—Eres lo peor. Se lo voy a contar todo a Oli, ¡con todos los detalles!

—Quizá se lo cuente antes yo misma.

Lana se quedó pensativa un instante. Luego sonrió, satisfecha de su descubrimiento.

—Ah, ya... —Se dio una palmada en la frente—. Has quedado con él, ¿no? Y yo que casi me creo el numerito que me acabas de montar... Solo quieres que me marche para poder ponerte mona y follarte a mi hermano. Es que soy imbécil.

Lana escondió la cara entre las manos y empezó a sollozar, al principio de manera comedida, pero pronto el lamento se desató en rabia y convulsiones ahogadas entre los cojines de la cama.

—Lana, tranquilízate. Vete a casa, duerme y mañana hablamos. Te lo prometo —dijo Marie acariciándole el pelo.

Lana volvió la cara y Marie le limpió las lágrimas.

—Por favor, quédate conmigo esta noche.

La súplica era lacerante. Aquella visión era insoportable. El momento que Marie tanto había temido, el resultado de inclinar la balanza y elegir, había llegado, pero nunca imaginó que fuera a ser tan terrible.

—No puedo, Lana. Tengo que salir. Yo siempre voy a ser tu amiga, pero él es mi gran amor. Tienes que comprenderlo, no puede ser de otra manera.

—Solo esta noche, Marie, por favor, solo esta noche.

—No, Lana, lo siento de verdad. Tienes que irte.

—¿Y si te espero aquí?

—No puedes hacerte eso —dijo Marie asombrada de aquella dependencia tan insana—. No es bueno para ti. Es mejor que te marches a casa. Te prometo que mañana estaremos juntas, ¿de acuerdo?

Marie ayudó a Lana a levantarse. La condujo escaleras abajo y la acompañó hasta la moto.

—Espera, no sé si es conveniente que conduzcas en tu estado.

—Estoy perfectamente.

—Será mejor que te lleve tu hermano.

—Ni de broma.

—Pues llamo a un taxi.

—Que no, no te pongas pesada. Controlo, de verdad.

Lana se subió a la moto. Sus movimientos parecían acompasados y serenos.

—Está bien. Entonces, hasta mañana —dijo Marie.

—Vale.

Las ruedas levantaron algo de polvo a su paso por la gravilla del camino. En pocos segundos, la oscuridad engulló la figura de Lana.

***

La felicidad de Olivier contrastaba con el desasosiego que Marie escondía bajo una aparente actitud de atención y escucha. Intentaba seguir la profusa cadena de proyectos que iban brotando desordenados de aquella cabeza pelirroja, mientras trataba de acallar los demonios en su cabeza.

Tenía claro que no se iba a echar atrás, que quería a Olivier, que él la hacía feliz y que deseaba compartir su vida con él. Pero antes debía resolver algunas cuestiones. Le quedaba pendiente hablar con su madre. Tenía que encontrar la forma de encajar sus obligaciones familiares en su nueva vida. Pensaba continuar con el negocio, proporcionarles a su madre y su hermano un medio de vida estable. Pero tampoco le bastaba con asegurarles el bienestar económico, porque ella misma también necesitaba tenerlos cerca y formar parte de su día a día. Quizá Juliette quisiera mudarse; a fin de cuentas, nada los ataba a Belsange.

Además, debía contarle a Olivier la verdad sobre aquella noche con Lana, confesarle el camino hacia la destrucción que su hermana se empeñaba en seguir y convencerlo de que Lana los necesitaba a ambos. Y a todo eso se añadía la preocupación por haberla dejado que se fuera a casa sola, drogada y dolida. ¿Y si le pasaba algo?

Olivier le contaba que por el momento se hospedaría en casa de Rómulo, que ya había regresado de Argentina, como cada verano. Tendría que dormir en el sofá, pero aquel no era un problema. La ilusión que empezaba a hacerse realidad le resultaba más cómoda que las almohadas mullidas y las suaves sábanas del palacio de los De Poitou.

Habían regresado al parque de atracciones abandonado y se habían metido en un pasillo de espejos. El juego de lentes cóncavas y convexas los desfiguraba de forma grotesca y divertida. Olivier reía con ganas.

—¿Te imaginas que fuéramos así de horribles? —dijo Olivier cogiendo a Marie por la cintura.

—¿Me querrías igual?

—Si yo fuera igual de feo que tú, seguro. No me quedaría más remedio. ¿Dónde iba a encontrar a otra que me quisiera?

Olivier esperó una respuesta ingeniosa de Marie, pero ella se había quedado callada, sin ánimo de seguirle el juego.

—¿Qué pasa? ¿En qué piensas?

Marie le daba vueltas a la belleza de fuera y la de dentro, a la realidad y a la imagen que reflejan los objetos hacia el mundo.

—¿Y si esos espejos estuvieran diciendo la verdad? ¿Y si tú me vieras más guapa de lo que soy en realidad, solo que aún no te has dado cuenta?

—No me parece posible.

—Imagínatelo. Suponte que yo fuera así de horrible. ¿Qué harías cuando lo descubrieras? ¿Me dejarías?

—No te voy a dejar nunca.

—¿Aunque fuera una mentirosa?

—Ni aunque fueras una ladrona o una asesina, o tuvieras una joroba en la espalda. Me ha costado encontrarte, pero ya estás aquí. Más me ha costado convencerte de que estés conmigo, así que ¿cómo quieres que te deje? Escúchame bien: supongo que nos enfadaremos y tendremos crisis, quizá pasemos por momentos infelices, pero no quiero que dudes ni un instante de que eres el amor de mi vida y lo serás siempre. Y si algún día tenemos la desgracia de separarnos debes saber que tú ya te has llevado contigo un pedazo de mí. Como dice nuestra canción, morir a tu lado sería un privilegio para mí.

—Olivier...

—Dime.

Marie entrelazó las manos alrededor del cuello de él y lo atrajo hacia sí.

—Perdóname —dijo, deseando que le adivinara las confesiones que guardaban turno en su garganta.

—¿Por qué?

—Por todo el mal que te he hecho y te haré en el futuro.

—Pues yo te doy las gracias por todo el bien que me has hecho y me harás en el futuro.

***

Las horas pasaron veloces, como si el tiempo corriera en contra de ellos, ansioso por poner fin a la noche.

—Mañana me paso a verte otro rato —dijo Olivier acariciando la nuca de su novia.

Estaban dentro del coche, frente a la casa de Marie.

—Espera, tengo que contarte algunas cosas.

—Yo también.

—Pero si no has parado de hablar.

—Ya, pero me ha faltado decirte que le dejé el diario a Lana. Como me tienes estupidizado, no me había acordado.

—¿Y..., y cómo se lo ha tomado?

—No sé, porque justo después fui a llamarte y a recoger mis cosas. Por la mañana intentaré hablar con ella.

—Olivier...

—Qué seria te has puesto —dijo con tono burlón.

—Me acosté con Lana.

El rostro de Olivier se deformó de horror. Antes de que pudiera impedírselo, Marie continuó contando lo que sucedió aquella noche en que Lana empezó a besarla en su habitación y ella se lo permitió. También le dijo que la había visto pocas horas atrás, que habían discutido con violencia y que la había dejado marchar a pesar de su estado.

Olivier cogió el teléfono y marcó el número de su hermana. Nadie respondía.

—Tengo que marcharme.

—Llámame en cuanto sepas algo, por favor —rogó Marie mientras salía del coche.

La mirada de Olivier era indescifrable.

—Oli... —dijo Marie a través de la ventanilla.

—Ahora no. —Arrancó el coche y se fue haciendo rugir las ruedas.

Al volverse, en la débil claridad del amanecer, Marie creyó atisbar un brillo familiar apoyado contra el muro de la casa. Miró hacia su ventana y vio que estaba abierta. Ella estaba segura de haberla dejado cerrada. A medida que se acercaba, iba estando cada vez más segura de que su intuición había sido correcta. Sí, aquel brillo metálico era la chapa de una moto que conocía bien. Lana había vuelto.

***

Por segunda vez en aquella larga noche, Marie subió las escaleras de su casa con una sensación de ahogo y alarma.

Aquella situación se le escapaba como el agua entre las manos y comenzaba a resultar asfixiante. En realidad, Lana la tenía cogida por el cuello desde hacía tiempo, pero solo ahora que Marie se había movido para zafarse se había percatado de cuán apretado estaba el nudo.

Antes de llegar a la habitación, Marie recibió el impacto del intenso olor a marihuana. Aquello la enfadó y conmovió a partes iguales. Se la imaginó tirada en la cama, sumida en un letargo narcótico, con restos de drogas diversas desperdigadas por la estancia. Al llegar al final de la escalera se extrañó de encontrar a los gatos temblorosos y fuera del dormitorio. Con cautela, abrió la puerta entornada.

Un grito de dolor le arrasó la garganta y la hizo caer al suelo. Siguió chillando y chillando, con un desenfreno que le nacía en las entrañas, pero aquel lamento salvaje no destruía la realidad.

Lana yacía en la cama teñida de rojo. Su cuerpo transparente y desnudo se había vaciado a través de los cortes que se abrían en sus brazos. La larga melena le enmarcaba el rostro, tranquilo como nunca, entregado a un descanso eterno.

Lana se había ido en silencio. No dejaba ningún mensaje. Por único equipaje se había llevado el cuaderno de tapas recicladas que reposaba bajo su mano.

22

L a policía estuvo horas recogiendo restos y pruebas en la habitación de Marie, que quedó cerrada al paso de todo aquel que no tuviera un permiso judicial. A ella le tomaron declaración un día después, tras abandonar el hospital donde había sido ingresada con una profunda conmoción.

La sala de interrogatorios era fría y en ella se respiraba la hostilidad. Frente a Marie, un tipo serio, en su grave papel de representante de la autoridad, le escupía preguntas sin cesar, esgrimiendo las armas de la presión y el acoso con el fin de que su víctima se derrumbara y acabara confesando hasta las travesuras de la infancia.

Su abogado le había aconsejado que se mantuviera callada. Le había llegado información de que la policía tenía claro que se trataba de un caso de suicidio y no tenía nada que temer, pero si respondía podría exponerse a futuras acusaciones.

Ella no habló, pero no tanto por acceder a las instrucciones de su abogado, sino porque tampoco hubiera sido capaz. Los médicos habían dicho que ya estaba recuperada, y puede que sus constantes vitales hubieran vuelto a la normalidad, pero su alma seguía gritando. Sofocado el clamor desesperado con el que despidió a Lana por obra de los tranquilizantes, el lamento tañía ahora en su cabeza, como una letanía que ahogaba todo impulso de voluntad.

El interrogador, por fin, paró. Guardó un silencio dramático, un poco cinematográfico, y anunció:

—Señorita Toulan, usted le proporcionó drogas, la arrastró a unas costumbres disolutas y la sumió en un estado de depresión que la llevó al suicidio. Usted indujo a Lana de Poitou a matarse.

Marie abrió los ojos, como despertando de un sueño.

—Es cierto.

—¿Qué? ¡No! —protestó el abogado.

—Ella acaba de confesar —dijo el policía, que estaba más asombrado que satisfecho.

—No ha confesado nada. Está en un estado de *shock*. ¿Es que no lo ve?

—Los médicos no dicen eso.

—Eso ya lo veremos.

—Bien. Yo he terminado mi trabajo aquí. Señor, señorita... —El policía esbozó una sonrisa autocomplaciente y se marchó.

—¿Por qué has dicho eso? —le preguntó el abogado con irritación.

—Porque es verdad.

El abogado frunció el ceño y bajó la voz.

—¿Hay algo que tengas que decirme? Tu madre me ha contado una versión muy diferente.

—Yo no le daba drogas a Lana ni la arrastré a esas costumbres disolutas de las que hablaba el policía, pero sí la sumí en la depresión. Se suicidó por mi culpa.

—Vamos a ver, Marie, ¿entiendes que echarte la culpa de un suicidio no es lo mismo que decir que induces a alguien a que se mate?

—Cuestión de semántica.

—Voy a conseguir que te vea un médico. Tú no estás para declarar. Te vas a cavar tu propia tumba.

Marie tuvo que quedarse en la comisaría. Le dijeron que tendría que permanecer allí un tiempo indeterminado, de forma temporal, ahora que el caso cobraba una nueva perspectiva y que ella estaba formalmente acusada. Su abogado le prometió que la sacaría de allí aquel mismo día y le rogó que no pronunciara ni una sola palabra más.

Sin embargo, las estrategias del letrado no fueron necesarias. Por la tarde, Marie recibió la visita de su madre, que no paraba de llorar. Apenas lograba explicarse, con la voz quebrada a cada momento, pero al final consiguió hacerse entender. Marie quedaría libre de todos los cargos si les vendían Panaderías Toulan a Olivier de Poitou. Como era de esperar, la oferta económica inicial había bajado y ahora el negocio solo valía diez mil euros.

—No podemos firmar eso, mamá, es nuestra ruina.

—¿Y si vas a la cárcel no? ¿Seremos ricos y felices si te encierran? Porque entrarás, Marie, que no te quepa duda.

Ese hombre es capaz de todo. ¿De dónde crees que salen esas nuevas acusaciones? ¡Es cosa de él!

Las palabras de Juliette eran razonables. Marie entendió que su condena o libertad estaba en manos de Olivier de Poitou, y que encerrada en la cárcel no podría ser de ayuda para su familia.

—Y... ¿Oli?

Juliette se encogió de hombros.

—Vino a casa con su padre para identificar a Lana —contó entre hipidos—. Estaba destrozado, no paraba de llorar. Tocaba a su hermana por encima del plástico que la cubría, y solo lloraba y lloraba, y decía: «Mi hermana, mi hermanita, pobrecita», y no paraba de pedirle perdón y también le decía: «Te quiero mucho, hermana, te quiero mucho». Fue horrible, Marie.

Marie se llevó la mano al estómago. Unos calambres lo atravesaban como puñales.

—¿Te dijo si...? ¿Sabes si él...? ¿Va a venir?

Juliette la miró con lástima.

—No lo sé, cariño, no lo sé. —Y hundió la cara en un pañuelo.

Las diligencias de liberación se resolvieron al día siguiente. A las cinco de la tarde, Marie encaminaba sus pasos hacia la verja, que lentamente se iba descorriendo hacia un lado. «No vas a conseguir que me aleje de ti. Siempre voy a estar cerca, observándote, sin que lo notes». Marie rezó para encontrar a Olivier al otro lado del portón metálico, apoyado sobre su coche, igual que otras veces. Deseaba correr hasta él, esconder la cabeza en su pecho y, en ese lecho seguro, derramar su tristeza.

Fuera había un taxi. El conductor se acercó hasta ella con una sonrisa amable.

—¿Señorita Toulan?

—Sí.

—Acompáñeme, por favor. Su madre le manda el taxi. La llevaré a casa. —Con gesto protector, el taxista invitó a Marie a seguirlo hasta el coche.

Mientras ganaban velocidad, Marie dejó perder la mirada en los campos verdes, en la lavanda, en el horizonte llano e inmenso.

«Cuando me necesites, bastará con que me llames». Lo había dicho, lo había prometido.

***

El notario leía con monotonía cada palabra del acuerdo de compraventa como si no estuvieran enlazadas entre sí. Juliette tenía la cabeza gacha y Marie había fijado la vista en alguna parte que no pertenecía al lujoso despacho del funcionario. Olivier de Poitou se rascaba la barbilla y se paseaba por la sala con parsimonia, haciendo ostentación de que era el dueño de las circunstancias.

Un ayudante tendió un bolígrafo a cada uno. Había llegado el momento de firmar. De Poitou y Juliette se inclinaron sobre el papel. Marie permaneció inmóvil.

—Cariño, tienes que firmar —dijo Juliette con la dulzura del que se ha resignado a perder.

Marie parpadeó. Se inclinó sobre el documento y empezó a leer.

—Aquí hay un error —anunció al cabo de un rato.

—¿Qué error? —dijo el notario ajustándose las gafas.

—La cifra —repuso Marie, sorprendida. Los demás la observaban entre asombrados e impacientes—. No son diez mil euros.

—Cariño, por favor, firma. —El nerviosismo de Juliette era palpable. Quería terminar con aquello cuanto antes y con el menor daño posible para su hija.

—Tranquila, mamá.

—Tu madre tiene razón. Firma o ya sabes lo que te toca —intervino De Poitou.

—Pero es que este precio no es justo, ¿no le parece?

—La vida tiene unas reglas que no he puesto yo.

—Este precio sí lo ha puesto usted.

Lo que había empezado como un pequeño juego para De Poitou, convencido de su supremacía sobre aquella operación, comenzaba a impacientarlo.

—Mira, niña, firma o te vas derechita a la cárcel. Ese es el precio del negocio de tu padre y no se hable más.

—Ah... Pero yo no estaba hablando del precio del negocio de mi padre.

La mirada de De Poitou era de pura rabia y desprecio.

—¿De qué entonces? —preguntó tratando de contenerse.

—De nuestro silencio.

El aire se congeló en la estancia. El notario miraba a Olivier de Poitou y a Marie alternativamente, pendiente de un duelo que en ese momento se hallaba en tablas.

—Goncourt, ¿nos puede dejar a solas?

El notario obedeció la orden e indicó a los demás que lo siguieran. Cuando la puerta se cerró, Olivier de Poitou se colocó frente a Marie, que continuaba impertérrita.

—¿Qué silencio?

—Creo que usted no quiere que nadie en el pueblo sepa la verdad sobre Lana. Quiere ocultarla, igual que ocurrió con su mujer. Para usted, la muerte de ambas es una vergüenza, ¿no es cierto?

—Eres una niñata insolente y osada. Ese carácter te va a meter en muchos problemas.

—Mi abuela opinaba lo mismo. Estaría muy contenta de escuchárselo decir.

—¿Cuánto quieres? —dijo De Poitou entre dientes.

—Tres millones.

De Poitou rio.

—Ni lo sueñes, niña.

—Vale, pues llame a sus secuaces y firmemos el contrato. En cuanto salga de aquí, empezaré a chismorrear con todo el que quiera oírme. Apuesto a que muchos estarán interesados.

—Seiscientos mil euros.

—Tres millones.

—No tienes nada. Nadie te creerá. No eres más que la mala influencia de una pobre niña.

—Contaré con detalles los ataques de locura de Arantzazu, cómo se arrancaba las uñas y el pelo. Esa mujer no estaba sana, ¿verdad? Ahora que lo pienso, ¿cree usted que su mujer tendría alguna disfunción de tipo nervioso y que Lana la heredó? Porque su hija muy cuerda no estaba, no me lo podrá negar. Dígame, señor De Poitou, ¿lo ha pensado alguna vez? ¿Ha pensado que su descendencia puede estar contaminada por el gen de la locura?

—Un millón —dijo De Poitou, entre dientes, con el semblante crispado.

—Tres.

Marie le aguantaba la mirada sin dejarse amilanar, pero solo en la superficie. Por dentro sentía que si alguien la tocaba, aunque fuera con un solo dedo, se desmoronaría como un castillo de arena. De Poitou resopló con desesperación.

—¿Qué garantía tengo de que estarás callada aunque te dé el dinero?

—Ninguna. Tendrá que arriesgarse.

Las mandíbulas de Olivier de Poitou masticaban la impotencia visiblemente.

—Aun así, yo podría vengarme y meterte en la cárcel. Créeme, me resultaría muy fácil.

—Entonces hablaré.

De Poitou fue hasta la puerta y llamó al notario.

—¡Goncourt! Ya pueden entrar.

Se acercó al oído de Marie y le susurró:

—Muy bien, niñata, tres millones, pero esto no se queda aquí. El dinero me importa una puta mierda, pero voy a ir a por ti, te lo juro. Algún día cometerás un error o yo descubriré algo de ti que pueda usar en tu contra, y entonces acabaré contigo. No sé cómo ni cuándo, pero te juro que te aplastaré.

—Eso no me importa demasiado, señor.

Para sorpresa de Marie, la negociación salió bien. Cuando la había planeado, pensó que Olivier de Poitou adivinaría con facilidad que ella nunca diseminaría chismes truculentos sobre Lana y Arantzazu, y que tendría que acabar firmando el acuerdo, pero por suerte aquel hombre no la conocía y el miedo atroz a ser la comidilla del pueblo había anulado su capacidad de raciocinio. También cabía la posibilidad de que se hubiera tragado el anzuelo porque él mismo se creyera capaz de tanta ruinad.

Tres millones de euros eran suficientes para vivir sin apuros económicos y que a Chris no le faltaran las atenciones que precisaba. Pero Marie no estaba satisfecha. Aquel dinero cumplía sus obligaciones con su familia, pero quedaba la otra parte. ¿Cómo reparar el daño causado a Olivier? ¿Dónde encontrar la oportunidad de honrar a Lana como se merecía?

***

Retirados los cargos y cerrado el caso, la policía levantó la prohibición de entrar en la habitación de Marie, pero ella no quiso pasar. Ni siquiera se sentía con fuerzas de echar una ojeada.

Estuvo semanas encerrada en el despacho frente al ordenador, con el teléfono al lado, esperando un mensaje, una llamada. Varias veces, sus dedos se pasearon por el teclado de ambos aparatos, pero nunca terminaba de decidirse. Pensaba que si él no se había acercado a ella tampoco la recibiría con agrado.

Su pensamiento oscilaba como un péndulo entre los recuerdos felices y los desgraciados, entre la autocompasión y la culpa, entre Olivier y Lana, y en ese vaivén intentaba descubrir una manera de compensarlos por los errores que había cometido.

Cuando su mente se detenía en Olivier, en aquellos ojos verdes, la mandíbula cuadrada, su suave piel dorada, el aroma de su cuello, se desmayaba de dolor. Ojalá él hubiera querido que lo acompañara en su sufrimiento. Si cuando salió de comisaría Marie contaba los minutos que transcurrían en su ausencia, sin recibir sus llamadas, ahora ya solo deseaba saber que esa pena que le había descrito su madre se hubiera apaciguado.

Pronto le llegó la noticia de que padre e hijo habían marchado a París. Las gentes del pueblo murmuraban sobre la desgraciada muerte de Lana con lástima y estupor. ¿Cómo una niña de solo diecisiete años, sana y guapa, puede morir así tan de repente? Esto de la muerte súbita es terrible, ¿verdad? Por ahí dicen que se drogaba, vaya usted a saber... Es que no somos nada, hay que vivir el presente, porque mañana a lo peor ya no estamos. En fin, son cosas que pasan, pero a esta familia le pasa de todo, quizá estén malditos. ¿Seguro que no les habrán echado un mal de ojo?

***

Panaderías Toulan siguió funcionando como siempre, con el poderoso reclamo de sus bajos precios y robándoles la clientela al resto de los panaderos. Lejos de cumplir la promesa de acabar con el negocio que amenazaba con la ruina a los competidores, De Poitou vio en aquella oportunidad una vía para diversificar y hacer crecer su conglomerado empresarial.

El viejo Arceneau, más sudoroso y nervioso que nunca, acudió a Juliette Toulan con un discurso implorante y quejumbroso que no parecía dirigirse a un fin concreto.

—¿Pero y qué quiere que haga yo? —protestó Juliette—. Eso ya no es cosa nuestra. Vaya a quejarse a Olivier de Poitou.

—Quizá sí podamos ayudarles —repuso Marie, que apareció de improviso en el salón.

Arceneau abrió sus ojillos de topo y a ellos se asomó un brillo de esperanza.

—Señorita, les estaríamos tan agradecidos…

—Pero todos los panaderos deben actuar a la vez, unidos. Quizá tengan que sacrificarse.

—Trabajaremos lo que haga falta. ¡Nos quedaremos sin dormir!

—No se trata de ese tipo de sacrificio, señor. Me refiero a que deberán hacerse a la idea de que tienen que resignarse al cambio.

Los panaderos de Belsange se reunieron en casa de Arceneau. Todos miraban a Marie con una mezcla de curiosidad y hostilidad, pendientes de lo que tenía que decir aquella niña que era la primera responsable de su ruina.

—Cuando mi padre me encargó la tarea de expandir su negocio, pensé que había dos formas de empezar: aumentando la clientela o aumentando el número de tiendas.

Como este segundo objetivo implicaba una inversión que mi padre no podía asumir, decidí que había que ganar más clientes, y la manera más sencilla y rápida es, casi siempre, abaratando el producto, poniendo un precio tan sumamente bajo que resulte hasta increíble y nadie pueda resistirse a él. Estudié los precios de ustedes y analicé las cuentas de gastos. Comprendí que resultaría sencillo reducir un poco más esos gastos haciendo un pan más básico, y al rehacer las cuentas me salió el precio estrella de veinte céntimos.

—Qué hija de…

—Pero vuestro pan es una porquería —se quejó otro panadero—. El sabor y la textura no tienen nada que ver con el mío.

—Pues a la gente parece que eso no le importa —repuso Marie sin ofenderse.

—Seguro que utilizabais harina de la peor calidad.

—No era tan buena como otras, pero era apta para el consumo. Los diversos inspectores de Sanidad que ustedes enviaron así lo certificaron.

Los panaderos se revolvieron en sus asientos.

—¿Y el margen? —dijo otro—. Debe de ser ridículo.

—Lo es, pero solo por cada unidad. Al tener tantos clientes, la ganancia final es grande.

—¿Entonces tenemos que renunciar a nuestra manera de hacer las cosas? —añadió Arceneau—. Mire, señorita, para mí, hacer pan es un arte. Mi padre me lo enseñó y a él su padre, y así desde ni sabemos cuándo. ¿Tengo que olvidarme de todo eso?

—Claro que no. Usted puede seguir haciendo su pan y sus bollos como siempre. El pan básico es solo el complemento que salvará su negocio y el arte que ha heredado de su familia. —Mirando a todos los presentes, añadió—: Si no venden pan a veinte céntimos, seguirán perdiendo clientes y tendrán que cerrar, así de sencillo.

—Pero si todos vendemos el pan a ese precio, los clientes se repartirán y el margen final será muy pequeño. Es decir, no ganaremos nada. ¡Perderemos más dinero!

—Usted ha dado con la clave. Los clientes se repartirán, los recuperarán. Y sí, también perderán dinero, pero solo temporalmente. Cuando De Poitou vea que las cuentas no le salen, cerrará el negocio o lo venderá. Y, entonces, podrán subir el precio de su pan otra vez.

Los panaderos guardaron silencio. Se habían quedado pensativos, enganchados a la esperanza de que el escenario que argumentaba esa chica pudiera hacerse realidad.

—Sin embargo, insisto en que todos ustedes deben estar de acuerdo. El plan solo funcionará si todos venden el mismo producto al mismo precio. Les he traído unos informes. —Marie abrió el bolso y sacó una carpeta que le tendió a Arceneau—. Aquí está todo lo que necesitan para ajustar costes y márgenes. Es la misma información que le pasé a mi padre en su día. Ustedes sabrán qué quieren hacer con ella.

Fijada la atención general en la carpeta, Marie aprovechó para escabullirse. Septiembre se dejaba sentir en el aire fresco y las tardes más cortas. Decidió dar un rodeo antes de llegar a casa. Sin rumbo fijo, Marie pedaleó por las estrechas calles del centro de Belsange hasta que se encontró frente a la primera tienda de Panaderías Toulan. Unos obreros estaban desmontando el rótulo con su apellido. En el suelo esperaba otro, aún envuelto. Marie pensó en la abuela Bernadette. Si viera aquello, le daría un ataque.

Igual que a ella misma. Justo en el instante en que imaginaba el cataclismo de su abuela, sintió que el corazón iba a explotarle. Entre el grupo de obreros que se afanaba en la fachada, emergió una figura alta y elegante, de ademanes suaves, quizá algo más rígidos que de costumbre. En su rostro, de facciones armoniosas, destacaban dos ojos verdes y el flequillo rojo caía, rebelde, sobre su frente.

El mundo alrededor siguió girando, pero no entre ellos dos. Cuánto tiempo transcurrieron metidos en la misma burbuja aislante, ninguno habría podido decirlo. En aquel espacio reducido se reconocieron y se recordaron.

—¡Marie!

Una antigua empleada de la panadería se acercó con el aguijón que hizo estallar la burbuja. Marie parpadeó. Cuando quiso darse cuenta, Olivier se había dado la vuelta y entraba de nuevo en el local.

—¿Cómo estás, cariño? —le preguntó la empleada, muy contenta.

—Bien... ¿Y tú?

—Bien, echándote de menos. El niño De Poitou es ahora el jefe —añadió bajando la voz—. Parece buena persona, pero un poco serio —dijo arrugando la nariz.

—Lo siento, tengo que irme. Ya nos veremos.

—Sí. ¡Vuelve pronto, por favor!

Marie huyó pedaleando con toda la energía que encontró en las piernas. Las lágrimas se le escapaban sin poder controlarlas. ¿Cuánto tiempo llevaba Olivier en Belsange? ¿Por qué no había dado señales de vida? Dios mío, ¿tanto la odiaba?

En su frenético pedalear, las palabras e imágenes la acosaron, superponiéndose unas sobre otras. «Me resulta imposible no quererte con devoción, Marie Toulan». «Tú eres el único tesoro que de verdad me interesa conservar». «No vas a conseguir que me aleje de ti. Siempre voy a estar cerca, observándote, sin que lo notes».

Los recuerdos se agolpaban en sus sentidos. Le llegó el olor del mar que bañaba la casita de la playa, el sabor de los algodones de azúcar, la voz de Olivier. «¡Marie! ¡Marie!».

Frenó en seco. Volvió la cabeza y creyó desmayarse. Olivier venía corriendo hasta ella.

—¡Marie! ¡Marie!

Y la voz sonaba desgarrada.

Marie soltó la bicicleta y corrió a su encuentro. Cuando se alcanzaron, chocaron en un abrazo salvaje y, así unidos, se abandonaron a un llanto sin consuelo.

***

Las cosas habían quedado claras, pero les costaba despedirse. Olivier hizo un nuevo esfuerzo y se incorporó soltando un quejido. Sentado en el borde de la cama, Marie observó la espalda desnuda, la curva que dibujaban sus dorsales y el surco central por el que habían viajado sus dedos tantas veces, la última, apenas hacía unos minutos. Con el corazón a punto de reventar, contó los segundos que faltaban para que Olivier cubriera esa imagen con su camisa y, cuando lo hizo, tomó conciencia de que el telón había caído y puesto el fin.

Las ganas de llorar continuaban asaltándola, pero no le salían más lágrimas.

Con el traje puesto y la corbata en la mano, Olivier se acercó a su lado de la cama y se sentó. Le acarició el pelo y se lo colocó, como solía hacer, detrás de las orejas. Los dedos siguieron por la mandíbula y los labios, y allí se quedaron, demorando el adiós que no acababa de pronunciar.

—Puedes quedarte todo el rato que quieras. El gerente del hotel me pasará la cuenta cuando te vayas.

—¿Y si no me fuera nunca? ¿Y si me quedara aquí, esperándote, por si algún día quisieras volver?

—Te harías mayor, muy mayor, y un día, cuando te dieras cuenta de que yo no voy a volver, echarás la cuenta de todo el tiempo que has perdido, querrás salir a vivir la vida que has desperdiciado y descubrirás que ya es demasiado tarde.

—Podríamos aprender a superarlo.

—Creo que no. Tú me lo advertiste y no te creí, ¿recuerdas? Cada vez que te mire, como ahora, me acordaré de mi hermana, de lo egoístas que fuimos con ella, de lo que le hicimos. Y cuando tú me mires verás que has dejado a tu familia por mí, que los has abandonado para estar conmigo. Estamos condenados para siempre.

—Pero yo te quiero y tú me quieres.

—No es suficiente.

Olivier se levantó y llegó hasta la puerta. Se volvió, con el rostro rebosando nostalgia.

—Te has dado cuenta de que el espejo decía la verdad —dijo Marie—. Soy horrible y deforme.

—No, Marie, tú eres absolutamente perfecta. Lo horrible y deforme es el mundo que te rodea.

Olivier abrió la puerta. Se quedó un instante más mirando a Marie, grabándosela en la memoria. Después, agachó la cabeza y se fue.

23

El adiós de Olivier se depositó encima de la pena por Lana, y ambas tristezas se compactaron hasta que Marie ya no supo distinguir una de otra. Regresó a su habitación y, a pesar de que Juliette le había comprado otra cama y otras sábanas, y de que había cambiado la disposición de los muebles, Marie no pudo tumbarse sobre el lecho otra vez. Dormía sobre la alfombra y varios cojines; eso cuando podía conciliar el sueño, que con frecuencia lo interrumpían unas pesadillas constantes en las que se tiraba de la ventana de su habitación, o de un acantilado o de un puente de tablones desgastados, y todo se llenaba de sangre, pero no era la suya, sino la de Lana, o la de Arantzazu, o la de Chris o la de Olivier, y sus rostros, deformados, la miraban con los ojos inertes y desencajados, y descomunales, agrietados por diminutas venas rojas.

Pasaba los días agazapada en un rincón de la habitación, pensativa, sin hablar, sin comer, sin atender los ruegos de Juliette ni apenas los de Christophe. Echaba una ojeada a los lápices y el cuaderno, y, solo de imaginarse dibujando unos trazos, se estremecía de dolor. A veces se sentaba delante del ordenador durante horas, muy pendiente de la pantalla. «¿Qué buscas?», le preguntaba Juliette, conciliadora, pero por toda respuesta obtenía un silencio, que muchas veces lo llenaba una canción que Marie hacía sonar con insistencia, una y otra vez.

Una mañana, recién comenzado el nuevo año, Juliette subió las escaleras con la esperanza de que aquel fuera el bendito día en que su hija se hubiera despertado con el ánimo de reanudar su vida, pero no la encontró en la habitación. Sobre la cama, había un paquete y una nota manuscrita.

Mamá querida:

Me he marchado. Tengo algo que hacer, algo tan importante que no puedo esperar más. Siento no darte más detalles, pero Olivier de Poitou no tiene que enterarse de nada. Debes saber que existe la posibilidad de que él esté pendiente de nuestros movimientos, al acecho, esperando una oportunidad para vengarse, y por eso no puedo permitirme dejar ni un solo cabo suelto.

Confía en mí, mamá. Sé que te estoy pidiendo mucho, que estoy siendo muy egoísta, y te aseguro que dejaros me causa un dolor y un miedo que no puedo describir, pero ya no soy dueña de mis emociones ni de mi voluntad. La vida me ha puesto en una encrucijada y no estaré tranquila hasta que haya cumplido con mi deber.

Mamá, quiero que sepas que tú y Chris siempre venís conmigo, en mi corazón, que os quiero con toda mi alma y que nunca podría olvidaros.

Volveré, te lo prometo, y entonces los tres seremos felices en alguna otra parte, lejos de tantos recuerdos y tanto dolor. Buscaremos un pueblo apacible y una casa bien bonita con un gran jardín, y allí nos sentaremos Chris, tú y yo a tomar el sol, jugaremos a las carreras y nos hartaremos de comer algodón de azúcar.

Te ruego que no me busques, mamá. Te he dejado un teléfono móvil de tarjeta para que puedas recibir mis llamadas, pero insisto: no le cuentes nada absolutamente a nadie.

Por favor, quédate tranquila. Todo está bien, yo estaré bien.

Cuidaos mucho.

Os quiero, os quiero, os quiero,
Marie.

Los gatos maullaban sobre el alféizar de la ventana, hacia el frente despejado. Juliette se acercó corriendo, pensando que quizá su hija acabara de marcharse, que aún podría alcanzarla, aunque fuera solo con la vista. Se asomó todo lo que pudo. Sus ojos llegaban hasta el confín de aquel horizonte plano e inabarcable.

En medio no había nada.

PARTE III

1

La despertó una bofetada. La mano abierta de Natalia le había caído a plomo sobre la cara. La niña, despatarrada sobre la cama, estaba entregada a un sueño profundo que fluía en silbidos poderosos a través de la nariz y se vertían en calientes remolinos sobre el cuello de Marie.

Se revolvió, incómoda por las cosquillas, aunque apenas le quedaba espacio. Estaba acostada de lado, rozando el borde del colchón. Sonia, al otro extremo, adoptaba una postura idéntica, mientras que en el centro Natalia se hacía dueña y señora del lecho. Marie sonrió. No era la primera vez que compartía cama, pero eso de tumbarse en un espacio reducido con escaso margen de maniobra era una novedad y, a pesar del dolor de cuello con el que se levantaba por las mañanas, era agradable.

Llevaba tres días en casa de Sonia. En cuanto la mujer se enteró de que Marie se había quedado sin su estudio, insistió en ayudarla. Se ofreció con la modestia de quien no tiene nada, pero con el afán sincero de quien se siente en deuda. Marie aceptó enseguida. Después de unos días alojada en el viejo sofá de Peter, la cama compartida con Sonia y Natalia no podía ser peor.

Desde luego, no lo fue, y no tanto por una cuestión de comodidad en el descanso, sino porque en aquel páramo de piso Marie se sentía como en su propia casa. Ayudaba a Sonia con Marcos y entretenía a Natalia con dibujos, cuentos e historias. Por las noches, cansadas del ajetreo del día y de los vanos esfuerzos por tratar de atrapar un sueño que las rehuía, Sonia y ella hablaban durante horas. Las palabras se les escapaban serenas, pero desnudas de toda censura.

Sonia le confesaba sus temores. Tenía miedo de la vida, de la muerte, de la soledad, de la ruina. Sabía que había perdido, pero que la partida aún no había terminado y que seguía cayendo, condenada a lanzar apuestas a sabiendas de que las perdería todas. Despertarse cada mañana era un suplicio. La vuelta a la realidad que le suponía cada nuevo día era como un balonazo en la sien. No había noche en que no se abandonara al sueño rogando por que todo terminara ahí, por que no hubiera continuación, por que su mente se fundiera en negro para siempre.

Marie, a su vez, le contó su historia con todos los detalles. Sonia la recibió en silencio, sin los aspavientos de Peter, ni la distancia horrorizada de Alberto ni las insistentes preguntas de Yasmina, quizá porque la comprendía como si fuera suya, pensó Marie. Sin pensarlo demasiado también le enseñó su cuaderno y le dejó leer las notas que había ido recogiendo desde su llegada a Madrid. Entonces, le reveló lo demás, el motivo que había dirigido sus pasos hasta allí.

***

Un pequeño paquete comercial llevaba un par de días circulando entre sus manos, viajando con ella dentro del bolso. Tantas vueltas le había dado que parecía que aquel bulto había cobrado vida propia y que la conminaba a cumplir su obligación de entregarlo. El problema era que el destinatario residía en el edificio donde había estado viviendo los últimos meses.

De camino, el nerviosismo se fue adueñando de su ánimo. Marie había repasado las palabras, los movimientos, los argumentos, pero sentía que toda aquella premeditación se le escapaba con cada pedalada que daba a la bicicleta.

Cuando cruzó el portal, buscó con la vista a doña Engracia, pero en su cubículo solo resonaba el murmullo de la radio. Comprobó con nostalgia que todo seguía igual: los suelos brillantes, la madera pulida, el olor a lejía.

La primera vez que pisó aquel vestíbulo, tampoco halló a nadie. Como en aquella ocasión, medio año antes, asomó la cabeza dentro de la portería, solo que entonces era ignorante de que estaba a un instante de recibir una sorpresa mayúscula. Esperando encontrar a alguien que pudiera ayudarla, sus ojos tropezaron con la correspondencia de la portera, y tal fue su incredulidad que tardó en reaccionar. Cogió un sobre, se lo puso delante y leyó varias veces, para asegurarse. En un segundo, todo encajaba.

Pasaban los minutos y doña Engracia no aparecía. ¿Dónde se habría metido aquella mujer? Puede que estuviera fregando las plantas superiores. Marie pensó en ir a buscarla, pero no quiso complicar la entrevista. Sabía que la portera reaccionaría con ira, y, aunque tenía las palabras justas para aplacarla, tampoco deseaba perder energía y nervios en apaciguar esos arrebatos.

Quedaba descartada la opción de presentarse en casa de don Íñigo. Era buena persona, no le cabía duda, pero su carácter se alzaba sobre profundas convicciones que no iban a cambiar de la noche a la mañana. Se había sentido traicionado y había dejado muy claro que no quería verla más. Marie sabía que su determinación era inquebrantable.

Se acercó al cubículo de doña Engracia con pasos titubeantes. Con horror descubrió que las ruedas de la bicicleta habían dejado una huella en el suelo nacarado. Se le ocurrió buscar un trapo, una fregona, cualquier cosa que borrara la trenza negra acusadora que delataba el estropicio, pero se dominó. Se repitió una vez más que aquella visita era diferente.

Lamentó no haber actuado antes, desde el principio. Cuánto tiempo había perdido. Justo cuando su cuerpo empezaba a destensarse, doña Engracia apareció por la puerta del ascensor.

—Vaya, vaya. Tú por aquí... ¿Qué quieres?

Por inercia, Marie estuvo a punto de responder con el acento francés que había aprendido de las películas, pero pensó que con la portera tampoco era necesario seguir fingiendo.

—Traigo un paquete para el segundo B.

—Dámelo.

Doña Engracia alargó el brazo, pero Marie no obedeció.

—¿Qué pasa? ¿También te vas a quedar con los paquetes de los demás vecinos?

Sus palabras no parecían tener el menor efecto sobre Marie, que permanecía impertérrita.

—Pero, bueno, ¡esto ya es demasiado! Tu manía de robar es preocupante, ¿eh? ¿No serás una *clitómana* de esas?

—Cleptómana.

—¿Qué?

—Se dice cleptómana.

—Ahora vas a venir tú a enseñarme a hablar a mí, ¡puf! —Anduvo un par de pasos y vio la marca sobre el suelo. Se le encendió la cara—. ¡Y encima esto!

La mujer levantó un dedo amenazador y la boca se le llenó de improperios, pero se detuvo. La francesa permanecía impasible y aquella tranquilidad la desconcertaba.

—Olvídese del suelo y tome asiento. Tenemos que hablar.

Por primera vez desde que empezó a trabajar en aquel edificio, y ya eran casi veinte años, doña Engracia se sintió intimidada por otra persona que no fuera su patrón. Don Íñigo era el único con el que empleaba un tono de voz bajo, una postura servicial, un gesto amable. No era hipocresía ni doble rasero. Don Íñigo le parecía un hombre respetable, con genio, sí, pero honrado y justo, mientras que los demás no eran más que unos insectos maleducados que iban y venían sin saludar, que le ensuciaban el portal y no mostraban ni el más mínimo gesto de buena educación.

En esos casi veinte años solo había aceptado órdenes de don Íñigo, únicamente había temido el descontento de su jefe, pero después de hablar con la francesa se debía a alguien más.

Cuando Marie se marchó, la portera estaba temblando de pies a cabeza.

***

Solo quedaba un *cupcake* solitario en la bandeja.

—¿No te lo vas a comer? —le preguntó Yasmina dejando traslucir cierta ansiedad.

—No tengo hambre —contestó Marie.

—¿Y tú cuándo tienes hambre? —le espetó Peter, engalanado para la ocasión con un delantal que había encargado a medida—. Pruébalo un poquito, mujer, hazme el honor… —decía mientras se arreglaba el borde plisado.

—Es que no me apetece.

—Entonces, ¿puedo? —Yasmina había adelantado los dedos hacia el pastel y con ojos avariciosos pedía permiso a Marie, Peter y Claudia.

—¡Cómetelo! —estalló Peter—. Dios mío, qué chica, es que no paras. Te vas a poner como una foca.

—Lo sé y me da igual. Total, nadie me quiere ni me va a querer nunca.

—¡No digas eso! —exclamó Claudia—. Los pensamientos negativos solo traen malos aug…

Yasmina le dirigió una mirada llena de rabia mientras tragaba el pastel.

—No me vengas con esas chorradas. Por vuestra culpa —dijo apuntando con el dedo a Marie y a Claudia—, me he deshecho de un montón de ropa y zapatos chulos y ¡nada! ¡No ocurre nada!

—¿De verdad has tirado algo? ¿Tú? —le preguntó Peter, extrañado.

Yasmina desvió la mirada y se concentró en engullir.

—¡Lo sabía! Pues conmigo funcionó —añadió, satisfecho.

—Vale, pues conmigo no.

—¡Qué raro! Y eso que vas pisando cacas de perro.

—Vete a la mierda.

—No, hija, la de las mierdas eres tú —repuso Peter, que se doblaba de la risa.

—Déjalo ya, hombre —intervino Claudia.

—Nadie se fijará nunca en mí, es mejor asumirlo cuanto antes —siguió Yasmina.

—Lo dudo. A ese ritmo de calorías va a ser imposible no fijarse en ti. —Peter estalló en carcajadas y Claudia lo secundó.

Yasmina echaba chispas.

—Perdón... —se disculpó Claudia—. Es que me ha hecho gracia.

Los cuatro estaban sentados a una antigua mesa de metal, de ese estilo industrial que tiene el encanto de lo romántico y lo nostálgico. Era la primera pieza de una decoración planeada para casar muebles decapados con lámparas de fábrica, paredes de papel pintado y suelo de pizarra, tonos pastel y brillos de metal, tradición y tecnología. Peter quería ofrecer una imagen de creación que conjugara lo mejor de la artesanía y la modernidad.

El local, que se encontraba en la calle Fuencarral, muy cerca de Augusto Figueroa, necesitaba pocas reformas. Había sido una cafetería que acababa de cerrar. Por delante de sus grandes ventanales, circulaba un río constante y fluido de transeúntes. Jóvenes y turistas caminaban pendientes de los escaparates, entregados a las compras en las tiendas de ropa y zapatos. Aquella zona era un enjambre de moda, ocio, restaurantes y consumo.

Había sido una suerte dar con ese local. Claudia había visto el cartel de «Se alquila» paseando por allí una tarde. Al echar una ojeada al interior a través de un hueco abierto en el papel de periódico que tapaba los cristales, supo que aquel sitio era perfecto para fundar su negocio de repostería creativa. Su futuro marido, solícito y ansioso por agradarla, no pudo negarse, y Peter estalló en vítores cuando Claudia le consultó su parecer.

Esa tarde Claudia había elaborado unos *cupcakes* en la cocina del local. Peter y ella iban a seleccionar los mejores para la inauguración y habían citado a sus amigos para que los ayudaran a decidirse. Sin embargo, la convocatoria fue un desastre: a Yasmina le gustaban todos, Marie no había probado bocado y Alberto no había podido acudir. Peter se había enfadado.

—¿Y qué más da? Aún falta tiempo. ¡Todavía tenéis que decorar y amueblar el local! —se defendió Yasmina.

—No te creas que queda tanto —repuso Claudia—. Es mucho lo que hay que preparar, entre trámites, permisos... También quedan algunas reformas, que siempre son un follón. ¡Y además tengo que seguir planeando la boda! Por cierto, tenemos que quedar un día para elegir de una vez mi vestido y que vosotras os probéis los de dama de honor.

—Ah, eso... —repuso Yasmina con hastío.

—Pero si te hacía mucha ilusión. ¿Qué ha pasado?

—Que ahora es una zampabollos, eso es lo que le pasa —espetó Peter—. Mírala, está pensando que va a parecer un tonel enfundada en tul y lazos. ¿Puedo sustituirla? —añadió con una pose infantil.

Claudia parpadeó. ¿Lo estaba diciendo en serio?

—Es mejor que no cuentes conmigo —dijo Marie—. No creo que pueda ir a la boda. Lo siento, espero no causarte trastornos.

—Venga, cariño, anímate —dijo Claudia cogiéndole la mano—. Sé que no estás pasando un buen momento, pero es solo una racha. Te vendrá bien una fiesta.

—Eso se lo llevo diciendo yo desde que la conozco —apostilló Yasmina—, y nada.

—No es que no quiera ir, es que no creo que esté en Madrid para esa fecha.

Los tres la miraron con curiosidad.

—¿Tienes planeado algún viaje? —preguntó Claudia.

—Sí.

—¿En octubre? ¿A dónde? —terció Peter.

—A mi casa, a Francia.

—¿Te vas… de vacaciones? —Yasmina terminó de tragar el pastel.

—No. Es el viaje de regreso.

Los tres se miraron y callaron. No podrían hacerla cambiar de opinión, no se puede convencer a nadie de que no vuelva a su casa, con su familia, menos tratándose de Marie.

—¿Y cuándo te marchas?

—No lo sé exactamente, pero no creo que tarde mucho. Unos días, acaso.

—¿En serio? —Yasmina había abierto los ojos como platos.

Peter se levantó y desapareció, con paso veloz, por la puerta de la cocina.

—Te echaremos de menos —dijo Claudia, apenada.

—¿No os quedan más *cupcakes*? —Yasmina se había encorvado sobre la mesa y recogía con la punta del dedo las migas de la bandeja.

***

La reunión terminó poco después. El anuncio de Marie había caído como una bomba inesperada y había desanimado a sus amigos. Como Peter no salía de la cocina y Claudia no quería marcharse sin recoger la sala, Marie y Yasmina salieron juntas del local y fueron caminando hasta la parada del autobús.

—Ni se te ocurra despedirte a la francesa —advirtió Yasmina con un dedo amenazador.

—¿Qué significa eso? —replicó Marie con gesto divertido.

—Irte sin decir ni mu.

—Ah… Pues no te preocupes, me despediré de todos. Incluso podríamos hacer una fiesta.

—¡A buenas horas! Oye, ¿cuándo te vas a quedar en mi casa?

—Estoy con Sonia, no hay problema, estoy bien.

—Ya, pero es que me gustaría que te quedaras en mi casa, al menos una noche. ¿Cuántas veces te he pedido que salieras con mis amigas y me has dicho que no? Y encima ahora que te vas… ¡Y me tienes que contar bien lo bueno que está el Olivier ese! Qué calladito te lo tenías, perra…

Marie sonreía.

—Está bien. Me quedaré una noche en tu casa. ¿Pero a tus padres no les importará?

—¡No, claro que no! A veces llevo a mis amigas o yo voy a casa de ellas. Están acostumbrados. Y aunque sean padres son majos.

El autobús de Yasmina llegaba atiborrado de viajeros, apretujados en una masa de brazos y cabezas, aplastados contra las puertas y las ventanillas.

—Bueno, chica, nos vemos mañana en el curro.

Yasmina subió y fue abriéndose paso a codazos, deslizándose entre los cuerpos y miradas asesinas. Encontró un hueco frente a una ventanilla. Sonrió a Marie y se despidió con la mano. A su lado, un chico con unos cascos la miraba con un interés especial. Yasmina no se daba cuenta.

***

Sonia no lo sabía, pero Marie estaba decidida a hacer algo por ella. Las palabras de consuelo y las noches de terapia servían de desahogo momentáneo del espíritu, pero no solucionaban nada. En cuanto un nuevo amanecer raspaba la habitación, las dos eran conscientes de que la realidad no se había ido, que solo se había quedado oculta tras las sombras, y que volvía a plantarse frente a ellas, indeleble y despiadada.

Con la amenaza de desahucio a punto de llamar al timbre y a pocos días de su regreso a Francia, Marie tuvo la idea de visitar al director de la oficina bancaria en la que Sonia tenía la hipoteca. Le había contado que aquel tipo no se dejaba conmover por nada ni por nadie, que no atendía a razones ni jurisprudencias, y que estaba decidido a ponerla a ella y a sus hijos en la calle.

Poco antes de su descanso para comer, Marie hizo un alto en la rutina de entregas y se dirigió a la sucursal. El frescor del aire acondicionado le alivió la cara, que ardía después de varias horas bajo el sol. La sala era grande y espaciosa, con multitud de mesas donde los empleados atendían a los clientes. En medio, varios bancos se alineaban frente a un panel electrónico que iba indicando un número y una mesa por cada turno. Sonia no le había dicho que aquella sucursal tuviera tanto ajetreo. Iba a tener complicado entrevistarse con su máximo responsable.

Al observar la sala, uno de los empleados le llamó la atención. Era alto, guapo, y tenía cierto aire distante que lo hacía más atractivo. Marie lo conocía bien, especialmente en lo que se refería a sus atributos y dotes para el arte de amar. Cuando él la vio, la sorpresa lo dejó fuera de juego un instante.

Se dio prisa por despedir al cliente que atendía y se acercó a ella con las manos metidas en los bolsillos, echando ojeadas a su alrededor.

—Hola, ¿qué haces aquí?

—Hola, Alberto. No sabía que trabajaras en esta oficina.

—Pues sí, ya ves…

—No me extraña que llegues tan tarde a casa, aquí debéis de tener mucho trabajo. Lo que le espera al pobre Peter…

—¡Ssshhh! —Alberto se puso en guardia enseguida y volvió a mirar a las mesas—. No hables de él aquí.

—Disculpa.

—¿Qué quieres? —Alberto parecía apurado, con ganas de deshacerse de Marie.

—Necesito hablar con el director.

Alberto hizo un mohín.

—Siempre está muy liado, no sé si…

—Quiero invertir tres millones de euros y no sé en qué.

Alberto la miró ceñudo.

—¿En serio?

—Sí. Ya sabes que tenemos un dinero, pero a mi madre no le dan muchas opciones allí en Belsange, y quiero informarme de qué me pueden ofrecer aquí.

—¿Pero tú no vuelves a Francia?

—Ah, ya lo sabes.

—Sí.

—Pues sí, me marcho, pero esto es la Unión Europea. Circulación de capitales y todo eso. Tu director no creo que le diga que no a varios millones de euros.

Alberto la ponía nerviosa desde siempre. Era una especie de alerta que se activaba en ella cada vez que lo tenía cerca. Quizá fuera la frialdad con la que él se manejaba, o su forma de mirar, suspicaz y acusadora a la vez.

—Ven conmigo. —Alberto se giró sobre sus talones e inició el camino sin volver la vista atrás. Se detuvo cuando alcanzó un despacho de cristales traslúcidos—. Espera aquí un momento.

A Marie le llegaba un murmullo lejano e indescifrable desde el interior de la pecera. Al cabo de un rato, Alberto abrió la puerta e invitó a Marie a entrar con gesto franco y abierto, sin asomo del nerviosismo con el que la había recibido. A su encuentro se dirigía un hombre más bien pequeño y enjuto, de traje impecable. Tenía la piel excesivamente bronceada, que contrastaba con el cabello canoso y brillante, peinado hacia atrás con gomina. Una sonrisa amplia dejaba a la vista su dentadura recta y blanca hasta un extremo artificial.

Cualquiera juzgaría el aspecto de aquel tipo como el de un personaje de una película de narcotraficantes, y quizá no anduviera desacertado. Sin embargo, Marie sabía algunas cosas más sobre él. Por suerte, tenía facilidad para retener las caras, y la de aquel hombre la recordaba bien.

—Buenos días. Soy Gonzalo Villanueva, director. ¿Desea tomar asiento? —dijo ofreciéndole la mano.

Marie se la estrechó y se dirigió a la silla que el director le indicaba, frente a su mesa. Sobre el escritorio había varios papeles desordenados y algunos marcos con fotos.

—Tengo entendido que usted está interesada en invertir.

—Así es.

—¿Me puede orientar sobre la cifra que tiene disponible? Más que nada, para poder presentarle una oferta adecuada.

—¿Es su familia? —dijo Marie señalando una de las fotografías.

Era de una mujer rubia, esbelta y elegante, con un estilo falsamente descuidado, rodeada de tres niños igualmente rubios e igualmente elegantes.

—Sí, mi mujer y mis niños. Son una delicia, lo mejor de mi vida. No sé qué haría sin ellos.

—¿De verdad?

—Por supuesto —repuso el director. Bajo su aparente amabilidad, asomaba cierta irritación.

—La familia es importante.

—Mucho.

—Como la de Sonia Estévez.

—¿Quién?

—Sonia Estévez, viuda, madre de una niña, Natalia, y de un niño dependiente, Marcos. No puede pagar la hipoteca y usted los quiere echar de su casa. No tienen a dónde ir.

—Señorita, pensé que usted venía por otro motivo. Sinceramente… —dijo Villanueva levantándose.

—¿Se imagina que su mujer y sus hijos se quedaran sin su padre y que un tipo sin escrúpulos los echara de casa?

—Cuidado. Está usted en mi oficina, no le permito que me acose ni me insulte.

—O también podría ser que ellos lo echaran a usted de casa y no quisieran volver a verlo.

—Váyase ahora mismo o llamo al agente de seguridad —dijo levantando el auricular del teléfono.

—Si su mujer se enterara de algunas cosas…

Un chispazo de miedo se asomó al rostro de Gonzalo Villanueva, pero recuperó la compostura con rapidez, como un profesional de la mentira.

—No sé de qué me habla —dijo, intentando recordar el número que quería marcar.

—De sus aficiones e intereses, de lo que hace por la noche, a quién visita, cómo le gusta vestirse o las canciones que baila.

El director del banco colgó el teléfono sin apenas hacer ruido. Midió a Marie con sus ojos oscuros y pequeños.

—Tengo pruebas —dijo Marie.

Nada más verlo se había acordado de aquella noche en que estaba asomada a la ventana y le había dado por fotografiar el intercambio sexual entre una prostituta y un hombre cualquiera; un hombre al que también había visto restregarse detrás de su vecino mientras Cher les servía de banda sonora. Ese hombre cualquiera había resultado ser Gonzalo Villanueva.

Marie vio la duda en el director. Quizá Gonzalo Villanueva escondía mucho más de lo que ella había visto.

—¿Esto es un plan de esa señora? Es una trampa, ¿no?

—Dios mío… ¿Me está diciendo que usted lleva una vida paralela porque alguien lo ha convencido?

Gonzalo Villanueva apretó los dientes.

—Fuera.

—Acepte la dación en pago, cancele todas las deudas de Sonia Estévez, y estaremos en paz.

—Fuera.

—¿Quiere decir que no acepta el trato? Puedo enviarle una fotografía que tengo para que se convenza. Pero en tal caso le aseguro que ese no será el único envío que haga.

Poco después, Marie salía por la puerta del banco con una cita para que Sonia fuera a firmar la dación en pago de su piso. Continuó caminando con tranquilidad, sin detenerse, hasta que dobló una esquina y se metió en una calle estrecha y poco transitada. Miró hacia atrás y, cuando se percató de que nadie la seguía, se apoyó contra la pared. Respiró hondo, a grandes bocanadas, doblada por la cintura. A veces no se creía a sí misma; no sabía de dónde sacaba esa osadía, el brío en su voz, la seguridad en su postura, pero el esfuerzo la dejaba extenuada.

Se enderezó y con las rodillas algo temblorosas se dirigió a casa de Sonia. Tenía muchas ganas de comunicarle la buena noticia. Además, iba a aprovechar para hacer una llamada. Tenía que decirle a su madre que le quedaba poco por hacer y que, al fin, regresaba a Belsange.

***

Gonzalo Villanueva se paseaba nervioso por su despacho. Temblaba de rabia. Se había quitado la chaqueta y aflojado el nudo de la corbata. Había llamado a Alberto. Era el único que podía darle una explicación.

—¡Pasa! —le dijo iracundo, en cuanto lo tuvo enfrente.

Cerró la puerta, bajó las persianas venecianas y se volvió hacia él.

—¿Quién era esa?

—¿Marie? Una vecina.

El director del banco miró a Alberto con una mezcla de recelo y obscenidad. Le gustaba intimidar a sus chicos, especialmente cuando se trataba de empleados a su cargo. En la influencia de su posición hacía descansar gran parte de su poder personal y sexual.

—¿Le has contado algo?

—¡No!

—¿Seguro?

—Por Dios, ¡no! Ya sabes que estoy bien metido dentro del armario y que no pienso salir de ahí.

—Pero te podría gustar chantajearme.

—¿Para qué? No.

—Pues eso me pone cachondo, muy cachondo.

Villanueva se le acercó. Lo observó desde su menor altura con una sonrisa libidinosa. Le agarró de la entrepierna con firmeza y apretó. Que su amante fuera más alto y corpulento no alteraba el juego de poder.

—Te echo de menos. Hace tiempo que no nos vemos con tranquilidad. —Villanueva bajó la cremallera de la bragueta de Alberto y metió la mano.

Alberto carraspeó. Se revolvió inquieto, pero no rechazó el manoseo.

—Bueno, sabes que he tenido familia en casa y me ha sido imposible.

—Podemos vernos en un hotel.

—Claro, cuando quieras.

—Buen chico. —El director retiró la mano y se apartó—. Busco una noche y te digo.

—Bien —asintió Alberto subiéndose la cremallera.

Aprovechaba para salir del despacho cuando su jefe insistió:

—Por cierto, algo sabrás de esa... ¿Cómo era? ¿Marie?

—Sí, Marie.

—Eso. ¿Tiene algo que ocultar, algún secretillo? Todos tenemos algún cadáver metido en el armario, ¿verdad?

—No sé nada de ella.

—Nene, me gustas mucho, en serio, me encantas, me vuelves loco. Pero odio que me pongan entre la espada y la pared. Esa zorra sabe algo y es por tu culpa.

Alberto abrió la boca para protestar, pero Villanueva lo detuvo levantando la mano.

—No digo que tú le hayas contado nada a propósito, pero en algún momento se te habrá escapado algo o ella ha visto lo que no debía. Has dicho que sois vecinos, ¿no?

—Éramos. Hace unos días que se marchó.

—Siéntate, cariño. Siéntate y tómate tu tiempo. Y piensa, seguro que algo se te viene a la cabeza.

—Es que de verdad que no...

—No saldremos de aquí hasta que no me cuentes algo.
—Villanueva se reclinó sobre el respaldo de su butaca y echó los brazos por detrás de la nuca—. Mira, a lo mejor no necesitamos hotel después de todo.

—Bueno, lo cierto es que…

—¿Sí?

—Pues hay un tipo que ella dice que probablemente la persigue o, por lo menos, que estaría muy interesado en saber dónde está. Le hizo una buena.

—¿Qué le hizo?

—Le levantó tres millones de euros y él le juró que se vengaría de ella.

Villanueva levantó las cejas satisfecho.

—¿Y quién es ese tipo?

—Es francés también. Vive en París. Si no recuerdo mal, creo que se llama Olivier de Poitou.

2

La casa de Yasmina estaba en un municipio al sur de
Madrid. Era una de esas ciudades dormitorio que
en los años setenta se expandieron alrededor de la metró-
poli para ser habitadas por familias que trabajaban en la
capital, y que cada día, como hormigas, hacían un trayecto de ida y vuelta en el que invertían horas. Los embote-
llamientos por la mañana y al anochecer componían en
la carretera el cuadro cotidiano de aquellos rebaños de
vehículos, lentos y pesados. Mientras la vida pasaba entre
gases, ruidos y hostilidad, los viajeros de los autobuses se
mantenían ajenos, en una burbuja individual, leyendo libros, escuchando música, ojeando los periódicos gratuitos
que pasaban de una mano a otra o echando un sueño ligero.

—¿Cómo hacen para despertarse justo en su parada?

Yasmina le había llamado la atención a Marie sobre
una mujer que parecía completamente dormida pero que

en el último segundo había tenido el tino de abrir los ojos cuando le tocaba.

—Quizá esa no era su parada.

—Sí que lo era. No estaba angustiada ni cabreada. Lo veo todos los días y se nota cuando a alguien se le pasa su parada. Pero eso no ocurre casi nunca —dijo Yasmina susurrando, como si estuviera compartiendo con ella algún alto secreto.

A Yasmina le gustaba viajar en autobús. Sabía que era más lento que el tren o el metro, pero encontraba relajante el trasiego de pasajeros subiendo y bajando, y ver de fondo el paisaje urbano.

—Mis padres son majos, ya verás, aunque un poco plastas con la comida. Te pondrán el plato a rebosar e insistirán hasta que lo rebañes y lo dejes más limpio que el pelo de un gato, pero tú tranquila, yo te protegeré.

—Vale —dijo Marie. Fijó su atención en Yasmina y supo que echaría de menos su alegre locuacidad, su discurso interminable y desordenado.

—Nos llamaremos, ¿no? Cuando te vayas, quiero decir.

Parecía que le había leído la mente.

—Claro.

—Podrías venir de vacaciones alguna vez. Casas donde quedarte tienes a mogollón.

—Sí, eso estaría bien. Puede que lo haga.

—¿Eres feliz?

Marie la miró consternada. La pregunta la había despistado.

—¿Qué quieres decir?

—Que si eres feliz. Ya sabes, si te apetece sonreír, estar con tus amigos, pensar que tu gran amor está a la vuelta de la esquina, tomar el sol sobre la hierba, comerte una palmera de chocolate y no tener remordimientos después... Lo típico.

Así que eso era la felicidad. Marie solía pensar en ella en términos más sublimes e inasequibles.

—¿Podrían ser algodones de azúcar en vez de una palmera?

—¡Algodones de azúcar! —Yasmina había entrado en éxtasis—. Dios, hace una eternidad que no me como uno.

—¿Y tú? ¿Eres feliz? —dijo Marie, sacando a Yasmina de su enajenación.

—Solía serlo, pero ahora... No sé. Aunque creo que estoy ovulando. Ya sabes que esas cosas siempre nos alteran.

Los padres de Yasmina se comportaron tal y como su hija había anunciado. Se deshicieron en alabanzas y ceremonias con su invitada, dispararon multitud de preguntas sobre Francia, y, solo cuando se dieron cuenta por sí mismos de que Marie los entendía y se expresaba en español a la perfección, dejaron de hablar a voces y gesticular con exageración.

El dormitorio de Yasmina era pequeño, sobre todo comparado con el que Marie había habitado en Belsange. En realidad, el tamaño de aquel piso, pensado para encajar en la colmena de viviendas anónimas donde se insertaba, no tenía comparación con su casa en Francia. Acostumbrada a la horizontalidad de Belsange y la vistosidad arquitectónica del centro de Madrid, Marie recibió una impresión desagradable de las moles grises que se levantaban en las afueras de la gran ciudad.

En cuanto Yasmina deslizó la cama que había debajo de la suya, el espacio quedó tan reducido que tenían que pedirse disculpas a cada movimiento.

—¿Irás a buscarlo? —preguntó Yasmina de repente, ya acostadas y después de apagar las luces.

—¿A quién?

—Ya sabes a quién.

—No creo —repuso Marie al cabo de un rato.

—Eres tonta. A uno como ese, yo no lo hubiera dejado escapar.

La noche transcurrió como cualquier otra. En plena madrugada, Marie se despertó sobresaltada por otra pesadilla más, acosada por saltos al vacío y cuerpos ensangrentados, con la diferencia de que esta vez, al recuperar la conciencia, tenía por compañía los resoplidos de Yasmina y un ejército de Barbies que abarrotaba las estanterías.

Entre la maraña de pelos rubios, tules, piernas infinitas y pechos puntiagudos, Marie vio a un Ken. Miraba arrobado a su Barbie, con la cara y el torso vueltos hacia ella, como una flor en busca del sol. Se preguntó si Yasmina los habría colocado así a propósito o si aquella composición era obra del azar.

**

El amanecer llegó cargado de sueño y cansancio. De la cocina procedía un alegre ruido de cacharros, música flamenca en la radio y la voz de la madre de Yasmina siguiendo la melodía.

Yasmina arrugó la nariz en el aire, como tanteándolo.

—¡Tortitas!

Marie no probó bocado, pero tuvo que ceder ante las presiones de la madre de Yasmina, que se empeñó en que se llevara una tartera con una copiosa ración dentro.

—No te preocupes, ya me las como yo a media mañana —le susurró Yasmina con un guiño.

Sin embargo, no pudo esperar tanto tiempo y durante el trayecto en autobús Yasmina empezó a comer.

—¿Quieres una? —Marie le ofrecía a un chico que estaba sentado cerca.

—¿Eh? —repuso el chico quitándose los cascos de los oídos.

—Que si te apetece una tortita.

El chico miró a Yasmina y enrojeció levemente.

—Dale una —le dijo Marie a su amiga dándole un codazo.

Con la boca llena, Yasmina alargó el brazo y le ofreció la tartera. El chico, cauteloso, cogió una porción.

—Gracias —dijo.

—¿Por qué has hecho eso? —le preguntó Yasmina al oído.

—Porque le gustas y parece un chico majo.

Yasmina volvió la cabeza y lo miró de arriba abajo, con disimulo.

—¿Por qué dices que le gusto?

—Porque ayer no te quitó ojo cuando veníamos, y hoy, lo mismo. Y el otro día, cuando fuimos al local de Claudia y Peter, también estaba en el autobús que cogiste y el pobre no dejaba de mirarte. —Marie se quedó pensativa un instante—. Parece un Ken...

—Hombre, el chico no está mal, pero de ahí a decir que se parece a Ken... Además, yo no soy ninguna Barbie.

Yasmina cerró el envase y se enderezó en su asiento. Pasó el resto del viaje callada, echando ojeadas pretendidamente casuales al chico de los cascos. Aquel día no comió ningún dulce más.

**

La francesa esa le tenía bien atado. Era como si le hubiera rodeado los testículos con unos alicates y estuviera a punto de apretar. Lo malo era que ignoraba la naturaleza de las pruebas que ella aseguraba tener en su contra. Meditó la posibilidad de que todo fuera un farol, pero algo debía de saber la muy zorra; de lo contrario, no hubiera expuesto sus amenazas con ese aplomo. Y él, Gonzalo Villanueva, no podía arriesgarse; ni su estatus ni su imagen de respetable hombre de familia y ejecutivo aventajado soportarían el escándalo que había cobrado forma en su imaginación.

Aceptar una dación en pago tampoco le importaba demasiado. Era la primera desde que él dirigía esa oficina y sus superiores la pasarían por alto. Lo que no toleraba, lo que había encendido sus nervios y su ánimo de venganza, era que una niñata lo hubiera chantajeado con aquella facilidad. Se sentía como un muñeco de trapo.

Sin embargo, la historia que le había contado Alberto era una mina. Cuando lo había hostigado para que le revelara algo jugoso, no podía imaginar que fuera a encontrar pepitas de oro en el rastreo. La clave estaba en el cuadro de Goya auténtico que le habían regalado a escondidas del tal De Poitou. ¿Pero era un regalo o podía considerarse un robo? Si el francés aún no se había dado cuenta de su desaparición, él se la haría ver gustoso y le indicaría el camino recto hasta su responsable.

Después de firmar los papeles que cancelaban las deudas de Sonia Estévez y mientras la acompañaba hasta la puerta deseándole la mejor de las suertes y recibiendo con solemnidad las repetidas muestras de gratitud de su cliente, Gonzalo Villanueva no podía dejar de sonreír para sus adentros. Masticaba la revancha y la saboreaba con placer morboso.

Al volver al despacho, pidió a Alberto que lo acompañara. Deseaba hacerle partícipe de sus gestiones.

—Lo he localizado —dijo sentándose en su butaca.

—¿A quién?

—Al tipo aquel. Al francés.

—Ah… ¿Y qué ha dicho?

—En realidad, no he hablado con él. Solo he averiguado dónde trabaja.

—Bueno, eso no era complicado, ¿no?

Villanueva rio para sus adentros.

—Eres un rebelde —dijo, advirtiéndole con un dedo y una máscara de autoridad que no escondía el deseo que supuraba por debajo—. Un detective privado irá a París y se lo contará todo. Después lo seguirá y me informará de si viene o no a Madrid a cobrarse sus deudas —añadió paladeando la escena.

—Buena suerte entonces —dijo Alberto para cerrar la conversación.

—¡Espera! —Villanueva salió de detrás de su escritorio y avanzó como un depredador, lento pero seguro, hacia su presa—. Estoy excitadísimo. Todo esto me ha puesto a mil y te lo debo a ti.

Bajó las persianas y se acercó a Alberto. Palpó sus genitales a través del pantalón. Le encantaba hacer eso. Notaba cómo el miembro crecía bajo sus toqueteos y aquel niño de cara perfecta se rendía a sus caricias.

—Hay que celebrarlo. ¿Qué tal esta noche?

—Eh… Creo que no voy a poder.

—¿Seguro?

Alberto vio el deseo de su jefe mezclado con la amenaza y sintió el peligro acechándole una vez más.

**

A lo largo de su vida, Marie había constatado que la verdad era una idea con diferentes vértices, algunos de ellos opuestos, difícil de revelar y muchas veces indeseada. Ella misma se había visto en el aprieto de mostrarla, desenredarla de la maraña de confusiones y entregarla, regia y dolorosa, como una rosa con espinas.

Sin embargo, ahora las palabras brotaban una detrás de la anterior en un mensaje que discurría con la sencillez de los hechos desnudos. Con una prosa casi policial, Marie le escribió una carta a don Íñigo, donde le refería los acontecimientos y le ofrecía explicaciones y disculpas. Lamentaba no poder reponerle las monedas que había vendido, pero le prometía que, en cuanto estuviera de vuelta en Belsange, le enviaría un Goya auténtico que estaba segura de que apreciaría. Con aquellas palabras, Marie no buscaba el perdón —ni siquiera se había parado a pensar si lo merecía—, sino rendir cuentas y colocar las cosas en su justo lugar.

Con ese mismo afán escribió a Olivier, pero al terminar notó la distancia y frialdad que manaban del mensaje. Había una fealdad intrínseca en esas líneas que traicionaba la verdad, y eso la llevó a romper la carta.

Se acordó de los correos electrónicos que se habían enviado, de las declaraciones escondidas tras un código. Miró el portátil y se lo pensó. Si se decantaba por enviarle un mensaje cifrado, este tendría que ser mucho más corto de lo que había previsto, pero también sería más directo y franco, quizá hasta descarnado. Conocía a Olivier y sabía que ellos no necesitaban florituras para hablarse, pero temblaba cuando lo imaginaba leyendo su mensaje.

Marie se había sentado en el suelo, bajo una ventana abierta del piso de Sonia. La calle, abajo, hervía de gente y coches. El ruido trepaba por las paredes y se colaba dentro, en la habitación y en su cabeza. Aunque en aquellos meses se había acostumbrado a las vibraciones de Madrid, de vez en cuando la irritaba aquel ruido permanente.

Desesperada, Marie abandonó la tarea de escribir a Olivier. Ya lo haría en otro momento. Cogió el bolso y se fue a la estación de Atocha, donde había quedado con Peter. Tocaba comprar el billete de vuelta a casa.

***

Hacía rato que el sol se había escondido, pero el asfalto seguía ardiendo y exhalando vapores de infierno. Peter comía un helado con voracidad, no tanto por apetito como por evitar que el calor derritiera la crema antes de tiempo. Su lengua buscaba y detenía las gotas gordas y pesadas que resbalaban cucurucho abajo.

—Si no estuviera tan lamido, te ofrecía —le dijo a Marie, que caminaba a su lado—. Está bueno que te cagas.

Se cruzaron con un par de jóvenes que lo miraron con picardía. Sacaron la lengua y se repasaron los labios con lascivia. Peter ni se inmutó.

—Vaya, sí que debes de estar enamorado —advirtió Marie con sorpresa.

—Sí... —Peter suspiró. Esbozó una sonrisa, pero la detuvo una sombra de decepción.

—¿Qué ocurre?

—Paranoias mías, supongo.

—¿Seguro?

—Últimamente nos vemos poco.

—¿Mucho trabajo?

—Eso siempre —bufó Peter—, pero ahora, además, tiene a familiares en casa. Lo de que no quiera salir del armario... —Arrugó la nariz—. Ya sabes lo que opino de eso.

—Bueno, es respetable, ¿no?

—Sí, pero no lo quiero para mí. Dentro del armario solo se coge polvo. —Peter levantó la cabeza, dándose cuenta del doble sentido y se sonrió.

—¿Es que tú no piensas en otra cosa? —lo amonestó Marie con cariño.

—Si solo fuera ese tipo de polvo, no estaría nada mal, pero también te apollillas… Ahora en serio, no quiero meterme dentro de un armario. Me costó mucho dolor salir del mío, tuve que sacrificar cosas, hice daño a mi familia y ahora ¿qué? ¿Mi esfuerzo no ha servido para nada? ¿Tengo que meterme dentro otra vez?

—Nadie te dice que lo hagas.

—Bueno, su familia viene de visita cada dos por tres, por lo visto. Así no podremos vivir juntos nunca.

—¿Cada dos por tres?

—Eso parece.

Marie se rascó la cabeza. En los meses que había sido vecina de Alberto, nunca lo había visto en compañía de ningún familiar, de nadie en realidad. Nadie, excepto Gonzalo Villanueva.

—¿Alguna vez has ido a buscarlo al trabajo?

—¡Qué dices! Me lo tiene prohibidísimo. Como tengo tanta pluma… Solo podemos hacer vida encerrados en mi piso o cuando salimos de noche por Chueca. Nada más.

—¿Y su familia cuándo se va?

—Ni idea. Ellos llegan y se quedan el tiempo que les parece. Qué pesados, ¿no? Espero que para tu fiesta de despedida ya se hayan pirado.

—Ah, hablando de eso, no quiero nada demasiado…

—Que sí, mujer, que sí… Será en el local y poca gente, los de siempre. Yasmina, Claudia y yo. Y Alberto, espero.

—Seguramente me llevaré a Sonia.

—*No problem!*
—Pronuncias fatal el inglés.
—Ya está la lista…

***

Horacio Leblanc era un investigador bueno. Qué demonios, ¡era excelente! Había colaborado con policías y jueces, y su participación había sido clave en varios casos difíciles. Le gustaba olisquear y acechar, y necesitaba como el aire esa descarga de adrenalina que lo invadía cuando daba con la solución. Su porcentaje de éxitos era de los más elevados en el sector, y su reputación, en cuanto a eficiencia y discreción, intachable.

Durante una época pudo elegir los casos. Descartaba sin contemplaciones las peticiones de esposas celosas y angustiadas que buscaban el rastro de una amante, o de empresarios que sospechaban de las bajas por enfermedad de sus trabajadores. No toleraba la idea de esperar durante horas, camuflado dentro de su coche o detrás de un arbusto, soportando las inclemencias del tiempo. Eso era para principiantes y fracasados.

Sin embargo, desde hacía unos años las cosas se habían puesto cuesta arriba. La administración pública había reducido sus presupuestos o no pagaba, los clientes escaseaban y las tarifas descendían en caída libre, mientras que los gastos y las deudas aumentaban. Así pues, Horacio Leblanc tuvo que hacer de tripas corazón y resignarse a los casos de segunda. Las infidelidades, por suerte, no sabían de crisis económicas.

Además de esposas, Leblanc recibía de vez en cuando algún encargo excéntrico. El último le había venido de un pez gordo, un director de banco con pinta de ricachón. El trabajo consistía en pasarle un mensaje a un francés —otro pez gordo, por lo visto—, y después comprobar si este se dirigía a Madrid.

Si no fuera por la soberbia retribución y por la falta que ese dinero le hacía, hubiera hecho una pelota de papel con el encargo y la hubiera lanzado a la papelera. Sin duda, prefería a las esposas celosas; las amantes de sus maridos solían estar estupendas, y mientras ellas retozaban alegres y desnudas con los infieles Leblanc se solazaba en un voyerismo libre de culpa y, encima, remunerado.

Más aburrido y tedioso no podía ser aquel caso. Como novedad, esta iba a ser la primera vez que la lengua materna de su padre le sirviera para trabajar. Hacía años que no la practicaba, concretamente desde que su padre murió, pero, al dirigirse a las azafatas del aeropuerto Charles de Gaulle, comprobó satisfecho que las palabras le salían solas. Antes de acudir a la dirección que le habían indicado, Leblanc paseó por las calles de París, exhibiendo su francés y congratulándose de lo bueno que era.

Cuando el juego empezó a aburrirlo, decidió ponerse manos a la obra y tomó un taxi. Las condiciones del viaje eran con todos los gastos pagados, así que no había razón para escatimarlos y ahorrarle al ricachón unos euros cogiendo el metro. Más pronto de lo que él hubiera deseado, llegaron a las oficinas donde se alojaba la sede de De Poitou Group. Miró el reloj. Eran solo las dos y la secretaria del tipo le había dado cita para las tres. Menudo fastidio. Pensó en merodear por la zona, pero ya estaba harto de pasear, así que entró.

El edificio era moderno, con enormes ventanales de cristal tintado. El recibidor era amplio y diáfano, de techos altos. Grandes maceteros rectangulares con piedras y bambú otorgaban al espacio ese toque zen que tanto gustaba a algunos y que a él le horrorizaba. Leblanc oyó sus pasos repiquetear sobre el mármol.

—Buenos días, ¿le puedo ayudar? —saludó la recepcionista mientras dejaba el móvil a un lado.

Era una rubia de ojos azules, pelo larguísimo, liso y brillante, y cara de muñeca.

—Vengo a ver al señor Olivier de Poitou. —Leblanc se imaginó dándole a la rubia una respuesta menos comedida.

—¿Me permite su identificación?

La rubia tecleó algo en el ordenador con rostro impertérrito. Procedía con la frialdad de un robot y probablemente con menos cercanía de la que sus jefes esperaban de ella, pensó Leblanc. «Si pudiera, te iba a poner yo los puntos sobre las íes».

Una impresora eructó una hoja. La recepcionista despegó un rectángulo y le ofreció la credencial, pegada a la punta de un dedo.

—Póngasela en un lugar visible.

El detective arqueó las cejas, pero la rubia pareció no darse cuenta del gesto de ironía o lo pasó por alto. «Estas tías buenas son todas iguales, unas frígidas y unas sosas».

—Suba a la última planta. Nada más salir del ascensor, encontrará la mesa de la secretaria del señor De Poitou.

—Muy bien. Gracias, señorita.

—Buenos días —se despidió la recepcionista, que enseguida volvió a su móvil.

Horacio Leblanc siguió las instrucciones y subió al último piso. Se acercó a la mesa de la secretaria, pero no había nadie. «Estará comiendo», pensó el detective. Miró alrededor, aburrido, pero no oía más que silencio. Unos pasos más allá, siguiendo una alfombra roja, bien tupida, se cerraba una puerta maciza. Su instinto de perro sabueso guio sus pasos hasta allí. «Olivier de Poitou. Presidente», rezaba la placa enmarcada.

De nuevo miró el reloj. Eran las dos y cuarto. Leblanc resopló. Qué aburrimiento.

**

Por lo general, Olivier de Poitou no salía a comer a no ser que tuviera una cita de negocios. Prefería quedarse ahí arriba y tomar un sándwich o unas patatas de bolsa mientras miraba por los ventanales. Las vistas desde aquel despacho eran espectaculares. Estar tan cerca de las nubes, tan por encima del mundo, le suscitaba una sensación de irrealidad que lo distanciaba de sus preocupaciones y lo relajaba. Y cómo necesitaba ese momento. Cada vez más. En los últimos tiempos, padecía de los nervios. Se notaba atosigado, colérico, insatisfecho. A pesar de que intentaba evitarlo, su mente terminaba viajando hasta Belsange y, entonces, se retorcía.

Unos toques en la puerta lo despertaron de sus meditaciones. Se extrañó.

—¡Adelante!

Se asomó un tipo de mediana edad. Lucía una credencial de visitante en la solapa de su americana. Las visitas no solían presentarse así, sin ser precedidas por alguna secretaria. Además, este hombre mostraba una actitud algo arrogante. No venía a pedir ni a negociar.

—¿Olivier de Poitou?

—¿Quién es usted?

—Me llamo Horacio Leblanc, investigador privado. Concerté una cita con su secretaria. He llegado algo pronto, pero si quiere que espere…

—¿De qué se trata?

—Le traigo un recado.

—¿Un recado?

El detective tomó asiento con suficiencia frente a él.

—¿Conoce a una tal Marie Toulan?

***

Caminando por la calle Fuencarral, Alberto iba contracorriente. Sus hombros giraban a cada paso para sortear el flujo de personas que iban en dirección opuesta. Era incómodo. Hacer lo contrario que la mayoría de la gente estaba empezando a ser un auténtico fastidio. Hacía muchos años que el anhelo de ser como los demás, en todos los aspectos de su vida, había dejado de atormentar sus noches y el deseo que le nacía de las entrañas, pero en los últimos tiempos esa preocupación volvía a acosarlo con fuerzas renovadas.

Había hecho del disimulo un rasgo más de su carácter y se había acoplado a él de tal forma que no concebía seguir su vida sin fingir. Además, la versión idealizada de su existencia proporcionaba muchas alegrías, aunque a otros. A su familia y especialmente a sus padres les enorgullecía la imagen de aquel joven guapo y exitoso, que ninguna mujer conseguía cazar. El mismo efecto producía entre sus amistades y compañeros de trabajo. Además, no le costaba trabajo coquetear con alguna mujer de vez en cuando, solo si había testigos que después dieran fe de su seducción, o incluso inventarse aventuras sexuales que curiosamente resultaban más creíbles cuanto más salvajes y novelescas.

Por fortuna, su físico y apariencia le daban credibilidad. Alberto parecía un veinteañero gallardo y arrogante, interesado en divertirse y en las relaciones libres de ataduras. Por supuesto, no exhibía ninguna de las maneras afeminadas que pudieran señalarlo. Ser una mariquita alocada lo aterraba, al menos, cuando iba disfrazado del Alberto heterosexual. En cambio, cuando se vestía de *drag queen,* enmascarado tras el maquillaje, la peluca y los brillos de la ropa, daba rienda suelta a sus fantasías. Mientras que otros diluían sus inhibiciones en alcohol o drogas, él conseguía el mismo efecto componiéndose de esa guisa.

A pesar del horror que sentía por el afeminamiento, Alberto no pudo evitar enamorarse de Peter. Escarceos y ligues con tipos como él los había tenido en un número que ni siquiera podía calcular, pero siempre casuales y escondidos. La sola idea de que se le contagiara algún gesto le daba pánico.

Sin embargo, con Peter fue diferente. En cuanto lo vio abrir la puerta de su casa, sintió una punzada instantánea en el pecho y una atracción que sabía que no podría remediar con tres o cuatro encuentros. Quizá fue su mirada, entre triste y anhelante, o cierto halo de fragilidad. Aunque no hacía mucho que había empezado con Peter, ya había pasado con él más tiempo que con nadie, y había alcanzado un grado de intimidad que era nuevo para él, ese en el que uno se siente parte del otro y toma conciencia de que lo necesita cada día, el resto de sus días. Lo que aún no sabía Alberto era cómo encajar sus dos mundos sin que colisionaran. Aquello acabaría por explotar, estaba seguro, y puede que fuera él mismo quien se rompiera en mil pedazos.

A través de una raja en el papel que cubría los ventanales del local de Peter, lo estuvo observando. Allí estaba su novio, algo encorvado de hombros y con esa mirada que tanto le gustaba. Hablaba con Marie. Se mordió el labio. Gracias a ella había conocido a Peter, pero también por su culpa había tenido que ceder al chantaje sexual de su jefe otra vez. Bajó la nariz y olisqueó la ropa. Aunque se había duchado antes de salir del hotel, tenía miedo de que Peter detectara la fragancia de otro perfume adherida a su traje.

El sexo con su jefe también era fuente de preocupación. Tenía que rendirse a las pulsiones del director si quería seguir en el banco, y la preferencia de Villanueva por él le aseguraba la trayectoria ascendente que tantas veces había imaginado mientras estudiaba y que sus padres esperaban de él. No era infidelidad, se repetía Alberto, no estaba engañando a su novio, pero entonces se acordaba de Peter, de su mirada triste y frágil, y se ahogaba de dolor.

Volvió a mirar a Marie. Era culpa de ella, se decía, y el rencor se mezclaba con el remordimiento. La había vendido a Villanueva. Había cedido a las presiones de su jefe y le había contado sus secretos. A estas alturas, Olivier de Poitou ya debía de estar al tanto de su paradero.

Inspiró hondo, adoptó la máscara del Alberto que ellos conocían y dio unos toques en el cristal. Peter saludó con vigor y fue trotando hasta la puerta.

—¡Cari! —exclamó Peter.

Alberto logró meterse dentro del local antes de que Peter le plantara un sonoro beso en los labios en plena calle.

—Pensábamos que ya no venías. ¡Qué tarde se te ha hecho!

—Mucho curro, ya sabes.

Peter se colgó de su cuello y lo abrazó.

—Hum… Hueles a duchita. ¿Tenéis duchas en la oficina? —preguntó Peter con los ojos desorbitados.

—Eh… ¡Sí! —mintió Alberto—. A veces, hay que trabajar incluso toda la noche.

—Guau… Nunca me lo habías dicho. Qué sexi, ¿no? —Peter se acercó y le susurró con sensualidad—. Oye, pues, cuando te quedes solito trabajando, voy y nos damos un homenaje.

Alberto sonrió. La fantasía de Peter lo había relajado por un momento, pero aún estaba algo intranquilo. Levantó la mirada y vio a Marie, que lo observaba con insistencia.

Se puso en tensión. Su jefe le había dicho que ella sabía algo, ¿pero qué? Podría ser cualquier cosa. Gonzalo Villanueva no era de costumbres corrientes.

—¿Sabéis qué, chicos? ¡Mi novio tiene duchas en la oficina, y viene limpito y reluciente! —cacareó Peter.

Todas sonrieron. Todas excepto Marie, que no dejaba de mirarlo.

***

La gata aullaba y el quejido la sobrecogía. No tendría que haberla recogido de la calle meses atrás, pero la minina la había estado mirando un día tras otro, agazapada tras el cubo de basura, y con esos ojos verdes tan tristes que no se pudo resistir. Una tarde la llamó con un *bis, bis,* y el animal respondió enseguida, acercándose con ansiedad y miedo.

Marie se la entregó a Claudia con dolor. El animal le había hecho compañía durante aquellos meses y le costaba deshacerse de ella. Había crecido desde que la recogió. Ya se había desprendido de su aspecto de debilidad, y su pelo marrón chocolate brillaba con lustre. Aún no le había puesto nombre.

—Entre todos la cuidaremos —dijo Peter, quitándosela de los brazos a Claudia.

Alberto, a su lado, empezó a acariciarle el lomo. La gata se relajó al instante.

—¡Eh, le gustas! No me extraña. Qué buen gusto tiene la jodía…

Lo cierto era que Alberto siempre había sido bien recibido por la gata, incluso después de la esterilización. Ver a su mascota ronronear bajo las manos de Alberto y a Peter con aquel gesto de admiración la incomodó.

—Alberto, ¿puedo hablar contigo?

El chico la miró con una sensación de alarma de la que solo se percató Marie.

—Claro.

Se apartaron y, cuando Marie estuvo segura de que los demás habían dejado de prestarles atención, abordó a Alberto.

—¿Tienes a tu familia en casa?

—Sí.

—¿Seguro?

—Sí.

—Peter dice que tu familia te visita con frecuencia, pero yo nunca los vi.

—¿Y?

—Alberto, el folleto de maquillajes de Peter no lo puse en tu buzón por casualidad. Te vi. —Marie guardó silencio un instante, midiendo la reacción de Alberto, que permanecía con el ceño fruncido y desviaba los ojos con nerviosismo—. Te vi en el cuarto de baño con tu jefe.

—¿Ese es el chantaje que le has hecho a mi jefe? Claro, por eso me hizo ese tercer grado. Cojonudo, tía. Me has puesto entre la espada y la pared. Muchas gracias.

—Si te he causado problemas en tu trabajo, lo siento, pero, Alberto, no me digas que yo te he lanzado a engañar a Peter con ese hombre.

Alberto miró hacia atrás. Peter charlaba animadamente, mientras todos alababan la belleza de la gata callejera.

—¿Se lo vas a decir? —preguntó con rabia.

Marie suspiró. Dejó la mirada perdida un instante.

—No soy quién para dar lecciones, Alberto, y no sé si debo contárselo a Peter, pero creo que deberías portarte mejor con él, de eso sí que estoy segura. Tienes que elegir entre tu jefe o Peter. Si se entera... Peter está enamorado de ti y no lo soportaría.

—¿Qué es lo que no soportaría? —dijo Peter, apareciendo de improviso entre ellos. Sonreía y buscaba la mano de Alberto.

—Cuidaos mucho. —Marie le dio a Peter un beso en la mejilla y se apartó.

Fue hasta Sonia y le hizo un gesto de que era hora de marcharse.

—Os echaré mucho de menos —dijo en la puerta con la voz quebrada.

—Aún quedan dos días para que te vayas. ¿No nos veremos antes? —suplicó Yasmina.

—Será mejor que no.

—Al final te vas sin haberte convencido de que nos pintes algunos dibujos chulos —suspiró Claudia.

—Es verdad, qué asquerosa —añadió Peter—. Hija, haz un esfuercito y tírate el rollo.

—Si no quiere dibujar, que no dibuje —soltó Sonia, muy seria.

—¿Qué es? ¿Su puta abogada? —le cuchicheó Peter a Yasmina en el oído.

—Bueno, chicos, nos vamos —dijo Marie—. Hasta pronto.

No quería adioses, ni grandes abrazos, ni besos eternos ni deseos de buena suerte. Marie les había pedido que se guardaran todos aquellos gestos. No quería sentir que se despedía.

**

Se lo tenía merecido. Alberto jugueteaba en su imaginación con el momento en que Olivier de Poitou llegara a Madrid a rendirle cuentas a Marie. Se suponía que aquella era una venganza de Villanueva, pero también la saboreaba como propia. Esa chica lo había metido en la boca del lobo y ahora el destino iba a equilibrar la balanza con su justo sistema de compensaciones. Solo esperaba que aquel tipo llegara antes de que ella se marchara.

Ansioso, cogió el móvil y le envió un *wasap* a su jefe.

«La gabacha se va en dos días. Vuelve a Francia».

Villanueva respondió al cabo de un rato.

«Mierda. El detective ha hablado hoy con el tipo, pero es todo lo que sé. Dice que mañana averiguará más».

«Genial».

«¿En serio? ¿No te cae bien tu amiguita? ¿O es que esto te pone tan cachondo como a mí?».

—¿Qué haces con el teléfono? Anda, vente ya a la cama —dijo Peter bostezando.

—Voy. Un segundo.

Alberto seguía afanado con el móvil.

«Ahora te tengo que dejar. Mis primos quieren echar un mus».

«Yo te echaría a ti otra cosa. Esta tarde me has dejado con ganas de más. Te fuiste muy pronto».

«Je, je. En serio, nos vemos mañana».

«¿Qué me has dado que me tienes loco, niñito?».

«Eso se lo dirás a todos y a todas».

«¿Te gusta oírmelo decir? Pues te lo digo: TE DESEO, TE DESEO, TE DESEO. Me estoy tocando pensando en ti. Tócate, anda».

—¿Pero qué coño haces con el puto móvil? ¿Quieres dejarlo ya? —protestó Peter.

—¡No puedo!

El grito exasperado de Alberto rebotó contra las paredes del dormitorio. Peter se quedó estupefacto. Era la primera vez que lo veía así, tan diferente. No quiso admitirlo, pero algo le decía que era como si se le hubiera caído la máscara del carnaval.

—¿Qué pasa? —preguntó asustado.

Alberto se dejó caer en la cama de espaldas a Peter. No podía mirarlo a la cara. Notó que su novio se acercaba por detrás y lo abrazaba.

—No hagas eso —suplicó Alberto.

—¿Estás nervioso? Últimamente te veo mal y no sé qué te pasa. ¿Por qué no me lo cuentas? Quiero ayudarte. Yo... te quiero.

Alberto se giró y se encontró con los ojos de Peter. En el espejo de sus iris se vio, pero no tal y como era, con sus mentiras y disimulos, sino como lo veía Peter, con un amor y una bondad que lo avergonzaron.

Se conmovió. Una poderosa emoción lo retorció por dentro.

—No me merezco tanto de ti.

—¿Por qué dices eso?

Apagó el móvil.

—Escucha y lo entenderás.

3

El jefe de Marie le había entregado un sobre con su liquidación en metálico, sin factura ni justificantes, como había hecho con cada mensualidad desde que empezó a trabajar en la agencia. Él se ahorraba los impuestos y ella evitaba las huellas de un posible rastreo por parte de Olivier de Poitou.

Había más de mil euros. Marie sabía que ese dinero le vendría bien a Sonia, pero no quería iniciar un forcejeo con ella para acabar metiéndoselo a la fuerza en el bolsillo. Tenía que encontrar un lugar donde dejarlo que ella descubriera después de que se despidieran, sin riesgo de que acabara hecho trizas o en la basura. Para mayor seguridad, escribió en el anverso: «Hay muchas maneras de dar más de mil gracias. A mí se me ha ocurrido esta».

Aún tenía el bolígrafo en la mano cuando sonó el timbre del portero automático. No había nadie en el piso. Sonia acababa de marcharse para llevar a Natalia a casa de su

suegra y a Marcos al fisioterapeuta. Sería el cartero, pensó
Marie. Fue hasta el interfono y respondió:

—¿Sí?

—¡Marie! —La voz de Peter rasgaba el aire.

—¡Peter! ¿Qué ocurre?

—¡Abre! ¡Es importante!

Marie se inquietó. Peter no era amigo de madrugar y,
desde que había dejado el McDonald's para ser empresario,
mucho menos. Además, sabía que él, al igual que todos los
demás, respetaría su necesidad de mantenerse alejada de sus
amigos en los últimos días en Madrid, así que algo grave
debía de haber ocurrido.

Peter llegó ahogado, rojo y sudoroso.

—He venido lo antes posible.

—Me estás poniendo nerviosa. ¿Qué pasa?

—Antes de nada… ¿Está aquí tu abogada? —preguntó
arrugando la nariz.

—¿Qué?

—Bah, nada. Siéntate —dijo Peter conduciéndola por
los hombros hasta una silla.

—¿Y bien?

Peter tragaba con dificultad. Abría y cerraba la boca,
como buscando las palabras.

—Alberto es un cabrón.

—Ah… Ya veo.

—No, no es eso.

Marie parpadeó.

—Lo decías por los cuernos, ¿no? —se aseguró Peter.

Ella asintió.

—Pues no, no es eso.

—¿Entonces? —Marie se estaba arrepintiendo de haberlos reunido.

—Te ha tendido una trampa.

Peter siempre había adolecido de cierta tendencia al dramatismo y la exageración, pero solía hacerlo con gran énfasis de la voz y las manos. Ahora sin embargo estaba muy serio.

—No te entiendo. Explícate, por favor.

—Se lo ha contado todo a su jefe, al que chantajeaste, y cuando digo todo me refiero a todo, Marie. Para vengarse de ti, el mamonazo ese...

—¿Alberto?

—No, su jefe... Pues el mamonazo ese contrató a un detective para que fuera a París y... —Peter tragaba saliva—. Ha hablado con el padre de tu chico y le ha dicho que le robaste el cuadro de Goya. Ya sabe dónde vives.

Marie abrió mucho los ojos.

—Pero eso no es lo peor, niña. Hace un rato me ha llamado Alberto para decirme que el detective ese está de vuelta en un vuelo de Air France y... —Peter tomó aire—. ¡Está sentado varias filas detrás de él!

Marie se levantó de la silla como un resorte, pero no fue capaz de efectuar ni un movimiento más. Le faltaba el aire.

—¡Marie! Tienes que irte ya. ¡Viene a por ti!

—¡La carta!

—¿Qué carta?

—No la he enviado. Y la de Oli no la he escrito aún.

—¿De qué hablas?

—Tengo tantas cosas por hacer...

—Yo te ayudaré. Tenemos tiempo. Mientras el avión esté en el aire, tenemos tiempo, reina.

Recogieron a toda prisa, tropezándose. Marie daba mil vueltas alrededor de sí misma, yendo a por alguna cosa y, al punto, deshaciendo el camino para no olvidar lo que acababa de recordar. Peter revoloteaba por el piso, siguiendo el deambular presuroso de su amiga, sin poder ofrecer más ayuda que su ruidosa compañía. Despotricaba contra Alberto y pedía disculpas en su nombre, a la vez que juraba no volver a confiar en ningún hombre en lo que le quedara de su maldita existencia.

—Creo que ya está —dijo Marie. En aquellos minutos de prisas y nervios parecía haber empequeñecido—. Pero antes... —Sacó un teléfono móvil de un cajón y lo encendió—. Tengo que hacer una llamada.

Peter abrió la boca al máximo y se llevó las manos a la cara.

—¡Aaah! ¡Qué perra! ¡Tienes móvil! ¿Desde cuándo? —exclamó Peter, y con suspicacia preguntó—: ¿Los demás tienen tu número?

—No. Es un teléfono de tarjeta, solo lo uso para llamar a mi madre. Así evitaba que dieran conmigo...

—Ah, vale... —repuso Peter, aliviado.

El aparato zumbó con varios mensajes. Eran llamadas perdidas.

—Mi madre me ha llamado muchas veces...

Deseó que solo fuera para darle cientos de instrucciones maternales sobre los preparativos del viaje. Se encaminó hacia otra habitación.

—¿Me esperas aquí, por favor?

—Claro, guapa.

Marie llamó. Tuvo que hacerlo varias veces hasta que oyó que la señal se interrumpía con un chasquido. Antes de que Juliette dijera nada, Marie exclamó:

—¿Qué pasa?

Al otro lado de la línea, se oía un silencio cargado de algo que Marie no quería identificar.

—¡Mamá! ¿Qué pasa?

—Marie…, tu hermano…, mi niño, mi dulce niño… —Juliette sonaba entrecortada, conteniéndose para poder hablar.

—¡Mamá! ¡No, mamá, no! —Marie empezó a llorar.

—Ha sido tan rápido… Ni se dio cuenta, no sufrió.

Se le cayó el teléfono de las manos. Se derrumbó y se encogió en el suelo. El momento que tanto había temido durante tantos años había llegado, y ella no estaba donde debía estar.

Todo había sido una locura, un sueño inacabado convertido en pesadilla. En su dolor, llorando en el suelo, Marie se dijo que se había aferrado a una ilusión imposible y que, aun temiendo las consecuencias, se había empeñado en continuar. Pero algo tenía claro: el culpable de aquel dolor no era Olivier, ni siquiera ella misma, y lamentó haber permitido que él se alejara de su vida. «Siempre voy a estar cerca, observándote, sin que lo notes, y cuando me necesites, cuando por fin quieras que esté a tu lado, bastará con que me llames».

—Oli…

—No, soy Peter.

Se había acercado hasta Marie, alarmado por los gritos que había oído desde la otra habitación. Marie lo observó a través de las lágrimas. No, no era Olivier, aunque quizá podría hacerlo volver. Pero ya pensaría en eso más tarde; lo primero era regresar a casa.

Paró de llorar y se levantó del suelo con la ayuda de Peter, quien no se atrevió a preguntarle qué había pasado por temor a que estallara de nuevo en sollozos. Revolvió entre su equipaje y encontró el vestido blanco. Con serenidad se fue cambiando de ropa.

—Dale otra oportunidad —dijo más serena.

—¿De qué hablas?

—De Alberto.

—¡Ni de broma!

—¿Por qué no? ¿Alguien te ha hecho más feliz que él? ¿Alguien más te ha hecho sentir como la única persona que importa en este mundo?

—¡Se acostaba con su jefe!

—Todos cometemos errores, y eso, lo de Alberto y su jefe, no era amor. Yo los vi.

Peter frunció el ceño.

—¿Los viste y no me lo contaste?

—Fue antes de que os conocierais. Y créeme, Alberto no miraba a su jefe como te mira a ti. Él te quiere, estoy segura.

—¿Y qué me dices de su empeño en seguir dentro del armario?

—Todos tenemos defectos. Tú también.

—No sé... —bufó Peter.

—Me tengo que ir, pero al menos dime que hablarás con él. Prométemelo.

—¿Entonces te vas ya? ¿Así, tan de repente? —Peter parecía a punto de llorar.

Marie asintió.

—Estás muy guapa con ese vestido blanco. Estás... ¡etérea! —dijo secándose una lágrima.

—¿Me lo prometes?

—Qué pesada eres... Vale, ¡está bien! Hablaré con él, te lo juro.

Marie lo abrazó y le dio un sentido beso en la mejilla.

—¿No decías que no querías ni besos ni abrazos ni despedidas?

—Ya ves, nunca es tarde para rectificar.

Se colgó el bolso en bandolera y fue hasta la puerta. Allí cogió la bicicleta, echó una última ojeada al piso y a su amigo, y sonrió.

—Adiós, Peter. Que tengas mucha suerte.

***

Gonzalo Villanueva creía que iba a enfermar de los nervios. Sentía una excitación feroz que lo obligaba a estar en constante movimiento. Con excusas diversas, se paseaba por la sucursal bancaria abroncando a algunos empleados y colocándose detrás de otros solo para fastidiar. Alberto estaba hoy guapísimo. Había regresado a él ese gesto colérico y un tanto mustio que lo volvía loco. En los últimos tiempos, el chico parecía más relajado, con una sensación como de plenitud que le hizo sospechar que podría haber conocido a alguien, pero por lo visto solo había sido una racha. O lo había dejado con el otro. Si ese era el caso, ahí estaba él para consolarlo.

—Alberto, ven a mi despacho —dijo muy serio, como si fuera a pedirle cuentas a su subalterno sobre las últimas operaciones firmadas.

Se reunieron en el cubículo traslúcido del director.

—Está a punto de llegar —anunció Villanueva.

—Lo sé, ¿pero por qué le das tanta importancia? Es solo una hipoteca menos, y Marie, una chica inofensiva con una historia como otra cualquiera. No entiendo tanto odio.

Villanueva lo miraba con los ojos entrecerrados.

—Si no fuera por tus mamadas, te ponía de patitas en la calle.

El teléfono sonó.

—¿Sí? —se abalanzó Villanueva desde su asiento.

—Hemos aterrizado. De Poitou está en la cola de los taxis.

—Quiero que lo siga y me informe de todos sus movimientos. Qué camino toma, si se para, qué hace. ¡Todo!

—Muy bien, señor.

***

Marie pedaleaba deprisa. Tenía que entregar la carta a don Íñigo. Se la haría llegar a través de doña Engracia. Estaba segura de que la mujer lo haría y puede que la ocasión le

sirviera a la portera para poner orden en su vida y sus remordimientos. Miró el reloj. Era difícil calcular cuándo llegaría Olivier de Poitou a Madrid o si lograría darle caza en
una ciudad tan grande. A pocos pasos del portal, rezó para
que doña Engracia estuviera dentro y resolver aquello lo
antes posible. Podía ser peligroso permanecer allí demasiado tiempo.

La portera estaba sentada en su butaca con la mirada
perdida. Cuando vio a Marie se sobresaltó.

—Entregue esto a don Íñigo, por favor. Yo me marcho. Vuelvo a casa, a Francia.

La mujer manoseó el sobre.

—¿Qué es? ¿De su nieto?

—No, es mía. Es mi explicación de las cosas.

La portera tembló visiblemente.

—¿De... todo?

—Sí, Engracia, de todo. No tema, la verdad nos salvará.

Marie se dio la vuelta y desapareció en lo que la portera exhaló un suspiro.

***

Yasmina se miró en el tenue reflejo del cristal. La ventana
del autobús le devolvía una imagen más esbelta. Estaba contenta. Cada mañana y cada tarde, subía al autobús con la
ilusión de ver al chico de los cascos. Se sentaban cerca, nunca juntos, pero el aire se tensaba en la distancia entre ellos.
Cuando sus ojos se encontraban se sonreían con timidez

y se decían hola. La mayoría de las veces era un hola mudo, solo adivinado por el movimiento de la boca, y ese hola flotaba entre ellos dos, íntimo y secreto, como una caricia invisible en medio de una multitud anónima que no reparaba en ellos.

Esa mañana, como todas, Yasmina estaba hacinada al igual que los demás, dentro del autobús. Iba de pie, en el pasillo. Detrás de dos viajeros, a su derecha, se apostaba el chico de los cascos. Jamás se habían tocado, ni siquiera en aquellos trayectos apretujados. Yasmina suspiró. Qué guapo estaba hoy, con ese traje que le quedaba algo grande y la corbata mal anudada.

Cuando el juego de luces y sombras hacía espejo sobre la ventana del autobús, Yasmina podía recrearse en sus rasgos de niño sin ser descubierta. Y también podía comprobar que él no dejaba de mirarla.

***

Doña Engracia apagó la radio. El martilleo constante de los tertulianos exasperados no le dejaba pensar con claridad. ¿La verdad nos salvará? Lo cierto era que la necesidad de expulsar a los demonios de su conciencia siempre la había rondado, desde la primera vez que encaminó sus pasos hacia el piso de don Íñigo acompañada de su difunto marido. Quiso Dios que ese mismo día el señor estuviera haciendo entrevistas para ocupar la portería y que confundiera a la pareja con un par de candidatos. Ellos se miraron y con la complicidad de tantos años de matrimonio comprendieron que era mejor callar. No eran más que dos inmigrantes que acababan de regresar a España y ese trabajo era perfecto para ellos.

Ahora, después de tantos años, después de enterrar a su marido y, con él, al único confesor y testigo de su secreto, se exponía al mismo desaliento. La mujer miró la carta. ¿Qué pasaría si no la entregaba? Quizá la francesa se olvidara de todo en cuanto volviera a Francia. Si esperaba, puede que las cosas se solucionaran solas, como le había ocurrido años atrás.

Alguien entró como un torbellino. Sus pasos eran pura ansiedad.

—Disculpe… ¿Vive aquí Marie Toulan?

La portera negó con la cabeza. No habría podido pronunciar ni un solo sonido, aunque hubiera querido. El tipo se esfumó tal y como había venido, con prisa y angustia. Ella se levantó para verlo marchar. Tuvo que apoyarse contra la pared para sentir que no había abandonado la realidad.

—Por el amor de Dios, ¿será posible?

***

Horacio Leblanc volvió a coger el teléfono, hastiado y obligándose a recordar por enésima vez la cantidad extra que ganaría a cambio de aquella persecución absurda por el centro de Madrid.

—El tipo está recorriendo toda la ciudad. Ha estado en las direcciones que usted me dio para él, incluso la del último trabajo de la chica, pero no la encuentra.

—¡Mierda! ¿Dónde estará?

Leblanc oyó el puñetazo que Villanueva descargó, quizá sobre una mesa, y le escuchó decir:

—¿Tú no dijiste que iba a estar en casa de la Sonia esa?

—¿Perdón?

—¡No es a usted!

—Tranquilo, señor —dijo Leblanc, socarrón—. El francés no está cansado, todo lo contrario, le aseguro que seguirá buscando. Además, a su edad…

—¿La edad de quién?

—La del tipo este. Los jóvenes tienen mucha energía.

—¿Jóvenes?

—Sí, hombre, ¿qué es lo que le extraña?

—¿Cómo de joven diría usted que es Olivier de Poitou?

—Hum… ¿Veintitantos? —calculó Leblanc, aunque tampoco estaba muy seguro. Si se hubiera tratado de una mujer, probablemente hubiera atinado con la edad.

—¿Qué? —bramó Villanueva.

—¿Pero qué ocurre? —preguntó Leblanc, algo nervioso.

—¿Cómo tiene el pelo?

—Pues… —Leblanc sospechaba que la respuesta iba a desatar la furia de su cliente. No podía precisar por qué, pero el miedo que sintió lo puso en alerta. Bajó la voz—. Pues tiene el pelo rojo.

4

Peter sintió unos golpes en el escaparate. No se sorprendió. En realidad estaba esperándolo, aunque no pensaba que llegaría tan pronto. Alberto había estado llamándolo al móvil con insistencia, pero le había rechazado todas las llamadas.

Habían pasado la noche anterior discutiendo. Y llorando. Peter ya suponía que aquel intercambio de acusaciones y ruegos solo había sido el primer asalto, pero aún no estaba preparado para otro. Por el amor de Dios, era demasiado pronto y él aún no había dormido.

Se afanó en la limpieza del mobiliario de su futura pastelería, intentando hacer caso omiso de las súplicas de Alberto, que le llegaban a través de los cristales. Sin embargo, era imposible concentrarse.

—¿Qué quieres? —le espetó Peter con la puerta entreabierta.

Se había puesto una máscara de aspereza, pero sabía que terminaría desmoronándose. Aquella mirada, bajo las ojeras oscuras, y ese traje, ese traje...

—Déjame pasar, por favor. Es muy importante, te lo juro. Es sobre Marie.

En cuanto oyó el nombre de su amiga, Peter accedió y le abrió la puerta.

—Espero que no vengas a decirme que la has cagado todavía más.

—No, no. He averiguado algo. —Alberto esbozaba una sonrisa amable—. El detective que fue a París no sabía que había dos Olivier de Poitou.

—¿Cómo?

—El Olivier que ha venido a Madrid no es el mayor, ¡sino el hijo! El novio de Marie está aquí. ¡Ha venido a buscarla!

—¿Qué? —exclamó Peter. Agarró a Alberto por las solapas y empezó a dar saltitos—. No me lo puedo creer. ¿De verdad? —Y de pronto, dándose cuenta de que Marie estaba huyendo, añadió—: ¡Mierda! Es demasiado tarde. Nos vamos a perder un final de película. ¡Joder!

—¿Por qué?

—¡Porque esta mañana la he ayudado con el equipaje y ya estará en Atocha o subida al tren!

—Tranquilo, relájate. Seguro que aún está en la estación, esperando la salida.

—Es cierto... —dijo Peter mordiéndose los labios.

—Venga, vamos.

—¿Tú vienes?

—¿Puedo?

Peter se encogió de hombros e hizo un mohín con la boca, pero por dentro estaba dando botes de felicidad.

—¿Y el trabajo? ¿Y tu jefe? —añadió con retintín.

—Me he despedido.

—¿Qué? ¿Tú sabes lo que has hecho?

—Eso fue justo lo que me dijo mi jefe.

—¿Y qué le respondiste?

—Que me apetecía dar un giro profesional y ponerme a hacer *cupcakes*.

—Los *cupcakes* llevan crema, son rosas, cursis y horriblemente amanerados.

—Lo sé, pero creo que me hará feliz.

Peter se sintió flaquear.

—¡Vámonos a Atocha! ¡Ya!

***

Olivier se quedó pensativo. El taxista lo miraba desde el espejo retrovisor, con gesto de interrogación.

—Y ahora, ¿a dónde vamos?

No lo sabía. El detective le había asegurado que encontraría a Marie en alguna de las direcciones que le había entregado, pero la búsqueda no había dado resultado. Ordenó al taxista regresar a la primera dirección, la casa donde supuestamente Marie vivía ahora. Quizá no había oído el timbre o había salido un momento. Volvería a llamar y se quedaría plantado en el portal hasta verla aparecer.

Lo que tenía muy claro era que en esta ocasión no se le escaparía. Cuántas veces se había arrepentido de la última vez en Belsange. Ella le había pedido intentarlo, ella, que siempre se había resistido a dejarse atrapar. En aquel maldito momento, pensaba que acabaría olvidándola, que después de un tiempo su tenacidad vencería sobre aquel sentimiento feroz que le perseguía allá donde fuera. Creía, iluso de sí, que su amor por Marie terminaría rendido de puro agotamiento.

Pero no ocurrió de ese modo. Cada minuto de su existencia desde que se separaron había sido un peldaño cuesta arriba, y a esas alturas ya estaba harto de continuar luchando contra algo que era superior a su voluntad. Había confiado en que la distancia y el paso del tiempo lograrían alejarlo de Marie, pero lo único que había conseguido era hundirse en la falta que ella le hacía.

El duelo por Lana y la culpa aún lo atormentaban. Sufría pesadillas recurrentes de las que solo recordaba el color rojo y de las que despertaba lleno de ansiedad. Sin embargo, la ausencia de Marie se había impuesto y llenaba el aire que respiraba hasta hacerlo denso y sofocante. Echaba tanto de menos a su pequeña hada que reunirse de nuevo con ella se había convertido en un asunto de urgente prioridad.

Había empezado a buscarla hacía varias semanas. Le había enviado correos electrónicos, pero todos le venían devueltos con el mensaje de que aquella dirección era incorrecta o no existía. Fue a Belsange con la excusa de intentar remontar el negocio de Tahonas De Poitou, que hacía aguas desde que los demás panaderos habían contraatacado bajando el precio del pan también a veinte céntimos.

De manera distraída, preguntó por Marie a los antiguos empleados de Toulan. En un pueblo pequeño como aquel, cualquier acontecimiento que escapara a la rutina era motivo de extraordinaria noticia, y que Marie hubiera abandonado a su familia para irse nadie sabía dónde fue la comidilla de los vecinos durante un tiempo. Pero en aquel entonces, cuando Olivier preguntó por ella, los habitantes de Belsange ya no mostraban el menor interés por el suceso, aunque sí le aseguraron que Marie no había regresado.

En un esfuerzo titánico, con los recuerdos y el dolor que aquello le producía, había llamado a la puerta de los Toulan. Juliette lo recibió de manera fría y excesivamente formal. Ella también ignoraba el paradero de Marie y cualquier cosa sobre su hija desde que había desaparecido. No llamaba, no escribía cartas, nada. Olivier, que no la creía, le rogó que le transmitiera un mensaje de su parte, pero ella le espetó que había que respetarla, a ella y a su necesidad de distanciarse. No culpó a la mujer por su rencor; él ya sabía bastante de eso.

Contrató a un detective, pero después de varias pesquisas el resultado fue negativo. Marie había desaparecido. Era como si se la hubiera tragado la tierra literalmente. Estaba tan lleno de rabia y frustración que creía que explotaría. Todo lo importunaba, nada lo complacía, y de ese modo transcurrían sus días, mientras trataba de dar con alguna idea que lo sacara de aquel laberinto. Fue entonces cuando aquel tipo apareció de improviso en el despacho de su padre, preguntándole si conocía a una tal Marie Toulan. Conmocionado, no pudo articular palabra, y enseguida se dio cuenta de que ese hombre lo había confundido con el otro Olivier de Poitou. No lo sacó de su error. Aceptó de buen grado la información que el hombre le traía y ese mismo día compró un billete de avión a Madrid.

¿Por qué había ido a España? Olivier se había hecho esa pregunta varias veces. Sospechaba que tendría algo que ver con alguna promesa que le hubiera hecho a Lana, pero no importaba. Dentro de poco ella misma podría contárselo. Cómo lo recibiría era lo que más le preocupaba. Estaba casi seguro de que, superado un primer momento de sorpresa, Marie le tendería los brazos y se abrazarían hasta que les dolieran los huesos. Las ganas de verla, de tocarla, alimentaban sus ilusiones y se imponían a sus miedos.

Desde el taxi paseaba la vista por las calles del centro de Madrid. Eran estrechas, de edificios altos con balcones y ventanas alargadas, habitadas por el ruido impaciente de los coches y el trasiego constante de gente. Esas calles las había pisado ella. Por Dios, ¿dónde estás, Marie?

Al girar en una esquina, Olivier enderezó la cabeza y miró al frente. Unos coches más allá, circulaba una chica en bicicleta, cargada con un gran bolso que parecía pesado, especialmente para el tamaño de la joven. Llevaba el pelo oscuro suelto y un vestido blanco, de falda vaporosa, que el viento ahuecaba con cada pedalada. Era pequeña, de piel pálida y parecía frágil. Un escalofrío le recorrió la espalda.

—*Marie...* —susurró Olivier sin dar crédito.

—¿Perdón? —dijo el taxista.

—*Marie! C'est Marie!* —Olivier bajó la ventanilla y sacó la cabeza—. *Marie!* —gritó a pleno pulmón.

El torrente de vehículos se paró ante un semáforo en rojo. Olivier no se lo pensó. Si corría lo suficiente, podría darle alcance.

5

Hay segundos que duran una eternidad. Son los que marcan nuestras vidas y atesoramos como aguafuertes en el desván de los sentidos. Pueden ser un paisaje que nos conmueve, el primer beso a un gran amor, las risas con los amigos, el olor de un hijo recién nacido, el sabor del mar en vacaciones.

Hay instantes que se viven al límite de la percepción sensorial, como si quisiéramos atrapar la esencia y cada uno de los detalles en una avidez nostálgica, sabiendo ya que cada segundo es el pasado del siguiente y que no volverá más que en el recuerdo que el tiempo se empeña en marchitar.

El semáforo se puso en verde antes de lo que Olivier había previsto, y Marie reanudó la marcha. A pocos metros había un cruce por cuya vía perpendicular circulaba el autobús en el que viajaban Yasmina y el chico de los cascos, que continuaban con su mutua vigilancia mal disimulada. No lejos de allí, Peter avanzaba con Alberto siguiéndole a pocos pasos; el primero haciéndose el enfadado, el segundo intentando dar conversación. A pocos metros, Sonia estaba a punto de llegar a su casa para contarle a Marie que el fisioterapeuta había notado avances en Marcos. Y también muy cerca, en una tienda de trajes de novia, Claudia pedía probarse de nuevo el vestido de encaje de sus sueños, y que aún no había olvidado desde que lo sintió por primera vez sobre la piel.

Marie pedaleaba. Tenía sus pensamientos puestos en Belsange y todo lo que aquel lugar significaba para ella. Su casa, su habitación, sus dibujos, Christophe, Lana, Olivier... En su mente resonaba una canción y la voz de Oli llamándola a su espalda. Se acordó de la última vez en Belsange y se emocionó. Se abstrajo de tal manera que no se dio cuenta de que Olivier estaba a punto de darle alcance. Tampoco vio la señal de *stop*. Siguió avanzando y cuando presintió que algo se le venía encima ya era tarde.

En un segundo, un frenazo imprevisto empujó a Yasmina hacia el suelo y en su caída vio la angustia en el chico de los cascos. Una montaña de cuerpos la sepultó. Creyó que se ahogaba, pero fue solo un segundo, porque enseguida vio la cara del chico de los cascos, que había aparecido entre los cuerpos y la rescataba con infinito cuidado.

En ese mismo segundo se produjo un ruido brutal, una estampida acompañada de un frenazo al que siguieron unos gritos de horror y un olor a neumático quemado. Peter se detuvo de repente y Alberto chocó contra su espalda. Se giró para mirar a su novio, demacrado por la culpa, y se acordó de la promesa que le había hecho a Marie. No entendió por qué se acordaba de sus palabras en ese momento, pero fue solo un segundo. La ternura se impuso sobre la razón y besó a Alberto en plena calle y delante de todos. Su novio se dejó.

Ese segundo fue el mismo en el que Sonia entraba por la puerta de su piso y lo encontraba vacío excepto por una nota de despedida y un sobre con dinero. En un arrebato de egoísmo creyó que Marie había aprovechado para marcharse de esa manera, como a hurtadillas y sin decir adiós, pero aquel pensamiento duró solo un segundo para dejar paso a la emoción, y una lágrima corrió sin prisa por su mejilla.

Un segundo fue lo que Claudia tardó en darse la vuelta y examinarse en el espejo de la tienda de novias. Al observar su imagen, volvió a escuchar las críticas de Peter. Pero fue solo un segundo, porque enseguida pensó que tenía un aspecto fabuloso, el que siempre había soñado para el día de su boda, y sin darle más vueltas dijo sí.

En aquel segundo en el que sus amigos cumplían sus sueños, un monstruo rojo de dimensiones descomunales se estrelló contra Marie y la escupió contra la calzada. Dolió, pero fue solo un segundo, porque después todo se volvió negro, blando y liviano, y empezó a sentir que su cuerpo se elevaba como si formara parte del aire.

En ese segundo Olivier vio que su sueño vestido de blanco era arrollado por un autobús y que rebotaba contra el asfalto, inerte y desmadejado. Dolió y duró más de un segundo. Cuando la alcanzó, tan tarde, un hilillo rojo se le escapaba por un oído. Tenía los ojos entreabiertos y parecía que los movía. Se acercó al oído que no sangraba y le habló. Nunca recordaría esas palabras, quizá porque le brotaron del alma, pero sí se le grabó en cambio su rostro sereno, y que lo acariciaba entre temblores, deseando que aquella ternura pudiera sanarla, pero temiendo a la vez infligirle un daño definitivo a la pequeña hada de sus sueños.

Marie tampoco lo oía ni sentía el roce de esos dedos trémulos. Sus sentidos se habían apagado, pero era todo entendimiento. Sabía que no estaba sola, que Olivier la acompañaba y que eso estaba bien. No había rencor, ni disculpas ni agradecimiento, solo la conciencia de un amor, un gran amor del que ya no le quedaban dudas y que la hacía levitar.

El aire se volvió blanco y espeso, como una luz que lo llenaba todo. A su encuentro llegaron dos luces más pequeñas que empezaron a revolotear frente a ella. Marie estalló de alegría cuando las reconoció. Eran Lana y Chris. Su aspecto no era el acostumbrado, sino que estaba despojado de sufrimiento y enfermedad. Estaban contentos. Habían venido a buscarla.

Marie quería marcharse con ellos, pero algo tiraba de ella hacia la solidez de la calzada. Entonces vino el desgarro. Fue solo un segundo, una sensación de fuego que la arrancó de su cuerpo, pero pronto empezó a volar, alto y rápido, entre Lana y Christophe, haciendo piruetas hacia el infinito.

6

De camino al estudio donde había vivido Marie, Olivier se miró las manos. La había tenido allí muchas veces, menos de las que hubiera deseado, pero nunca supo retenerla.

La última vez que se le escapó fue cuando tomó un puñado de sus cenizas de la urna que le ofreció Juliette. En un gesto de generosidad, y quizá como una forma de compartir la pérdida, la madre de Marie le quiso regalar una parte de los restos antes de subir al avión. En una tienda del aeropuerto, Olivier compró un cofre modesto, de madera sin tratar y con un sencillo tallado en la tapa. A ella le hubiera gustado. Cuando fueron a verter ahí las cenizas, se dieron cuenta de que Marie se esparciría por el suelo sin remedio. Juliette y Olivier se miraron y comprendieron que solo podría llevarse un pedazo de Marie ultrajando su reposo. Sin embargo, el deseo de tenerla junto a sí para siempre se impuso sobre el sacrilegio, y Olivier metió la mano en la urna, agarró un puñado y, poniendo la otra mano debajo a modo de bandeja, depositó los polvos grises en el cofre. Barrió sus manos hacia el interior, para que esta vez no se perdiera ni una sola molécula de Marie, pero fue inevitable que algo de aquel polvo le cayera en las rodillas y sobre el suelo. Al mirarse las palmas, la vio allí, pegada a su piel, metiéndosele dentro del cuerpo y fundiéndose con su sangre.

Eso había sido el día anterior y el rastro grisáceo de Marie ya había desaparecido de sus manos. En el taxi lo acompañaba una amiga de ella, una tal Sonia, que, tras la incineración, se le acercó para hablarle de Marie y decirle que, en su antiguo estudio, ella se había dejado algunas pertenencias que probablemente a él le gustaría tener. Olivier no lo dudó.

La idea de respirar el mismo aire del que ella se había alimentado en los últimos meses le producía una sensación esquizofrénica, entre el alivio y la angustia. Durante el trayecto en taxi Olivier se había preguntado si era conveniente que él subiera al estudio y, ya en el portal, las dudas lo paralizaron.

—Será mejor que vayas tú. Yo te espero aquí.

—Pero… —Sonia se mordía los labios—. Es que son cajas pesadas. Yo no voy a poder.

—¿No hay un conserje o un portero? ¿Un vecino?

Sonia negó con la cabeza.

—Vamos. No te arrepentirás, te lo aseguro.

Entraron en el edificio. En cuanto pusieron un pie dentro, la portera dio un respingo.

***

Doña Engracia se debatía entre el deber y la cobardía. Habían pasado muchos años, y, ahora que Marie había muerto, no quedaba más que aquella carta como prueba de su falta. Solo tenía que romperla o, mejor, quemarla. Sin embargo, no se atrevía.

El accidente de Marie y su repentina muerte la habían hecho consciente de su propia finitud y de que tarde o temprano tendría que rendir cuentas. Se imaginó ante Dios explicándole sus razones en el juicio previo a la eternidad, y lo vio con gesto adusto, sin rastro de misericordia. Pero no se lo podía reprochar; Él era Dios y ni siquiera ella se creía inocente.

Desde que recordaba, había sido creyente, mucho, y se consideraba una buena católica. Rezaba, iba a misa todos los domingos y fiestas de guardar, y cumplía con los preceptos de la Iglesia, al menos casi siempre. Ella era humana y tenía sus defectillos, que Dios sabría perdonar. Pero aquella historia era diferente.

Después de tanto tiempo, aquel niño pelirrojo había reaparecido en su vida. Aún pensaba en él como un chico de corta edad, porque así lo había conocido, cuando correteaba por los campos tras su padre, jugaba con su hermana, velaba por su madre. En cuanto lo vio en el portal no le cupo duda de quién era. El pelo, la cara, los ojos, todo en él le recordaba a la pobre Arantzazu.

Por eso, que el chico entrara de nuevo en el edificio fue como el soplido certero que derrumba un castillo de naipes.

Una mujer que lo acompañaba se le acercó con gesto decidido.

—¿Es usted Engracia?

—Sí...

—¿Ha entregado la carta?

—¿Qué?

—Marie me lo contó todo. Si su mensaje no ha llegado, tendré que encargarme yo.

La portera no podía apartar los ojos de Olivier, que se había aproximado a los buzones y tocaba con nostalgia el de Marie. Más abajo, chico, lee más abajo, se decía.

—Muy bien —concluyó Sonia al ver que la portera permanecía inmóvil—. Vamos a subir.

—¡No! Esperen, por favor... —Salió de su cubículo y fue andando temblorosa hasta el chico—. Olivier...

—¿Sabe mi nombre?

—Cómo no voy a saberlo, si durante años te hice la comida, te curé las heridas de las rodillas y te desperté por las mañanas para que no llegaras tarde al colegio.

—¿Cómo dice? —Olivier parpadeó.

—No te acuerdas de mí, ¿verdad?

Doña Engracia levantó una mano para acariciarle la cara, pero la dejó en el aire. No se atrevía.

—Es normal, eras muy pequeño y yo ya estoy muy vieja.

—¿Quién es usted?

—Me llamo Engracia.

—¿Engracia? Perdone, no me suena.

—¡Ah, claro! Es verdad —dijo la portera cayendo en la cuenta—. En vuestra casa se llamaba a los criados de usted y por el apellido. Quizá me recuerdes mejor como la señora Ribarroja.

***

Los tres subieron en silencio, apretados en el ascensor, obligados a compartir un aire que se agotaba por momentos. Engracia Ribarroja miraba al suelo con las manos entrelazadas. Rezaba para que el Señor le diera fuerzas.

Sonia observaba a la portera en una mezcla confusa de emociones. Por una parte, la despreciaba por haber sido causante de varios males. Ya la conocía por su suegra, que le contaba cuán desagradable era su carácter y sabía que con sus intrigas había provocado el despido de Maika y la expulsión de Marie. Pero, cuando su amiga le había relatado su historia y cómo había descubierto que la portera era Engracia Ribarroja, la entendió un poco. Se hizo a la idea del sentimiento de culpa que debía de acecharla y supuso que el celo con el que protegía a don Íñigo la llevaba a comportarse de aquel modo. En cualquier caso, no la disculpaba.

Olivier se hallaba en un estado de conmoción. Tenía claro que Marie no había vivido allí, tan cerca de la señora Ribarroja, por casualidad, y sospechaba que debía de haber algo más. Intentaba conectar las pistas, pero su cerebro se negaba a dar respuestas.

El ascensor se detuvo con un pequeño salto en el quinto piso. La portera exhaló un gran suspiro. Echó a andar hacia una puerta gruesa, oscura y pulida. Un brillo metálico le llamó la atención a Olivier. Era la placa con el nombre del vecino. Leyó y al punto sintió que el corazón se le iba a salir por la boca: Íñigo Totorikagoena.

Engracia Ribarroja abrió con llave y los invitó a entrar. El recibidor era amplio, y la decoración, profusa. Había muebles y objetos antiguos muy diversos.

—Señor, tiene visita.

La voz de la portera, que se había adentrado en otra sala, les llegaba nítida.

—¿Para mí? ¿Quién coño es? Yo no tengo visitas, Engracia…

Incrédulo y esperanzado, Olivier fue hasta la sala de donde provenían las voces. Su mirada se posó sobre un viejo hundido en un sofá de cuero. Tenía los ojos de un verde mortecino, sin brillo, y de las arrugas de su rostro manaba un gran sufrimiento. No lo reconoció, pero supo que era él. En una mesilla al lado del sofá, un conjunto de fotografías le trajo los recuerdos en un estallido, como cuando un recién nacido rompe a llorar por primera vez. Estaba su abuela, con esa sonrisa dulce y serena y el pelo rojo que él había heredado; a su lado Arantzazu, su madre, que lo tenía en brazos. Y detrás, en un segundo plano pero feliz, Íñigo Totorikagoena, su abuelo.

—He preguntado que quién es —insistió el hombre, lleno de rabia e impaciencia.

Olivier imaginó que una pompa de jabón se formaba entre ellos y viajaba hasta el viejo, y se dio cuenta de que aquello era un recuerdo que ignoraba que tenía y que había sobrevivido a los años.

—Abuelo, soy yo —le dijo en voz baja, agachándose ante él—. Soy Oli.

7

El sol se iba escondiendo tras los edificios y en su ocaso iba tiñendo las nubes de rosa. Olivier se asomó a la terraza. Su abuelo acababa de dormirse. El viejo estaba cansado, especialmente desde que se enteró de la muerte de Marie y de lo que había hecho por ellos dos sin que ninguno lo supiera.

El arrepentimiento había pronunciado la curvatura de su espalda y ni siquiera el haber recuperado a su nieto le aliviaba la necesidad de maldecirse. Había alejado a Arantzazu de su lado, la había condenado a la soledad, la depresión y la muerte; ni siquiera había intentado ir en su busca. Como padre, tendría que haberla protegido, pero no lo hizo. Y luego, al final de su vida, volvía a equivocarse, esta vez con Marie. ¿Por qué? Solo por orgullo.

Quizá para no caer en los mismos errores o porque ya no le quedaba fuerza ni en el espíritu, perdonó a doña Engracia. Le perdonó que le ocultara a Arantzazu que él no había muerto, que solo había sido una treta de aquel maldito Olivier de Poitou para aislarla. Después de que el señor De Poitou la despidiera a ella y a su marido, el matrimonio trabajó en otras casas de Belsange, aunque ninguna les satisfizo. Cuando planeaban regresar a España, se enteraron del fallecimiento de Arantzazu y decidieron comunicárselo a su padre cuando estuvieran de vuelta. Don Íñigo perdonó a Engracia Ribarroja que ni ella ni su marido deshicieran el malentendido cuando fueron a su encuentro, aceptaran el empleo de la portería y se mantuvieran tantos años en silencio, ocultándole un secreto de aquella magnitud.

También perdonó a Maika y la readmitió en su casa. Juntos, con Sonia y Olivier, reunieron unas cuantas antigüedades que a él no le servían y que valían un buen dinero. Por suerte, su nieto no puso objeción a aquellos regalos que le correspondían por herencia. Era generoso y desprendido, igual que su madre.

A Olivier le pidió perdón cada día. Lloró frente a él como un niño, por sí mismo, por su esposa, por su hija, por la nieta que no conoció, por Marie. En incontables ocasiones había soñado con recuperar a su familia, pero nunca imaginó que el reencuentro sería tan doloroso. Lo bueno era que no le quedaba mucho más que vivir. Sentía que su fin estaba cerca y que todos aquellos acontecimientos habían acelerado la carrera hacia el adiós definitivo.

Olivier escuchaba los lamentos de su abuelo con paciencia y comprensión, y lo cuidaba con mimo. A veces le arrancaba historias felices sobre los veranos en la playa de la Concha, las magdalenas tan estupendas que hacía la abuela o lo guapa que era Arantzazu. A cambio, Olivier le contaba cosas sobre Lana. Le ocultaba los episodios más tristes y ensalzaba sus virtudes de chica risueña, divertida y habladora. Le dijo que había fallecido repentinamente, de muerte súbita e inexplicable; la falsa explicación que su padre había dado a Belsange, ahora, frente a su abuelo, le parecía la mejor.

Juntos acariciaban el diario que Marie había estado preparando desde que había averiguado el paradero de Íñigo Totorikagoena. En aquellas páginas, Marie contaba cómo había comprado en Internet un conjunto de postales de lugares extranjeros y las había rellenado con las palabras que Olivier habría escrito de haberlo hecho por sí mismo.

El abuelo le pedía a su nieto una y otra vez que le leyera los relatos de Marie sobre los encuentros de ambos en aquel piso, animados con lecturas y charlas. Las impresiones que la chica había plasmado de él, de las que se desprendía cariño y respeto, le hacían cosquillas en el corazón.

Sonia les contó que aquel era solo un boceto, que Marie pretendía confeccionar algo más elaborado para regalarle a Olivier aquellos momentos, con la idea de presentarle una semblanza del abuelo perdido y prepararlo para la noticia de su hallazgo. Pero no le dio tiempo. Sus planes se truncaron de manera precipitada y no pocas veces se arrepintió de haberse demorado tanto.

En los momentos en que el abuelo dormía, Olivier dejaba su mente vagar. Volaba hasta Belsange y se imaginaba un presente alternativo en el que vivía feliz con Marie, y Lana acudía a visitarlos de vez en cuando para compartir un almuerzo y reír juntos un rato. Pero a quién quería engañar; eso jamás hubiera ocurrido de tal modo.

Sin Marie, sin Lana, lejos de su país y sus amigos, Olivier se sentía abandonado. Su padre, encendido en una cólera salvaje, lo había repudiado en cuanto se enteró de dónde se encontraba y de que no pensaba regresar a París, al menos, en mucho tiempo.

Ahora le apetecía viajar sin rumbo ni destino, alejarse de todo y distraer esa sensación de soledad entre paisajes y rostros exóticos, pero a veces sentía que no podía dar un paso más. Apenas hacía un año que se había reconciliado con Marie y ambos vivían un amor en plenitud, inconscientes de un final tan abrupto y desgraciado, pero la vida daba bandazos y a él ya lo había golpeado demasiado.

Aquel día había sido muy caluroso, pero la tarde había traído algo de brisa fresca. Olivier se asomó a la barandilla. Desde aquella quinta planta, el suelo se veía muy lejos. Abajo, la gente y los coches circulaban en un fluir constante, ininterrumpido, entre el humo y el ruido, ajenos a su alrededor. Se concentró en el suelo gris y lo invadió un apetito morboso por dejarse caer. Se inclinó sobre la barandilla de forja y dobló el torso. La gravedad tiraba de él con una fuerza que mareaba. Un movimiento más y todo habría terminado: el dolor, la culpa, la nostalgia, todo.

Miró hacia arriba con la intención de aspirar la última bocanada de aire. Las nubes gruesas y rosas se retorcían entre sí y tomaban un aspecto que le resultaba familiar. Parecían algodones de azúcar, los que tanto le gustaban a Lana y a Christophe y que hasta Marie terminó comiéndose alguna vez.

En una danza lenta pero precisa, las nubes se movieron y reagruparon, y encima de ellas, coronándolas, aparecieron tres pequeñas luces. El corazón le dio un vuelco. Se separó de la barandilla y se acurrucó en el suelo.

Lloró con tranquilidad, como ante el emotivo final de una película que se sabe de memoria, porque de repente se le ocurrió que Christophe, Lana y Marie siempre estarían ahí, acompañándolo desde el cielo.

THERE IS A LIGHT THAT NEVER GOES OUT
HAY UNA LUZ QUE NUNCA SE APAGA

(The Smiths)

Take me out tonight
Sácame esta noche
where there's music and there's people
donde haya música y gente
and they're young and alive.
y sean jóvenes y estén vivos.

Driving in your car
Conduciendo en tu coche,
I never never want to go home
nunca, nunca quiero volver a casa,
because I haven't got one
porque no tengo ninguna,
anymore.
nunca más.

Take me out tonight
Sácame esta noche,
because I want to see people
porque quiero ver gente
and I want to see life.
y quiero ver vida.

Driving in your car
Conduciendo en tu coche,
oh, please don't drop me home
oh, por favor, no me dejes en casa,
because it's not my home, it's their home
porque no es mi casa, es la de ellos,
and I'm welcome no more.
y ya no soy bienvenido.

And if a double-decker bus
Y si un autobús de dos pisos
Crashes into us
choca con nosotros,
to die by your side
morir a tu lado
is such a heavenly way to die.
es una manera tan celestial de morir.

And if a ten-ton truck
Y si un camión de diez toneladas
kills the both of us

nos mata a los dos,
to die by your side
morir a tu lado
well, the pleasure, the privilege is mine.
bien, el placer, el privilegio es mío.

Take me out tonight
Sácame esta noche,
take me anywhere, I don't care
llévame a donde sea, no me importa,
I don't care, I don't care
no me importa, no me importa

and in the darkened underpass
y en el oscuro pasadizo
I thought Oh God, my chance has come at last
pensé: oh, Dios, mi oportunidad ha llegado al fin,
but then a strange fear gripped me
pero entonces un extraño miedo me paralizó
and I just couldn't ask.
y simplemente no pude preguntar.

Take me out tonight
Sácame esta noche,
oh, take me anywhere, I don't care
oh, llévame a donde sea, no me importa,
I don't care, I don't care.
no me importa, no me importa.